U0094444

高等职业院校文化素质教育改革创新教材

GUOXUE JINGDIAN SHIYI

# 国学经典释译

（第三版）

主　编　刘金同　席艳红

中国教育出版传媒集团

高等教育出版社·北京

## 内容提要

本书是高等职业院校文化素质教育改革创新教材。

本书所选的经典作品有：儒家经典"四书五经"（包括《大学》《中庸》《论语》《孟子》《尚书》《诗经》《易经》《礼记》《春秋左氏传》），诸子经典《老子》《庄子》，史籍经典《史记》《战国策》《国语》，文学经典《楚辞》。各篇内容包括经典原文、注释、译文、评析，以及思考题和拓展阅读。本书旨在帮助大学生了解国学经典文化的思想内涵，感受中华优秀传统文化的魅力，进而自觉培养社会主义核心价值观，提高自身修养。

本书适合作为高等职业院校人文素质教育教材，也可作为社会人士学习国学的参考用书。

## 图书在版编目(CIP)数据

国学经典释译 / 刘金同，席艳红主编. — 3 版. — 北京：高等教育出版社，2024.1

ISBN 978-7-04-060524-2

Ⅰ. ①国… Ⅱ. ①刘… ②席… Ⅲ. ①国学—高等职业教育—教材 Ⅳ. ①Z126

中国国家版本馆 CIP 数据核字(2023)第 089876 号

| | | | | |
|---|---|---|---|---|
| 策划编辑 雷　芳　赵力杰 | 责任编辑 赵力杰 | 封面设计 张文豪 | 责任印制 高忠富 | |

| | | | |
|---|---|---|---|
| 出版发行 | 高等教育出版社 | 网　　址 | http://www.hep.edu.cn |
| 社　　址 | 北京市西城区德外大街 4 号 | | http://www.hep.com.cn |
| 邮政编码 | 100120 | 网上订购 | http://www.hepmall.com.cn |
| 印　　刷 | 上海当纳利印刷有限公司 | | http://www.hepmall.com |
| 开　　本 | 787mm×1092mm　1/16 | | http://www.hepmall.cn |
| 印　　张 | 18.25 | 版　　次 | 2024 年 1 月第 3 版 |
| 字　　数 | 370 千字 | | 2012 年 7 月第 1 版 |
| 购书热线 | 010-58581118 | 印　　次 | 2024 年 1 月第 1 次印刷 |
| 咨询电话 | 400-810-0598 | 定　　价 | 38.00 元 |

# 编 委 会

主　编　　刘金同　　席艳红
副主编　　栾丽曼　　刘晓晨　　田文进
　　　　　旷　谊　　周春晖
参　编　　王天鹏　　王冰倩　　李玉萍
　　　　　刘学斌　　陈慧春　　陈善巧
　　　　　胡　艳

## 第三版前言

党的二十大报告指出："中华优秀传统文化源远流长、博大精深，是中华文明的智慧结晶，其中蕴含的天下为公、民为邦本、为政以德、革故鼎新、任人唯贤、天人合一、自强不息、厚德载物、讲信修睦、亲仁善邻等，是中国人民在长期生产生活中积累的宇宙观、天下观、社会观、道德观的重要体现，同科学社会主义价值观主张具有高度契合性。"

国学作为我国传统文化的重要部分，是中华民族共同的血脉和灵魂，是中华民族屹立于世界之林的思想支撑，是每一个中国人的立身处世之本，更是我们不可或缺的精神力量。

开展国学教育对于学生继承中华优秀传统文化、弘扬中华传统美德、形成良好的文学素养和高尚的道德品质，对于促进学生广泛践行社会主义核心价值观都具有极其重要的历史意义和现实意义。

本书自 2012 年第一版出版以来，受到了全国高等职业院校师生的好评，使用本书的各院校教授专家也提出了宝贵的修改意见。为了进一步帮助在校大学生响应时代的号召，学习中华优秀传统文化，我们在上一版的基础上，再次进行了修订。本书选取了中国古代经典著作中有关道德教育的经典名句、名段、名篇，并对其进行了释译及评析。本次修订，编者主要更新了拓展阅读和思考题的内容，使之更加贴合社会发展的需求。

鉴于水平有限，书中难免会有不足之处，恳请广大读者批评指正。

编　者
2023 年 8 月

# 目 录

概 述

## 一、什么是国学

"国学",顾名思义,是中国之学、中华之学。

国学,称我国传统的学术文化,包括哲学、历史学、考古学、文学、语言文字学等。(见《现代汉语词典(第 7 版)》)

国学,犹言国故,指本国固有的学术文化。(见《大辞海》)

我们可以这样认为,狭义的国学是指以儒学为主体的中华传统文化与学术。广义的国学指的是中国古代和现代的文化和学术,包括历史、思想、哲学、地理、政治、经济、书画、音乐、数术、医学、建筑等。

单纯地说国学,乃独指经、史、子、集部的语言文字经典的训诂学问。自西学东渐、文化分流转型以来,为区别于西学,时人把我国的"六艺""五术"诸子百家统称为"国学"。

中华国学的宗旨,乃"为天地立心,为生民立命,为往圣继绝学,为万世开太平"。国学应包括诸子百家、六艺、五术之说。其中诸子百家,包括儒、道、名、法、墨等各家,是"为天地立心"之学;六艺,包括"礼、乐、射、御、书、数",其中,礼、乐、射、御,称为"大艺"(是古代贵族从政必备之术,贵族子弟在太学阶段要深入学习),书与数称为"小艺"(是民生日用所需之术,是古代"小学"阶段的必修课),六艺是"为生民立命"之术;五术,是"为往圣继绝学""究天人之际"的学问,包括"山、医、卜、命、相"等。

国学就是中华先知、先贤为本民族创造的中华学术文化,国学经典中蕴藏着中国五千多年历史的智慧精髓。国学是中华民族之所以成为中华民族、中国人之所以成为中国人的学问,是中国人立身处世、立国建国的学问,也称为中国历史传统文化。

## 二、何谓国学经典

我们常说的国学经典,主要是指"四书五经",包括《大学》《中庸》《论语》《孟子》,《易经》《尚书》《诗经》《礼记》《春秋》,其他的还有《老子》《庄子》《墨子》《荀子》《史记》

《战国策》《国语》《楚辞》《三字经》《弟子规》等。

## 三、国学的发展历史

国学始于伏羲、黄帝，经夏、商、周三代的发展，到春秋战国时期达到了一个巅峰，即百家争鸣，其中儒家、道家的学说是最高的代表。

公元1世纪前后，佛教传入中国，儒、道、释三家经过碰撞，到唐、宋时期逐步实现了融合统一，是国学的又一次大发展。

在中国特色社会主义新时代，国学正获得它的新生和发展，进入了春天。振兴国学、弘扬中华优秀传统文化，是国民的自觉意识，学习国学已经成为全民族的共识。因此，国学必然会有一个全面的、长期的、蓬勃的发展。

## 四、出现"国学热"的原因

第一，当今的世情。改革开放以来，我国经济建设有了高速发展，人们物质生活发生了巨大变化。按说人们应该快乐了、幸福了，可是不然，一些人反而感到郁闷、压抑、迷惑，失去了快乐感、幸福感，甚至失去了人生前进的方向，灵魂找不到归宿。之所以出现这种状况，是因为精神文明的发展落后于物质文明的发展，两者不相匹配。一些人在物质力量的冲击下，不能驾驭已有的物质财富，思想走向了迷途。为解决这些问题，有识之士便把目光投向了国学，希望从中受到启发、找到灵感、得到借鉴。2017年1月，中共中央办公厅、国务院办公厅印发了《关于实施中华优秀传统文化传承发展工程的意见》，意见中指出："中华文化源远流长、灿烂辉煌。在五千多年文明发展中孕育的中华优秀传统文化，积淀着中华民族最深沉的精神追求，代表着中华民族独特的精神标识，是中华民族生生不息、发展壮大的丰厚滋养，是中国特色社会主义植根的文化沃土，是当代中国发展的突出优势，对延续和发展中华文明、促进人类文明进步，发挥着重要作用。"党的二十大报告也指出："中华优秀传统文化源远流长、博大精深，是中华文明的智慧结晶，其中蕴含的天下为公、民为邦本、为政以德、革故鼎新、任人唯贤、天人合一、自强不息、厚德载物、讲信修睦、亲仁善邻等，是中国人民在长期生产生活中积累的宇宙观、天下观、社会观、道德观的重要体现，同科学社会主义价值观主张具有高度契合性。"

第二，提升精神文化修养的需求。在物质文化达到一定程度后，人们便要求提高自己的精神文明程度，升华自己的思想境界，以便更好地认识自然、认识社会、认识自身，以获得精神上的充实。于是，越来越多的人便向国学汲取营养。

第三，国学的特质决定的。

（1）国学的精髓是贵生：天行健，君子以自强不息；道生一，一生二，二生三，三生万物；苟日新，日日新，又日新。因此，它具有强大的生命力。

（2）国学的精髓是尊道：尊天道、尊地道、尊人道，天道、地道、人道合一，天人合一，回归自然，人和自然浑然一体。这是人的一种极高的精神境界，它与人的处世、生存相宜。

（3）国学的精髓是尚和：和气，和合，中合，和谐，和平，和为贵。中国人的社会观是追求和谐：家庭和谐、社会和谐、整个人类和谐，希望建设一个和平、和谐、共存的世界。这符合全人类的利益，应是整个人类发展的目标。

（4）国学的精髓是悠久、博大：五千多年的丰厚文化，是人们取之不尽、用之不竭的精神财富。在这种博大深厚的文化里，人们可进可退，可上可下，可以入世，也可以出世，这给人们的思维提供了广阔的空间。

第四，中华民族伟大复兴的需要。习近平总书记指出："没有中华文化繁荣兴盛，就没有中华民族伟大复兴。一个民族的复兴需要强大的物质力量，也需要强大的精神力量。没有先进文化的积极引领，没有人民精神世界的极大丰富，没有民族精神力量的不断增强，一个国家、一个民族不可能屹立于世界民族之林。"

## 五、学习国学的目的

我们学习国学，从小处看，能升华个人的思想境界，使我们树立正确的人生观、价值观，使自己生活得更加快乐幸福，走向辉煌的人生；从大处看，是为了促进和保障国家政治、经济、文化的发展，保障社会和谐安定、民族团结、世界和平。国学教育，就是中华民族优秀传统文化教育。

学习国学的目的用一句话来说，就是使人们养德、行孝、仁爱、和谐、尽责、修身、齐家、治国、平天下。

## 六、学习国学的正确态度和方法

我们学习国学，应该做到：吸取其精华，结合现实，创造新的文化，指导社会实践。我们对待国学的正确态度应当是：师古而不泥古，师古而不复古；取其精华、去其糟粕，去芜取菁、去伪存真。唯其如此，才能使国学得以发扬光大，使其在加强国民思想道德建设、建设社会主义先进文化中发挥积极的、应有的促进作用。

我们学习国学，应当立足于从丰厚的历史文化资源中寻求启迪，为建设共有精神家园提供服务；以博大的襟怀、坦荡的气魄，使今天的国学成为一个开放的文化体系，充分汲取和借鉴世界现代文化中的精华成分，给国学注入新的内涵；同时，在世界文化多样化的背景下，还要注意不张扬狭隘的民族主义，致力于将博大精深的中国文化作为世界文化的一部分，使之成为全人类共同的精神财富加以集成和光大。力求用创新意识和与时俱进的当代精神，坚持以历史唯物主义的立场、观点和方法对待国学，避免陷入复古的泥淖。

儒家文化认为，人要先做一个有道德的人，然后才能做一个有知识的人。

愿我们共同行动起来，"敏而好学，不耻下问"，"读国学经典，传中华文化，做时代先锋"，努力弘扬中华优秀传统文化，做中华文明的传人！

## 七、学习国学的重大意义

第一,国学能够为现代人的精神文化需求提供思想营养。

第二,国学能为建社和谐社会提供重要的文化资源。

第三,国学能够为中华民族伟大复兴提供重要的支撑力量。

# 大学

## 《大学》简介

《大学》原为《礼记》第四十二篇。宋代程颢、程颐兄弟把它从《礼记》中抽出，编次章句。朱熹将《大学》《中庸》《论语》《孟子》合编注释，称为"四书"，从此《大学》成为儒家经典。至于《大学》的作者，程颢、程颐认为是"孔氏之遗言也"；朱熹把《大学》重新编排整理，分为"经"一章、"传"十章。他认为，"经一章盖孔子之言，而曾子述之；其传十章，则曾子之意而门人记之也。"就是说，"经"是孔子的话，是曾子记录下来的；"传"是曾子解释"经"的话，由曾子的学生记录下来。曾子（前505—前436），名参，字子舆，春秋末期鲁国南武城（今山东平邑）人，相传著《孝经》。他是孔子的学生，被后世尊为"宗圣"。

朱熹认为"古人为学次第者，独赖此篇之存"。一个"独"字，充分说明了这篇文章的重要性。由于朱熹把《大学》纳入《四书章句集注》，宋理宗时，理学名臣真德秀更作《大学衍义》，向皇帝进讲《大学》，《大学》成了政治读物。到元代文化转型期时，《四书章句集注》成为各级学校的必读书，士子求取功名的考试书。到近代，孙中山先生赞赏《大学》中的格物、致知、诚意、正心、修身、齐家、治国、平天下的修养目标和修养方法，认为这些都是"应该要保存"的中国的"独有宝贝"。以《大学》为规模和节次的中华文明的影响，由此可见一斑。

"大学"是相对"小学"而言的，是说它不是讲"详训诂，明句读"的"小学"，而是讲治国安邦的"大学"。"大学"是大人之学。《大学》旨在说明"大学之道"，即大学教育的目的、内容、步骤、方法及指导方针，是儒家教育的纲领性论著，也是我国古代论述修身治国的佳作。"经"一章提出了"明明德""亲民""止于至善"三条纲领，又提出了格物、致知、诚意、正心、修身、齐家、治国、平天下八个条目。八个条目是实现三条纲领的途径。在八个条目中，修身是根本的一条，"自天子以至于庶人，壹是皆以修身为本"。十章分别解释明明德、新民、止于至善、本末、格物致知、诚意、正心、修身、齐家、治国平天下。明明德是指弘扬光明正大的品德；新民是指让人们革旧图新；止于至善是指要达到最好的境界；本末是指做事要分清主次，抓住根本；格物致知是指通过穷究事物的原理来获得知识；诚意就是"勿自欺"，不要"掩其不善而著其善"；正心就是端正自己的心思；修身就是加强自身修养，提高自身素质；齐家就是管理好自己的家庭、家族；治国平天下是谈治理国家的事。

《大学》的版本主要有两个体系：一个是经朱熹编排整理，划分为经、传的《大学章句》本；另一个是按原有次序排列的古本，即《礼记》中的《大学》原文。其中以朱熹《大学章句》本，流传最广、影响最大，本篇采用的就是《大学章句》本。

# 1 大学之道（经文）

大学之道[1]，在明明德[2]，在亲民[3]，在止于至善。

知止[4]而后有定，定而后能静，静而后能安，安而后能虑，虑而后能得[5]。物有本末，事有终始，知所先后，则近道矣。

古之欲明明德于天下者，先治其国；欲治其国者，先齐其家[6]；欲齐其家者，先修其身[7]；欲修其身者，先正其心；欲正其心者，先诚其意；欲诚其意者，先致其知[8]；致知在格物[9]。物格而后知至，知至而后意诚，意诚而后心正，心正而后身修，身修而后家齐，家齐而后国治，国治而后天下平。自天子以至于庶人[10]，壹是皆以修身为本[11]。

其本乱而末[12]治者否矣；其所厚者薄，而其所薄者厚[13]，未之有也[14]！

【注释】［1］大学之道：大学的宗旨。"大学"一词在古代有两种含义：一是"博学"的意思；二是相对于小学而言的"大人之学"。古人八岁入小学，学习"洒扫应对进退、礼乐射御书数"等文化基础知识和礼节；十五岁入大学，学习伦理、政治、哲学等"穷理正心，修己治人"的学问。所以，后一种含义其实也和前一种含义有相通的地方，同样有"博学"的意思。"道"的本义是道路，引申为规律、原则等，在中国古代哲学、政治学里，也指宇宙万物的本原、个体，一定的政治观或思想体系等，在不同的上下文环境里有不同的意思。［2］明明德：前一个"明"做动词，有使动的意味，即"使彰明"，也就是发扬、弘扬的意思。后一个"明"做形容词，明德也就是光明正大的品德。［3］亲民：根据后面的"传"文，"亲"应为"新"，即革新、弃旧图新。亲民，也就是新民，意思是使人弃旧图新、去恶从善。［4］知止：知道目标所在。［5］得：收获。　〔6〕齐其家：管理好自己的家庭或家族,使家庭或家族和和美美、蒸蒸日上、兴旺发达。　〔7〕修其身：修养自身的品性。　〔8〕致其知：使自己获得知识。　〔9〕格物：认识、研究万事万物。　〔10〕庶人：指平民百姓。　〔11〕壹是：都是。本：根本。　〔12〕末：相对于本而言,指枝末、枝节。　〔13〕厚者薄：该重视的不重视。薄者厚：不该重视的却加以重视。　〔14〕未之有也：即未有之也。没有这样的道理。

**【译文】**　大学的宗旨在于弘扬光明正大的品德,在于使人弃旧图新,在于使人达到最完善的境界。

知道应达到的境界才能够志向坚定,志向坚定才能够镇静不躁,镇静不躁才能够心安理得,心安理得才能够思虑周详,思虑周详才能够有所收获。每样东西都有根本、有枝末,每件事情都有开始有终结,明白了这本末始终的道理,就接近事物发展的规律了。

古代那些要想在天下弘扬光明正大品德的人,都要先治理好自己的国家;要想治理好自己的国家,先要管理好自己的家庭和家族;要想管理好自己的家庭和家族,先要修养自身的品性;要想修养自身的品性,先要端正自己的心思;要想端正自己的心思,先要使自己的意念真诚;要想使自己的意念真诚,先要使自己获得知识;获得知识的途径在于认识、研究万事万物。通过对万事万物的认识、研究后才能获得知识;获得知识后意念才能真诚;意念真诚后心思才能端正;心思端正后才能修养品性;品性修养后才能管理好家庭和家族;管理好家庭和家族后才能治理好国家;治理好国家后天下才能太平。上自国家元首,下至平民百姓,人人都要以修养品性为根本。

若这个根本被扰乱了,(家庭和家族、国家、天下)要治理好是不可能的。不分轻重缓急,本末倒置,却想做好事情,没有这样的道理!

**【评析】**　这里所展示的,是儒家对"三纲八目"的追求。所谓"三纲",是指明明德、亲民、止于至善。它既是《大学》的纲领旨趣,也是儒家"垂世立教"的目标所在。所谓"八目",是指格物、致知、诚意、正心、修身、齐家、治国、平天下。它既是为达到"三纲"而设计的条目,也是儒家为我们展示的人生进阶。纵览"四书""五经",我们发现,儒家的全部学说实际上都是循着这"三纲""八目"而展开的。所以,抓住这"三纲""八目"就等于抓住了一把打开儒学大门的钥匙。循着这进修阶梯一步一个脚印,就能领略儒学经典的奥义。就这里的阶梯本身而言,实际上包括"内修"和"外治"两大方面：前面四级"格物、致知、诚意、正心"是"内修";后面三级"齐家、治国、平天下"是"外治"。而其中间的"修身"一环,则是连接"内修"和"外治"两方面的枢纽,它与前面的"内修"项目连在一起,是"独善其身";它与后面的"外治"项目连在一起,是"兼济天下"。两千多年来,一代又一代中国知识分子"穷则独善其身,达则兼济天下"(《孟子·尽心下》),把生命的历程铺设在这一阶梯之上。所以,它实质上已不仅仅是一系列学说性质的进修步骤,而是具有浓厚实践色彩的人生追求阶梯。它铸造了一代又一代中国知识分子的人格心理,时至今日,仍然在我们身上发挥着潜移默化的作用。不管我们的人生态度是积极的还是消极的,"格、致、诚、正,修、齐、治、平"的观念总是或隐或显地在影响着我们的思想，左右着我们的行动，使我们最终发现，自己的人生历程也不过是在这儒学的进修阶梯上或近或远地展开。

# 2  明明德(传一)

《康诰》[1]曰："克[2]明德。"《大甲》[3]曰："顾諟天之明命[4]。"《帝典》[5]曰："克明峻德[6]。"皆[7]自明也。

**【注释】**　[1]《康诰》：《尚书·周书》中的一篇，"诰"音 gào。《尚书》是上古历史文献和追述古代事迹的文章汇编，是"五经"之一，称为"书经"。全书分为《虞书》《夏书》《商书》《周书》四部分。　[2]克：能够。　[3]《大甲》：即《太甲》，《尚书·商书》中的一篇，"大"音 tài。　[4]顾：思念。諟(shì)：此。明命：光明的禀性。　[5]《帝典》：即《尧典》，《尚书·虞书》中的一篇。　[6]克明峻德：《尧典》原句为"克明俊德"。俊：与"峻"相通，意为大、崇高等。　[7]皆：都，指前面所引的几句话。

**【译文】**　《康诰》说："能够弘扬光明的品德。"《太甲》说："念念不忘这上天赋予的光明禀性。"《尧典》说："能够弘扬崇高的品德。"这些都是说要自己弘扬光明正大的品德。

**【评析】**　这是"传"的第一章，对"经"当中"大学之道，在明明德"一句进行的引证发挥，说明弘扬人性中光明正大的品德是从夏、商、周三皇五帝时代就开始强调的，有书为证，而不是我们今天别出心裁、标新立异的产物。《三字经》说："人之初，性本善；性相近，习相远；苟不教，性乃迁。"也就是说，人的本性都是善良的，只不过因为后天的环境影响和教育才导致了不同的变化，从中生出许多恶的品质。因此，儒家的先贤们强调后天环境和教育的作用，在作为"四书五经"之首的《大学》一篇里开宗明义，提出"大学"的宗旨就在于弘扬人性中光明正大的品德，使人达到最完善的境界。以我们今天的眼光来看，"在明明德"就是加强道德的自我完善，发掘、弘扬本性中的善，而摒弃恶的一面。

# 3  新民(传二)

汤之《盘铭》[1]曰："苟日新[2]，日日新，又日新。"《康诰》曰："作新民[3]。"《诗》曰："周虽旧邦，其命惟新[4]。"是故君子无所不用其极[5]。

**【注释】**　[1]汤：即成汤，商朝的开国君主。盘铭：刻在器皿上用来警诫自己的箴言。这里的器皿是指汤的洗澡盆。　[2]苟：如果。新：这里的本义是指洗澡除去身体上的污垢，使身体焕然一新，引申义则是指精神上的弃旧图新。　[3]作：振作，激励。新民：即"经"里面说的"亲民"，实应为"新民"。意思是"使民新"，也就是使人弃旧图新，去恶从善。　〔4〕"《诗》曰"句：这里的《诗》指《诗经·大雅·文王》。周：周朝。旧邦：旧国。其命：指周朝所禀受的天命。惟：语助词，无意义。〔5〕是故君子无所不用其极：所以品德高尚的人无处不追求完善。是故：所以。君子：指品德高尚的人。

**【译文】**　商汤王刻在洗澡盆上的箴言说："如果能够一天新，就应保持天天新，新了还要更新。"《康诰》说："激励人弃旧图新。"《诗经》说："周朝虽然是旧的国家，但禀受了新的天命。"所以，品德高尚的人无处不追求完善。

**【评析】**　如果说"在明明德"还是相对静态地要求弘扬人性中光明正大的品德的话，那么，"苟日新，日日新，又日新"就是从动态的角度来强调不断革新的。"苟日新，日日新，又日新"被刻在汤的洗澡盆上，本来是说洗澡的问题：假如今天把一身的污垢洗干净了，以后便要天天把污垢洗干净。引申一下，精神上的洗礼、品德上的修炼、思想上的改造又何尝不是这样呢？这使人联想到作家杨绛把她那本写干校生活的书起名为《洗澡》。精神上的洗澡就是《庄子·知北游》所说的"澡雪而精神"，就是《礼记·儒行》所说的"儒有澡身而浴德"，展示的是一种革新的姿态，驱动人们弃旧图新。

# 4　止于至善（传三）

《诗》云："邦畿千里，惟民所止[1]。"《诗》云："缗蛮黄鸟，止于丘隅[2]。"子曰："于止，知其所止，可以人而不如鸟乎？"

《诗》云："穆穆文王，於缉熙敬止[3]！"为人君，止于仁；为人臣，止于敬；为人子，止于孝；为人父，止于慈；与国人交，止于信。

《诗》云："瞻彼淇澳，菉竹猗猗。有斐君子，如切如磋，如琢如磨。瑟兮僩兮，赫兮喧兮。有斐君子，终不可諠兮[4]！""如切如磋"者，道[5]学也；"如琢如磨"者，自修也；"瑟兮僩兮"者，恂栗[6]也；"赫兮喧兮"者，威仪也；"有斐君子，终不可諠兮"者，道盛德至善，民之不能忘也。

《诗》云："於戏！前王不忘[7]。"君子贤其贤而亲其亲，小人乐其乐而利其利，此以没世不忘也[8]。

**【注释】**　〔1〕邦畿（jī）千里，惟民所止：引自《诗经·商颂·玄鸟》。邦畿：都城及其周围的地区。止：有至、到、停止、居住、栖息等多种含义，在这句里是居住的意思。　〔2〕缗（mín）蛮黄鸟，止于丘隅（yú）：引自《诗经·小雅·绵蛮》。缗蛮：即绵蛮，鸟叫声。止：栖息。隅：角落。　〔3〕穆穆文王，於缉熙敬止：引自《诗经·大雅·文王》。穆穆：仪表美好端庄的样子。於（wū）：叹词。缉（qī）：继续。熙：光明。敬：庄重。止：语助词，无意义。　〔4〕《诗》云：这几句诗引自《诗经·卫风·淇澳》。

淇：指淇水，在今河南北部。澳(yù)：水边。菉(lù)竹猗(yī)猗：嫩绿的竹子郁郁葱葱。斐(fěi)：文采。瑟兮僩(xiàn)兮：庄重而胸襟开阔的样子。赫兮喧兮：显耀盛大的样子。喧，同"谖"(xuān)：遗忘。　　[5] 道：说、言的意思。　　[6] 恂(xún)栗(lì)：恐惧，戒惧。　　[7] 於(wū)戏(hū)！前王不忘：引自《诗经·周颂·烈文》。於戏：叹词。前王：指周文王、周武王。　　[8] 此以：因此。没(mò)世：去世。

**【译文】**《诗经》说："京城及其周围，都是老百姓向往居住的地方。"《诗经》又说："绵蛮叫着的黄鸟，栖息在山冈上。"孔子说："连黄鸟都知道它该栖息在什么地方，难道人还可以不如一只鸟儿吗？"

《诗经》说："品德高尚的文王啊，为人光明磊落，做事始终庄重谨慎。"做国君的，要做到仁爱；做臣子的，要做到恭敬；做子女的，要做到孝顺；做父亲的，要做到慈爱；与他人交往，要做到讲信用。

《诗经》说："看那淇水弯弯的岸边，嫩绿的竹子郁郁葱葱。有一位文质彬彬的君子，研究学问如加工骨器，不断切磋；修炼自己如打磨美玉，反复琢磨。他庄重而开朗，仪表堂堂。这样一个文质彬彬的君子，真是令人难忘啊！"这里所说的"如加工骨器，不断切磋"，是指做学问的态度；这里所说的"如打磨美玉，反复琢磨"，是指自我修炼的精神；说他"庄重而开朗"，是指他内心谨慎而有所戒惧；说他"仪表堂堂"，是指他非常威严；说"这样一个文质彬彬的君子，可真是令人难忘啊"是指由于他品德非常高尚，达到了最完善的境界，所以使人难以忘怀。

《诗经》说："啊！前代的君王真使人难忘。"后世的贤人君子，能够尊重贤人，亲近亲族，一般平民百姓也能享受安乐，获得利益。（因为前代的君王能够精诚其意，垂于后世，所以）人们还是永远不会忘记他们。

**【评析】**　　这一段是对"在止于至善"经义的阐述。要做到"知其所止"，即知道应该停在什么地方，才谈得上做到"止于至善"。俗语说："人往高处走，水往低处流。"鸟儿尚且知道找一个栖息的林子，人怎么可以不知道自己应该落脚的地方呢？所以，"邦畿千里，惟民所止"。大都市及其周围地区古来就是人们向往居住的地方。但这还只是身体的"知其所止"，不是经义的所在。经义的所在是精神的"知其所止"，也就是"在止于至善"。要达到这"至善"的境界，不同的人有不同的努力方向，最后要实现的，就是通过"如切如磋，如琢如磨"的研修而达到"盛德至善，民之不能忘也"，成为流芳百世的具有完善人格的人。"知其所止"，也就是知道自己应该"止"的地方，找准自己的位置，这一点，说起来容易做起来难。《大学》中说："为人君，止于仁；为人臣，止于敬；为人子，止于孝；为人父，止于慈；与国人交，止于信。"不同的身份、不同角色的人有不同的"所止"，关键在于寻找最适合自身条件、最能扬长避短的位置和角色——"知其所止"。这才是最重要的。

# 5　知本（传四）

子曰："听讼，吾犹人也，必也使无讼乎[1]！"无情者不得尽其辞[2]，大畏民志[3]；此谓知本。

**【注释】**　[1] 子曰句：引自《论语·颜渊》。听讼：听诉讼，即审案子。犹人：与别人一样。　[2] 无情者不得尽其辞：使隐瞒真实情况的人不能够花言巧语。[3] 民志：民心，人心。

**【译文】**　孔子说："听诉讼审理案子，我也和别人一样，目的在于使诉讼不再发生。"使隐瞒真实情况的人不敢花言巧语，使人心畏服；这就叫作抓住了根本。

**【评析】**　这一段以孔子谈诉讼的话来阐发"物有本末，事有终始"的道理，强调凡事都要抓住根本。审案的根本目的是使案子不再发生，这正如"但愿世间人无病，何愁架上药生尘"的道理一样。

审案和卖药都只是手段，或者说是"末"，使人心理畏服不再犯案和增强体质不再生病才是目的，或者说才是"本"。

说到底，这是一个教化与治理的问题，教化是本，治理是末。正是由此出发，我们才能够理解《大学》强调以修身为本，齐家、治国、平天下都只是末的道理。

本末的关系如此，终始的因果也一样。从哲学命题的角度来看，本末是本质论，终始是发展观，这两大哲学概念在《大学》这篇儒学的入门读物中以八个字提出："物有本末，事有终始。"再以八个字加以干净利落地进行了解释："知所先后，则近道矣。"语言极度简洁而蕴含无比深刻，显出"经"的本色。

# 6　格物致知[1]（传五）

所谓致知在格物者，言欲致吾之知，在即物而穷[2]其理也。盖人心之灵莫不有知，而天下之物莫不有理，唯于理有未穷[3]，故其知有不尽也，是以《大学》始教，必使学者即凡天下之物，莫不因其已知之理而益[4]穷之，以求至乎其极。至于用力之久，而一旦豁然贯通焉，则众物之表里精粗无不到，而吾心之全体大用无不明矣。此谓物格，此谓知之至也。

**【注释】**　[1] 这一章的原文只有"此谓知本。此谓知之至也"两句。朱熹认为，"此谓知本"一句是上一章的衍文，"此谓知之至也"一句前面又缺了一段文字。所以，朱熹根据上下文关系补充了一段文字，这里所选的，就是朱熹补充的文字。[2] 即：接近，接触。穷：穷究，彻底研究。　[3] 未穷：未穷尽，未彻底。　[4] 益：更加，进一步。

【译文】　说获得知识的途径在于认识、研究万事万物，是指要想获得知识，就必须接触事物而彻底研究它的原理。人的心灵都具有认识能力，而天下万事万物都总有一定的原理，只不过因为这些原理还没有被彻底认识，所以使知识显得很有限。因此，《大学》一开始就教学习者接触天下万事万物，用自己已有的知识去进一步探究（事物），以彻底认识万事万物的原理。经过长期的努力，总有一天会豁然贯通，到那时，万事万物的里外巨细都被认识得清清楚楚，而自己内心的一切认识能力都得到淋漓尽致的发挥，再也没有蔽塞。这就叫万事万物被认识、研究了，这就叫知识达到顶点了。

【评析】　格物致知——通过对万事万物的认识、研究而获得知识，而不是只从书本上获得知识。这种认识论很具有实践性，打破了人们认为学习就是死啃书本的认识。

"格物致知"在宋以后成了中国哲学中的一个重要范畴，到清朝末年，"格致"（即"格物致知"的简称）又成了对"声光化电"等自然科学部门的统称。鲁迅在《呐喊·自序》里说："在这学堂里，我才知道在这世上，还有所谓格致，算学，地理，绘图和体操。"这说明"格物致知"的深刻影响。

事实上，时至今日，当我们说到知识的获取时，仍离不开"格物致知"这一条途径。因为，它说的不是"秀才不出门，全知天下事"，而是说你要知道梨子的滋味，就得拿个梨子，亲口尝一尝。

简言之，"格物致知"把我们引向万事万物，引向实践，引向"实践是检验真理的唯一标准"和"实践是认识的唯一源泉"。

# 7　诚意（传六）

所谓诚其意[1]者，毋[2]自欺也。如恶恶臭[3]，如好好色[4]，此之谓自谦[5]。故君子必慎其独[6]也。

小人闲居[7]为不善，无所不至，见君子而后厌然[8]，掩[9]其不善，而著[10]其善。人之视己，如见其肺肝然，则何益矣？此谓诚于中[11]，形于外，故君子必慎其独也。

曾子曰："十目所视，十手所指，其严乎！"富润屋[12]，德润身[13]，心广体胖[14]，故君子必诚其意。

【注释】　[1]其意：使意念真诚。　[2]毋：不要。　[3]恶（wù）恶（è）臭（xiù）：厌恶腐臭的气味。臭：气味，较现代单指臭（chòu）味的含义宽泛。　[4]好（hào）好（hǎo）色：喜爱美丽的女子。好色：美女。　[5]谦（qiè）：通"慊"：满足。[6]慎其独：在独自一人时也谨慎不苟。　[7]闲居：即独处。　[8]厌（yǎn）然：

躲躲闪闪的样子。 ［9］掩：遮掩，掩盖。 ［10］著（zhù）：显示。 ［11］中（zhōng）：指内心。下面的"外"指外表。 ［12］润屋：装饰房屋。 ［13］润身：修养自身。 ［14］心广体胖（pán）：心胸宽广，身体舒泰安康。胖：大，安泰舒适。

**【译文】** 意念真诚的意思是说，不要自己欺骗自己。要像厌恶腐臭的气味一样，要像喜爱美丽的女人一样，一切都发自内心。所以，品德高尚的人哪怕是在一个人独处的时候，也一定要谨慎。

品德低下的人在私下里无恶不作，一见到品德高尚的人便躲躲闪闪，掩盖自己所做的坏事而装出一副善良高尚的样子。殊不知，别人看你自己，就像能看见你的心肺肝脏一样清楚，掩盖有什么用呢？这就叫作内心的真实，一定会表现到外表上来。所以，品德高尚的人哪怕是在一个人独处的时候，也一定要谨慎。

曾子说："许多双眼睛看着，许多手指着，这难道不令人畏惧吗！"财富可以装饰房屋，品德却可以修养身心，使心胸宽广而身体舒泰安康。所以，品德高尚的人，一定要使自己的意念真诚。

**【评析】** 一个人要做到真诚，最重要的是"慎其独"，即在一个人独处的时候也谨慎，简而言之，就是人前人后一个样。人前真诚，人后也真诚，一切都发自肺腑、发自内心，就像手脚长在自己身上一样自然自如、真实无欺。

从反面来说，"若要人不知，除非己莫为"，自欺欺人，掩耳盗铃，总有东窗事发的一天。

须知，金玉满堂，并不能保得你心情舒畅、身体安康，倒是那《红楼梦》中的《好了歌》唱得好："终朝只恨聚无多，及到多时眼闭了。"所以，比装饰房屋（富润屋）更重要的还是修养自身（德润身），做到心宽体胖。而要做到这一切，还得要回到那个起始点——君子必诚其意。真诚做人，立身之本。

# 8  正心修身（传七）

所谓修身在正其心者，身有所忿懥[1]，则不得其正；有所恐惧，则不得其正；有所好乐[2]，则不得其正；有所忧患，则不得其正。心不在焉，视而不见，听而不闻，食而不知其味。此谓修身在正其心。

**【注释】** ［1］身：程颐认为应为"心"。忿（fèn）懥（zhì）：愤怒。 ［2］好（hào）乐（yào）：喜好。

**【译文】** 之所以说修养自身的品性要先端正自己的心思，是因为心有愤怒就不能够端正；心有恐惧就不能够端正；心有喜好就不能够端正；心有忧虑就不能够端正。心思不端正就像心不在自己身上一样，虽然在看，但像没有看见一样；虽然在听，但却像没有听见一样；虽然在吃东西，但一点也不知道是什么滋味。所以说，要修养自身的品性,必须要先端正自己的心思。

【评析】 正心是诚意之后的进修阶梯。

诚意是指意念真诚,不自欺欺人。但是,做人仅仅有诚意还不行,诚意可能被喜怒哀乐惧等情感影响,使人成为感情的奴隶。

因此,在"诚其意"之后,还必须"正其心",也就是要以端正的心思(理智)来驾驭感情,进行调节,以保持中正平和的心态,集中精神修养品性。

这里需要注意的是,理与情、正心和诚意不是绝对对立、互不相容的。朱熹认为,喜怒哀乐惧等都是人心所不可缺少的感情,但是,一旦我们不能自察,任其左右自己的行动,便会使心思失去端正。所以,正心不是要完全摒弃喜怒哀乐惧等感情,不是禁欲,而是说要让理智来克制、驾驭感情,使心思不被感情所左右,从而做到情理和谐地修身养性。

也就是说,修身在正其心不外乎是要心思端正,不要三心二意,否则就会"心不在焉,视而不见,听而不闻,食而不知其味"。

# 9 修身齐家(传八)

所谓齐其家在修其身者,人之其所亲爱而辟焉[1],之其所贱恶[2]而辟焉,之其所畏敬而辟焉,之其所哀矜[3]而辟焉,之其所敖惰[4]而辟焉。故好而知其恶[5],恶而知其美[6]者,天下鲜矣。故谚有之曰:"人莫知其子之恶[7],莫知其苗之硕[8]。"此谓身不修,不可以齐其家。

【注释】 [1]之:即"于",对于。辟(pì):偏颇,偏向。 [2]贱恶(wù):厌恶。[3]哀矜(jīn):同情,怜悯。 [4]敖(ào)惰:骄作怠慢,轻视。 [5]好而知其恶(è):喜爱某人又看到那人的缺点。 [6]恶(wù)而知其美:厌恶某人又看到那人的优点。 [7]恶(è):坏。 [8]硕:大,肥壮。

【译文】 之所以说管理好家庭和家族要先修养自身,是因为人们对于自己亲爱的人会有偏爱;对于自己厌恶的人会有偏恨;对于自己敬畏的人会有偏向;对于自己同情的人会有偏心;对于自己轻视的人会有偏见。所以能够喜爱某人又看到那人的缺点、厌恶某人又看到那人的优点的人,天下很少。所以有谚语说:"人都不知道自己孩子的坏,人都不满足自己庄稼的好。"这就是不修养自身就不能管理好家庭和家族的道理。

【评析】 在这里,修养自身的关键是克服感情上的偏私:正己,然后正人。

儒学的进修阶梯由内向外展开,这里是中间过渡的一环。在此之前的格物、致知、诚意、正心都在个体自身进行,在此之后的齐家、治国、平天下,开始处理人与人之间的关系,从家庭走向社会,从独善其身转向兼济天下。当然,其顺序仍然是由内逐步外推。首先是与自身密切相关的家庭和家族,然后才依次是国家、天下。正因为首先是与自身密切相关的家(家庭和家族),所以才有一个首要的克服感情偏私的问题。中国人常说:"家和万事兴。"如果不排除偏私之见,不修身正己以正人,就不能管理好自己的家庭。

# 10 齐家治国(传九)

所谓治国必先齐其家者,其家不可教,而能教人者,无之。故君子不出家,而成教于国。孝者,所以事君也;弟<sup>[1]</sup>者,所以事长也;慈<sup>[2]</sup>者,所以使众也。《康诰》曰:"如保赤子<sup>[3]</sup>。"心诚求之,虽不中<sup>[4]</sup>,不远矣。未有学养子而后嫁者也。

一家仁,一国兴仁;一家让,一国兴让;一人贪戾,一国作乱;其机<sup>[5]</sup>如此。此谓一言偾<sup>[6]</sup>事,一人定国。尧、舜帅<sup>[7]</sup>天下以仁,而民从之。桀、纣帅天下以暴<sup>[8]</sup>,而民从之。其所令反其所好<sup>[9]</sup>,而民不从。是故君子有诸<sup>[10]</sup>己,而后求诸人;无诸己,而后非诸人。所藏乎身不恕<sup>[11]</sup>,而能喻<sup>[12]</sup>诸人者,未之有也。故治国在齐其家。

《诗》云:"桃之夭夭,其叶蓁蓁。之子于归,宜其家人<sup>[13]</sup>。"宜其家人,而后可以教国人。

《诗》云:"宜兄宜弟<sup>[14]</sup>。"宜兄宜弟,而后可以教国人。

《诗》云:"其仪不忒<sup>[15]</sup>,正是四国。"其为父子兄弟足法,而后民法之也。此谓治国在齐其家。

**【注释】** [1] 弟(tì):悌。指弟弟应该敬爱哥哥。 [2] 慈:指父母爱子女。[3] 如保赤子:《尚书·周书·康诰》原文作"若保赤子"。这是周成王告诫康叔的话,意思是保护平民百姓要如母亲养护婴孩一样。赤子:婴孩。 [4] 中(zhòng):达到目标。 [5] 机:本指弩箭上的发动机关,引申指关键。 [6] 偾(fèn):败,坏。[7] 尧舜:传说中父系氏族社会后期部落联盟的两位领袖,即尧帝和舜帝,历来被认为是圣君的代表。帅:同"率",率领,统帅。 [8] 桀(jié):夏代最后一位君主。纣:即殷纣王,商代最后一位君主。二人历来被认为是暴君的代表。暴:凶暴。 [9] 其所令反其所好:统治者的号令与自己的嗜好(实际做法)相反。 [10] 诸:"之于"的合音。 [11] 恕:即恕道。孔子说:"己所不欲,勿施于人。"意思是说,自己不想做的事情,也不要让别人去做。这种推己及人,将心比心的品德就是儒学所倡导的恕道。[12] 喻:使别人明白。 [13] "桃之夭夭"句:引自《诗经·周南·桃夭》。夭(yāo)夭:鲜嫩,美丽。蓁(zhēn)蓁:茂盛的样子。之子于归:这个女子出嫁。 [14] 宜兄宜弟:兄弟和睦。 [15] 仪:仪表,仪容。忒:差错。

【译文】 之所以说治理国家必须先管理好自己的家庭和家族，是因为不能管教好家人而能管教好别人的人，是没有的。所以，有修养的人在家里就受到了治理国家方面的教育。对父母的孝顺可以用于侍奉君主；对兄长的恭敬可以用于侍奉官长；对子女的慈爱可以用于管理民众。《康诰》说："如同爱护婴儿一样。"内心真诚地去追求，即使达不到目标，也不会相差太远。要知道，没有先学会了养孩子再去出嫁的人啊！一家仁爱，一国也会兴起仁爱；一家礼让，一国也会兴起礼让；一人贪婪暴戾，一国就会变得乱。其联系就是这样紧密，这就叫作：一句话就会坏事，一个人就能安定国家。尧、舜用仁爱统治天下，老百姓就跟随着仁爱；桀、纣用凶暴统治天下，老百姓就跟随着凶暴。统治者的命令与自己的实际做法相反，老百姓是不会服从的。所以，品德高尚的人，总是自己先做到，然后才要求别人做到；自己先不这样做，然后才要求别人不这样做。不采取这种推己及人的恕道，而想让别人按自己的意思去做，那是不可能的。所以，要治理国家必须先管理好自己的家庭和家族。

《诗经》说："桃花鲜美，树叶茂密，这个姑娘出嫁了，让全家人都和睦。"让全家人都和睦，然后才能够让一国的人都和睦。

《诗经》说："兄弟和睦。"兄弟和睦了，然后才能够让一国的人都和睦。

《诗经》说："容貌举止庄重严肃，成为四方国家的表率。"只有当一个人无论是作为父亲、儿子，还是兄长、弟弟，都值得人效法时，老百姓才会去效法他。这就是要治理国家必须先管理好家庭和家族的道理。

【评析】 国家，仅从语词关系来看，国和家的关系是血肉相连、密不可分的；尤其是在以家族为中心的宗法制社会时代，家是一个小小的王国，家长就是它的国王；国是一个大大的家，国王就是它的家长。因此，有君君、臣臣、父父、子子的规范贯穿国与家；也正因为如此，我们才能理解，"治国必先齐其家"。

不过，进入现代社会，情况已发生了极大的变化，其中的封建糟粕已被抛弃：一方面，国已不允许实行家长制；另一方面，家已大大地民主化。不仅君君、臣臣、父父、子子的规范已成为过去，就是孝、悌观念也日渐式微，丧失了"君子不出家而成教于国"的基本条件。而且，"其家不可教而能教人者"的现象也不是"无之"，而是时有出现。比如说，一个优秀教师教不好自己的子女，一些干部的孩子以身试法等，很是令人深思。

从另一方面来看，《大学》的这一章反复强调以身作则，要求"君子有诸己，而后求诸人；无诸己，而后非诸人"，指出"其所令反其所好，而民不从""所藏乎身不恕，而能喻诸人者，未之有也"。这些思想却并不因为社会时代的变迁而失去光彩。它是对儒学"恕道"原则的阐发，可广泛应用于生活的各个方面，作为我们立身处世、待人接物的有益参照。

# *11*　治国平天下(传十)

所谓平天下在治其国者,上老老[1]而民兴孝;上长长[2]而民兴弟;上恤孤[3]而民不倍[4],是以君子有絜矩之道[5]也。

所恶于上,毋以使下;所恶于下,毋以事上;所恶于前,毋以先后;所恶于后,毋以从前;所恶于右,毋以交于左;所恶于左,毋以交于右;此之谓絜矩之道。

《诗》云:"乐只君子,民之父母[6]。"民之所好好之,民之所恶恶之,此之谓民之父母。《诗》云:"节彼南山,维石岩岩。赫赫师尹,民具尔瞻[7]。"有国者不可以不慎。辟,则为天下僇[8]矣。

《诗》云:"殷之未丧师,克配上帝。仪鉴于殷,峻命不易[9]。"道得众,则得国;失众,则失国。

是故君子先慎乎德。有德此[10]有人,有人此有土,有土此有财,有财此有用。

德者,本也;财者,末也。外本内末,争民施夺[11]。是故财聚则民散,财散则民聚。是故言悖[12]而出者,亦悖而入;货悖而入者,亦悖而出。

《康诰》曰:"惟命不于常。"道善则得之,不善则失之矣。

《楚书》曰:"楚国无以为宝,惟善以为宝[13]。"舅犯曰:"亡人无以为宝,仁亲以为宝[14]。"

《秦誓》曰[15]:"若有一个臣,断断[16]兮无他技,其心休休[17]焉,其如有容[18]焉。人之有技,若己有之,人之彦圣[19],其心好之,不啻若自其口出[20],寔能容之,以能保我子孙黎民,尚亦有利哉。人之有技,媢嫉以恶之[21],人之彦圣,而违之俾[22]不通,寔不能容,以不能保我子孙黎民,亦曰殆[23]哉!"唯仁人放流[24]之,迸诸四夷[25],不与同中国[26]。此谓"唯仁人为能爱人,能恶人。"见贤而不能举,举而不能先,命[27]也;见不善而不能退,退而不能远,过也。好人之所恶,恶人之所好,是谓拂[28]人之性,菑必逮夫[29]身。是故君子有大道,必忠信以得之,骄泰[30]以失之。

生财有大道:生之者众,食之者寡,为之者疾,用之者舒,则财恒足矣。仁者以财发身[31],不仁者以身发财。未有上好仁,而下不好义者也;未有好义,其事不终者也;未有府库[32]财,非其财者也。

孟献子[33]曰:"畜马乘[34],不察于鸡豚[35];伐冰之家[36],不畜牛羊;百乘之家[37],不畜聚敛之臣[38];与其有聚敛之臣,宁有盗臣。"此谓国不以利为利，以义为利也。长国家[39]而务财用者，必自小人矣，彼为善之。小人之使为国家，菑害并至。虽有善者，亦无如之何[40]矣！此谓国不以利为利，以义为利也。

【注释】 [1]老老：尊敬老人。前一个"老"字做动词，意思是把老人当作老人看待。 [2]长长：尊重长辈。前一个"长"字做动词，意思是把长辈当作长辈看待。 [3]恤：体恤，周济。孤，孤儿，古时候专指幼年丧失父亲的人。 [4]倍：通"背"，背弃。 [5]絜(xié)矩之道：儒家伦理思想之一，指一言一行要有示范作用。絜，量度。矩，画直角或方形用的尺子，引申为法度，规则。 [6]"乐(lè)只君子，民之父母"：引自《诗经·小雅·南山有台》。乐：快乐，喜悦。只，语助词。 [7]"节彼南山"句：引自《诗经·小雅·节南山》。节：高大。岩岩：险峻的样子。师尹：太师尹氏，太师是周代的三公之一。尔：你。瞻：瞻仰，仰望。 [8]辟(pì)：偏差。僇(lù)：通"戮"，杀戮。 [9]"殷之未丧师"句：引自《诗经·大雅·文王》。师：民众。配：符合。仪：宜。监：鉴戒。峻：大。不易：不容易保有。 [10]此：乃，才。 [11]争民施夺：与民争利，施行劫夺。 [12]悖(bèi)：逆，违背道理。 [13]《楚书》：楚昭王时的史书。楚昭王派王孙圉(yǔ)出使晋国。晋国赵简子问楚国珍宝美玉现在怎么样了。王孙圉答道：楚国从来没有把美玉当作珍宝，只是把善人如观射父(人名)这样的大臣看作珍宝。事见《国语·楚语》。 [14]舅犯：晋文公重耳的舅舅狐偃，字子犯。亡人：流亡的人，指重耳。晋僖公四年十二月，晋献公因受骊姬的谗言，逼迫太子申生自缢而死。重耳避难逃亡在狄国时，晋献公逝世。秦穆公派人劝重耳归国掌政。重耳将此事告子犯，子犯以为不可，对重耳说了这几句话。事见《礼记·檀弓下》。 [15]《秦誓》：《尚书·周书》中的一篇。 [16]断断：真诚的样子。 [17]休休：宽宏大量。 [18]有容：能够容人。 [19]彦圣：指德才兼备。彦：美。圣：明。 [20]不啻(chì)：不但。 [21]媢(mào)疾：妒忌。 [22]违：阻抑。俾(bì)：使。 [23]殆：危险。 [24]放流：流放。 [25]迸(bǐng)：即"屏"，驱逐。四夷：四方之夷。夷指古代东方的部族。 [26]中国：全国中心地区。与现代意义的"中国"一词意义不一样。 [27]命：东汉郑玄认为应该是"慢"字之误。慢即轻慢。 [28]拂：逆，违背。 [29]菑：通"灾"。逮：及、到。夫(fū)：助词。 [30]骄泰：骄横放纵。 [31]发身：修身。发：发达，发起。 [32]府库：国家收藏财物的地方。 [33]孟献子：鲁国大夫，姓仲孙名蔑。 [34]畜(xù)：养。乘(shèng)：指用四匹马拉的车。畜马乘是士人初做大夫官时得到的待遇。 [35]察：关注。豚(tún)：猪。 [36]伐冰之家：指丧祭时能用冰保存遗体的人家。是卿大夫等大官的待遇。 [37]百乘之家：拥有一百辆车的人家，指有封地的诸侯王。 [38]聚敛之臣：搜刮钱财的家臣。聚，聚集。敛，征收。 [39]长(zhǎng)国家：成为国家之长，指君王。 [40]无如之何：没有办法。

【译文】 所说的平定天下，先要治理好自己的国家，是因为在上位的人尊敬老人，老百姓就会孝顺自己的父母；在上位的人尊重长辈，老百姓就会尊重自己的兄长；

在上位的人体恤救济孤儿,老百姓也会同样跟着去做。所以,品德高尚的人总是实行以身作则、推己及人的"絜矩之道"。

如果厌恶上司对你的某种行为,就不要用这种行为去对待你的下属;如果厌恶下属对你的某种行为,就不要用这种行为去对待你的上司;如果厌恶在你前面的人对你的某种行为,就不要用这种行为去对待在你后面的人;如果厌恶在你后面的人对你的某种行为,就不要用这种行为去对待在你前面的人;如果厌恶在你右边的人对你的某种行为,就不要用这种行为去对待在你左边的人;如果厌恶在你左边的人对你的某种行为,就不要用这种行为去对待在你右边的人。这就叫作"絜矩之道"。

《诗经》说:"使人心悦诚服的国君啊,是老百姓的父母。"老百姓喜欢的,他也喜欢;老百姓厌恶的,他也厌恶;这样的国君就可以说是老百姓的父母了。《诗经》说:"巍峨的南山啊,岩石耸立。显赫的尹太师啊,百姓都仰望你。"统治国家的人不可不谨慎。稍有偏颇,就会被天下人推翻。《诗经》说:"殷朝没有丧失民心的时候,还是能够与上天的要求相符的。请用殷朝做个鉴戒吧,守住天命并不是一件容易的事。"这就是说,得到民心就能得到国家,失去民心就会失去国家。

所以,品德高尚的人首先注重修养德行。有德行才会有人拥护,有人拥护才能保有土地,有土地才会有财富,有财富才能供给使用。

德是根本,财是枝末,假如把根本当成了外在的东西,却把枝末当成了内在的根本,那就会和老百姓争夺利益。所以,君王聚财敛货,民心就会失散;君王散财于民,民心就会聚在一起。这正如你说话不讲道理,人家也会用不讲道理的话来回答你;财货来路不明不白,总有一天也会不明不白地失去。

《康诰》说:"天命是不会始终如一的。"这就是说,行善便会得到天命,不行善便会失去天命。

《楚书》说:"楚国没有什么是宝,只是把善当作宝。"子犯说,"流亡在外的人没有什么是宝,只是把仁爱当作宝。"

《秦誓》说:"如果有这样一位大臣,忠诚老实,虽然没有什么特别的本领,但他心胸宽广,有容人的肚量,别人有本领,就如同他自己有一样;别人德才兼备,他心悦诚服,不只是在口头上表示,也是打心底里赞赏。用这种人,是可以保护我的子孙和百姓的,是可以为他们造福的啊! 相反,如果别人有本领,他就妒忌、厌恶;别人德才兼备,他便想方设法压制、排挤,无论如何容忍不得。用这种人,不仅不能保护我的子孙和百姓,而且可以说是危险得很!"因此,有仁德的人会把这种容不得人的人流放,把他们驱逐到边远的四夷之地去,不让他们同住在国中。这说明,有德的人爱憎分明,发现贤才而不能选拔,选拔了而不能重用,这是轻慢;发现恶人而不能罢免,罢免了而不能把他驱逐得远远的,这是过错。喜欢众人所厌恶的,厌恶众人所喜欢的,这是违背人的本性,灾难必定要落到自己身上。所以,做国君的人有正确的做事方法:忠诚信义,便会获得一切;骄奢放纵,便会失去一切。

生产财富也有正确的途径：生产的人多，消费的人少；生产的人勤奋，消费的人节省。这样，财富便会经常充足。仁爱的人仗义疏财以修养自身的德行，不仁的人不惜以生命为代价去敛钱发财。没有在上位的人喜爱仁德，在下位的人却不喜爱忠义的；没有喜爱忠义，做事却半途而废的；没有国库里的财物不是属于国君的。

孟献子说："养了四匹马拉车的士大夫之家，就不需再去养鸡养猪；丧祭用凿冰的卿大夫家，就不要再去养牛养羊；拥有一百辆兵车的诸侯之家，就不要去收养搜刮民财的家臣。与其有搜刮民财的家臣，不如有偷盗东西的家臣。"这意思是说，一个国家不应该以财货为利益，而应该以仁义为利益。做了国君却还一心想着聚敛财货，这必然是有小人在诱导，而那国君还以为这些小人是好人，让他们去处理国家大事，结果是天灾人祸一起降临。这时虽有贤能的人，却也没有办法挽救了。所以，一个国家不应该以财货为利益，而应该以仁义为利益。

**【评析】** 这是《大学》的最后一章，具有结尾的性质。全章在阐释"平天下在治其国"的主题下，具体展开了如下几方面的内容：① 君子有"絜矩之道"；② 民心的重要——得众则得国，失众则失国；③ 德行的重要——德本财末；④ 用人的问题——唯仁人为能爱人，能恶人；⑤ 利与义的问题——国不以利为利，以义为利。

所谓"絜矩之道"，是与前一章所强调的"恕道"一脉相承的。如果说，"恕道"重点强调的是"己所不欲，勿施于人"的将心比心，那么，"絜矩之道"则是重在强调以身作则的示范作用。如孔子对季康子说："当政者的德行好比是风，老百姓的德行好比是草，只要风吹到草上，草必然随风倒伏。"（《论语·颜渊》）世道人心，上行下效。关键是看你说什么、提倡什么、做什么。榜样的力量是无穷的，领袖的力量更是不可估量的。所以，当政治国的人要有"絜矩之道"。

民心的重要性是儒家反复强调的内容。水能载舟，也能覆舟。不过，道理虽然是毋庸置疑的，但纵观历史，却往往是当局者迷、旁观者清。所以，才会有王朝的更迭，江山的改姓，当政者"为天下僇"。

德行是儒学反复记述、强调的中心问题之一。儒家经常把德与财对举起来进行比较，提出"德本财末"的思想。尽管从儒学的全部治国方略来看，也有"先富后教"（《论语·子路》）、"有恒产者有恒心"（《孟子·滕文公上》）等强调经济基础的思想，但总的说来，重精神而轻物质、崇德而抑财的倾向仍是非常突出的。

正因为"德本财末"，所以就涉及一个用人的问题。而在用人的问题上，同样是品德第一，才能第二。对于这一点，《大学》不厌其烦地引述了《尚书·秦誓》里的一大段话，说明一个人即使没有什么才能，但只要心胸宽广能容人，"宰相肚里能撑船"，便可以重用。相反，一个人即使非常有才能，但如果嫉贤妒能、容不得人，也是危害无穷,不能任用的。所以,"唯仁人为能爱人,能恶人"。当政治国的人要有识别人才的本领。

与"德本财末"密切相关的另一对范畴便是"利"与"义"。为了阐述"利"与"义"的关系,《大学》提出了"生财有大道"的看法,即生产的人多,消费的人少;生产的人勤奋,消费的人节省。这是一段很富有经济学色彩的论述,浅显易懂而毋庸置疑。值得我们注意的倒是下面的两句话:"仁者以财发身,不仁者以身发财。""以财发身"的人把钱财看作身外之物,所以能利用钱财以修养自身的德行;"以身发财"的人爱财如命,奉行"人为财死,鸟为食亡"的原则,不惜以生命为代价去敛钱发财,或贪赃枉法,或贪婪吝啬。

总体来说,这一章收束《大学》全篇,内容丰富,包含了儒学的不少重要思想。这些思想在《中庸》《论语》《孟子》等儒家经典中还会被反复论述。

 拓展阅读一

### 《大学》中的成语

《大学》《中庸》《论语》《孟子》合称为"四书",为儒家传道、授业的基本教材。数千年来,它启迪了中华民族对宇宙自然的体悟、对人生哲理的深刻认识、对人伦天理的创造性阐释,提供了修身、齐家、治国、平天下的智慧和经验。其中的格言警句、妙语佳言、成语典故至今仍大量地体现在各类文化书籍和日常生活、社交活动中。以下两个成语均出自《大学》,你能从中学到什么?

### 心 广 体 胖

"心广体胖"是指人心胸开阔,体态安详舒适。后指人因心情安适、没有牵挂而身体肥胖。胖(pán):安详,舒适。

这个成语出自《大学》:"富润屋,德润身,心广体胖。故君子必诚其意。"

要做到真诚,最重要、也是最考验人的一课便是"慎其独",即在一个人独处的时候也要谨慎,简而言之,就是"人前人后一个样"。要做到这一点,就要真诚做人,这是立身之本。

### 德 本 财 末

"德本财末"是指治国平天下,德为根本,财由德致,故财为末。

这个成语出自《大学》:"是故君子先慎乎德。有德此有人,有人此有土,有土此有财,有财此有用。德者本也,财者末也。外本内末,争民施夺。是故财聚则民散,财散则民聚。"

意思是说,君子首先要谨慎于德,规范自己的德行。只有有德才能拥有人民,有了人民才能有国土;只有有了广阔的国土,人民才能有充盈的财物;有了财物才能拿来振兴国家,做出一番大事业。这里把"国、人、德、财"四个方面的关系说得非常清楚。

拓展阅读二

### 知行合一　止于至善

在《大学》的"三纲领"中，"止于至善"居于最后，它是对"明明德""亲民"的最高要求，是道德修为的至高境界。什么是"至善"，什么又是"止于至善"呢？倘若把"至善"直接说成"最高的善"，有些空洞玄虚，让人无法把握。朱熹曾解释，"事事物物皆有定理"，每一件事、每一个东西都有确定的客观的法则或道理，"至善"就是这"事事物物"的定理。

### 做事把握分寸，追求恰到好处

"至善"就是我们做事时那个恰到好处的点，而"止于至善"就是指能够在每个具体实践中做到"恰到好处"。做个比喻，我们做事就好比射箭，箭有箭靶，"至善"就是靶心，"止于至善"就是射中靶心。既然凡事要以射中"靶心"为佳，那我们就需要把握好分寸，追求恰到好处，否则就会过犹不及。比如，做子女的对待父母要做到孝，孝就是子女的"至善"。这个孝并不是抽象的一个字，它包括很多具体的行为和方式，做子女的要努力知道哪些行为是恰当的、合乎孝的行为。父母生病不为父母求医问药就是不孝，但如果相信某些迷信的说法，割掉大腿上的肉给父母当药吃，就是愚孝，就是过犹不及。又如，黄香是古代孝子的典范，他在九岁的时候，就知道在炎热的夏季为父母搭蚊帐、扇扇子，冬天则用自己的身体温暖父母的被窝，让父母睡得更好。"黄香温席"的故事常被拿来教育世人对父母要贴心，但如果今天听了黄香的故事就完全照搬，则是泥古，不懂得时代的变换。只有把握孝道的精神实质，并结合今天具体的生活情境，才能说在尽孝这件事上做到了"至善"。

由此可知，"至善"追求的是知行合一，而非理论与实践的脱节。《大学》讲"知止而后有定，定而后能静，静而后能安，安而后能虑，虑而后能得"，也就是说，在实践中只有我们知道了"至善"之所在，我们的心志才会有定向；心定了，做事才会保持内心的平静；只有内心平静，才能做事做到心安；而只有心安才能够处事精细；处事精细才能在实践中切实做到"恰到好处"。这就要求我们在实践中做到实事求是、心平气和，踏踏实实地做自己应该做好的事，只有这样才能做到"至善"。

### 坚定信念，笃实行动

"至善"还要求我们一方面坚定信念、立下志向，另一方面笃实去做、保持力度、善作善成，这些内容看似简单，实则需要有坚忍的毅力才能做到。《论语》中也曾有过这样一段对话。冉求跟孔子讲："我不是不欣赏老师您讲的道理，只是我的力量做不到。"孔子听后回答道："力量不够的人，应该先努力做到一半再停下休息，而你现在是自己给自己划下界限不再前进。"孔子的意思表达得很清楚，一旦人们知道了什么是"至善之道"，就不要在主观上"画地为牢"，而应该努力地朝着目标去做。在我们的生活中，像冉求这样的人并不在少数，有一些人知道怎么做有益于自己的道德修养、有益于集体的利益，但他们就是出于一己私利，给自己找各种理由不去做，这样的人永远也达不到"至善"。

　　冉求在孔子的弟子中属于聪明人，最后却没有继承孔子的事业，真正继承孔子衣钵的反而是弟子当中一个著名的"笨人"——曾参。《论语》当中言"参也鲁"，意思是说曾参反应迟钝、先天资质不太好，但正是这样一个人，却被宋代的一些理学家公认为《大学》的作者，传承了孔子的学问。曾子的成就就是靠着"坚定信念""笃实行动"。《论语》中记载曾子每日三省其身，按照老师教导的道理认真反省自己一天的行为，始终"战战兢兢，如临深渊，如履薄冰"，做事力求"忠恕"贯之，一生朝着儒家所讲求的"至善"努力实践。

　　历史上像曾子这样的"笨人"最终取得大成就的不在少数。曾国藩资质绝非上佳，但自从30岁立下"学作圣人"之志后，便开始了艰苦卓绝的自我砥砺。正如他在给弟弟们的家信中写下的："以做官发财为可耻，以官囊积金遗子孙为可羞可恨。"在后来的几十年中，他始终强调"有恒"，每日认真书写日记，细细对照检查一天的言行，发现其中哪一点不符合要求的，就甄别出来，深刻反省。在有关曾国藩的史料文件中，我们没有发现任何一笔其营求私利的记载，反而有较多其因为生活困窘为利心所扰，而不断地自我批评的记载，以至于梁启超称赞曾国藩，言其一生"制之有节，行之有恒，实为人生品格第一大事"。

　　历史上有聪慧资质而最终无所成就的人不在少数，这些人不是不知道什么是"至善"，不是没有立过志，但很少能坚持下来。而另一些人资质上佳，却不肯像曾子、曾国藩那样"恒久实行"，终其一生毫无作为。

　　《荀子·劝学》言："骐骥一跃，不能十步；驽马十驾，功在不舍。"千里马跨越一次也超不过十步，劣马拉车坚持走十天也能走很远，究其原因就在于锲而不舍。我们不能因底子好就沾沾自喜，也不必因资质平庸就自暴自弃。"不恒其德，或承之羞"，没有恒久的品德，终究达不到"至善"的境界，反而可能受到羞辱。只有用心专一、笃行不倦，才能知"至善"之所在，积善成德，最终达到道德修为的最高境界。

　　（资料来源：《知行合一　止于至善》，赵金刚，《中国纪检监察》2015年第23期）

---

**【思考题】**

　　1.《大学》的思想内容是什么？

　　2.谈谈你对"止于至善"的认识。

　　3.大学生能否借鉴"大学之道"来规划自己的大学生活？请谈谈你的看法。

# 中庸

《中庸》：把握中道，社会治理的枢纽

天命

不远

素位

大孝

自月

## 《中庸》简介

　　《中庸》原来也是《礼记》中的一篇，一般认为它出自孔子的孙子子思（前483—前402）之手。据《史记·孔子世家》记载，孔子的儿子名叫孔鲤，字伯鱼；伯鱼的儿子名叫孔伋，字子思。孔子去世后，儒家分为八派，子思是其中一派。荀子把子思和孟子看成一派。从师承关系来看，子思学于孔子的得意弟子之一曾子，孟子又学于子思；从《中庸》和《孟子》的基本观点来看，也大体上是相同的。所以有"思孟学派"的说法。后代因此而尊称子思为"述圣"。近代人们对《中庸》的作者产生疑问，有人据第二十八章"生乎今之世，反古之道""今天下车同轨，书同文，行同伦"两段话，认为《中庸》是秦代作品；也有人认为是子思所作，只是掺入了秦人文字。多数学者认为现存的《中庸》，还应为子思所作，但可能经过秦代儒者的修改写定，大致写定于秦统一全国后不久。所以，名篇方式是以文章的主旨为题。

　　早在西汉时期就有专门解释《中庸》的著作，《汉书·艺文志》载录《中庸说》两篇，以后各代都有关于这方面的著作，相沿不绝。但影响最大的还是朱熹的《中庸章句》，他把《中庸》与《大学》《论语》《孟子》合在一起，使它成为"四书"之一，成为后世读书人求取功名的必读经典。

　　在儒家典籍中，《中庸》是高层次的、理论色彩浓厚的著作，读通、读懂它很不容易。朱熹认为读"四书"应最后读《中庸》，由此可见《中庸》的高深。朱熹认为《中庸》"历选前圣之书，所以提挈纲维，开示蕴奥，未有若是之明且尽者也"。（《中庸章句·序》）《中庸章句》的开头引用程颐的话，强调《中庸》是"孔门传授心法"的著作，"放之则弥六合，卷之则退藏于密"，其味无穷。程颐的说法也许有些过头，但《中庸》的确内容丰富，不仅提出了"中庸"作为儒家的最高道德标准，还以此为基础讨论了一系列的问题，涉及儒家学说的各个方面。所以，《中庸》被推崇为"实学"，被视为可供人们终身受用的哲学经典，这也绝不是偶然的。

# 1　天　命

天命[1]之谓性,率性[2]之谓道,修道之谓教。

道也者,不可须臾离也;可离,非道也。是故君子戒慎乎其所不睹,恐惧乎其所不闻。

莫见乎[3]隐,莫显乎微。故君子慎其独也。

喜、怒、哀、乐之未发,谓之中[4];发而皆中节[5],谓之和[6]。中也者,天下之大本也;和也者,天下之达道也。

致[7]中和,天地位焉,万物育焉。

【注释】　[1]天命:天赋。朱熹解释说:"天以阴阳五行化生万物,气以成形,而理亦赋焉,犹命令也。"(《中庸章句》)所以,这里的天命(天赋)实际上就是指人的自然禀赋,并无神秘色彩。　[2]率性:遵循本性。率:遵循,按照。　[3]莫:在这里是"没有什么更……"的意思。见(xiàn):显现,明显。乎:于,在这里有比较的意味。　[4]中(zhōng):中正,不偏不倚,无"过"无"不及",恰到好处。　[5]中(zhòng)节:符合节度法度。　[6]和:符合常理,合乎法度而中正和谐。　[7]致:达到。

【译文】　人的自然禀赋叫作"性",顺着本性行事叫作"道",按照"道"的原则修养叫作"教"。

"道"是不可以片刻离开的,如果可以离开,那就不是"道"了。所以,品德高尚的人在没有人看见的地方也是谨慎的,在没有人听见的地方也是有所戒惧的。

越是隐蔽的地方越是明显,越是细微的地方越是显著。所以,品德高尚的人在一人独处的时候也是谨慎的。

喜怒哀乐没有表现出来的时候,叫作"中";表现出来以后符合节度,叫作"和"。"中",是人人都有的本性;"和",是大家遵循的原则。

达到"中和"的境界,天地便各在其位了,万物便生长繁育了。

【评析】　这是《中庸》的第一章,从道不可片刻离开引入话题,强调在《大学》里面也阐述过的"慎其独"的问题,要求人们加强自觉性,真心诚意地顺着天赋的本性行事,按道的原则修养自身。

解决了上述思想问题后,本章才正面提出"中和"(即中庸)这一范畴,进入全篇的主题。"中庸"作为儒学的重要范畴之一,学者对它的理解历来不同。本章是从情感的角度切入,对"中""和"做正面的基本的解释。按照本章的意思,在一个人还没有表现出喜、怒、哀、乐的情感时,心中是平静淡然的,所以叫作"中",但喜、怒、哀、乐是人人都有而不可避免的,它们必然要表现出来。它们被表现出来并符合常理、有节度，就叫作"和"。二者协调和谐，这便是"中和"。人人都达到"中和"的境界，大家心平气和，社会秩序井然，天下也就太平无事了。

该文具有全篇总纲的性质，以下十章（2～11）都是围绕该文内容而展开的。

# 2 时 中

仲尼[1]曰："君子中庸[2]，小人反中庸。君子之中庸也，君子而时中；小人之反中庸也，小人而无忌惮[3]也。"

**【注释】** [1]仲尼：即孔子，名丘，字仲尼。 [2]中庸：即中和。庸："常"，平常，不易改变，永恒不变。 [3]忌惮（dàn）：顾忌和畏惧。

**【译文】** 仲尼说："君子中庸，小人违背中庸。君子之所以中庸，是因为君子随时做到适中，无过无不及；小人之所以违背中庸，是因为小人肆无忌惮。"

**【评析】** 孔子的学生子贡曾经问孔子："子张和子夏哪一个贤一些？"孔子回答说："子张过分，子夏不够。"子贡问："那么是子张贤一些吗？"孔子说："过分与不够是一样的。"（《论语·先进》）

这一段话是对"君子而时中"的生动说明。也就是说，过分与不够貌似不同，其实质却都是一样的，都不符合中庸的要求。中庸的要求是不偏不倚，无"过"无"不及"，恰到好处。

# 3 鲜 能

子曰："中庸其至矣乎！民鲜[1]能久矣。"

**【注释】** [1]鲜：少，不多。

**【译文】** 孔子说："中庸大概是最高的德行了吧！大家很少能够长久实行。"

**【评析】** 正因为中庸是最高的德行，是最高的道德标准，所以，很少有人能够真正实行它。难以长久实行中庸之道的原因，就在于难以准确把握中庸之道的尺度。做人做事能够不偏不倚，恰到好处，是不容易做到的。

# 4 行 明

子曰："道[1]之不行也，我知之矣：知者[2]过之；愚者不及也。道之不明也，我知之矣：贤者过之；不肖者[3]不及也。人莫不饮食也，鲜能知味也。"

**【注释】** [1]道：即中庸之道。 [2]知者：即智者，与愚者相对，指智慧超群的人。知,同"智"。　〔3〕不肖(xiào)者:与贤者相对,指不贤的人。

**【译文】**　孔子说:"中庸之道不能实行的原因,我知道了:聪明的人自以为是,认识过了头;愚蠢的人智力不及,不能理解它。中庸之道不能弘扬的原因,我知道了:贤能的人做得太过分;不贤的人根本做不到。就像人们没有不吃不喝的,却很少有人能够真正品尝其中的滋味。"

**【评析】**　孔子找到了中庸之道不能实行的原因。正因为要么太过,要么不及,所以,总是不能做得恰到好处。而无论是过还是不及,无论是智还是愚,或者说,无论是贤还是不肖,都是因为缺乏自觉性,正如人们每天都在吃吃喝喝,却很少有人真正品味一样,人们虽然也在按照一定的道德规范行事,但由于自觉性不强,在大多数情况下不是做得过了头就是做得不够,难以达到"中和"的恰到好处。所以,增强自觉性是推行中庸之道至关重要的一环。

# 5　不　　行

子曰:"道其不行矣夫。"

**【译文】**　孔子说:"中庸之道大概不能实行了啊。"

**【评析】**　孔子提倡中庸之道,但他看到在当时的制度下,人们的道德境界没有那么高,他认为中庸之道看来是行不通了,因而发出悲观的感叹。

# 6　大　　智

子曰:"舜其大知也与! 舜好问而好察迩言[1]。隐恶而扬善。执其两端,用其中于民。其斯以为舜乎[2]!"

**【注释】**　〔1〕迩言:浅近的话。迩:近。　〔2〕其斯以为舜乎:这就是舜之所以为舜的地方吧! 其:语气词,表示推测。斯:这。"舜"字的本义是仁义盛明,所以孔子有此感叹。

**【译文】**　孔子说:"舜可真是具有大智慧的人啊! 他喜欢向人问问题,又善于分析别人浅近话语里的含义。隐藏人家的坏处,宣扬人家的好处。过与不及两端的意见他都掌握,采纳适中的意见用于老百姓。这就是舜之所以为舜的地方吧!"

**【评析】**　隐恶扬善,执两用中。既是不偏不倚、无过无不及的中庸之道,又是杰出的领导艺术。要真正做到这一点,当然得有非同一般的大智慧。要做到执两用中,不仅要有对中庸之道的自觉意识,而且得有丰富的经验和过人的见识。要做到隐恶扬善,更得有博大的胸襟和宽容的气度。

# 7 予 知

子曰："人皆曰'予[1]知'，驱而纳诸罟擭[2]陷阱之中，而莫之知辟[3]也。人皆曰'予知'，择乎中庸，而不能期月[4]守也。"

**【注释】** [1]予：我。 [2]罟(gǔ)：捕兽的网。擭(huò)：装有机关的捕兽的木笼。 [3]辟(bì)：同"避"。 [4]期月：一整月。

**【译文】** 孔子说："人人都说'我是明智的'，可是被驱使到罗网陷阱中去，却不知躲避。人人都说'我是明智的'，可是选择了中庸之道却连一个月时间也不能坚持。"

**【评析】** 俗话说"聪明反被聪明误"。一方面，自以为聪明，好走极端，不知适可而止，不合中庸之道，所以往往自投罗网而自己还不知道。另一方面，虽然知道适可而止的好处，知道选择中庸之道作为立身处世原则的意义，但好胜心难以满足，欲壑难填，结果是越走越远，不知不觉间又放弃了适可而止的初衷，背离了中庸之道。就像孔子所惋惜的那样，连一个月都不能坚持。

# 8 服 膺

子曰："回[1]之为人也，择乎中庸，得一善，则拳拳服膺[2]，而弗[3]失之矣。"

**【注释】** [1]回：指孔子的学生颜回。 [2]拳拳服膺(yīng)：牢牢地放在心上。拳拳：牢握不舍的样子，引申为恳切。服：著，放置。膺：胸口。 [3]弗：不。

**【译文】** 孔子说："颜回就是这样一个人，他选择了中庸之道，得到了它的好处，就牢牢地把它放在心上，再也不让它失去。"

**【评析】** 这是针对前一章所说的那些不能坚持中庸之道的人而言的。作为孔门的高足，颜回能够学以致用、身体力行，经常被老师推荐为大家学习的榜样，在中庸之道方面也不例外。一旦认定，就坚定不移地坚持下去，这是颜回的行为，也是孔圣人"吾道一以贯之"（《论语·里仁》）的风范。

# 9 可 均

子曰："天下国家，可均[1]也；爵禄，可辞[2]也；白刃，可蹈[3]也；中庸不可能也。"

**【注释】** [1]均：即平，指治理。 [2]爵：爵位，禄：官吏的薪俸。辞：放弃。

［3］蹈：踏。

　　【译文】　孔子说："天下国家,可以治理;官爵俸禄,可以放弃;雪白的刀刃,可以践踏而过;中庸却不容易做到。"

　　【评析】　孔子对中庸之道持高扬和捍卫的态度。事实上,一般人对中庸的理解往往过于肤浅,看得比较容易。孔子正是针对这种情况有感而发,所以把它推到了比赴汤蹈火、治国平天下还难的境地。其目的还是要引起人们对中庸之道的高度重视。

# 10　问　强

　　子路[1]问强。子曰:"南方之强与? 北方之强与? 抑而强与[2]? 宽柔以教,不报[3]无道,南方之强也,君子居[4]之;衽金革[5],死而不厌[6],北方之强也,而强者居之。故君子和而不流[7],强哉矫[8]! 中立而不倚,强哉矫! 国有道,不变塞[9]焉,强哉矫! 国无道,至死不变,强哉矫!"

　　【注释】　[1]子路:名仲由,孔子的学生。　[2]抑:选择性连词,意为"还是"。而:代词,你。与:疑问语气词。　[3]报:报复。　[4]居:处。　[5]衽金革:用兵器甲盾当枕席。衽:卧席,此处用作动词。金:指铁制的兵器。革:指皮革制成的甲盾。　[6]死而不厌:死而后已的意思。　[7]和而不流:性情平和又不随波逐流。　[8]矫:坚强的样子。　[9]不变塞:不改变志向。

　　【译文】　子路问什么是强。孔子说:"南方的强呢? 北方的强呢? 还是你认为的强呢? 用宽容柔和的精神去教育人,人家对我蛮横无理也不报复,这是南方的强,品德高尚的人具有这种强;用兵器甲盾当枕席,死而后已,这是北方的强,勇武好斗的人就具有这种强。所以,品德高尚的人和顺而不随波逐流,这才是真强啊! 保持中立而不偏不倚,这才是真强啊! 国家政治清平时不改变志向,这才是真强啊! 国家政治黑暗时坚持操守,宁死不变,这才是真强啊!"

　　【评析】　子路性情鲁莽、勇武好斗,所以孔子教导他:有体力的强,有精神力量的强,但真正的强不是体力的强,而是精神力量的强。精神力量的强体现为和而不流、柔中有刚;体现为中庸之道;体现为坚持自己的信念不动摇,宁死不改变志向和操守。

# 11　素　隐

　　子曰:"素隐行怪[1],后世有述[2]焉,吾弗为之矣。君子遵道而行,半途而废,吾弗能已[3]矣。君子依乎中庸,遁世不见知[4]而不悔,唯圣者能之。"

**【注释】** [1]素:据《汉书》,应为"索"。隐:隐僻。怪:怪异。 [2]述:记述。[3]已:止,停止。 [4]遁(dùn)世不见知:避世隐居不被人知道。遁:同"遁",逃避。见:被。

**【译文】** 孔子说:"寻找隐僻的歪道理,做些怪诞的事情来欺世盗名,后世也许会有人来记述他,为他立传,但我是绝不会这样做的。有些品德不错的人按照中庸之道去做,但是半途而废,而我是绝不会停止的。真正的君子遵循中庸之道,即使一生避世隐居,不被人知道也不后悔,这只有圣人才能做得到。"

**【评析】** 钻牛角尖,行为怪诞,出风头、走极端,欺世盗名等做法,根本不合中庸之道的规范,自然是圣人所不齿的。找到正确的道路,走到一半又停止了下来,这也是圣人所不欣赏的。唯有正道直行,一条大路走到底,这才是圣人所赞赏并身体力行的。所以,"路曼曼其修远兮,吾将上下而求索"(屈原)是圣人所赞赏的精神。"鞠躬尽瘁,死而后已"(诸葛亮)也是圣人所赞赏的精神。

以上几章从各个方面引述孔子的言论,反复申说第一章所提出的"中和"(中庸)这一概念,弘扬中庸之道,是全篇的第一大部分。

# 12 费 隐

君子之道,费而隐[1]。

夫妇[2]之愚,可以与[3]知焉,及其至也,虽圣人亦有所不知焉。夫妇之不肖,可以能行焉,及其至也,虽圣人亦有所不能焉。天地之大也,人犹有所憾。故君子语大,天下莫能载焉;语小,天下莫能破[4]焉。

《诗》云:"鸢飞戾天,鱼跃于渊[5]。"言其上下察[6]也。

君子之道,造端[7]乎夫妇,及其至也,察乎天地。

**【注释】** [1]费而隐:既广大又精微。费:广大。隐:精微。 [2]夫妇:匹夫匹妇,指普通男女。 [3]与:动词,参与。 [4]破:分开。 [5]鸢飞戾天,鱼跃于渊:引自《诗经·大雅·旱麓》。鸢,老鹰。戾:到达。 [6]察:昭著,明显。[7]造端:开始。

**【译文】** 君子的道广大而又精微。

愚昧的普通男女,也可以知道君子之道,但君子之道的最高深境界,即便是圣人也有弄不清楚的地方。不贤明的普通男女,也可以实行君子之道,但君子之道的最高深境界,即便是圣人也有做不到的地方。天地如此之大,但人们仍有不满足的地方。所以,君子之道,说到"大",就大得连整个天下都载不下它;说到"小",天下就没有什么能够分开它。

《诗经》说:"鸢鸟飞向天空,鱼儿跳跃深水。"这是说上下俯仰明察。

君子的道,开始于普通男女,但它的最高深境界却昭示于整个天地。

【评析】　这一章另起炉灶,围绕第一章"道也者,不可须史离也,可离非道也"进行阐发,以下八章(13～20)都是围绕这一中心而展开的。

正因为道不可须史离开,所以,道就应该有普遍的可适应性,应该"放之四海而皆准",连普通男女都可以知道,可以学习,可以实践。

不过,知道是一回事,一般性地实践是一回事,要进入其高深境界又是另一回事了。所以,道又必须有精微奥妙的一方面,供德行高、修养深的人进行深造,进行创造性的实践。

如此两方面的性质结合起来,使道既广大又精微,既有普及性又有提高性,既下里巴人又阳春白雪,说到底,道是一个开放的、兼容的、可发展的体系。

# 13　不　远

子曰:"道不远人。人之为道而远人,不可以为道。诗云:'伐柯伐柯,其则不远[1]。'执柯以伐柯,睨[2]而视之,犹以为远。故君子以人治人,改而止。忠恕违道[3]不远,施诸己而不愿,亦勿施于人。君子之道四,丘未能一焉:所求乎子,以事父,未能也;所求乎臣,以事君,未能也;所求乎弟,以事兄,未能也;所求乎朋友,先施之,未能也。庸[4]德之行,庸言之谨;有所不足,不敢不勉;有余,不敢尽。言顾行,行顾言,君子胡不慥慥[5]尔。"

【注释】　[1]伐柯伐柯,其则不远:引自《诗经·豳风·伐柯》。伐柯:砍削斧柄。柯:斧柄。则:法则,这里指斧柄的式样。　[2]睨(nì):斜视。　[3]违道:离道。违:离。　[4]庸:平常。　[5]胡:何、怎么。慥(zào)慥:忠厚诚实的样子。

【译文】　孔子说:"道并不排斥人。如果有人实行道却排斥他人,那就不可以实行道了。《诗经》说:'砍削斧柄,砍削斧柄,斧柄的式样就在眼前。'握着斧柄砍削斧柄,应该说两者不会有什么差异,但如果你斜眼一看,还是会发现差异很大。所以,君子总是根据不同人的情况采取不同的办法治理,只要他能改正错误实行道就行。一个人做到忠恕,离道也就不远了。什么叫忠恕呢? 自己不愿意做的事,也不要施加给别人。君子的道有四项,我孔丘连其中的一项也没有能够做到:作为一个儿子应该对父亲做到的,我没有能够做到;作为一个臣民应该对君王做到的,我没有能够做到;作为一个弟弟应该对哥哥做到的,我没有能够做到;作为一个朋友应该先做到的,我没有能够做到。平常的德行努力实践,平常的言谈尽量谨慎;德行的实践有不足的地方,不敢不勉励自己更加努力;言谈不敢放肆而无所顾忌。说话符合自己的行为,行为符合自己说过的话,这样的君子怎么会不忠厚诚实呢?"

【评析】 道不可须史离的基本条件是道不远人。换言之，一条大道，欢迎所有的人行走。相反，如果只允许自己走，而把别人推得离道远远的，就像鲁迅笔下的假洋鬼子只准自己"革命"而不准别人（阿Q）"革命"，那自己也就不是真正的革命者了。

推行道的另一条基本原则是从实际出发，从不同人、不同的具体情况出发，使道既具有"放之四海而皆准"的普遍性，又能够适应不同个体的特殊性。这就是普遍性与特殊性相结合。

既然如此，就不要对人求全责备，而应该设身处地、将心比心地为他人着想，自己不愿意做的事，也不要施加给他人。因为金无足赤，人无完人，不要说人家，就连自己，不也还有很多应该做到却没有做到的事吗？所以既要开展批评，也要开展自我批评。圣贤如孔子，不就从四大方面对自己进行了严厉的自我批评吗？

只要你做到"忠恕"，也就离道不远了。尽己之心为"忠"，推己及人为"恕"。"己所不欲，勿施于人"，还要"言顾行，行顾言"，做到言行一致、表里如一。

# 14  素  位

君子素其位[1]而行，不愿乎其外。

素富贵，行乎富贵；素贫贱，行乎贫贱；素夷狄[2]，行乎夷狄；素患难，行乎患难。君子无入[3]而不自得焉。

在上位，不陵[4]下；在下位，不援[5]上。正己而不求于人则无怨。上不怨天，下不尤[6]人。故君子居易以俟命[7]，小人行险以徼幸。

子曰："射[8]有似乎君子。失诸正鹄[9]，反求诸其身。"

【注释】 [1] 素其位：安于现在所处的地位。素：平素，现在的意思。这里作动词用。 [2] 夷：指东方的部族；狄：指西方的部族。泛指当时的少数民族。[3] 无入：无论处于什么情况。入：处于。 [4] 陵：欺侮。 [5] 援：攀援，本指抓着东西往上爬，引申为投靠有势力的人往上爬。 [6] 尤：抱怨。 [7] 居易：居于平安的地位，也就是安于现状的意思。易：平安。俟（sì）命：等待天命。 [8] 射：指射箭。 [9] 正（zhèng）鹄（gǔ）：正、鹄：均指箭靶子；画在布上的叫正，画在皮上的叫鹄。

【译文】 君子安于现在所处的地位去做应做的事，不生非分之想。

处于富贵的境地，就做富贵人应做的事；处于贫贱的境地，就做贫贱人应做的事；处于边远地区，就做在边远地区应做的事；处于患难之中，就做在患难之中应做的事。君子无论处于什么情况都是安然自得的。

处于上位，不欺侮在下位的人；处于下位，不攀附在上位的人。端正自己而不苛求别人，这样就不会有什么抱怨了。上不抱怨天，下不抱怨人。所以，君子安于现状等待天命,小人却铤而走险妄图侥幸获得利益。

孔子说:"君子立身处世就像射箭一样,射不中,不怪靶子不正,只怪自己箭术不行。"

【评析】 "素其位而行"近于《大学》里面所说的"知其所止",换句话说,叫作安守本分,也就是人们常说的——安分守己。

这种安分守己是对现状的积极适应、处置,是什么角色,就做好什么事,然后才能游刃有余,进一步积累、创造自己的价值,取得水到渠成的成功。

事实上,任何成功的追求、进取都是在对现状恰如其分地适应和处置后取得的。一个不能适应现状、在现实面前手足无措的人,是很难取得成功的。人们常说的"这山望着那山高",实质上是对自己没有清楚的认识,迷失了方向。

与"这山望着那山高"密切相关的另一种迷失是不满足于自己的职位,总是奢望向上爬,奢望高升,总是怨天尤人,而不像圣人所说的那样"反求诸其身"。只可惜很多人没有真正认识到"素其位而行",安分守己,提高自己的修养,"居易以俟命",而是心存妄想,只知道美慕、甚至嫉妒别人,不惜采取一切手段向上爬,"行险以徼幸",结果是深深地陷入无休无止的勾心斗角和无尽的烦恼之中,迷失了本性。

# 15　行　远

君子之道,辟如行远必自迩[1];辟如登高必自卑[2]。

《诗》曰:"妻子好合,如鼓瑟琴。兄弟既翕,和乐且耽。宜尔室家,乐尔妻帑[3]。"子曰:"父母其顺矣乎。"

【注释】 [1]辟(pì):同"譬",比如,像。迩:近。　[2]卑:低处。　[3]"妻子好合"句:引自《诗经·小雅·常棣》。妻子:妻与子。好合:和睦。鼓:弹奏。翕(xī):和顺,融洽。耽(dān):《诗经》原作"湛",安乐。帑(nú):通"孥",子。

【译文】 君子实行中庸之道,就像走远路一样,必定要从近处开始;就像登高山一样,必定要从低处起步。

《诗经》说:"妻子儿女感情和睦,就像弹琴鼓瑟一样。兄弟关系融洽,和顺又快乐。使你的家庭美满,使你的妻儿幸福。"孔子赞叹说:"这样,父母也就称心如意了啊!"

【评析】 老子说:"千里之行,始于足下。"荀子说:"不积跬步,无以至千里;不积小流,无以成江海。"这些都是"行远必自迩,登高必自卑"的意思。万事总宜循序渐进,不可操之过急。否则,"欲速则不达",效果适得其反。一切从自己做起,从身边做起。要在天下实行中庸之道,首先要使自己的家庭和顺。

# 16 鬼 神

子曰："鬼神之为德，其盛矣乎！视之而弗见，听之而弗闻，体物而不可遗[1]。使天下之人，齐明盛服[2]，以承祭祀。洋洋乎！如在其上，如在其左右。《诗》曰：'神之格思，不可度思，矧可射[3]思？'夫微之显，诚之不可掩[4]，如此夫。"

**【注释】** [1] 遗（yí）：遗忘。 [2] 齐（zhāi）：通"斋"，斋戒。明：洁净。盛服：即盛装。 [3] "神之格思"句：引自《诗经·大雅·抑》。格：来临。思：语气词。度（duó）：揣度。矧（shěn）：况且。射（yì）：厌，指厌怠不敬。 [4] 掩：掩盖。

**【译文】** 孔子说："鬼神的德行可真是大得很啊！看它也看不见，听它也听不到，但它却体现在万物之中使人无法忘记它。天下的人都斋戒净心，穿着庄重整齐的服装去祭祀它。（鬼神）无所不在啊！好像就在你的头顶上，好像就在你左右。《诗经》说：'神的降临，不可揣测，怎么能够怠慢不敬呢？'从隐微到显著，真诚的心就是这样不可掩盖啊！"

**【评析】** 这一章一方面借孔子对鬼神的论述说明道无所不在，道不可须臾离，另一方面，也是照应前文所说的"君子之道，费而隐"，广大而又精微。看它也看不见、听它也听不到是"隐"，是精微；但它却体现在万物之中，使人无法离开它，是"费"，是广大。做一个形象的比喻，道也好，鬼神也好，就像空气一样，看不见，听不到，但无处不在、无时不在，任何人也离不开它。

# 17 大 孝

子曰："舜其大孝也与！德为圣人，尊为天子，富有四海之内；宗庙飨之[1]，子孙保之。故大德，必得其位，必得其禄，必得其名，必得其寿。故天之生物，必因其材而笃[2]焉。故栽者培[3]之，倾者覆[4]之。《诗》曰：'嘉乐君子，宪宪令德，宜民宜人，受禄于天；保佑命之，自天申之[5]。'故大德者必受命。"

**【注释】** [1] 宗庙：古代天子、诸侯祭祀先王的地方。飨（xiǎng）：用酒食等供奉祭祀。之：代词，指舜。 [2] 材：资质，本性。笃：厚，这里指厚待。 [3] 培：培育。 [4] 覆：倾覆，摧败。 [5] "嘉乐君子"句：引自《诗经·大雅·假乐》。嘉乐：即《诗经》之"假乐"，"假"通"嘉"，意为美善。宪宪：《诗经》作"显显"，显明兴盛的样子。令：美好。申：重申。

**【译文】** 孔子说："舜是个最孝顺的人吧！德行方面是圣人，地位上是尊贵的天子,财富拥有整个天下;(舜去世后)宗庙里祭祀他,子子孙孙都保持他的功业。所以,有大德的人必定得到他应得的地位,必定得到他应得的俸禄,必定得到他应得的名声,必定得到他应得的长寿。所以,上天生养万物,必定根据它们的资质而厚待它们。能成材的得到培育,不能成材的就让他倾覆。《诗经》说:'高尚优雅的君子,有光明美好的德行,让人民安居乐业,享受上天赐予的福禄。上天保佑他,任用他,给他以重大的使命。'所以,有大德的人必定会承受天命。"

**【评析】** 天生我材必有用。古代读书人认为,只要自己修身而提高德行,"居易以俟命",总有一天会受命于天,担当起治国平天下的重任。到那时,名誉、地位、财富都会有的。

由此看来,儒家并不是绝对排斥功利,而只是反对那种急功近利、不安分守己的做法。换言之,儒学所强调的,是从内功练起,修养自身,提高自身的德行和才能,然后顺其自然,水到渠成地获得自己应该获得的一切。

这其实也是中庸之道的精神——凡事不走偏锋,不走极端,而是循序渐进,一步一个脚印。

# 18　无　忧

子曰:"无忧者,其惟文王乎!以王季为父,以武王为子;父作之,子述之。武王缵[1]大王、王季、文王之绪。壹[2]戎衣,而有天下,身不失天下之显名;尊为天子,富有四海之内;宗庙飨之,子孙保之。

武王末受命,周公成文武之德,追王大王、王季,上祀先公以天子之礼。斯礼也,达乎诸侯、大夫及士、庶人[3]。父为大夫,子为士,葬以大夫,祭以士。父为士,子为大夫,葬以士,祭以大夫。期[4]之丧,达乎大夫;三年之丧,达乎天子;父母之丧,无贵贱,一也。"

**【注释】** [1]缵(zuǎn):继承。　[2]壹(yī):同"一"。　[3]庶(shù)人:平民,百姓。　[4]期(jī):一周年。

**【译文】** 孔子说:"无忧无虑的人,大概只有文王吧!他有王季做父亲,有武王做儿子;父亲王季为他开创了事业,儿子武王继承了他的遗愿,完成他未竟的事业。武王继承了曾祖大王、祖父王季、父亲文王的事业。灭掉了殷,夺得了天下,他身不失显赫天下的美好声名;尊贵为天子,富有天下四海财富;后代在宗庙里祭祀他,子子孙孙永不断绝。

周武王晚年受命于天,平定天下,周公成就文王、武王的德行,追尊大王、王季为王,用天子的祭祀祭祖先。这种制度一直实行到诸侯、大夫、士以及平民之中。如果父亲是大夫,儿子是士,就用大夫的礼安葬,用士的礼祭祀。如果父亲是士,儿子是大夫,就用士的礼安葬,用大夫的礼祭祀。服丧一周年,这种制度实行到大夫;服丧三周年,这种制度实行到天子;为父母服丧,不分贵贱都是一样的。"

【评析】 本章所讲,一个家族的兴盛,往往是几代人的努力,表明了齐家的重要性。不同身份的人,葬礼和服丧的时限是有区别的,但为父母服丧,不分贵贱都是一样的。现代社会虽然提倡厚养薄葬,但也应该做到慎终追远。

# 19 达 孝

子曰:"武王、周公,其达孝矣乎! 夫孝者,善继人之志,善述人之事者也。春秋,修其祖庙,陈其宗器[1],设[2]其裳衣,荐其时食。宗庙之礼,所以序昭穆也;序爵,所以辨贵贱也;序事,所以辨贤也;旅[3]酬下为上,所以逮[4]贱也;燕毛[5],所以序齿也。践其位,行其礼,奏其乐,敬其所尊,爱其所亲,事死如事生,事亡如事存,孝之至也。郊社之礼,所以事上帝[6]也;宗庙之礼,所以祀乎其先也。明乎郊社之礼,禘尝[7]之义,治国其如示诸掌乎!"

【注释】 [1]宗器:宗庙祭器。 [2]设:摆设、陈列。 [3]旅:以尊卑次序敬酒。 [4]逮:逮及、达到。 [5]燕毛:泛指宴饮时年长者居上位的礼节。[6]上帝:远古的帝王,先帝。 [7]禘(dì)尝:按周礼,夏祭曰禘,秋祭曰尝,古代常用以指天子、诸侯岁时祭祖的大典。

【译文】 孔子说:"武王、周公,他们是最孝的了吧! 所谓的孝者,是善于继承先人的志向、善于传述先人的事迹的人。每年的春秋修理他们的祖庙,陈列宗庙祭器,摆设祖先的衣裳,荐献应时的食物。宗庙的礼仪,是用以序列昭穆次序的;按爵位排序,用以辨别贵贱;按官职排序,用以辨别贤良;众人宴饮举杯敬酒时,晚辈必须先敬长辈,祖先的恩惠就会延及晚辈;让年长者坐上位,用以排列年齿。站到自己的位置上,行应有的礼节,奏起那音乐,恭敬所尊者,敬爱所亲者,侍奉死去的人如同侍奉活着的人一样,侍奉亡故的人如同侍奉生存的人一样,这是最高的孝了。郊祭与社祭的礼节,用以侍奉先帝;宗庙的祭礼,用以祭祀祖先。明白郊、社这两种祭礼以及禘(夏祭)与尝(秋祭)的义理,治理国家就如同展示这手掌一样容易了。"

【评析】 本章讲到了什么是孝者。所谓孝者,是善于继承先人志向、善于传述先人事迹的人。要按时扫墓、修缮祖庙。不仅要尊敬活着的长辈,而且要敬重已故去的祖先。本章还指出了孝的最高境界是"事死如事生,事亡如事存"。

# *20*　问　政

哀公[1]问政。子曰:"文武之政,布在方策[2]。其人[3]存,则其政举;其人亡,则其政息[4]。人道敏[5]政,地道敏树。夫政也者,蒲卢[6]也。故为政在人,取人以身,修身以道,修道以仁。仁者,人也,亲亲为大;义者,宜也,尊贤为大。亲亲之杀[7],尊贤之等,礼所生也。故君子,不可以不修身;思修身,不可以不事亲;思事亲,不可以不知人;思知人,不可以不知天。"天下之达道五,所以行之者三,曰:君臣也、父子也、夫妇也、昆弟[8]也、朋友之交也。五者,天下之达道也。知、仁、勇三者,天下之达德也。所以行之者,一也。或生而知之,或学而知之,或困而知之,及其知之,一也;或安而行之,或利而行之,或勉强而行之,及其成功,一也。

子曰:"好学近乎知,力行近乎仁,知耻近乎勇。知斯三者,则知所以修身;知所以修身,则知所以治人;知所以治人,则知所以治天下国家矣。"凡为天下国家有九经[9],曰:修身也、尊贤也、亲亲也、敬大臣也、体[10]群臣也、子庶民[11]也、来百工[12]也、柔远人[13]也、怀[14]诸侯也。修身,则道立;尊贤,则不惑;亲亲,则诸父昆弟不怨;敬大臣,则不眩[15];体群臣,则士之报礼重;子庶民,则百姓劝[16];来百工,则财用足;柔远人,则四方归之;怀诸侯,则天下畏之。齐[17]明盛服,非礼不动,所以修身也;去谗远色[18],贱货而贵德,所以劝贤也;尊其位,重其禄,同其好恶,所以劝亲亲也;官盛任使[19],所以劝大臣也;忠信重禄,所以劝士也;时使薄敛[20],所以劝百姓也;日省月试[21],既禀称[22]事,所以劝百工也;送往迎来,嘉善而矜[23]不能,所以柔远人也;继绝世[24],举废国[25],治乱持[26]危,朝聘[27]以时,厚往而薄来,所以怀诸侯也。凡为天下国家有九经,所以行之者,一也。

凡事,豫[28]则立,不豫则废。言前定,则不跲[29];事前定,则不困;行前定,则不疚;道前定,则不穷。在下位,不获乎上,民不可得而治矣。获乎上有道:不信乎朋友,不获乎上矣。信乎朋友有道:不顺乎亲,不信乎朋友矣。顺乎亲有道:反者身不诚,不顺乎亲矣。诚身有道:不明乎善,不诚乎身矣[30]。诚者,天之道也;诚之者,人之道也。诚者,不勉而中[31],不思而得,从容中道[32],圣人也;诚之者,择善而固执之者也。博学之,审问之,慎思之,明辨之,笃行之。有弗学,学之弗能,弗措[33]也;有弗问,问之弗知,弗措也;有弗思,思之弗得,弗措也;有弗辨,辨之弗明,弗措也;有弗行,行之弗笃,弗措也。人一能之,己百之;人十能之,己千之。果能此道矣,虽愚必明,虽柔必强。

**【注释】** [1]哀公：春秋时鲁国国君。姓姬，名蒋，"哀"是谥(shì)号。 [2]布：陈列。方：书写用的木板。策，书写用的竹简。 [3]其人：指文王、武王。 [4]息：灭，消失。 [5]敏：勉力，用力，致力。 [6]蒲卢：即芦苇。芦苇性柔，具有可塑性。 [7]杀(shài)：等级，差别。 [8]昆弟：兄和弟，也包括堂兄堂弟。 [9]九经：九条准则。经：准则。 [10]体：体察，体恤。 [11]子庶民：以庶民为子。子：动词，当作自己的孩子。庶民：平民。 [12]来：招来。百工：各种工匠。 [13]柔远人：安抚边远地方来的人。 [14]怀：安抚。 [15]眩(xuàn)：遇事无措。 [16]劝：勉力，努力。 [17]齐(zhāi)明盛服：像斋戒那样净心虔诚，穿着庄重整齐的服装。齐：斋。 [18]谗：说别人的坏话，这里指说坏话的人。色：美女。 [19]盛：多。任使：足够使用。 [20]时使：指使用百姓劳役有一定时间，不误农时。薄敛：赋税轻。 [21]省：视察。试：考核。 [22]既(xì)：通"饩"，赠送(食物)。廪(lǐn)：粮食。称(chèn)：符合。 [23]矜(jīn)：怜悯，同情。 [24]继绝世：延续已经中断的家庭世系。 [25]举废国：复兴已经没落的邦国。 [26]持：扶持。 [27]朝(cháo)聘：诸侯定期朝见天子。每年一见叫小聘，三年一见叫大聘，五年一见叫朝聘。 [28]豫：同"预"。 [29]跲(jiá)：说话不通畅。 [30]这一段与《孟子·离娄上》中一段基本相同。到底是《中庸》引《孟子》，还是《孟子》引《中庸》，不好断定。 [31]中(zhòng)：做到。 [32]从容中(zhòng)道：自然而然地符合上天的原则。中：符合。 [33]弗(fú)措：不罢休。弗：不。措：停止，罢休。

**【译文】** 鲁哀公询问政事。孔子说："周文王、周武王的政事都记载在典籍上。他们在世，这些政事就实施；他们去世，这些政事也就废弛了。治理人的途径是勤于政事；治理地的途径是多种树木。说起来，政事就像芦苇一样具有可塑性。所以为政的关键在于用人，要得到适用的人在于修养自己，修养自己在于遵循大道，遵循大道要从仁义做起。仁就是爱人，亲爱亲族是最大的仁；义就是事事做得适宜，尊重贤人是最大的义。至于说亲爱亲族要分亲疏，尊重贤人要有等级，这都是礼的要求。所以，君子不能不修养自己；要修养自己，不能不侍奉亲族；要侍奉亲族，不能不了解他人；要了解他人，不能不知道天理。"天下人共有的伦常关系有五项，用来处理这五项伦常关系的德行有三种。君臣、父子、夫妇、兄弟、朋友之间的交往，这五项是天下人共有的伦常关系；智、仁、勇，这三种是用来处理这五项伦常关系的德行。至于这三种德行的实施，道理都是一样的。比如说，有的人生来就知道它们，有的人通过学习才知道它们，有的人要遇到困难后才知道它们，但只要他们最终都知道了，也就是一样的了；又比如说，有的人自觉自愿地去实行它们，有的人为了某种好处才去实行它们，有的人勉勉强强地去实行它们，但只要他们最终都实行起来了，也就是一样的了。

孔子说："喜欢学习就接近了智，努力实行就接近了仁，知道羞耻就接近了勇。知道这三点，就知道怎样修养自己；知道怎样修养自己，就知道怎样管理他人；知道怎样管理他人，就知道怎样治理天下和国家了。"治理天下和国家有九条原则。那就是：修养自身，尊崇贤人，亲爱亲族，敬重大臣，体恤群臣，爱民如子，招纳工匠，优待远客，安抚诸侯。修养自身就能确立正道;尊崇贤人就不会思想困惑;亲爱亲族就不会惹得叔伯兄弟怨恨;敬重大臣就不会遇事无措;体恤群臣,士人们就会竭力报效;爱民如子,老百姓就会忠心耿耿;招纳工匠,财物就会充足;优待远客,四方百姓就会归顺;安抚诸侯,天下的人都会敬畏。像斋戒那样净心虔诚,穿着庄重整齐的服装,不符合礼仪的事坚决不做,这是为了修养自身;驱除小人,疏远女色,看轻财物而重视德行,这是为了尊崇贤人;提高亲族的地位,给他们以丰厚的俸禄,与他们爱憎相一致,这是为了亲爱亲族;提供众多的属官供官员们使用,这是为了敬重大臣;真心诚意地任用他们,并给他们以较多的俸禄,这是为了体恤群臣;使用民役不误农时,少收赋税,这是为了爱民如子;每天视察每月考核,按劳付酬,这是为了招纳工匠;来时欢迎,去时欢送,嘉奖有才能的人,救济有困难的人,这是为了优待远客;延续绝后的家族,复兴灭亡的国家,治理祸乱,扶持危难,按时接受朝见,赠送丰厚,纳贡菲薄,这是为了安抚诸侯。总而言之,治理天下和国家有九条原则,但实行这些原则的道理都是一样的。

任何事情,事先有准备就会成功,没有准备就会失败。说话先有准备,就不会中断;做事先有准备,就不会受挫;行为先有准备,就不会后悔;道路预先选定,就不会走投无路。在下位的人,如果得不到在上位的人信任,就不可能治理好平民百姓。得到在上位的人信任有办法:得不到朋友的信任就得不到在上位的人信任。得到朋友的信任有办法:不孝顺父母就得不到朋友的信任。孝顺父母有办法:自己不真诚就不能孝顺父母。使自己真诚有办法:不明白什么是善就不能够使自己真诚。真诚是上天的原则,追求真诚是做人的原则。天生真诚的人,不用勉强就能做到,不用思考就能拥有,自然而然地符合上天的原则,这样的人是圣人。努力做到真诚,就要选择美好的目标执着追求:广泛学习,详细询问,周密思考,明确辨别,切实实行。要么不学,学了没有学会决不罢休;要么不问,问了没有懂得决不罢休;要么不想,想了没有想通决不罢休;要么不分辨,分辨了没有明确决不罢休;要么不实行,实行了没有成效决不罢休。别人用一分的努力就能做到的,我用一百分的努力去做;别人用十分的努力做到的,我用一千分的努力去做。如果真能够做到这样,虽然愚笨也一定可以聪明起来,虽然柔弱也一定可以刚强起来。

【评析】　这一章是《中庸》全篇的枢纽。此前各章主要是从方方面面论述中庸之道的普遍性和重要性,这一章则从鲁哀公询问政事引入,借孔子的回答提出了政事与人的修养的密切关系,从而推导出天下人共有的五项伦常关系、三种德行、治理天下国家的九条原则,最后落脚到"真诚"的问题上来,并提出了做到真诚的五个具体方面。本章后面的各章,就是围绕"真诚"的问题而展开的。

本章的内容首先涉及的是政治问题。孔子把政治比作芦苇,认为它具有可塑性,意思是说:什么样的人执政,就会有什么样的政治。纵观历史,正如孔子所言。尧舜禹汤文武执政,于是有仁政;纣王执政,于是有酒池肉林;始皇执政,于是有焚书坑儒;太宗执政,于是有贞观之治。所以,孔子提出"为政在人"的问题,强调执政者的修养。

关于天下人共有的五项伦常关系，除君臣关系外，其他几项关系都依然与我们密切相关，都是需要我们正确处理而不可忽视的。至于处理这几项关系的三种德行，智、仁当然是不言而喻的，倒是"知耻近乎勇"一点，值得我们尤其重视。俗话说"羞耻之心，人皆有之"。孟子认为，羞耻之心对于人至关重要，搞阴谋诡计的人是不知道羞耻的。不以自己不如别人为羞耻，怎么能够赶得上别人呢？（《孟子·尽心上》）也就是说，知道羞耻是赶上别人的重要条件之一。个人是这样，一个国家、一个民族也是这样，所以，我们以"毋忘国耻"作为爱国主义教育的重要内容之一。究其实质，正是因为"知耻近乎勇"。一个人只有知道羞耻，才能够勇于改正错误，勇于弥补自己的不足，迎头赶上别人，从而免于羞耻。一个民族，一个国家，只有知道羞耻，才能够发愤图强，富国强兵，富民兴邦，自立于世界民族之林。这就是"知耻近乎勇"的道理所在。

关于治理天下国家的九条原则，方方面面，实际上是《大学》里提出的修身、齐家、治国、平天下几个阶段的具体展开。它是实用的统治学理论。值得我们特别注意的是"凡事预则立，不预则废"的思想。这与孔子所说的"人无远虑，必有近忧"（《论语·卫灵公》）相近，都是未雨绸缪，防患于未然，或者说是"不打无准备之仗"的思想，具有深刻的哲学内涵，值得我们贯彻到实际生活中去，而不仅仅适用于政治范畴。

最后说到如何做到真诚的问题。"择善固执"是"纲"，要选定美好的目标并执着追求。"博学、审问、慎思、明辨、笃行"是"目"，是追求的手段。立于"弗措"的精神，"人一能之，己百之；人十能之，己千之"的态度，也就是俗语所说的"笨鸟先飞"的态度。"弗措"的精神，也就是《荀子·劝学》里的名言"锲而不舍，金石可镂"的精神。其实，无论是"纲"还是"目"，也无论是精神还是态度，都绝不仅仅指真诚的追求，在学习、工作、生活的方方面面，只要抓住这样的"纲"，张开这样的"目"，坚持这样的精神与态度，有什么样的困难不能克服，有什么样的成功不能取得呢？

总而言之，本章内容丰富而涵盖面广，几乎涉及《大学》中"格、致、诚、正、修、齐、治、平"的各个环节，特别值得引起我们的重视。

# 21　诚　　明

自诚明[1]，谓之性[2]；自明诚，谓之教。诚则明矣[3]；明则诚矣。

**【注释】**　[1]自：从，由。明：明白。　[2]性：天性，先天之禀赋。　[3]则：即，就。

**【译文】**　由真诚而自然明白道理，这叫作天性；由明白道理后做到真诚，这叫作人为的教育。做到真诚就会明白道理，明白道理就会做到真诚。

**【评析】**　无论是天性还是后天人为的教育，只要做到了真诚，二者也就合一了。

# 22　尽　　性

唯天下至诚，为能尽其性[1]；能尽其性，则能尽人之性；能尽人之性，则能尽物之性；能尽物之性，则可以赞天地之化育[2]；可以赞天地之化育，则可以与天地参[3]矣。

**【注释】**　[1]尽其性：充分发挥本性。　[2]赞：助。化育：化生和养育。[3]与天地参(sān)：与天地并列为三。参：三。

**【译文】**　只有天下极端真诚的人能充分发挥自身的本性；能充分发挥自身的本性，就能充分发挥众人的本性；能充分发挥众人的本性，就能充分发挥万物的本性；能充分发挥万物的本性，就可以帮助天地培育生命；能帮助天地培育生命，就可以与天地并列为三了。

**【评析】**　人只有首先对自己真诚，然后才能对别人真诚。真诚可使自己立于与天地并列为三的不朽地位。可见儒家对真诚是何等重视。

# 23　致　　曲

其次致曲[1]，曲能有诚；诚则形[2]，形则著[3]，著则明[4]，明则动[5]，动则变，变则化[6]。唯天下至诚为能化。

**【注释】**　[1]其次：次一等的人，即次于圣人的人，也就是贤人。致曲：致力于某一方面。曲，偏。　[2]形：显露，表现。　[3]著：显著。　[4]明：光明。[5]动：感动。　[6]化：即化育。

**【译文】**　比圣人次一等的贤人致力于某一方面，致力于某一方面也能做到真诚，做到了真诚就会表现出来，表现出来就会逐渐显著，显著了就会发扬光大，发扬光大就会感动他人，感动他人就会引起转变，引起转变就能化育万物。只有天下最真诚的人能化育万物。

**【评析】**　这一章是相对于上一章而言的。上一章说的是天生至诚的圣人，这一章说的是比圣人次一等的贤人。换句话说，圣人是"自诚明"，即天生就真诚的人，贤人则是"自明诚"，即通过后天教育明白道理后才真诚的人。贤人虽然致力于某一方面，但通过教育和修养，通过"形、著、明、动、变、化"的阶段，同样可以一步一步地达到圣人的境界：化育万物，与天地并列为三。只要努力奋斗，条条道路通罗马，最终都可以大功告成。在劝人真诚的问题上，《中庸》真可以说是苦口婆心、不遗余力。

# 24　前　知

至诚之道，可以前知[1]。国家将兴，必有祯祥[2]；国家将亡，必有妖孽[3]。见乎蓍龟[4]，动乎四体[5]。祸福将至：善，必先知之；不善，必先知之。故至诚如神[6]。

【注释】　[1] 前知：预知未来。　[2] 祯（zhēn）祥：吉祥的预兆。　[3] 妖孽：物类反常的现象。草木之类称妖，虫豸（zhì）之类称孽。　[4] 见（xiàn）：呈现。蓍（shī）龟：蓍草和龟甲，用来占卜。　[5] 四体：手足，指动作仪态。　[6] 如神：像神一样微妙，不可言说。

【译文】　极端真诚，可以预知未来的事。国家将要兴旺，必然有吉祥的征兆；国家将要衰亡，必然有不祥的反常现象。呈现在蓍草龟甲上，表现在手脚动作上。祸福将要来临时：是福，可以预先知道；是祸，也可以预先知道。所以极端真诚就像神灵一样。

【评析】　本章讲心诚则灵。古人认为心灵达到了至诚的境界，不被私心杂念所迷惑，就能洞悉世间万物的变化规律，因而能够预知未来的吉凶祸福、兴亡盛衰。

# 25　自　成

诚者，自成[1]也；而道，自道[2]也。

诚者，物之终始；不诚，无物。是故，君子诚之为贵。

诚者，非自成己而已[3]也，所以成物也。成己，仁也；成物，知也。性之德也，合外内之道也，故时措[4]之宜也。

【注释】　[1] 自成：自我成全，也就是自我完善的意思。　[2] 自道（dǎo）：自我引导。　[3] 已：止，罢了。　[4] 措（cuò）：筹划办理。

【译文】　诚是天命之性，是自我的完善；道是率性之理，是应当自我引导的。

真诚贯穿于事物的始终；没有真诚就没有了事物。因此，君子以真诚为贵。

真诚并不是自我完善就够了，而是还要完善事物。自我完善是仁德，完善事物是智慧。仁和智是出于本性的德行，是融合自身与外物的准则，所以任何时候施行都是适宜的。

【评析】　"好学近乎知，力行近乎仁"。这里把智、仁与真诚的修养结合起来了。因为，真诚从大的方面来说，是事物的根本规律，是事物的发端和归宿；真诚从细的方面来说，是自我的内心完善。所以，要修养真诚就必须做到物我同一、天人合一；而要做到这一点既要靠学习来理解，又要靠实践来实现。

这里最值得注意的是真诚的外化问题,也就是说,真诚不仅仅是一种主观内在的品质,以及自我的道德完善,还是一种智慧。自己真诚了,他人真诚了,真诚无处不在、无时不有,世界也就美好了。

# *26* 无 息

故至诚无息[1]。不息则久,久则征[2],征则悠远,悠远则博厚,博厚则高明。博厚,所以载物也;高明,所以覆物也;悠久,所以成物也。博厚配地,高明配天,悠久无疆[3]。如此者,不见而章[4],不动而变,无为而成。天地之道,可一言[5]而尽也:其为物不贰[6],则其生物不测。天地之道:博也、厚也、高也、明也、悠也、久也。

今夫天,斯昭昭[7]之多,及其无穷也,日月星辰系[8]焉,万物覆焉。今夫地,一撮[9]土之多,及其广厚,载华岳[10]而不重,振[11]河海而不泄,万物载焉。今夫山,一卷石[12]之多,及其广大,草木生之,禽兽居之,宝藏兴焉。今夫水,一勺之多,及其不测[13],鼋、鼍[14]、蛟、龙、鱼、鳖生焉,货财殖焉。

诗云:"维天之命,於穆不已[15]。"盖曰天之所以为天也。"於乎不显,文王之德之纯[16]。"盖曰文王之所以为文也。纯亦不已。

**【注释】** [1] 息:止息,休止。　[2] 征:征验,显露于外。　[3] 无疆:无穷无尽。　[4] 见(xiàn):显现。章:即彰,彰明。　[5] 一言:即一字,指"诚"字。[6] 不贰:诚是忠诚如一,所以不贰。　[7] 斯:此。昭(zhāo)昭:光明。　[8] 系(xì):维系。　[9] 撮(cuō):容量单位。十撮等于一勺。指数量极少。　[10] 华岳:即华山。　[11] 振:通"整",整治,引申为约束。　[12] 一卷(quán)石:一拳头大的石头。卷:通"拳"。　[13] 不测:不可测度,指浩瀚无涯。　[14] 鼋(yuán)、鼍(tuó):鼋:元鱼,大鳖。鼍:鳄鱼。　[15] 维天之命,於(wū)穆不已:引自《诗经·周颂·维天之命》。维:语气词。於:语气词,呜呼。穆:深远。不已:无穷。[16] 於(wū)乎不(pī)显,文王之德之纯:引自《诗经·周颂·维天之命》。於乎:语气词,呜呼。不显:又大又明显。"不"通"丕",即大。

**【译文】** 所以,极度真诚是没有止息的。没有止息就会保持长久,保持长久就会显露出来,显露出来就会悠远,悠远就会广博深厚,广博深厚就会高大光明。广博深厚的作用是承载万物,高大光明的作用是覆盖万物,悠远长久的作用是生成万物。广博深厚可以与地相比,高大光明可以与天相比,悠远长久则是永无止境。达到这样的境界,不显示也会明显,不行动也会感人化物,无所作为也会有所成就。

天地的法则,可以用一"诚"字来概括:诚本身专一不二,所以生育万物多得不可估量。天地的法则,就是广博、深厚、高大、光明、悠远、长久。

现在我们所说的天,原本不过是由一点一点的光明聚积起来的,可等到它无边无际时，日月星辰都靠它维系，世界万物都靠它覆盖。现在我们所说的地，原本不过是由一撮土一撮土聚积起来的，可等到它广博深厚时，承载像华山那样的崇山峻岭也不觉得重，容纳那众多的江河湖海也不会泄漏，世间万物都由它承载了。现在我们所说的山，原本不过是由拳头大的石块聚积起来的，可等到它高大无比时，草木在上面生长，禽兽在上面居住，宝藏在上面储藏。现在我们所说的水，原本不过是一勺一勺聚积起来的，可等到它浩瀚无涯时，鼋、鼍、蛟、龙、鱼、鳖等都在里面生长，珍珠、珊瑚等有价值的东西都在里面繁殖。

《诗经》说："天命多么深远啊，永远无穷无尽！"这大概就是说的天之所以为天的原因吧。"呜呼！多么显赫光明啊，文王的品德纯真无二！"这大概就是说的文王之所以被尊称为"文（谥号）"的原因吧。纯真也是没有止息的。

【评析】 生命不息，真诚不已。这是儒学修身的要求。不仅不"已"，而且还要显露发扬出来，使之悠远长久、广博深厚、高大光明，从而承载万物、覆盖万物、生成万物。这正是天地的法则，是由真诚的追求而达到与天地并列为三的终极目的。这使人想到诗人屈原在《橘颂》里的咏叹："秉德无私，参天地兮！"

# 27 大 哉

大哉！圣人之道！洋洋[1]乎，发育万物，峻极于天。优优[2]大哉，礼仪[3]三百，威仪[4]三千。待其人[5]而后行。故曰：苟不至德[6]，至道不凝[7]焉。故君子尊德性而道问学[8]；致广大而尽精微；极高明而道中庸。温故而知新，敦厚以崇礼。

是故居上不骄，为下不倍[9]。国有道，其言足以兴；国无道，其默足以容[10]。《诗》曰："既明且哲，以保其身[11]。"其此之谓与？

【注释】 [1]洋洋：盛大，浩瀚无边。 [2]优优：充足有余。 [3]礼仪：古代礼节的主要规则，又称经礼。 [4]威仪：古代典礼中的动作规范及待人接物的礼节，又称曲礼。 [5]其人：指圣人。 [6]苟不至德：如果没有极高的德行。苟，如果。 [7]凝：凝聚，引申为成功。 [8]问学：询问，学习。 [9]倍：通"背"，背弃，背叛。 [10]容：容身，指保全自己。 [11]既明且哲，以保其身：引自《诗经·大雅·烝民》。哲：智慧，指通达事理。

【译文】 伟大啊，圣人的道！浩瀚无边，生养万物，与天一样崇高。充足有余，礼仪三百条，威仪三千条。这些都有待于圣人来实行。所以说：如果没有极高的德行，就不能成就极高的道。因此，君子尊崇道德修养而追求知识学问；达到广博境界而又钻研精微之处；洞察一切而又奉行中庸之道。温习已有的知识从而获得新知识，诚心诚意地崇奉礼节。

所以身居高位不骄傲,身居低位不自弃。国家政治清明时,他的言论足以振兴国家;国家政治黑暗时,他的沉默足以保全自己。《诗经》说:"既明智又通达事理,可以保全自身。"大概就是说的这个意思吧?

> **【评析】**　这一章在继续盛赞圣人之道的基础上,提出了两个层次的重要问题。
>
> 　　首先是修养德行以适应圣人之道的问题。因为没有极高的德行,就不能成就极高的道,所以君子应该尊崇道德修养而追求知识学问;达到广博境界而又钻研精微之处;洞察一切而又奉行中庸之道。温习已有的知识从而获得新知识,诚心诚意地崇奉礼节。朱熹认为,这五句话"大小相资,首尾相应",最得圣贤精神,要求学者尽心尽意研习知识。其实,这五句所论不外乎尊崇道德修养和追求知识学问这两个方面,用我们今天的话来说,也就是"德育"和"智育"的问题。
>
> 　　有了德、智两方面的修养,是不是就可以通行无阻地实现圣人之道了呢? 问题当然不是如此简单。修养是主观方面的准备,而实现圣人之道还有赖于客观现实方面的条件。客观现实条件具备当然就可以大行其道,客观现实条件不具备又应该怎样做呢? 这就需要"居上不骄,为下不倍",身居高位不骄傲,"富贵不能淫,贫贱不能移,威武不能屈"(《孟子·滕文公下》)的大丈夫气概。至于"国有道其言足以兴,国无道其默足以容"的态度,则是与孟子所说的"穷则独善其身,达则兼善天下"(《孟子·尽心上》)一脉相承的,都是对现实政治的一种处置、一种适应。反过来说,也就是一种安身立命、进退仕途的艺术。所以,归根结底,还是"既明且哲,以保其身"。当然,说者容易做者难,看似平淡却艰辛,要做到明哲保身,的确是非常不容易的。所以唐代大诗人白居易写道:"明哲保身,进退始终,不失其道,自非贤达,孰能兼之?"(《杜佑致仕制》)宋代陆游更是直截了当地感叹道:"信乎明哲保身之难也!"(《跋范文正公书》)
>
> 　　明哲保身,方能进退自如,使自己立于不败之地。这当然与那种"事不关己,高高挂起"的"自由主义表现"是风马牛不相及的,我们切莫把它们混为一谈。

# 28　自　　用

子曰:"愚而好自用[1];贱而好自专[2];生乎今之世,反[3]古之道;如此者,灾及其身者也。"

非天子,不议礼,不制度[4],不考文[5]。今天下,车同轨,书同文,行同伦[6]。虽有其位,苟无其德,不敢作礼乐焉;虽有其德,苟无其位,亦不敢作礼乐焉。

子曰:"吾说夏礼[7],杞不足征也[8];吾学殷礼[9],有宋[10]存焉;吾学周礼[11]，今用之，吾从周。"

**【注释】** [1]自用：凭自己主观意图行事，自以为是，不听别人意见，即刚愎自用的意思。 [2]自专：独断专行。 [3]反：通"返"，回复的意思。 [4]制度：在这里做动词用，指制定法度。 [5]考文：考订文字规范。 [6]车同轨，书同文，行同伦：车子的轮距一致，字体统一，伦理道德相同。（这种情况是秦始皇统一六国后才出现的，据此知道《中庸》有些章节的确是秦代儒者所增加的。） [7]夏礼：夏朝的礼制。 [8]杞(qǐ)：国名，传说是周武王封夏禹的后代于此，故城在今河南杞县。征，验证。 [9]殷礼：殷朝的礼制。商朝从盘庚迁都至殷(今河南安阳)到纣亡国，一般称为殷代，整个商朝也称商殷或殷商。 [10]宋：国名，商汤的后代居此，故城在今河南商丘南。 [11]周礼：周朝的礼制。

**【译文】** 孔子说："愚昧却喜欢自以为是；卑贱却喜欢独断专行；生于现在的时代却一心想回复到古时去；这样做，灾祸会降临到自己的身上。"

不是天子就不要议定礼仪，不要制定法度，不要考订文字规范。现在天下，车子的轮距一致，文字的字体统一，实行的伦理道德相同。虽有相应的地位，如果没有相应的德行，是不敢制定礼乐制度的；虽然有相应的德行，如果没有相应的地位，也是不敢制定礼乐制度的。

孔子说："我谈论夏朝的礼制，夏的后裔杞国已不足以验证它；我学习殷朝的礼制，殷的后裔宋国还残存着它；我学习周朝的礼制，现在还实行着它，所以我遵从周礼。"

**【评析】** 本章承接上一章发挥"为下不倍(背)"的意思。反对自以为是、独断专行，也有"不在其位，不谋其政"(《论语·泰伯》)的意思。归根结底，其实还是素位而行、安分守己的问题。

此外有一点值得注意，这里所引孔子的话否定了那种"生乎今之世，反古之道"的人，这与一般认为孔子主张"克己复礼"，具有复古主义倾向的看法似乎有些冲突。其实，孔子所要复的礼，恰好是那种"今用之"的"周礼"，而不是"古之道"的"夏礼"和"殷礼"。因为夏礼已不可考，而殷礼虽然还在它的后裔宋国那里残存着，但毕竟也已是过去的了。所以，从本章所引孔子的两段话来看，孔子反对旧制度，主张与时俱进的新礼制。

# 29 三 重

王天下有三重[1]焉，其寡过矣乎！上焉者[2]，虽善无征，无征不信，不信，民弗从。下焉者[3]，虽善不尊，不尊不信，不信，民弗从。故君子之道，本诸身，征诸庶民，考诸三王而不缪[4]，建诸天地而不悖[5]，质[6]诸鬼神而无疑,百世以俟[7]圣人而不惑。质鬼神而无疑,知天也;百世以俟圣人而不惑,知人也。是故君子动而世为天下道[8],行而世为天下法,言而世为天下则。远之则有望[9],近之则不厌。

《诗》曰:"在彼无恶,在此无射;庶几夙夜,以永终誉[10]。"君子未有不如此,而蚤[11]有誉于天下者也。

**【注释】**　[1]王(wàng)天下:在天下做王的意思,也就是统治天下。王:做动词用。三重(zhòng):指上一章所说的三件重要的事:仪礼、制度、考文。　[2]上焉者:指在上位的人,即君王。　[3]下焉者:指在下位的人,即臣下。　[4]三王:指夏、商、周三代君王。缪(miù):错误。　[5]建:立。悖(bèi):违背道理。　[6]质:质询,询问。　[7]俟(sì):待。　[8]道:通"导",先导。　[9]望:威望。　[10]"在彼无恶"句:引自《诗经·周颂·振鹭》。恶(wù):憎恶。射(yì),厌弃的意思。庶几(jī),几乎。夙(sù)夜:早晚。夙:早。　[11]蚤(zǎo):通"早"。

**【译文】**　治理天下能够做好(议定礼仪,制定法度,考订文字规范)这三件重要的事,也就没有什么大的过失了吧! 在上位的人,虽然行为很好,但如果没有验证的话,就不能使人信服;不能使人信服,老百姓就不会听从。在下位的人,虽然行为很好,但由于没有尊贵的地位,也不能使人信服;不能使人信服,老百姓就不会听从。所以君子治理天下的道理,应该以自身的德行为根本,并从老百姓那里得到验证,考察夏、商、周三代先王的做法而没有错误,立于天地之间而没有违背正道,质询于鬼神而没有疑问,百世以后待到圣人出现也没有什么不理解的地方。质询于鬼神而没有疑问,这是知道天理;百世以后待到圣人出现也没有什么不理解的地方,这是知道人意。所以君子的举止能世世代代成为天下的先导,行为能世世代代成为天下的法度,语言能世世代代成为天下准则。在远处有威望,在近处也不使人厌恶。

《诗经》说:"在那里没有人憎恶,在这里没有人厌烦,日日夜夜操劳啊,为了保持美好的名誉。"没有不这样做而能够早早在天下获得名誉的君子。

**【评析】**　这一章承接"居上不骄"的意思而展开。当政者要身体力行,不仅要有好的德行修养,而且要有行为实践的验证,才能取信于民、使人听从,这就好比我们今天要求政府为老百姓办实事一样。

从理论上来说,这一章所强调的,依然是重实践的观点。"本诸身,征诸庶民",以自身的德行为根本,并从老百姓那里得到验证。这是主客观的结合,理论与实践的统一,用客观实践来检验自己的主观意图、见解、理论是否符合老百姓的利益与愿望,从而使自己的举止能世世代代成为天下的先导,使自己的行为能世世代代成为天下的法度,使自己的语言能世世代代成为天下的准则。这里当然还是蕴含着儒家对伟大与崇高的向往和对不朽的渴望。所谓不朽,就是中国古代知识分子崇奉的立德、立功、立言。

# 30 祖 述

仲尼祖述[1]尧舜,宪章文武[2];上律天时,下袭[3]水土。辟如天地之无不持载,无不覆帱[4];辟如四时之错行[5],如日月之代明[6]。万物并育而不相害,道并行而不相悖。小德川流,大德敦化[7]。此天地之所以为大也。

**【注释】** [1]祖述:效法、遵循前人的行为或学说。 [2]宪章:遵从,效法。文武:文王、武王。 [3]袭:与上文的"律"近义,都是遵循、符合的意思。 [4]覆帱(dào):覆盖。 [5]错行:交替运行,流动不息。 [6]代明:轮流照耀,循环变化。[7]敦化:使万物敦厚纯朴。

**【译文】** 孔子继承尧舜,以文王、武王为典范;上遵循天时,下符合地理。就像天地那样没有什么不承载,没有什么不覆盖;又好像四季的交替运行,日月的轮流照耀。万物一起生长而互不妨害,道路同时并行而互不冲突。小的德行如河水一样长流不息,大的德行使万物敦厚纯朴。这就是天地的伟大之处啊!

**【评析】** 天地的伟大之处,就是孔子的伟大之处。因为孔子与天地比肩、与日月同辉。这一章以孔子为典范,盛赞他的德行,塑造了他伟大、崇高而不朽的形象,使他流芳百世而成为后代人永远学习与敬仰的楷模。这就是大成至圣先师的孔圣人。从《中庸》本身的结构来看,这里体现出从理论到实际,从对中庸之道方方面面的阐述落实到对一个具体榜样的阐述上来,而榜样的力量是无穷的。

# 31 至 圣

唯天下至圣,为能聪明睿知[1],足以有临[2]也;宽裕[3]温柔,足以有容[4]也;发强刚毅[5],足以有执[6]也;齐庄中正[7],足以有敬也;文理密察[8],足以有别[9]也。

溥博渊泉[10],而时出之。溥博如天,渊泉如渊。见[11]而民莫不敬,言而民莫不信,行而民莫不说[12]。是以声名洋溢[13]乎中国,施及蛮貊[14]。舟车所至,人力所通,天之所覆,地之所载,日月所照,霜露所队[15],凡有血气者,莫不尊亲[16],故曰配天。

**【注释】** [1]睿(ruì)知:聪明智慧。知:通"智"。 [2]有临:居上临下。临:本指高处朝向低处,后引申为上对下之称。 [3]宽裕:广大舒缓。 [4]有容:容纳,包容。 [5]发强刚毅:奋发勇健有力,刚强坚毅。 [6]有执:操持决断天下大事。 [7]齐(zhāi)庄中正:恭敬庄重,不偏不倚。齐:斋,恭敬。 [8]文理密察:

条理清晰,详察细辨。　[9]有别:辨别是非正邪。　[10]溥博:辽阔广大。溥:普遍,辽阔。渊泉:深潭。　[11]见(xiàn):表现。指仪容。　[12]说(yuè):通"悦",喜悦。　[13]洋溢:广泛传播。　[14]施及:蔓延,传到。蛮貊(mò):古代两个边远部族的名称。　[15]队(zhuì):通"坠",坠落。　[16]尊亲:尊重亲近。

**【译文】**　只有天下崇高的圣人,才能做到聪明智慧,能够居上位而临下民;宽宏大量,温和柔顺,能够包容天下;奋发勇健,刚强坚毅,能够决断天下大事;威严庄重,忠诚正直,能够博得人们的尊敬;条理清晰,详辨明察,能够辨别是非邪正。

　　崇高的圣人,美德广博而又深厚,并且时常会表现出来。德性广博如天,德性深厚如渊。美德表现在仪容上,百姓没有谁不敬佩;表现在言谈中,百姓没有谁不信服;表现在行动上,百姓没有谁不喜悦。

　　这样,美好的名声广泛流传于中国,并且传播到边远的少数民族地区。凡是车船行驶到的地方,人力通行的地方,苍天覆盖的地方,大地承载的地方,日月照耀的地方,霜露降落的地方,凡有血气的生物,没有不尊重和不亲近他们的,所以说圣人的美德能与天相匹配。

**【评析】**　崇高的圣人,美德能与天相匹配。凡有血气的生物,没有不尊重和不亲近他们的,因为他们能够做到聪明智慧,能够居上位而临下民;宽宏大量,温和柔顺,能够包容天下;奋发勇健,刚强坚毅,能够决断天下大事;威严庄重,忠诚正直,能够博得人们的尊敬;条理清晰,详辨明察,能够辨别是非邪正。这就是圣人的特征。

# *32*　经　纶

　　唯天下至诚,为能经纶天下之大经[1],立天下之大本[2],知天地之化育。夫焉有所倚? 肫肫[3]其仁,渊渊其渊[4],浩浩其天[5]。苟不固聪明圣知[6],达天德者[7],其孰能知之[8]?

**【注释】**　[1]经纶:在用蚕丝纺织以前整理丝缕。这里引申为治理国家大事,创制天下的法规。经:纺织的经线。　[2]大本:根本大德。本:根本。　[3]肫(zhūn)肫:与"忳忳"同,诚挚的样子。　[4]渊渊其渊:意为圣人的思虑如潭水一般幽深。渊渊:形容水深。　[5]浩浩其天:圣人的美德如苍天一般广阔。浩浩:原指水盛大的样子。　[6]固:实在,真实。　[7]达天德者:通达天赋美德的人。达:通达,通贯。　[8]之:代词,指文中首句中的"天下至诚"。

**【译文】**　只有具有天下最高境界的真诚,才能成为治理天下的崇高典范,才能树立天下的根本法则,掌握天地化育万物的深刻道理。这需要依靠什么呢? 诚挚的仁心,像潭水那样幽深的思虑,像苍天那样广阔的美德。如果不是真正聪明智慧,通达天赋美德的人，还有谁能知道天下地地道道的真诚呢？

【评析】 本章提出了只有天下最高境界的真诚，才能成为治理天下的崇高典范。要想达到天下最高境界的真诚，依靠的是诚挚的仁心、幽深的思虑和崇高的美德。

# 33 尚 絅

《诗》曰："衣锦尚絅[1]。"恶其文之著也。故君子之道，闇然而日章[2]；小人之道，的然[3]而日亡。君子之道：淡而不厌，简而文，温而理，知远之近，知风之自，知微之显，可与入德矣。

《诗》云："潜虽伏矣，亦孔之昭[4]。"故君子内省不疚，无恶于志。君子之所不可及者，其唯人之所不见乎！

《诗》云："相在尔室，尚不愧于屋漏[5]。"故君子不动而敬，不言而信。

《诗》曰："奏假无言，时靡有争[6]。"是故君子不赏而民劝，不怒而民威于铁钺[7]。

《诗》曰："不显惟德，百辟其刑之[8]。"是故君子笃恭而天下平。

《诗》云："予怀明德，不大声以色[9]。"子曰："声色之于以化民，末也。"

《诗》曰："德辁如毛[10]。"毛犹有伦[11]。"上天之载，无声无臭[12]。"至矣！

【注释】 [1] 衣锦尚絅(jiǒng)：引自《诗经·卫风·硕人》。衣：此处做动词用，指穿衣。锦：指色彩鲜艳的衣服。尚：加。絅：同"裧"，用麻布制的罩衣。 [2] 闇(àn)然：隐藏不露。闇：暗。章：彰显。 [3] 的(dì)然：鲜明，显著。 [4] 潜虽伏矣，亦孔之昭(zhāo)：引自《诗经·小雅·正月》。孔：很。昭：明显。 [5] 相在尔室，尚不愧于屋漏：引自《诗经·大雅·抑》。相：注视。屋漏，指古代室内西北角设小帐的地方。相传是神明的所在，所以这里是以屋漏代指神明。不愧屋漏喻指心地光明，不在暗中做坏事，起坏念头。 [6] 奏假(gé)无言，时靡(mǐ)有争：引自《诗经·商颂·烈祖》。奏：进奉。假：通"格"，即感通，指诚心能与鬼神或外物互相感应。靡：没有。 [7] 铁(fū)钺(yuè)：古代执行军法时用的斧子。 [8] 不显惟德，百辟(bì)其刑之：引自《诗经·周颂·烈文》。不显：不：通"丕"，不显即大显。辟：诸侯。刑：通"型"，示范，效法。 [9] 予怀明德，不大声以色：引自《诗经·大雅·皇矣》。声：号令。色：容貌。以：与。 [10] 德辁(yóu)如毛：引自《诗经·大雅·烝民》。辁：古代一种轻便车，引申为轻。 [11] 伦：比。 [12] 上天之载，无声无臭(xiù)：引自《诗经·大雅·文王》。臭：气味。

【译文】《诗经》说："身穿锦绣衣服，外面罩件套衫。"这是为了避免锦衣花纹大显露。所以，君子的道，深藏不露而日益彰明；小人的道显露无遗而日益消亡。君子的道：平淡而有意味，不会使人厌烦，简略而有文采，温和而有条理，由近知远，由风知源，由微知显，这样，就可以进入道德的境界了。

《诗经》说："潜藏虽然很深，但也会很明显的。"所以君子自我反省没有愧疚，没有恶念头存于心志之中。君子的德行之所以一般人达不到，大概就是在这些不被人看见的地方吧！

《诗经》说："看你独自在室内的时候，是不是能无愧于神明。"所以，君子就是在没做什么事的时候也是恭敬的，就是在没有对人说什么的时候也是信实的。

《诗经》说："进奉诚心，感通神灵，肃穆无言，没有争执。"所以，君子不用赏赐，老百姓也会受到鼓励；不用发怒，老百姓也会比看到刀斧刑具还要畏惧。

《诗经》说："弘扬那德行啊，诸侯们都来效法。"所以，君子笃实恭敬就能使天下太平。

《诗经》说："我怀有光明的品德，不用厉声厉色。"孔子说："用厉声厉色去教育老百姓，是最拙劣的行为。"

《诗经》说："德行轻如毫毛。"轻如毫毛还是有物可比拟。"上天所承载的，既没有声音也没有气味。"这才是最高的境界啊！

【评析】　越是道德修养高的人，越是内敛。这种最高的境界就是空气的境界。空气无声、无色、无味，谁也看不见、听不到、嗅不出，可是谁也离不开它。德行能到这种境界，当然是神仙之人了。可谁又能达到这种境界呢？

次一等的境界，借用诗圣杜甫的诗，是"好雨知时节，当春乃发生。随风潜入夜，润物细无声"（《春夜喜雨》）的境界。这种境界，和风细雨，沁人心脾而入人肺腑，使人在潜移默化中受到感化，这大概就是圣人的境界吧。

至于那种声色俱厉的做法，正如孔子所说："末也！"已谈不上什么境界了，不过是一种不得已而为之的手段罢了。

本章是《中庸》全篇的结尾，君子应做到"慎独"，重在强调德行的实施。从天理到人道，从知到行，从理论到实践，从"君子笃恭"到"天下平"，既回到与《大学》相呼应的人生进修阶梯之上，又撷取《中庸》全篇的宗旨而加以概括。各段文字，既有诗为证又引申发挥。难怪朱熹要在《中庸章句》的末尾大发感叹："其反复叮咛示人之意，至深切矣，学者其可不尽心乎！"

 拓展阅读一

### "慎独"的故事

几千年来，"慎独"一直被奉为修身的最高境界，孔子能够"言行如一，躬身笃行"；

杨震能够"心口如一，襟怀坦荡"；许衡能够"不食无主之梨"；蘧伯玉的"宫门蘧车，不欺暗室"；还有范仲淹的"食粥心安"，曾国藩的"日课四条：慎独、主敬、求仁、习劳"。以上种种，无一不是自律慎独、道德完善的体现。对于慎独，他们始终如一，不忘初心，内不欺己，外不欺人，上不欺天，"君子慎独"。慎独，之于他人是坦荡，之于自己，则是心安。一个表里如一的人，事无不可对人言，就少有愧疚、猜疑、顾忌，心中自然绿意盎然，步步花开。

## 不食无主之梨

所谓不食无主之梨，就是不吃无人看管的梨。比喻一个人能排除外界的干扰和诱惑，恪守自己的行为和操守。

南宋末年有一个年轻人名叫许衡，因聪明勤奋而在当地颇为知名。一次，许衡独自赶路，当时正是炎热的夏天，烈日像火球一样炙烤着大地。许衡由于长时间赶路而汗流浃背，口干舌燥。走着走着，他遇到了几个商贩在一棵大树下乘凉，那帮商贩也都又热又渴，但没有水。

这时，远处走来一个人，他怀里捧着一堆梨子说："前面有梨树，大家快去摘来解渴。"商贩们一听，赶忙收拾东西去摘梨，许衡却没动。

有个商贩奇怪地问："你为什么不去摘梨呢？"

许衡问道："梨树的主人在吗？"

商贩们都说："梨树的主人不在，但天气这么热，摘几个梨解渴也没什么大不了的。"

许衡认真地说："梨树现在虽然没有主人看管，难道我们对自己的心也没有约束吗？我心有约束，不是自己的东西，又没经主人允许，我是绝不会去拿的。"

商贩们不理会许衡，纷纷去摘梨。许衡见状，只好无奈地独自走了，他忍着炎热和口渴继续赶路。而那些吃到梨的商贩们则纷纷讥笑他是个愚人，不懂得变通。

许衡能够做到"慎独"，恪守自己的原则，不管在什么环境下都能坚持刻苦学习，终于成为宋末元初著名的学者。

## 宫 门 蘧 车

"宫门蘧车"又叫"不欺暗室"，现用来表示诚实为人、表里如一、不做表面文章。

蘧伯玉是卫国有名的贤人，他做事光明磊落，为人公道正派，卫灵公也很信赖他。

有一天夜里，卫灵公正坐在宫里和夫人南子闲谈，忽然听见外面有马车的响声从东边传来，而且越来越响，等到了宫门前就不响了，过了宫门后就听见又响着去西边了。卫灵公感到纳闷儿，就问南子："刚才的马车时走时停，这是怎么回事啊？"南子回答说："这辆马车从东边走过宫门向西边去了。坐车的人大概是蘧伯玉大夫吧！"

听了南子的回答，卫灵公就疑惑了，又问："半夜里，根本就看不见人，你怎么知道是蘧伯玉的马车呢？"南子说："我听说过，凡是臣子走过王宫的门前，都要行礼，坐车的也都要下车行礼，之后才乘车离开。真正的忠臣孝子，不会在众人的面前故意做样子给大家看，也不会在没人的地方忽略了自己应该有的礼节。蘧伯玉是卫国有名的贤人,也最遵守礼节。刚才,马车的响声在宫门前停了一会儿,这一定是他坐着车子经过宫门,虽然是在半夜,没有人看见,但他还是依礼停车下来行礼,然后才坐上车向西而去。所以我才说坐马车的人是蘧伯玉大夫。"

卫灵公不相信南子的话,就想证实一下。于是,卫灵公就派人去调查。不久,调查的人回来禀报,果真如南子所言。可是卫灵公却骗南子说:"刚才我派人查过了,刚才的人不是蘧伯玉,是另外一个人,那人确实是在宫门前行了礼,但他不是蘧伯玉。"南子听卫灵公这么一说,马上满上了一杯酒,恭敬地端给卫灵公,向他祝贺。这下,可把卫灵公给弄糊涂了,就问道:"这是什么意思啊,怎么无缘无故地祝贺呢?"南子说道:"原来我以为卫国就只有一个蘧伯玉是真正的贤臣,现在听你说刚才的人不是他,那也就是说还有一个和他一样的贤臣。这样一来,你就有两位贤臣了。贤臣多了,我心里当然高兴,也是替你高兴啊! 这怎么能不向你祝贺呢?"

听了南子的这番话,卫灵公恍然大悟,心里虽然知道并没有多一个贤臣,但是已经明白了南子的话。于是,他接过酒杯一饮而尽,还称赞南子说:"你真是了不起啊!"这才把刚才派人调查的实际情况告诉了南子。

这个故事体现了"君子慎独",我们也应该学习蘧伯玉在没人看见或知道的情况下,也一定要尽职尽责,做自己该做的事。

## 浅论孔子的中庸思想及其处世原则

张　维

中庸亦称为中行、中道,它源自上古的尚中思想,经孔子阐发,成为儒家思想的重要概念,至《中庸》一书已经形成一套精细完备的思想体系。中庸思想要求人们以礼和义为原则,在待人处世等方面时时处处坚持适度原则,把握分寸,恰到好处,无过无不及。但真正能做到中庸之道的人少之又少,在得不到中行者相交时,我们也绝对不能像乡愿之流那样无原则地生活,至少要如狂者和狷者那样有原则地处世。

孔子的中庸思想对中国人的立身处世产生了极其深远的影响。如何把握过或不及的尺度,孔子并没有明说。他只是告诉我们中庸是至德,能达到的人很少。他只是告诉我们什么是过,什么是不及。中庸到底具有怎样的含义?

**一、中庸的本义**

"中庸"一词最早见于《论语·雍也》第二十九章:"中庸之为德也,其至矣乎! 民鲜能久矣!"这里,孔子视中庸为最高的道德,并感叹这一至德在人群中已久久不见了。孔子揭示了中庸的至德性,但是对什么是中庸存而不论,这就给后人留下了广阔的解释空间。《说文》:"中,正也;庸,用也,从用,从庚;庚,更事也。"正是指恰当、妥当、合乎的意思;庸即更事,就是指经历事情。据此,可以说中庸即正确妥当地处理事情。程颐说:"不偏之谓中,不易之谓庸。"朱熹则说:"中者,无过无不及之名也;庸,平常也。"（均见《中庸章句》）按程朱的解释，不偏不倚，无过无不及叫作"中"；始终如一，保持经常叫作"庸"。

## 二、中庸的本质特征

孔子的中庸思想主要体现在《论语》和《中庸》这两本书中。在《论语》中"中庸"一词仅出现过一次，孔子对中庸思想论述得也不是很全面。战国时期，子思作《中庸》对孔子的中庸思想进行了补充和完善。《中庸》直接提出了中庸的本质即"时中"。仲尼曰："君子中庸，小人反中庸。君子之中庸也，君子而时中，小人之反中庸也，小人而无忌惮也。"（《中庸·第二章》）这里的意思是：孔子说："君子言行常守不偏不倚的中庸之道，而小人的言行则背离中庸之道。君子守中庸，随时能实现中庸之道，做到恰到好处；而小人违反中庸，无所畏惧而胡作非为。"孔子所说的"时中"意思是处理事情要审时度势，随时势的变化而处中，努力做到无时不中。所以朱熹在此申述说："君子之所以为中庸者，以其有君子之德，而又能随时以处中也。"事实上，孔子处世也是以此为原则的，孟子称赞孔子为"圣之时者"（《孟子·万章下》），并说："可以仕则仕，可以止则止，可以久则久，可以速则速，孔子也。"（《孟子·公孙丑上》）可见，孔子本人掌握的就是时中的行为标准。"时中"是中庸的本质特征，要求人们能根据时间、空间、条件等的变化，采取相应正确合理的行为，灵活处理事情。中庸虽然讲究灵活变通性，但这种时中的灵活性是有原则的，"随时变易以从道"。如果无原则地随意变更，就会使人在行动上肆无忌惮，胡作非为，这样也就成了孔子所言的"小人"。如若不能把握住中庸的原则，就容易演化为小人无所顾忌的变通。因此，要把握中庸就必须弄清楚中庸的原则是什么。

## 三、中庸的原则

孔子中庸的原则是礼和义。孔子提倡"礼之用，和为贵"。而且"和"必须"以礼节之"，否则也是不行的。"礼之用，和为贵。先王之道，斯为美。大小由之，有所不行，知和而和，不以礼节之，亦不可行也。"（《论语·学而》）意思是说：礼的作用，凡事都要做到恰到好处，才是可贵的。过去圣明君主治理国家，可贵的地方就在这里，他们大事小事都做到恰当。孔子还说："君子之于天下，无适也，无莫也，义之与比。"（《论语·里仁》）这就是说君子对天下的事情，没规定要怎么干，也没规定不要怎么干，合于义的就去做。他还用礼义制约诸德："恭而无礼则劳，慎而无礼则葸，勇而无礼则乱，直而无礼则绞。"孔子并没有明确讲中庸以礼义为原则，但荀子做了说明："先王之道，仁之隆也，比中而行，曷谓中？曰礼义是也。"（《荀子·儒效》）

## 四、中庸之道难行的原因

孔子以礼义为原则，提倡以中庸之道处世，但他自己也在《论语》中指出"民鲜能久矣"。只有尧舜和颜回被孔子赞赏过能行中庸之道。中庸之道是很难做到的，子曰："天下国家可均也，爵禄可辞也，白刃可蹈也，中庸不可能也。"（《中庸·第九章》）意思是，"天下国家可以治理，官爵俸禄可以放弃，雪白的刀刃可以践踏而过，中庸却不容易做到"。为什么中庸之道难以做到呢？子曰："道之不行也，我知之矣，知者过之，愚者不及也。道之不明也，我知之矣：贤者过之，不肖者不及也。人莫不饮食也，鲜能知味也。"(《中庸·第四章》)意思是，"中庸之道不能实行的原因，我知道了：聪明的人自以为是，认识过了头；愚蠢的人智力不及，不能理解它。中庸之道不能弘扬的原因，我知道了：贤能的人做得太过分；不贤的人根本做不到。就像人们每天都要饮水进食，但很少有人能够真正品尝滋味"。那么舜为什么能做到中庸之道呢？子曰："舜其大知也与！舜好问而好察迩言，隐恶而扬善，执其两端，用其中于民。其斯以为舜乎！"(《中庸·第六章》)孔子说："舜可真是具有大智慧的人啊！他喜欢向人请教问题，又善于分析别人浅近话语里的含义。隐藏人家的坏处，宣扬人家的好处。他度量人们认识上'过'与'不及'两个极端的偏向，采纳适中的用于老百姓。这就是舜之所以为舜的地方吧！"

**五、中庸之道的运用**

虽然孔子认为中庸之道难以做到，仅有尧舜和颜回达到了要求，但是他对自己、对学生都要求不断追求中庸以求实现它。在《论语·先进》篇中，子路问："闻斯行诸？"子曰："有父兄在，如之何其闻斯行之？"冉有问："闻斯行诸？"子曰："闻斯行之。"公西华曰："由也问闻斯行诸，子曰：'有父兄在'；求也问闻斯行诸，子曰：'闻斯行之。'赤也惑，敢问。"子曰："求也退，故进之；由也兼人，故退之。"这里，孔子针对子路和冉有的性格特点，对于他们提出的同一问题给出了不同的回答。因为冉求平时做事退缩，所以孔子要给他打气，鼓励他勇敢地去做事。仲由却一个人有两个人的胆量，所以孔子要给他泼点冷水。这一例子是孔子中庸之道的具体应用，体现了孔子对中庸之道的奉行。不论孔子的回答是怎么样的，目的只有一个，即获得中立不倚的人格，将中庸之道作为做人的最高标准。孔子以中庸之道教育学生，但他认为即使人们选择了此道也并不能真正掌握它，或是难以长时间地坚持此道。子曰："人皆曰：'予知。'驱而纳诸罟擭陷阱之中，而莫之知辟也。人皆曰：'予知。'择乎中庸，而不能期月守也。"(《中庸·第七章》)孔子说："人人都说自己聪明，可是在利益的驱使下落入危机四伏的罗网或陷阱之中去却不知躲避。人人都说自己聪明，可是选择了中庸之道后却连一个月时间也不能坚持。"在孔子的心目中，众弟子中只有颜回能坚守中庸之道。子曰："回人也，择乎中庸，得一善，则拳拳服膺而弗失之矣。"(《中庸·第八章》)孔子说："颜回就是这样一个人，他选择了中庸之道，得到了它的好处，就牢牢地把它放在心上，衷心信服而不再让它失去。"

中庸之道虽然难求，但人们还是应该去积极追求。中庸作为一种行为方式，它具有很强的实践性。在《论语·子罕》篇中，子曰："吾有知乎哉？无知也。有鄙夫问于我，空空如也。我叩其两端而竭焉。"在这段话中，孔子认为自己也没什么知识，而只是通过发现事物矛盾所在，仔细推敲矛盾的两端，再结合自己适宜的立场而解决问题。在做人方面，孔子也恪守中庸之道。他反对过与不及，而主张"执两端而用其中"，要求凡事一定要适度，要恰到好处。在《论语·先进》篇中，子贡问："师与商也孰贤？"子曰："师也过，商也不及。"曰："然则师愈与？"子曰："过犹不及。"在这里，孔子评价了商与师。孔子认为师往往做事过了头，而商做事过于小心谨慎。虽然这两种表现截然相反，但都不能做到恰到好处，都不符合中庸的原则。只有将强烈的进取心和谨慎的处事风格结合，走一条中间道路，才能无往不胜。

### 六、中庸的处世之道

具有怎样的品格才算是真正有中庸之至德呢？在《中庸》中，通过子路问强得到了回答。子路问强。子曰："南方之强与？北方之强与？抑而强与？宽柔以教，不报无道，南方之强也，君子居之。衽金革，死而不厌，北方之强也，而强者居之。故君子和而不流，强哉矫！中立而不倚，强哉矫！国有道，不变塞焉，强哉矫！国无道，至死不变，强哉矫！"孔子认为，南方之强一味柔弱无为，以德报怨，太过宽柔，不及中庸之德。北方之强一味赴汤蹈火，死不还踵，太过刚硬，过于中庸之德。品德高尚的人和顺而不随波逐流，这才是真强啊！保持中立而不偏不倚，这才是真强啊！国家政治清平时不改变志向，这才是真强啊！国家政治黑暗时坚持操守，宁死不变，这才是真强啊！君子所取的应是无过无不及的中和之强：和而不流，中立而不倚；时刚时柔，刚柔结合。

孔子认为能具备这种中和之强的品格的人很少，中行者难求，狂者或狷者都有不完美的一面，不合中道。孔子在得不到中行之人打交道时，只得求其次，交往狂者和狷者。因为狂者虽然"志大而言侉"，但毕竟不失为有志者，可以有所作为。如果得不到狂者，孔子就愿和狷者打交道，他们虽然无济世之志，亦无损于人。孔子最痛恨的是蝇营狗苟，无所操守的乡愿人格。子曰："乡愿，德之贼也。"（《论语·阳货》）因为乡愿的观点是生在这世上，为这世界做事，只要过得去就行。（"生斯世也，为斯世也，善斯可矣。"）孔子对这样的人提出了严厉的批判："非之无举也，刺之无刺也，同乎流俗，合乎污世，居之似忠信，行之似廉洁，众皆悦之，自以为是，而不可与入尧舜之道，故曰德之贼也。"乡愿善于自保，你要指责他，又举不出什么大错误，要责骂却也无可责骂，他只是同流合污，为人似乎忠诚老实，行为好像方正清廉，博得大家的喜欢，自我感觉更是良好，但是与尧舜之道完全违背，所以说他是贼害道德的人。孔子欣赏的是为坚持自己的信念不动摇，宁死不改变志向和操守的人。"三军可夺帅也，匹夫不可夺志也。"（《论语·子罕》）这就是孔子所推崇的强。在这里，孔子把中庸与乡愿做了严格的区分，中庸讲究原则、操守；而乡愿却无原则，无操守，貌似中道，而有本质的区别。乡愿圆滑处世，不肯承担责任，自然是"没有肋骨"的。他们都很听话，但是不要希求他们有任何的成绩，因为他在这世上处世只求过得去，混世而已。这种人自己处世没有原则，人云亦云，做事不求进取开拓，还要对狂者、狷者品头论足，嘲笑他们不合群。孔子认为君子应该有所恶，能恶人，并且要立场坚定，爱憎鲜明，当仁不让，绝对不能人云亦云，曲意逢迎，处世必须有原则。子曰："恶称人之恶者，恶居下流而讪上者，恶勇而无礼者，恶果敢而窒者。"（《论语·阳货》）孔子认为君子应厌恶传播别人短处的人，厌恶身居下位而诽谤上位的人，厌恶勇敢而无礼的人，厌恶果敢而固执不通事理的人。狂者、狷者虽然没有尧舜那样善执两端，但比乡愿有品格、有思想，这二者都保持了一定的独立性和执拗性。像乡愿者那样浑浑噩噩的处世行为是应被人所唾弃的，人应不断地追求以中庸之道处世，即使追求不到中庸之道，那也要像狂者、狷者那样有原则地生活，而不应无原则地庸碌一生。

中庸为至德，在人群中已久久不见了。人总是处于过与不及之中，很少能做到中庸的。孔子要求的中庸之德必须具备和而不流、中立而不倚、时刚时柔、刚柔结合的品质。人应该有原则地灵活变通，绝不能无原则地肆意妄为，更不能成为无原则、无操守的乡愿之流。中庸之德虽然难求，但人们还是不应放弃对它的追求，即使求不到中庸之德，也要像狂者、狷者那样有原则地生活处世。

（资料来源：《法制与社会》2008 年第 10 期）

## 【思考题】

1."中庸"的精神实质是什么？有人把这种主张看成"折中主义"，你认为这种看法对吗？

2.你认同孔子所赞成的刚强吗？请说明理由。

3.什么是"慎独"？在生活中你将如何做到"慎独"？

4."智、仁、勇"和"五常"在当今时代还有现实意义吗？

论语

《论语》：人
生的教科书

论人

论法

论修养

论孝

## 《论语》简介

　　《论语》是中国古代儒家的一部重要经典，是孔子的弟子及后学编辑的记述孔子及其弟子言行的语录体著作。这部书大约编定于战国初期，成于众手，记述者有孔子的弟子及再传弟子，也有孔门以外的人，具体作者已难考定，但它是一部最集中地记载孔子思想的著作。孔子（前551—前479），名丘，字仲尼，春秋后期鲁国人，是儒家学派的创建者，中国古代最著名的思想家和教育家。孔子早年接受了良好的贵族教育，对传统的礼、乐、射、御、书、数六艺十分熟悉。三十岁左右，已经以博学知名于世，招收门徒，传授古代文化典籍。晚年边讲学边整理文化典籍，对《诗》《书》《礼》《乐》《易》《春秋》六部古籍进行删订，编成最后的教材定本。

# 一、论道德

**1** 子曰："德不孤，必有邻。"

【译文】　孔子说："有道德的人是不孤单的，必然会有志同道合的人做他的友伴。"

【评析】　出自《里仁篇》。十步之内，必有芳草；十室之邑，必有忠信之人。因此，有德的人必然不会孤立，一定会有志同道合的朋友相亲近。孔子身处乱世，诸侯以力相尚，社会唯利是从。孔子修身行道，因此，有三千弟子向他学习，其中贤者有七十二位，对后世产生了非常大的影响，这就说明了"德不孤，必有邻"。

《易经·系辞上》说："方以类聚,物以群分。"(人类追求义理因志趣相同而相聚,万物也因本质不同而分别群聚)《易经·乾卦文言》也说："同声相应,同气相求。"(音色相同的乐器会互相响应,脾性相同的人物会互相吸引)这都说明了有德者必不孤的道理。

**2** 子曰:"巧言[1]乱德。小不忍,则乱大谋。"

【注释】 [1]巧言:表面上看来聪明合理,但背后却是充满了权谋私利的话。

【译文】 孔子说:"花言巧语能败坏德行,小事不能忍耐就会败坏大事情。"

【评析】 出自《卫灵公篇》。"巧言",不是指"聪明巧妙的话",而是指表面上冠冕堂皇、悦耳动听,背后却是充满了权谋私利的话,因为它表面上冠冕堂皇,和发乎道德良知的话无法区分,久而久之,它会一点一点地腐蚀人们的道德良知。巧言说多了,说的人也会养成一种取巧弥缝的习气,凡事不从正道上去做,道德良知就一天一天地败坏了。

小不忍则乱大谋,历史上这样的例子太多了。《史记·项羽本纪》记载:项羽要去攻打彭越时,告诉部下大司马曹咎:"谨守成皋,汉军怎么挑战,都不要理他。我在十五天内一定杀了彭越赶回来。"项羽出去几天后,汉军天天派人挑战,辱骂楚军,曹咎忍受不了羞辱,于是出兵和汉军大战,结果大败一场。等项羽回来时,大司马曹咎已经兵败身亡了,项羽也如鸟折翼,实力大损。相反地,三国时诸葛亮六出祁山,对司马懿百般羞辱,但是因为司马懿能忍,所以诸葛亮总是粮尽兵疲,无功而返。这就可以看出"忍"对成就大事的重要了。

**3** 子曰:"道听[1]而涂说[2],德之弃也。"

【注释】 [1]道听:在路边听的没有经过查证的话。　[2]涂说:在马路上传播没有经过证实的话。涂,道路,通"途"字。

【译文】 孔子说:"在路上听到传言就到处去传播,这是道德所唾弃的。"

【评析】 出自《阳货篇》。道听,听之易;途说,说之易。入于耳,出于口,没有经过思索或判断就乱传听来的话。从修养道德这一方面来说,这是不道德的。从对他人的伤害这一方面来说,道听途说,未加求证,便跟着传播,往往会造成对他人的伤害,那也是不道德的。孔子说:"多闻阙疑,慎言其余,则寡尤。"(多听消息,搁下不确定的,谨慎地说出确认的部分,过失便能减少。)经过"阙疑""慎言"的筛汰之后,便不易在德行上造成遗憾了。

《战国策》有"三人成虎""曾子杀人"的典故,都是道听途说有名的例子。一个人如果轻易地就听信未经查证的流言,那就距离"德"太遥远了。

**4** 子曰："乡愿[1]，德之贼[2]也。"

**【注释】** [1]乡愿：乡里看起来像谨厚的人。愿：谨厚的样子。 [2]贼：伤害。

**【译文】** 孔子说："不分是非的老好人，就是败坏道德的小人！"

**【评析】** 出自《阳货篇》。乡愿，是一种看起来很忠信，做事好像很廉洁，似乎没有什么缺失的人。他对任何人都不肯批评，对任何事都没意见。他做人做事非常圆滑，不得罪任何人；反过来说，一乡的人对他也没有批评，好人说他好，恶人也说他好。这种人会把人类社会弄得是非善恶不分，因此，孔子对这种人很憎恶。

古今中外，乡愿到处都有。但是，如果人人都当乡愿，都不愿得罪他人，那么最后会变成恶人出头，社会的公理正义就无法维持了。这也正是孔子特别憎恶乡愿的原因。

**5** 子贡曰："如有博施于民而能济众，何如？可谓仁乎？"子曰："何事于仁，必也圣乎！尧、舜[1]其犹病诸[2]！夫仁者，己欲立而立人，己欲达而达人。能近取譬[3]，可谓仁之方也已。"

**【注释】** [1]尧、舜：传说中上古时代的两位帝王，也是孔子心目中的榜样。儒家认为是"圣人"。 [2]病诸：病。《广雅·释诂》曰，"病，难"。诸，"之于"的合音。[3]能近取譬：能够就自身打比方，即推己及人的意思。

**【译文】** 子贡说："假若有一个人，广泛地给人民以好处，又能帮助大家生活得很好，怎么样？可以算是仁人了吗？"孔子说："何止是仁人，一定是圣人了！尧、舜还难以做到呢。成为仁德的人，就要：想要自己站得住，也帮助别人一同站得住；想要自己过得好，也帮助别人一同过得好。凡事能推己及人，可以说就是实行仁的方法了。"

**【评析】** 出自《雍也篇》。"己欲立而立人，己欲达而达人"是实行"仁"的重要原则，也是孔子思想的一个重要方面，在今天同样具有重要价值。

人生在世，每个人都想有所作为，有所立；每个人也都渴望追求美好生活，能有所达。在这个过程中，难免会与他人的追求产生矛盾和竞争，这时是用损人利己的方式去追求，还是用与别人共赢的方式去追求，是衡量人们有无仁德的一个关键。孔子希望人们推己及人，实现良性竞争，实现双赢。否则，只想着损人利己，结果只能是两败俱伤。

**6** 子曰："人而无信，不知其可也。大车无輗[1]，小车无軏[2]，其何以行之哉？"

**【注释】**　[1]輗(ní)：古代大车车辕前面横木上的木梢子。大车指牛车。
[2]軏(yuè)：古代小车车辕前面横木上的木梢子。小车指马车。

**【译文】**　孔子说："一个人不讲信用，真不知那怎么可以。就好像大车没有輗、小车没有軏一样，怎么使它们行走呢？"

**【评析】**　出自《为政篇》。信，是儒家传统伦理准则之一。在《论语》中，信的含义有两种：一是信任，即取得别人的信任；二是对人讲信用。孔子认为，信是人立身处世的关键，"信则人任焉"。相反，如果一个人为人处世总不讲信用，到处招摇撞骗，当然也就得不到别人的任用，他无论走到哪里，都会遭到人们的唾弃。

**【思考题】**

1. 结合现实生活谈谈"小不忍则乱大谋"的意义。

2. 我们自己是否做过乡愿？既然孔子早就指出乡愿的危害，为何还有很多人做乡愿？

# 二、论仁爱

***1***　樊迟[1]问仁，子曰："居处[2]恭，执事[3]敬，与人忠，虽之[4]夷狄，不可弃也。"

**【注释】**　[1]樊迟：姓樊，名须，字子迟，鲁国人。孔子弟子，小孔子三十六岁。[2]居处：日常起居生活。　[3]执事：行事。　[4]之：往，到。

**【译文】**　樊迟问怎样才是仁，孔子说："平常在家规规矩矩，办事严肃认真，待人忠心诚意。即使到了夷狄之地，也不可背弃（它）。"

**【评析】**　出自《子路篇》。孔子回答樊迟问仁，说得非常平实，贴近生活。居处对人要谦恭，做事情要敬慎，与人交往要尽心尽力。这种态度，纵然到文化水准比较低的蛮夷之邦也不可废弃。由此可见，这三者是放之四海而皆准的生活准则。

***2***　子曰："刚[1]、毅[2]、木[3]、讷，近仁。"

**【注释】**　[1]刚：公正无欲。　[2]毅：果敢坚忍。　[3]木：性情质朴。

**【译文】**　孔子说："刚强、果决、朴质、言语不轻易出口，有这四种品德的人近于仁德。"

**【评析】** 出自《子路篇》。"刚、毅、木、讷"四者与"仁"之关系如何？何以孔子说"近仁"？《公冶长篇》记载孔子批评弟子申枨说："枨也欲，焉得刚？"欲念多的人无法刚正，反之，"刚"者无欲，所以不自私，近乎"仁"。《泰伯篇》载曾子之言："士不可不弘毅，任重而道远。仁以为己任，不亦重乎？死而后已，不亦远乎？"所以"毅"者，果断坚定，能不屈不挠勇往直前，为人谋福利，能近乎"仁"。《学而篇》载孔子之语："巧言、令色，鲜矣仁。"正与"刚、毅、木、讷"形成强烈对照。刚毅者绝无"令色"，木讷者绝不"巧言"。所以说讨人喜欢的话来谄媚人，装出讨人喜欢的脸色来奉承人，这种人是很少具有仁心的。反之，质朴敦厚、不巧言令色的人，就不会弄虚作假而与本心大相违背，所以是近乎"仁"。刚则无欲，毅则能果敢坚忍，木则率真笃实，讷则真诚力行，具有这四种气质的人，才能完善自己的人格。

**3** 子曰："仁远乎哉[1]？我欲仁，斯仁至矣[2]！"

**【注释】** [1] 仁远乎哉：仁德离我们很远吗？ [2] 我欲仁，斯仁至矣：只要尽其自我，肯向内心去求仁德，那么，仁德自然就会立时呈现。

**【译文】** 孔子说："仁德难道离我们很远吗？我需要仁德，那仁德就来了。"

**【评析】** 出自《述而篇》。由于孔子平时不轻易以仁者的美名赞许任何人，所以弟子们总觉得"仁"是如此遥不可及的理想人格典型，其实，仁德并不遥远，就存在我们自己的心性之中，不假外求。所以孔子又说："为仁由己，而由人乎哉？"（《颜渊篇》）可见仁德的体现完全由自己主宰，不可能由他人代劳。

欲或不欲，是意志的问题，一念欲仁，斯仁已至。我"欲仁"不仅是一种内心愿望的表现，也是一种求取仁道的努力方向，有了这种愿望表现，这种努力方向，仁道自然当下呈现。只要一心向慕仁德，便可专心向善，行为自然不会发生偏差，坏念头亦无从兴起。

在《论语》中，孔子一再勉励人努力实践仁道，实在是因为"仁"为人类内心深处最真诚无私、最纯洁无瑕的一份关爱，只要有适当的机缘，便应让它在自己心里生根发芽。

**4** 子贡问为仁[1]。子曰："工欲善其事，必先利[2]其器。居是邦也，事其大夫之贤者，友其士之仁者。"

**【注释】** [1] 为仁：行仁。 [2] 利：动词，使其精良。

**【译文】** 子贡问怎样修养仁德。孔子说："工匠要做好工作，必须先磨快工具。住在一个国家，要敬奉大夫中的贤人，与士人中的仁人交朋友。"

【评析】　出自《卫灵公篇》。工匠希望把器物做好,就必须使用精良的工具;君子若要为仁,也必须结交仁士与贤大夫。君子在一个邦国,要事奉贤能的大夫,以观摩其临民接物之方与从政治事之学,以服务社会之资。君子择友,必属有仁德之士,其用意在于以文会友、修道辅仁。晏子曾说:"吾闻君子居必择处,游必择士。居必择处,所以求士也;游必择士,所以修道也。"(《说苑·杂言》)"择士以修道,交友以辅仁",就是"友其士之仁者"的解释。综上所述,可知孔子指点子贡,为仁当亲近贤能仁厚的师友,相观而善,熏习日久,自能涵养仁心,日进于高明。

**5**　子曰:"里仁为美[1]。择不处仁[2],焉得知[3]?"

【注释】　[1]里仁为美:住的地方,要有仁德才好。里,居住。　[2]择不处仁:选择住所,却不居住在有仁德的地方。处,居也。　[3]焉得知:如何算得上明智呢。知,通"智"。

【译文】　孔子说:"住在有仁德的地方,才是好的。如果你选择的住处不是跟有仁德的人在一起,怎么能说你是明智的呢?"

【评析】　出自《里仁篇》。近朱者赤,近墨者黑,昔日孟母三迁,主要原因就是为选择"里仁为美"的环境,使孟子能在良好的环境中成长,最后果然满足了期望。可见环境对人格的成长影响有多大。在今日社会中,有良好的社区,如果大家都能携手合作,和睦相处,又有良好的环境,相信在这种地方成长的孩子,一定是人格健全、学业进步的。所以孔子告诉我们选择居住的处所不能不谨慎,不能不选择民风淳厚、环境良好的地方。

**6**　子曰:"当仁[1],不让于师[2]。"

【注释】　[1]当仁:遇到行仁之事。　[2]不让于师:不必对师长谦让。

【译文】　孔子说:"面对着仁德,就是对着老师也不谦让。"

【评析】　出自《卫灵公篇》。弟子对于师长凡事都必须尊敬,都必须谦让,所以有师长在,处处注意礼貌,处处以师长为先。但是唯独行仁之事,孔子却告诉我们"不让于师"。孔子的意思,不是要我们不尊师,而是认为行仁之事是出之于本心的,比尊师更具急迫性,就好比我们看到一个人要掉到水里去,我们不能因为有老师在而不急于去救人,要知道救命是不能谦让的。所以行仁宜勇,无须谦让,况且老师也会乐见学生勇于行仁。因为这也是一种"尽己之心"的表现。从这里我们可以看出孔子思想所注重的实质意义。

**7** 子曰："志士仁人[1]，无求生以害仁[2]，有杀身以成仁[3]。"

**【注释】** [1]志士仁人：有高尚志向节操与道德的人。 [2]求生以害仁：为苟且求活命，而抛弃操守，损害仁德。 [3]杀身以成仁：牺牲生命，而成全正义、仁德。

**【译文】** 孔子说："志士仁人，没有因贪生怕死而损害仁的，只有牺牲自己的性命来成全仁的。"

**【评析】** 出自《卫灵公篇》。人的一生中，多处于正常的情境，但有时也会遇到非常的情境。在非常的情境下，对于生命的诠释就和正常情境不同，这时精神意义往往会高于实质生命，轰轰烈烈地牺牲，就毫不勉强，所以古来忠烈之士能为国殉难，保卫家园。在危急存亡关头，只求靦颜苟活，这是有志之士不屑为、仁德之人不忍为的。

宋代文天祥战败，为元兵所俘，拘燕京三年，终不被利诱，不为威屈，作《正气歌》以表明心志，从容就义。尝曰："孔曰成仁，孟曰取义，唯其义尽，所以仁至。读圣贤书，所学何事？而今而后，庶几无愧！"这正是"无求生以害仁，有杀身以成仁"的表现，文天祥不愧是个志士仁人。

**8** 子曰："不仁者，不可以久处约[1]，不可以长处乐[2]。仁者安仁[3]，知者[4]利仁[5]。"

**【注释】** [1]久处约：指长久处于贫贱穷困的环境中。约，指贫贱穷困。[2]长处乐：指长久处于富贵安乐的环境中。乐，指富贵安乐。 [3]安仁：指安心在仁道上，自然地依仁道而行。 [4]知者：指有智慧的人。知，通"智"。 [5]利仁：知道仁道可以利人利己而努力实践。

**【译文】** 孔子说："没有仁德的人不能长久地处在贫困中，也不能长久地处在安乐中。仁人是安于仁道的，有智慧的人则是知道仁对自己有利才去行仁的。"

**【评析】** 出自《里仁篇》。俗话说："饱暖思淫欲，饥寒起盗心。"如此作为的人，都是因为缺乏良好的修养，尤其是缺乏仁德的观念。由于不仁德，就无法爱人，内心只有私利，所以孔子要我们提高警觉。唯有仁德的人才能安于仁。至于智者，因能明辨利害，也会行仁，虽不及仁者，然亦能修德，进而有利于社会、国家，仍值得赞许。

有些人"为富不仁"，为所欲为，不顾穷人的处境；或者是富贵人家的子弟，不知道赚钱的困难，凭着父母所给予的财富，任意花费，丝毫不知爱惜，甚至产生花钱可以消灾的错误观念。为所欲为，当然会做出不仁的事情来，然后恶性循环，俗话说"富不超过三代"，这正是"不仁者不可以长处乐"的现象。所以，孔子要我们无论"处约"或"处乐"，都要懂得"安仁""利仁"的道理。

**9**　子曰："苟[1]志于仁[2]矣，无恶也。"

【注释】　[1]苟：果真。　　[2]志于仁：立志向仁。

【译文】　孔子说："如果立志于仁，就不会做坏事了。"

【评析】　出自《里仁篇》。一个人若能全心全意以"仁"为行为的依据，那么他的行为因有"仁"做标准，自然不会做出坏事。

仁者爱人，仁者有不忍之心。一个处处有爱心的人，所行以爱为念，以爱为目的，自然不会与恶为伍了。佛家说："放下屠刀，立地成佛。"此话的积极意义可以和本句的主旨相互验明。历史故事中的"周处除三害"是极好的例子，一旦周处决心为民除害，就是"志于仁"的表现，他经此而成为善人，自然"无恶矣"。希望社会上所有的人，都能谨记孔子所说的这句话，可以无恶、无愧于天地父母，那么社会、国家必然臻于和睦安乐的境地。

【思考题】

1. 试举史实为例，说明这些事例哪些是"杀身成仁"，哪些又是"求生害仁"，分享你的感受。

2. 对于"仁者安仁""知者利仁"，你较欣赏哪一种，理由为何？

3. 孔子说"我欲仁，斯仁至矣"，行仁似乎一点也不难，可是为什么孔子不轻易说某人做到了仁呢？

# 三、论　孝

**1**　孟武伯[1]问孝。子曰："父母唯其疾之忧[2]。"

【注释】　[1]孟武伯：姓仲孙，名彘，谥武。孟懿子之子。　　[2]父母唯其疾之忧：做父母最担忧的是子女的病痛。"其疾之忧"即"忧其疾"，其，指子女。

【译文】　孟武伯请教孝道。孔子说："做父母最担忧的是子女的病痛。"

【评析】　出自《为政篇》。子女有了伤病，父母必然忧虑担心。孝顺父母之道，首先就是自己要锻炼强健的体魄，避免得病或受伤。而适当的运动、均衡的营养、杜绝不良的嗜好，都是强健身体、远离疾病伤痛的好办法。有些人深夜不归，好勇斗狠，戕害身心，难免伤病，怎能不让父母担心呢？

有了强健的体魄，还要有健全的心灵。偏激的思维、乖戾的性情、不正常的心理，都会影响健全人格的发展，使得父母忧心不已。因此，做子女的，除了锻炼体魄、不违礼法之外，还必须涵养温厚恭俭的美德，求取丰富的知识学问，把自己塑造成身心健全、性情敦厚的成德之人。子女的身心全无疾病伤痛之灾,而有德智体群之美,父母还有什么可忧虑的呢?

孟武伯是个比较霸道无礼的人,孔子用语浅意深、委婉含蓄的言辞,指点他行孝之方,相当耐人寻味。

**2** 子曰:"事父母,几谏[1]。见志不从,又敬不违[2],劳而不怨[3]。"

**【注释】** [1]几谏:微言劝谏,亦即《礼记·内则》所谓"父母有过,下气怡色,柔声以谏"。几,微。 [2]不违:不唐突父母而违其意。 [3]劳而不怨:内心忧劳,而无丝毫怨怼。

**【译文】** 孔子说:"侍奉父母,他们若有过失,要婉言劝告。话说清楚了,却没有被接纳,仍然要尊敬他们,不要违逆对抗,继续操劳而不怨恨。"

**【评析】** 出自《里仁篇》。人非圣贤,孰能无过?父母若有过失,子女当然要尽量设法劝谏,希望父母避免陷入不义的处境,而达到无过的境界。劝谏父母时,子女的态度要恭敬和顺,言辞要委婉含蓄,讲究说话的技巧,让父母欣然省悟,从而避免犯错,这是最理想的结果。假使父母不受劝,子女也千万不要气馁,更不宜怒气凌人,唐突双亲,因为规谏父母,应本着一腔孝敬慕爱之心,此时子女应该以无比的耐心,换一种方式或说法去劝说父母。总之,在任何情况下,都别唐突父母,甚至触怒父母,更别违反孝敬父母的本心。在整个劝谏父母、建立共识、避免其犯过的过程中,子女始终只是操心忧虑,千方百计,为成全父母之德设想,内心里不曾有一丝一毫怨怼愤怒之情。必须如此,才算尽孝。

**3** 曾子曰:"慎终[1]追远[2],民德归厚矣。"

**【注释】** [1]慎终:父母年迈寿终,谨慎而哀伤地举行丧葬礼仪。 [2]追远:按时祭祀远祖,表达虔敬追怀之思。

**【译文】** 曾子说:"慎重地对待父母的去世,追念久远的祖先,老百姓的道德水平自然就进步了。"

**【评析】** 出自《学而篇》。为人子孙者,慎终追远,是情理之当然,也是合于礼法的。为政者丧能尽其哀(慎终),祭能尽其诚(追远),自然也是发乎至情、合乎礼法。世俗之人在亲人去世时,往往哀痛莫名,因此,举行丧葬仪节,或许会忽略了恭敬之心;一年四时,祭祀远祖,或许又显得恭敬之情有余,而思慕之情渐疏了。为政者笃行孝亲仁厚之德,以身作则,臣民自然起而认同,蔚成仁孝之风了。因此,"民德归厚"可说是"慎终追远"的必然结果。

**4**　子曰："父母之年，不可不知也。一则以[1]喜，一则以惧。"

【注释】　[1]以：关系词，其下省略代名词"之"字。"之"代"父母之年"。

【译文】　孔子说："父母的年纪，不可不知道并且常常记在心里。一方面为他们的长寿而高兴，另一方面又为他们的衰老而恐惧。"

【评析】　出自《里仁篇》。有人对自己的生日记得很清楚，每逢生日，往往举办庆生活动。可是询及他们父母的生日时，往往就瞠目羞报，支吾以对了。其实，孝顺父母，应能将双亲的年龄记在心里，看到父母的年龄与日俱增，身体一直相当硬朗，做子女的还能承欢膝下，内心的喜悦，可想而知，这是第一点。再说，记得父母之年，也令子女忧惧。眼看着双亲渐渐衰老，怎不教人忧虑惧怕呢？这是第二点。子女牢记父母的年岁，恪守孝道，时喜时惧的心情，有如上述。至于自己过生日、庆生之际，或许还是要感谢父母的生养鞠育之恩吧！

**5**　子曰："父在，观其[1]志；父没[2]，观其行；三年无改于父之道[3]，可谓孝矣。"

【注释】　[1]其：父之子。　[2]没：死亡。　[3]道：正道，符合礼仪的行为准则。

【译文】　孔子说："当父亲健在的时候，要观察他的志向；父亲去世了，就要考察他的行为，如果他能长时间地坚持父亲生前的行为准则而不加改变的话，就可以说做到孝了。"

【评析】　出自《学而篇》。这是《论语》里，孔子第一次讲到什么是"孝"，也是引起争议最多的一段关于什么是"孝"的话。这句话其实是孔子面对一个有远大理想的父亲和一个只会夸夸其谈的儿子，有感而发的。"你父亲在世的时候，我们可以只看你的志向，现在你父亲去世了，我们就要看你的行动了，如果能长时间地坚持你父亲的遗志，并且能实现它，这就是你对你父亲最大的孝了"。仅此而已。在《论语》里，孔子在不同的场合、不同的地点，面对不同的人，说了许多什么是"孝"，却没有给"孝"下一个抽象的定义。在这里我们也看到了孔子灵活多变的教育方式，孔子的教育是因人、因事而异的，没有空洞的"一句顶一万句"式的说教。

**6**　孟懿子[1]问孝。子曰："无违[2]。"樊迟御[3]，子告知曰："孟孙问孝于我，我对曰：'无违'。"樊迟曰："何谓也？"子曰："生，事之以礼；死，葬之以礼，祭之以礼。"

【注释】　[1]孟懿子：姓仲孙，名何忌。"懿"为谥号。鲁国大夫。其父亲为孟僖子。

[2]无违：不违背礼制。　[3]樊迟：姓樊，名须，字子迟。孔子的学生。御：驾车。

【译文】　孟懿子向孔子请教孝道。孔子说："不要违背礼仪。"一天，樊迟为孔子赶车，孔子便告诉他说："孟孙向我请教什么是孝，我答复他说：'不要违背礼仪。'"樊迟说："这是什么意思呢？"孔子说："当父母活着的时候，应按一定的礼节侍奉他们；当他们去世了，应按一定的礼仪要求安葬他们，按一定的礼仪要求祭奠他们。"

【评析】　出自《为政篇》。孟孙氏是春秋时期鲁国三大权臣之一，他的身份是鲁国大夫，却经常使用诸侯或天子之礼，这是讲究礼仪等级的孔子所最不能容忍的，孟懿子是孟孙氏之后，所以在回答他的提问时，就不免有些连讽带刺。

孔子所处的时代，对待父母的礼仪很多。譬如吃饭，第一碗要盛给父母，父母要先入座，然后子女才能落座，父母不吃，别人是不许动筷子的；给父母拿东西要双手奉上；早晨起床后，晚上睡觉前，都要给父母请安；不能直呼父母的名字等。在如今的一些社交场合中，这些礼仪仍在继续传承，如给别人递名片时，要双手送上，以示尊重等。

丧葬文化是中国文化很重要的一个组成部分，孔子的学生曾子说"慎终追远，民德归厚矣。"慎重地对待去世的父母，追念远代的祖先，民风自然归于淳朴。现在有一些人，对父母薄养厚葬，生前并不孝顺半分，死后却风光无限地下葬，真有违孔子"生，事之以礼；死，葬之以礼"的初衷了。随着时代的进步，过去的一些礼节确实显得陈旧和落后了，我们不可能再按过去的一些礼仪来对待父母。但是，只要人类存在，孝道作为一种道德规范就不可或缺。

**7**　子游[1]问孝，子曰："今之孝者是谓能养[2]。至于犬马皆能有养[3]，不敬，何以别乎？"

【注释】　[1]子游：姓言，名偃，字子游。孔子的学生。　[2]养：供给生活资料或生活费。　[3]养：饲养。

【译文】　子游向孔子求教如何孝敬长辈。孔子说："当今世人所说的孝子，其实讲的只是能够奉养长辈而已。从人到狗和马，都能够有饮食，如果没有对长辈的尊敬，那么赡养父母与饲养犬马又有什么区别呢？"

【评析】　出自《为政篇》。孔子先批评了当时世俗中对"孝"的误解，然后再指明"孝"的核心是"敬"。只有饮食的奉养，而没有尊敬的"孝"，与对待犬马无异；要在奉养好长辈的基础上，还要尊敬长辈，才能算得上是"孝"。

**8**　子夏[1]问孝，子曰："色难[2]。有事弟子[3]服其劳，有酒食先生馔[4]，曾[5]是以为孝乎？"

**【注释】** [1]子夏：姓卜，名商，字子夏。孔子的学生。　[2]色难：和颜悦色较难。　[3]弟子：子女。　[4]先生馔(zhuàn)：先生：泛指长辈。馔：食用，吃喝。[5]曾(céng)：难道。

**【译文】** 子夏问什么是孝，孔子说："(当子女的要尽到孝)，最不容易的就是对父母和颜悦色。仅仅是有了事情，儿女需要替父母去做，有了酒饭，让父母吃，难道能认为这样就可以算是孝了吗？"

**【评析】** 出自《为政篇》。孔子所提倡的孝，体现在各个方面。一个共同的思想，就是不仅要从形式上按周礼的原则侍奉父母，而且要从内心深处真正地尊敬父母。

**【思考题】**

1. 孔子说"父母在，不远游，游必有方"，你是如何理解这句话的？
2. 为什么做子女的要将父母的年龄牢记心头？
3. 请举例说明你在平时的生活中是如何孝敬父母的。

# 四、论 修 养

**1** 子曰："德之[1]不修[2]，学之不讲[3]，闻义不能徙[4]，不善不能改，是吾忧也。"

**【注释】** [1]之：句中助词，无意义。下句的"之"用法相同。　[2]修：治也，修养之意。　[3]讲：讲习、讲求。　[4]闻义不能徙：是说听到善行义举不能跟着做。

**【译文】** 孔子说："对品德不进行培养，对学问不进行钻研，听到好人好事不能跟着做，有了错误不能及时改正，这些都是我所担忧的。"

**【评析】** 出自《述而篇》。人生在世，难免有远虑和近忧，但一个人所忧者，如不是自己可以掌握的，那么不仅于事无补，反而容易使自己怨天尤人，甚至灰心丧气。反之，所忧者是自己有能力去改善的，那么只要奋发图强，躬行实践，效果必然可以预测。

孔子所举四事：修德、讲学、徙义、改过，都是人人能自勉，亦应努力去做的。因道德不加以修养，人格必然不会高尚，也就有为恶的可能，学如不讲究，必不能精，则难以融会贯通，长进不大，孔子于此勉人要提升内在的道德的修养。而闻义不能迁善，见义不能勇为，知道自己有不善，而不能勇于改过，这是孔子所忧之事，这也是勉人于外在的行为上要能徙义、迁善。如果不能做到徙义、迁善，当然也就谈不上修德，而讲学也无用了。只有内、外兼修，才能成为一位君子。

**2** 子曰："如有周公之才之美[1]，使骄且吝[2]，其余不足观也已！"

【注释】　[1]才之美：谓智能才艺之美。　[2]骄且吝：骄矜夸大又鄙陋吝啬。

【译文】　孔子说："（一个在上位的君主）即使有周公那样美好的才能，如果骄傲自大而又吝啬小气，那其他方面也就不值得一看了。"

【评析】　出自《泰伯篇》。根据《韩诗外传》所载，周公代成王摄政七年，制礼作乐，功劳很大，后来，成王以鲁国封其子伯禽，周公深深以骄吝诫子伯禽，要他谨守恭俭谦卑之德。可见做领袖的人，并不是以钱财、权力来服人的，而是以谦德使人信服的。

周公如此的多才多艺，尚能一饭三吐哺、一沐三握发，以求贤才，因他能虚怀若谷，所以获得了众人的赞美认同。如果他既骄且吝，则一切的才艺，都将被埋没。

能够克己复礼，便能不骄；能抱仁者之心，推己及人，便能不吝。周公说"不骄不吝，时乃无敌"（《周书·癀微》），即是此意。不矜己傲物，不悭吝财货，如此便能容人容物，建立功业。孔子反其语，以戒恃才骄吝者，实有其深意。千言万语，总是不离要我们以仁爱之心树立根本。

**3** 子曰："见贤思齐[1]焉，见不贤而内自省[2]也。"

【注释】　[1]见贤思齐：看到贤者就想跟他一样。　[2]内自省：内心自我省察。

【译文】　孔子说："看见贤德的人就要想着向他看齐，看见不贤德的人就要反省自己。"

【评析】　出自《里仁篇》。一个人一生之中做人做事都圆满周到，绝对没有任何错误、过失，是非常困难的。所以孔子并不苛求人根本不犯错，而是要人从检点过失中学习长进。因此，孔子在《论语》中屡屡勉人要勇于改过，如"过而不改，是谓过矣"（《卫灵公篇》）、"过则勿惮改"（《学而篇》）。

当然，人不必亲自历经一切过失，以成己达德。人除了可以深切反省自己的过失外，也可以借别人的经验来反省，所以见贤要思齐，见不贤要内自省，以避免自己亦有是恶。

**4** 子曰："已矣乎[1]！吾未见能见其过而内自讼[2]者也。"

【注释】　[1]已矣乎：算了吧！孔子恐其再也见不到"能见其过而内自讼"的人而发出这样的叹息。已，止也。　[2]内自讼：内心自我咎责。讼，咎责、忏悔、检讨之意。

【译文】　孔子说："完了,我还没有看见过能够看到自己的错误而又能从内心责备自己的人。"

【评析】　出自《公冶长篇》。孔子因为尚未见过能发觉自己的过失而内心自我责备的人,所以发出"已矣乎"的感叹。"已矣乎"这三字是表示没有希望的叹息语气,而"吾未见"则有强调的意味,足见孔子对于"能见其过而内自讼"的重视。孔子这番话看似说得太重,实则不然,是我们平时把过错看得太轻了。从孔子这一番感慨中,可知当时的时代可能充满了有过错却不认错的现象。

人能自见其过,很不容易;见其过而内自讼,更不容易。如能见其过而内自讼,则可以省察自己,改正过错,日有进境。但人性之常,有了过错,为了颜面,不是加以强辩,便是设法找借口,原谅自己,归罪他人。殊不知如此一来,过错愈犯愈多,变成习性时,再改也就不那么容易了。

**5**　子贡曰:"君子之过也,如日月之食[1]焉:过也,人皆见之;更[2]也,人皆仰之。"

【注释】　[1]食:通"蚀",指日月亏蚀。　[2]更:改也。

【译文】　子贡说:"君子的过错就像日食、月食一样:有过错时,人人都看得见;改正的时候,人人都仰望着。"

【评析】　出自《子张篇》。孔子教人谨言慎行,但一个有高尚品德的人,也不免会有犯错的时候,重要的是要能对自己的过错勇于承担、勇于改正。本句说明了君子处理过失的光明态度。当他犯错后,他不会文过饰非,他会勇于面对自己的过失,对于别人善意的批评,能心平气和地接受,愿意诚心地去检讨自己犯错的原因。因有决心改过,故不必惧人知其过。而当他真改过了,其人格也将变得高尚。犹如日食、月食发生时,人们都看得见,恢复光明时也都仰望着它。这不但不会降低此人的威信,还会使此人更加受人敬重。

心术不正的小人,就不是这样了。他顾虑这、顾虑那,既担心丢失面子,又怕失去威信,所以面对自己的错误,总是抵赖闪躲,不惜作假掩饰过错,或诿过他人,甚至嫁祸他人,一错再错。因不肯勇敢面对现实,承认错误,更不愿坦诚正视现实,改正过错,因而人们对他也就不是仰望的态度,而是鄙夷。所以心地光明磊落、肯修养道德的君子,不必担心犯错,也不必担心别人看见自己的过错。知过而能改,那才算是真正的君子。

**6**　子曰:"过而不改,是[1]谓过矣。"

【注释】　[1]是:此也,指"过而不改"。

**【译文】** 孔子说："有了过错而不改正，这才真叫错了。"

**【评析】** 出自《卫灵公篇》。孔子在本句明确点出过不足畏，而"不改"本身才是过失，他所要求于人的，只是改过。犯错不改，反而找理由掩饰，过错总是存在的。

有些人犯错之后，不能断然改过，便会对所犯过错千方百计去抵赖、否认，甚至不惜弄虚作假、找假证人来强调自己的清白；如果事实俱在，不能狡赖，就诿过他人，或搬出万般理由来证明自己是为情势所逼，不得不然；或干脆嫁祸他人，把自己推得一干二净，甚至颠黑为白，强词夺理，因而过错愈积愈重，积重而难返。孔子这两句话，值得我们萦系心头，时刻反省。

## 7 子曰："君子病[1]无能焉，不病人之不己知[2]也。"

**【注释】** [1]病：忧虑。 [2]人之不己知：即"人不知己"，他人不了解自己的才德。之，句中助词，无义。

**【译文】** 孔子说："君子只忧虑自己没有才能，不忧虑别人不了解自己。"

**【评析】** 出自《卫灵公篇》。这句话的大意是说有修养的人在意的是自己没有能力，而不在乎别人不了解、不理解自己。在孔子看来，人之所以应当力学励行，原是为了提高自己的人格，与他人知不知道不相干。所以君子以"无能"为病，恨自己无能、不长进，而不会去计较旁人是否了解自己。

现实中，有些人总是埋怨别人不理解、不赏识自己，认为自己怀才不遇、生不逢时，因而牢骚满腹，怨天尤人。其实，人如能反求诸己，尽其在我，便可过得踏实而自在，不会天天活在别人的看法里而痛苦愁怨。时下有些人急于成名，急于获得外在的肯定，但是如果有名无实或名过其实，那么，即使享有名气，那个名也是假象，并不值得贪恋，不如充实自我，在修养上精益求精，久而久之，个人的才智道德自能逐渐为人所理解和赏识。

## 8 子曰："不患[1]人之不己知，患不知人也。"

**【注释】** [1]患：忧愁、忧虑。

**【译文】** 孔子说："不忧虑别人不了解自己，只忧虑自己不了解别人。"

**【评析】** 出自《学而篇》。为学做人，不要忧虑别人不知道自己，但一般人多反其道而行，总是只考虑自己，担忧别人不了解自己。其实，如果凡事能不那么自我本位的话，我们自能知人，亦能为人所知。譬如现代社会，人际关系日渐疏离，邻居间甚至形同陌路。如果我们能先肯定对方，主动向对方招呼，通常也会得到回应，如此相互认可的关系便能建立。

孔子又曾说:"不患莫己知,求为可知也。"(《里仁篇》)可与此章相对照,引人深思。生命如能自我充实,自然能显现出光辉,照耀、温暖别人,影响别人,久而久之,自然近者闻风,远者也会向往,所以不必去忧虑别人不知自己。青年学生在校求学,是人生整个学习过程中非常重要的阶段,因此,应该认真、努力充实自己,至于别人是否了解我、肯定我,那并不是最重要的,如此生活,生命中便能有真正的喜悦与快乐。

## 9　子曰:"君子疾[1]没世[2]而名不称[3]焉。"

【注释】　[1]疾:病,忧虑。　　[2]没世:离开人世。没,终了、结束。　　[3]称(chēng):称道、称扬。

【译文】　孔子说:"君子的遗恨是到死而名声不被人称颂。"

【评析】　出自《卫灵公篇》。俗语说:"豹死留皮,人死留名。"又说:"名誉是人的第二生命。"人的生命是有限的,但是声名却可以流传千古。有才德的君子怕的是生前无人称扬,死后亦无人称道,所以"疾没世而名不称焉"的"名",并非指浮名虚誉,而是指立德、立功、立言,为人民做出非凡的贡献,为人所崇敬怀念的善名实誉。君子在有生之年,即应努力追求能为世世代代传颂的美名,而不是遭人唾弃辱骂的恶名。正因"疾没世而名不称焉",所以君子能勤勤恳恳,兢兢业业,修养品德,孜孜为善,谨言慎行,将自己之所能发挥到极致,以求万世芳名。

历史上如诸葛亮、岳飞、文天祥等人,精神万古长存,声名永垂不朽。然而也有人为了求名,不择手段,他们认为善名难得,恶名易求,不能流芳百世,也要遗臭万年,这种行径是我们应当鄙夷、摒弃的。我们不要妄自菲薄,只要下定决心,努力不懈,总会有值得他人称道的地方。

## 10　子贡问君子。子曰:"先行其言而后从之[1]。"

【注释】　[1]先行其言而后从之:先把要说的话实行了,然后再说出来。

【译文】　子贡问君子之道。孔子说:"先践行你要说的话,然后再说出来。"

【评析】　出自《为政篇》。"言行一致",是孔子的教育理念之一。本章是孔子告诫子贡能先做后说的人,才是一个君子。

如今是强调自我推销的时代,人们很容易吹嘘自己,甚至把话说过头。其实脚踏实地做事,先做再说,或者说了,就务必要做到,这样才会受人敬重,才能成为君子。孔子曾说:"君子欲讷于言而敏于行。"(《里仁篇》)又说:"君子耻其言而过其行。"(《宪问篇》)这都说明孔子心目中的君子,要谨言慎行,要说到做到,这种主张,对于现代人有很大的启示作用。

**11** 子曰："君子之于天下也[1]，无适[2]也，无莫[3]也，义之与比[4]。"

【注释】[1] 君子之于天下也：君子对于天下。之，无义，虚词。于，对于，介词。[2] 适(dí)：厚重、亲近，即"绝对如此"。 [3] 莫：不肯，即"绝不如此"。 [4] 义之与比：谓依从义理。原文本当作"与义比"，意为"和义相依从"，为了强调"义"，把"义"提为主语，成为"义与比"，再加"之"成"义之与比"。之，无义，虚词。

【译文】 孔子说："君子对于天下的人和事，既不在某些方面表现出特别的倾向，也不在某些方面表现得特别冷漠、疏远，只是按照义去做。"

【评析】 出自《里仁篇》。做一个君子，内心应该是大公无私的，对于一切事情会要求合乎公理、合乎正义。所以想做个君子的人，都会以公理、正义作为对待天下事的准则。但是有些人，却容易犯过于自信、有成见的毛病。一旦有了成见，不管赞成或反对，他都会以为自己是对的，不肯改变自己的想法，这种人自然不能称为君子。孔子认为君子要"无适"，就是遇事不要绝对肯定；要"无莫"，就是不要绝对否定。一切要以公理、正义为依据，合于公理、正义的才加以肯定；不合的，才加以否定。

研读此章要特别留意的是，君子是不是永远的"无适""无莫"？是不是对于任何事情都持无可无不可的态度？答案是否定的，因为那样会变成乡愿。孔子说的"无适""无莫"是指未经"义之与比"前应当如此，一旦"义之与比"之后，就需要选择"适"还是"莫"了。

**12** 子夏曰："君子有三变：望之[1]俨然[2]，即之[3]也温[4]，听其言也厉[5]。"

【注释】[1] 望之：从远而望，观其容。 [2] 俨然：端庄的样子。 [3] 即之：就近见之，观其色。 [4] 温：温和。 [5] 厉：严正。

【译文】 子夏说："君子在别人看来仿佛会有三种变化：远看他的样子觉得庄重威严，靠近他又觉得和蔼可亲，听他说话又觉得理性严正。"

【评析】 出自《子张篇》。世间有些事物是两面呈现的，这种两面呈现的方式，有的是美丑善恶的对立，我们当然要求美执善；但是有的两面则不是美丑善恶的对立，而是性质相反的对立。例如阳刚与阴柔，则各具其美，各具其善，一个道德高尚的人，往往能够众美兼具、众善并蓄，在不同的时空中，会很自然地表现出最适宜的容态。因此，他在举止言行上就会给人不同的感觉。君子因为德术兼修，外表上自然产生威严，让人看了会有敬畏的感觉；可是当你接近他时，又会感到温和亲切；再和他交谈，又会觉得他言辞非常严正。这种不同的变化，正是君子修德习业时，兼容并蓄了各种美善的结果。容貌威严，不会是轻浮的小人；

温和可亲,不会是残暴的恶汉;言辞严正,不会是逢迎的乡愿。这些都是构成君子的条件,也是品学修习到极高点的自然呈现,不是一般人能轻易达到的境界。儒家哲学鼓励人成为圣贤,要成为圣贤,先从做一个君子开始。

**13**　子曰:"君子喻[1]于义,小人喻于利。"

【注释】　[1]喻:知晓。

【译文】　孔子说:"君子明白大义,小人只知道小利。"

【评析】　出自《里仁篇》。义,也是《论语》中重要的观念。什么是"义"? 简单地说,义是合理的行为、恰当的抉择。然而,怎么做才"合理"、怎么做才"恰当"呢? 因时、因地、因立场的不同,要拿捏准确,必须有缜密的思考、周详的观察。比如说,发展经济建设,提高人民物质生活水平,是对的,但若不能同时注意到环境保护,甚至忽略污染问题,以至于祸延下一代,便是不合理的。因此,在制定政策之初,便应有长远的考量。同样的,一个人追求财富利益,也必须想到,在追求的过程当中,是否会造成别人的损失,带给他人痛苦,甚至践踏自己的人格尊严、扭曲人性。社会上作奸犯科的歹徒、偷工减料的从业者、贪污腐化的官员,都是只知贪取私利,而不顾义理的小人啊!

**14**　子曰:"君子怀德[1],小人怀土[2];君子怀刑[3],小人怀惠[4]。"

【注释】　[1]怀德:一心想修持德行操守。怀,心存,以下皆同。　[2]怀土:一心想拥有田土产业。　[3]怀刑:一心想着刑法的可畏。刑,法也。　[4]怀惠:一心想获得好处。惠,恩惠。

【译文】　孔子说:"君子关心的是道德的增进,小人关心的是产业的增加。君子关心的是法度的遵行,小人关心的是恩惠的获得。"

【评析】　出自《里仁篇》。一个人的志趣,是会影响其人格品德的。君子关心的是将自己的德行修好,小人关心的是拥有更多的田产;君子所以为念的是刑法的可畏,要谨守礼法;小人所以为念的是要得到别人的好处。君子与小人的区别,就在这之间隐然形成。孔子关心的是自己品德不能修备、学问未能讲明;生怕自己明知某事该做却未付诸实践,有过错却不改进。社会上有些人只为赚钱,却不知修养自己,纵使家财万贯,可是言语乏味,品格低劣,心灵贫乏,令人生厌。有修养的人,会遵行不违,不但成全了社会,也获得社会的敬重。

**15**　子曰:"君子成[1]人之美[2],不成人之恶。小人反是[3]。"

【注释】　[1]成:助成、成全。　[2]美:善。　[3]反是:与此相反。是,此也。

【译文】 孔子说："君子成全别人的好事，而不助长别人的恶处。小人则与此相反。"

【评析】 出自《颜渊篇》。仁人君子追求美善，绝不局限在自身，除了要求自己行为美善之外，他们还希望周围之人、全体社会，同样都能品德高尚，臻于美善。可以这么说：当周围之人多行不义，社会大众是非不明时，仁人君子必会认为这是自己的德业有所亏欠。所以，君子看到人有善举美行，必会尽力帮助；看到人将蹈恶走险，必会设法劝阻，怀着高度的教化热诚，引导他人守法，奖劝他人行善，助成他人修德，以塑造美好社会。然而，社会上确也存在着一些人，作奸犯科，诽谤正直，打击善政，可见孔子说"小人反是"时，心情应是沉重的。

**16** 子曰："君子求诸[1]己，小人求诸人。"

【注释】 ［1］诸："之于"的合音。

【译文】 孔子说："君子事事求之于自己，小人事事求之于别人。"

【评析】 出自《卫灵公篇》。人应该有独立自主的精神，面对人生，要将立足点放在自己身上。但是在合适的时候求助别人也不应该被看成小人，因为人应该在独立自主的基础上，相互关心、相互帮助。如果把求人帮助都看成小人的行为，那么还有谁会去帮助别人呢？当然，任何帮助都要有限度，帮助者不应该成为被帮助者的依赖。

**17** 子曰："君子和[1]而不同[2]，小人同而不和。"

【注释】 ［1］和：调和彼此，与人和谐相处。 ［2］同：苟同，曲己从人。

【译文】 孔子说："君子和睦相处，不随便附和；小人随便附和，而不和睦相处。"

【评析】 出自《子路篇》。人与人的相处，是门大学问，在团体中要相处得好，并不容易。因为每个人都有自己的立场、习惯、意见。在人与人交际时，有德君子能尊重自己，也尊重别人，能够清楚表达自己的意见，也能调和大家的意见，使大家能和谐相处。不过，对于见解拙劣、不合义理的意见，却不敢苟同，一定要维持大原则，绝不做乡愿。而品格低劣的小人则不然，没有原则，只会附和别人，向人奉承、讨好；或是极力维护自己，凸显自己，与人不能和谐相处，最后不免在团体中制造纷争。在今天，君子这种处世的态度更重要，能坚持大原则，又能调和大家的意见，与人和谐相处，这正是我们应该学习的地方。

## 18　子曰:"君子泰[1]而不骄[2],小人骄而不泰。"

**【注释】**　[1]泰:安详舒泰。一说表示通达。　[2]骄:骄傲凌人。

**【译文】**　孔子说:"君子平和大方而不骄恣,小人骄恣而不平和大方。"

**【评析】**　出自《子路篇》。当一个人地位比别人高的时候,权力比别人大的时候,财富比别人多的时候,能力比别人强的时候,名声比别人大的时候,甚至容貌比别人美的时候,总而言之,就是资源、能力优于他人的时候,很容易产生骄矜自满之情。没有修养的人,会放纵自己的这种情绪,沉溺在睥睨他人的快感中,终至骄傲放肆,目空一切。有修养的人则不然,他会克制自己,让自己在这人生的顺境中,保持舒坦平易的心情,不会盛气凌人,给人难堪。此外,有德君子还会乐意与人分享自己的成功要诀,分析所知所能供人参考,毫不吝惜、隐瞒。至于缺乏修养的小人,恰恰相反,一旦得势,或是炫才耀能,目中无人,或是骄奢放肆,盛气伤人,内心时常患得患失,生怕别人胜过他,所以心中难以舒泰安详。君子、小人的气度,由此可见。

## 19　子曰:"君子不可小知[1],而可大受[2]也;小人不可大受,而可小知也。"

**【注释】**　[1]小知:小事上受人赏识。　[2]大受:承受重任。

**【译文】**　孔子说:"君子不可以用小事情考验他,却可以接受重大任务;小人不可以接受重大任务,却可以用小事情考验他。"

**【评析】**　出自《卫灵公篇》。"小事"的落实,往往凭靠技术或苦干;"大事"的进行,则必须靠谋事者宽阔的胸襟、缜密的布局、能容忍、能沉着、能安于寂寞、能知变通。这些都属于精神层次的人格特质。若要在小事的干练上测试出"君子",是有困难的,因为君子虽有德,但某些才能却不见得比其他人强;反之,有才能的小人,为求表现,可能会把事情做得很好。然而,当面临大事时,小人因道德水平不高而难堪大用,只有注重内省、和以待人的君子才堪大用啊!

## 20　子曰:"君子坦荡荡[1],小人长戚戚[2]。"

**【注释】**　[1]坦荡荡:坦,舒坦。荡荡,宽广的样子。　[2]长戚戚:长,长久。戚戚,忧虑的样子。

**【译文】**　孔子说:"君子胸怀宽广,小人忧愁局促。"

**【评析】**　出自《述而篇》。胸怀心境不是可以勉强装出来的,那是人格定型后的自然呈现。人的志趣,指引人生的方向;人的信念,影响处世待人的原则;人的行事，塑造整个人格。喻义怀德、成人之美者为君子；喻利怀惠、成人之恶者为小人。小人的忧戚不安，来自追逐利益时的苦求不得，也来自既得利益之后的担心失去，既患得又患失。君子虽然也有忧惧，但显然与小人患得患失、畏首畏尾不同，他们忧惧德业不修，忧惧天理不明，这种忧惧，会促使他们更加努力修为，让心境更加清明，而非徒生扰乱、烦躁心绪。他们的人生境界，也将因心境平和而无限宽广、无限祥和。

**21** 子曰："众恶[1]之，必察[2]焉；众好[3]之，必察焉。"

**【注释】** [1] 恶（wù）：厌恶。　[2] 察：仔细地探察。　[3] 好（hào）：喜爱。

**【译文】** 孔子说："大家都厌恶他，一定要考察究竟是为什么；大家都喜欢他，也一定要考察究竟是为什么。"

**【评析】** 出自《卫灵公篇》。君子判断是非善恶，要有客观而公正的标准，不能只以众人的好恶为好恶。照一般人的想法，大多数人喜爱的，一定是对的；大多数人厌恶的，一定是错的。所谓"民之所好好之，民之所恶恶之"是也。但是，事实并没有这么简单。众人所讨厌的，未必是错的；众人所喜欢的，未必是对的。春秋时期，子产在郑国执政，前两年他整治田亩，调整赋税，提倡节俭，压抑奢侈，人民都很讨厌他，最后子产却成了郑国的大功臣。齐简公时，田常为相，人民对他非常爱戴，田常最后却杀了齐简公，独揽齐国大权。由此看来，"众恶之，必察焉；众好之，必察焉"，这才是知识分子独立判断精神的最高典范。

**22** 子曰："唯仁者能好人[1]，能恶人[2]。"

**【注释】** [1] 能好人：能公正地喜爱好人。好，音 hào，做动词用。　[2] 能恶人：能公正地厌恶坏人。恶，音 wù，做动词用。

**【译文】** 孔子说："只有那些有仁德的人，才能公正地喜爱好人和公正地厌恶坏人。"

**【评析】** 出自《里仁篇》。喜爱好人，厌恶坏人，本来是人之常情，但是如果人心不得其正，那么该喜爱的好人也不能客观地喜爱了，该厌恶的坏人也不敢厌恶了，这么一来，坏人没有公义的制裁，即使有法律正义也不能伸张，整个社会就会走上"君子道消，小人道长"的恶化境地。仁者秉心平正，能够客观地喜爱好人，厌恶坏人，社会的公理正义才能得到伸张，并走上"君子道长，小人道消"的境地。

管仲对小节不甚注意，一般人不敢说他好，只有鲍叔牙勇于保举他，因此，为齐国发掘了一位了不起的治国人才。这是仁者"能好人"。孔子任鲁国的大司寇,第七天就诛少正卯,原因是少正卯"心逆而险,行僻而坚,言伪而辩,记丑而博,顺非而泽",像少正卯这种人能得到不明事理的人的欢迎,只有仁人君子才能勇敢地"恶"他。仁者用心如秤,明理如镜,善善恶恶,嘉善而矜不能,人类社会才会一天比一天好。

**23** 子曰:"三军[1]可夺[2]帅也,匹夫[3]不可夺志也。"

【注释】 [1] 三军:古代一万二千五百人为一军,周代大诸侯国可以有三军,次诸侯国可以有二军,小诸侯国可以有一军。其后三军遂成为军队的通称。 [2] 夺:夺取。 [3] 匹夫:平民。

【译文】 孔子说:"军队可以被夺去主帅,男子汉却不可被夺去志气。"

【评析】 出自《子罕篇》。三军人数虽然多,但是和主帅是不同的个体,军士的力量再强,也不能保证必然能保卫主帅。项羽曾经号令天下诸侯,手下猛将如云,兵强马壮,但是被刘邦步步逼退,最后在乌江自刎,这就是何晏《论语集解》说的:"三军虽众,人心不一,则其将帅可夺而取之。"三军夺帅,并不是太难的事。但是,匹夫立志之后,却是任谁也无法夺走的,精卫填海、愚公移山,这是古代有名的例子;武训兴学、证严弘法,这是近代有名的例子。一个人心志既定,"富贵不能淫,贫贱不能移,威武不能屈",任谁也无法改变。因为志是由内发出的,可以操之在我;主帅是由他人任命的,是不能操之在我的。因此,人只怕不立志,不必怕志气被夺走。

**24** 子曰:"岁寒,然后知松柏之后彫[1]也。"

【注释】 [1] 彫:通"凋",凋落。

【译文】 孔子说:"天严寒以后,才知道松柏是最后落叶的。"

【评析】 出自《子罕篇》。春夏之季,草木繁盛,看不出谁的生命力比较坚强;但是,天气寒冷之后,一般的草木枯的枯,秃的秃,只有像松柏之类的树木仍然苍劲挺拔。好比人在顺境中,看不出谁的道德操守好,但是一到逆境中,就高下立判、好坏立分了。文天祥《正气歌》说"时穷节乃见",便是这个意思。作为有远大志向的君子,他就像松柏那样,从不随波逐流,而且能够经受各种各样的严峻考验。人只有高远的目标是不够的,还必须具备朝着目标前进的恒心和耐力。

**25** 子曰:"士志于道,而耻恶[1]衣恶食者,未足与议也。"

【注释】 [1] 恶:粗劣。下"恶"字同。

【译文】 孔子说:"读书人立志于追求真理,却以穿得不好、吃得不好为耻辱,那就不值得和他谈论什么了。"

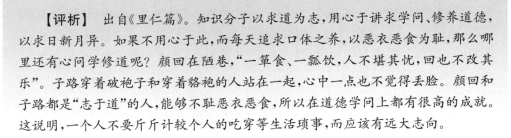

【评析】　出自《里仁篇》。知识分子以求道为志，用心于讲求学问、修养道德，以求日新月异。如果不用心于此，而每天追求口体之养，以恶衣恶食为耻，那么哪里还有心问学修道呢？颜回在陋巷，"一箪食、一瓢饮，人不堪其忧，回也不改其乐"。子路穿着破袍子和穿着貉袍的人站在一起，心中一点也不觉得丢脸。颜回和子路都是"志于道"的人，能够不耻恶衣恶食，所以在道德学问上都有很高的成就。这说明，一个人不要斤斤计较个人的吃穿等生活琐事，而应该有远大志向。

## 26

曾子曰："士不可以不弘毅[1]，任重而道远。仁以为己任[2]，不亦重乎？死而后已，不亦远乎？"

【注释】　[1]弘毅：弘，宽广，指宽大的心胸；毅，坚忍，指坚强的意志。　[2]仁以为己任：把行仁当作是自己的责任。为了强调"仁"，所以把仁放在前面，这是先秦常见的句法。

【译文】　曾子说："士人不可以不胸怀宽大，意志坚强，（因为他）肩负着重大的使命，路程又很遥远。把实现仁的理想看作自己的使命，不是很重大吗？到死为止，不是很遥远吗？"

【评析】　出自《泰伯篇》。知识分子最可贵的地方，就在他有理想。最大的理想是在行仁，因此，知识分子是"仁以为己任"的。这样的理想非常重大，而这样的理想，又是终身行之、死而后已的。所以，知识分子怎能不宽宏坚忍呢？诸葛亮在隆中高卧，日子过得很惬意，但是刘备三顾茅庐，请他出山之后，他便尽心尽力地辅佐刘备；刘备死后，又辅佐刘禅，"鞠躬尽瘁，死而后已"，这就是任重道远的最佳典型。

## 27

子张曰："士见危致命[1]，见得思义，祭思敬，丧思哀，其可已矣。"

【注释】　[1]致命：把生命交付给别人，有不怕死的意思。朱熹《论语集注》："委致其命，犹言授命。"

【译文】　子张说："士遇见危险时能献出自己的生命，看见有利可得时能考虑是否符合义的要求，祭祀时能想到严肃恭敬，居丧的时候想到哀伤，这样就可以了。"

【评析】　出自《子张篇》。动物都有求生的本能，人类是动物，当然也不例外。但是，身为一位士人，应该懂得进德修业和人之所以异于禽兽的地方。孟子说："生，亦我所欲也；义，亦我所欲也，二者不可得兼，舍生而取义者也。"（《孟子·告子》）为了义，连生命都可以牺牲，何况是利呢！由此可见，道德的价值有时高于求生。

人受了教育,有了礼仪的陶冶,有时候又会习于形式,而忽略了真正的内涵,那么这种形式反而变成毫无意义的了。因此,子张勉励人:祭祀的时候要有真正的恭敬之心,参加丧礼时要有真正的哀戚之情,这才是一个真正的士人呀!

但是,见危致命有一定的前提,不是见到任何危险都要把自己的生命奉献出来,其前提是符合义。须知死有重于泰山,有轻于鸿毛,不考虑义,很轻率地牺牲自己的生命,这也是对生命的不尊重。

## 28　子曰:“君子周[1]而不比[2],小人比而不周。”

**【注释】**　[1] 周:是指以当时所谓的道义来团结人。　[2] 比:指以暂时的共同利害互相勾结。

**【译文】**　孔子说:“君子与人团结而不与人勾结,小人与人勾结而不与人团结。”

**【评析】**　出自《为政篇》。孔子在这里提出君子与小人的区别之一,就是小人结党营私,与人相勾结,不能与大多数人融洽相处;君子则不同,他胸怀广阔,与众人和谐相处,从不与人相勾结。真君子总是以公正、公平之心来做事,而不是从一己私利出发来做事。因此,人们看问题不能只站在个人的立场上,以私心去判断,而要从大局出发,全面地看问题。

## 29　曾子曰:“吾日三省[1]乎吾身:为人谋而不忠乎? 与朋友交而不信乎? 传不习乎?”

**【注释】**　[1] 三省:省(xǐng),检查、察看。三省是指多次自我反省。

**【译文】**　曾子说:“我每天多次反省自己:为别人办事是不是尽心竭力了呢? 同朋友交往是不是做到诚实可信了呢? 老师传授给我的学业是不是温习了呢?”

**【评析】**　出自《学而篇》。儒家十分重视个人的道德修养,以塑造理想人格。这里所讲的自省,则是自我修养的基本方法。《论语》中多次谈到自省的问题,要求孔门弟子自觉地反省自己,进行自我批评,加强个人思想修养和道德修养,改正个人言行举止上的各种错误。这种自省的道德修养方式在今天仍有值得借鉴之处。

人和人相处,相互之间必有所求、有所往、有所学。在和他人相处的过程中,要经常反省:动机好坏、心态正邪、行为优劣。“吾日三省吾身”,说到底就是要认识自我、超越自我、完善自我、塑造自我,建立一种道德自审“法庭”,从而有利于完善自我修养。

**【思考题】**

1. 日常生活中，我们每天应如何自省其身？

2. 一个人若有了过失，应如何面对？

3. 我们对于才、学、名、位，应如何看待？

4. 何谓"无适无莫"？要如何才能做到？

5. 何谓"君子有三变"？君子真的善变吗？

6. 你是否有过义、利交战的心理体验？结果如何？

7. 对于别人骄傲、骄纵的行为，你作何感想？自己是否也曾有骄傲的心态与举止？

8. "匹夫不可夺志"，但是，如果一个人对坚守志向感到困难，是否仍然要不顾一切地坚持下去呢？

9. 人类都喜欢追求衣食的美好，为什么孔子却说："士志于道，而耻恶衣恶食者，未足与议也？"

10. 结合自身专业，谈谈作为一名高职学生，应具备怎样的职业素养。

# 五、论 言 语

## *1* 子曰："君子不以言举人，不以人废言。"

**【译文】** 孔子说："君子不因为语言（说的好）来荐举人，也不因为人（不好）而鄙弃他的好话。"

**【评析】** 出自《卫灵公篇》。人非圣贤，很难十全十美。即使是圣贤，也难免有时会出点小差错；相反的，即使不完美的人，其言或许也是可听的，因此，君子不以言举人，也不以人废言。

历史上祸国殃民的佞臣，无不是能言善道，讲话讨人欢心，结果造成朝政的衰败，这就是没有做到"不以言举人"啊！同样的，不以人废言，也是很重要的。冯道是很有名的"长乐老"，历事四姓十君，在相位二十余年，旧的朝廷被灭，他仍在新的朝廷任官，不以为耻，后人对冯道也深感不齿。但是在冯道事契丹的耶律德光时，耶律德光问冯道："天下百姓如何救得？"冯道说："此时佛出救不得，唯皇帝救得。"耶律德光听了很高兴，于是就没有再大肆杀戮百姓。由此看来，一位没有廉耻心的冯道，也能有"一言"而救活百万人的时候，我们不可以因为看不起冯道，而把冯道这句话的贡献也完全抹杀了。这就是"不以人废言"。

**2**　有子曰："信[1]近于义,言可复[2]也;恭[3]近于礼,远[4]耻辱也;因[5]不失其亲,亦可宗[6]也。"

【注释】　[1]信:与人约定。　[2]复:践行。　[3]恭:敬顺。　[4]远:远离。　[5]因:亲近、依靠。　[6]宗:可靠。

【译文】　有子说:"讲信用要符合于义,(符合于义的)话才能实行;恭敬要符合于礼,这样才能远离耻辱;所依靠的都是可靠的人,也就值得依靠了。"

【评析】　出自《学而篇》。任何一个社会,怎样的行为、怎样的言说、怎样的人格是合理合宜的,通常会有一定程度的共识。人只要生活其中,朝夕濡染学习,都会熟悉这些共识。只是,行为规范虽然清楚,但不遵守规范的人很多,而自认遵守却又拘泥不通的,也大有人在。

就以说话要守信、对人要恭顺、交友要互相信赖这些平常的道理来说,有些人也不能做得很好。有人一味要求"说到做到",一旦做到了,反倒造成伤害自己,也连累他人的后果。因为那些话是不应该付诸实行的。毕竟人非绝对完美,平时说话,往往会受情绪、环境、局势以及自己知识的局限性影响,而违背了理性。有人对人恭顺,客客气气,却不知道度,极有可能泯灭是非,不辨善恶,风骨尽丧而沦为乡愿,成为人家瞧不起的烂好人。有人则对朋友全讲义气,不论如何都支持他、信赖他,以为那才够"朋友",有亲切感,却不知道朋友应该互相切磋德行,分明是非。这类人,都是太固执己见了,以致失去道德判断的自由,拘固不通,似是遵循规范,却损害了规范的真精神。有子提醒我们,人在言、行、交际上,都要细细考量社会规范的真正用意。社会规范说人要守信,但自己还要有"义"的辨别;规范说对人要恭顺,但自己还要守"礼"的分寸;规范说要亲近值得亲近的人,但自己还得思考那是什么样的人,是不是值得自己信赖和依靠。

**3**　子贡问曰:"有一言[1]而可以终身行之者乎?"子曰:"其'恕'乎!己所不欲,勿施于人。"

【注释】　[1]一言:简单的一句话。

【译文】　子贡问道:"有没有一句话可以终身奉行的呢?"孔子说:"那就是'恕道'吧!自己不愿意的事,不要强加给别人。"

【评析】　出自《卫灵公篇》。这句话所揭晓的是处理人际关系的重要原则。孔子所言指人应当以自身的行为为参照物来对待他人。人应该有宽广的胸怀,待人处世之时切勿心胸狭窄,而应宽宏大量。倘若把自己所讨厌的事物硬推给他人,不仅会破坏与他人的关系,还会将事情弄得僵持而不可收拾。人与人之间的交往应该坚持这种原则,这是尊重他人、平等待人的体现。

**4** 子曰："群居终日,言不及义,好行小慧[1],难矣哉[2]!"

【注释】 [1]小慧:小聪明。投机取巧、行险侥幸的小聪明,对于德行修养反而有害。 [2]难矣哉:难以进德有成。

【译文】 孔子说:"整天聚在一块,说的都达不到义的标准,专好卖弄小聪明,这种人真难教导!"

【评析】 出自《卫灵公篇》。人们群居,相互为善,则渐渐养成敦厚质朴的习性,道德修养就会达到至诚至善的境界;言不及义,好行小慧,则会养成投机取巧的习性,道德修养日趋浅薄,就难以成德成事。年轻学子与同学聊天,也很容易言不及义、好行小慧,虽然不至于有什么害处,但是大好时光流逝,德业没有长进,也是一种相当大的损失。

**5** 子曰："君子欲讷[1]于言,而敏[2]于行。"

【注释】 [1]讷:讲话谨慎而不轻率出口。 [2]敏:勤敏。

【译文】 孔子说:"君子言语要谨慎迟钝,工作要勤劳敏捷。"

【评析】 出自《里仁篇》。言与行,是人类社会中很有趣的两种行为。一般而言,话多的人,动作就少;动作快的人,话多半也少。俗话说:"满瓶水不响,半瓶水响叮当。"正是这个道理。人生时光有限,花在讲闲话上,做正事的时间就少了。况且言多必失,反而有害。说话容易,所以一般人容易轻言;做事困难,所以一般人容易怠惰。孔子勉励我们要"讷于言而敏于行",正是要我们革除这样的弱点。但是,这是很不容易做到的,所以孔子也只说"君子欲讷于言而敏于行",这一"欲"字,正说明其困难,以见君子时时以此自惕。

**6** 子曰："君子耻其言而过其行。"

【译文】 孔子说:"说得多,做得少,君子以此为耻辱。"

【评析】 出自《宪问篇》。言过其行,指话说得过了头,但是行为却做不到。其原因,若不是好大喜功,就是存心欺骗,两者都是立德修业的大忌。言过其行,次数多了之后,就会造成信用破产,讲的话再也没有人会相信了。因此,君子以此为耻。

**7** 子曰："古者言之不出[1],耻躬之不逮[2]也。"

【注释】 [1]言之不出:话不轻易说出口。之,介词。 [2]躬之不逮:自己做不到。躬,自身。逮,及。之,介词。

【译文】 孔子说:"古代人有话不轻易说出口,是以自己做不到为可耻啊。"

【评析】 出自《里仁篇》。古人重承诺,一言既出,生死以之。如果是做不到的事,绝不随便答应。所谓"一诺千金",便是这种典范。荆轲、聂政、季布等,都是这种人物。游侠之士,尚且如此,以道德良知自律的当代青年学生更应如此。

**8** 子曰:"其言之不怍[1],则为之也难!"

【注释】 [1]怍(zuò):愧疚。

【译文】 孔子说:"说话如果大言不惭,那么实现这些话就是很困难的了。"

【评析】 出自《宪问篇》。言之不怍,表示轻易许诺。轻易许诺的原因,是不把实现诺言当一回事,不把实现诺言当一回事,当然"为之也难"。与这样的人交往,很难相信其诺言。对人如此,对己也不会好到哪里。孔子教育我们,说话不能随意许诺。

【思考题】

1. 哪些行为属于"言不及义,好行小慧",能否举生活中的一些例子来说明?
2. 现代社会讲究"自我推销",这和孔子要求的"讷言敏行"是否矛盾?

# 六、论 人 格

**1** 子曰:"饭疏食[1]饮水,曲肱而枕之[2],乐亦在其中矣。不义而富且贵,于我如浮云[3]。"

【注释】 [1]饭疏食:吃粗劣的食物。饭,吃,动词。疏食,粗食。 [2]曲肱而枕之:弯曲手臂当枕头而睡。肱,上臂,此指手臂。 [3]于我如浮云:对于我来说就像天上飘浮之云,喻无动于心。

【译文】 孔子说:"吃粗粮,喝冷水,弯着胳膊当枕头,其中自有乐趣。用不正当的手段得来的富贵,对于我来讲就像是天上的浮云一样。"

【评析】 出自《述而篇》。富贵是多数人向往的,本来追求富贵并不是一件坏事,可以给人积极奋发的动力,可是追求的方法不正当,就不应该了。上半段孔子自言安贫乐道,下半段自言不羡慕不正当得到的富贵。我们可以从这一章清楚地看到孔子对贫与富的看法。荣华富贵本像无底洞，永无满足的时候。有些人一生汲汲营营，到头来是一场空，一生为富贵的奴隶，倒不如做好生涯规划，学习孔子淡泊乐观的人生态度。

**2** 叶公[1]问孔子于子路，子路不对[2]。子曰："女[3]奚[4]不曰，其为人也，发愤[5]忘食，乐以[6]忘忧，不知老之[7]将至云尔[8]！'"

【注释】 [1]叶公：楚国叶县尹，姓沈，名诸梁，字子高，僭称公。 [2]不对：没有回答。 [3]女：通"汝"，你。 [4]奚：何。 [5]发愤：自觉不满足而奋力去做。 [6]以：犹"而"，连词。 [7]之：无义，虚词。 [8]云尔：语尾助词，相当于白话的"罢了"。

【译文】 叶公向子路问孔子是个什么样的人，子路不答。孔子（对子路）说："你为什么不这样说，他这个人，发奋用功，连吃饭都忘了，快乐得把一切忧虑都忘了，连自己快要老了都不知道，如此而已。"

【评析】 出自《述而篇》。每个人都有忘忧、忘食的经验，喜欢下棋的人，下起棋来，就忘了时间；爱聊天的人，聊起天来没完没了；爱打球的人，打起球来，也会忘了时间和忧愁；爱看小说的人，看起小说来，也是没日没夜的，总觉得时间过得特别快。一个人想做一件事，全心投入是成功的必要条件，专注于该做的事，则没有做不成的。

**3** 子曰："盖[1]有不知而作[2]之者，我无是也。多闻，择其善者而从之，多见而识之[3]，知之次[4]也。"

【注释】 [1]盖：大概，副词。 [2]不知而作：不知事理而妄自著述。 [3]多见而识之：此句意为"多见，择其善者而识之"，乃承上而省略。识，记也。 [4]知之次：指次于"生而知之"者。

【译文】 孔子说："有这样一种人，可能他什么都不懂却在那里凭空创造，我却没有这样做过。多听，选择其中好的来学习；多看，然后记在心里，这是仅次于生而知之的智慧。"

【评析】 出自《述而篇》。本章说明孔子研究学问的严正态度。学问是由见闻思辨而来的，所见所闻越多，自然学问就增长越多。但是所见所闻可能有好坏善恶之别，孔子对于它们加以思辨，择其善者而从之，可见他学习态度的认真。

不知而作，凭空杜撰，是孔子所厌恶的。孔子以多闻多见而择善从之，虽不及"上知"之人，亦可算是次于上知的人。孔子很有智慧，行事谨慎，尤于创作一事，绝不妄作，自称"知之次"，是自谦之语，这种稳健谦虚的态度，值得我们学习。

**4**　子曰："伯夷、叔齐[1]不念旧恶[2]，怨是用希[3]。"

**【注释】**　[1]伯夷、叔齐：殷商末年，孤竹国国君之二子。父死，相让王位，都逃往周。周武王起兵伐纣，曾拦车劝阻；商灭，二人耻食周粟，隐居首阳山，采薇而食，最后饿死。　[2]不念旧恶：不记挂别人对自己的旧恶。　[3]怨是用希：怨恨因此也就少了。是：此。用：以、因。希：少，通"稀"。

**【译文】**　孔子说："伯夷、叔齐两个人不记过去的仇恨，（因此，别人对他们的）怨恨也就很少了。"

**【评析】**　出自《公冶长篇》。怨，不是一种正面的心理状态，在孔子的学说里，消除心中的怨恨，是难能可贵的修养。因为怨恨容易使人心生不满，不满的情绪，如果恣意发泄出来，可能就伤害了他人；而如果强加压抑，积久则郁闷自伤。而且不满的情绪，常会使人失去理性，不能平和地看待人事，言行也就容易偏激，不合礼义。这一章，孔子赞美伯夷、叔齐的少怨，还说出他们能"怨希"的原因，就在"不念旧恶"。事实上也为我们提供了如何消除怨恨的具体做法：人必须懂得宽恕，懂得不去记恨曾经作恶于我的人，也不要老陷在过去不悦的事情上，始终无法走出人生的阴影。

人们大概都对这样一句话耳熟能详："冤冤相报何时了。"这句话不仅适用于"江湖"，更适用于日常的生活。释前嫌为自己赢得利益，才是明智之举。

**5**　子曰："晏平仲[1]善与人交，久而敬之。"

**【注释】**　[1]晏平仲：齐国大夫晏婴，字仲，谥号平，史称晏平仲。历事齐灵公、庄公、景公，尚俭力行，尽忠敢谏。后人采其言行，辑为《晏子春秋》。

**【译文】**　孔子说："晏平仲善于与人相交，他和人处久了，别人愈发敬重他。"

**【评析】**　出自《公冶长篇》。所谓"敬人者人恒敬之"，晏婴恭敬对人，恒久无替，可见其是真诚与人交往，而非虚伪敷衍，所以他也赢得了别人的敬重。真正的朋友，把相互提振道德视为义务，晏子这般恭敬自持，自然也会感染朋友，使他们也以真诚恭敬对人，实在称得上"善与人交"。

一般人的交往，往往在彼此亲近熟悉之后，忘了分寸，失去应有的礼敬之心。现今社会"朋友"之间，因调笑狎渎、混淆彼此而引起不满、怨愤，甚至反目成仇的事例，屡见不鲜，这都是因为少了一分尊重。晏子的行为，实在值得现代人深思、效法。

**6**　子曰："巧言、令色、足恭[1]，左丘明[2]耻之，丘[3]亦耻之。匿怨而友其人[4]，左丘明耻之，丘亦耻之。"

**【注释】** [1]足恭：过分恭敬。足，过分。　　[2]左丘明：鲁国人，《春秋左氏传》的作者。　　[3]丘：孔子自称。　　[4]匿怨而友其人：隐藏怨恨而与所怨之人交友。

**【译文】** 孔子说："花言巧语，装出好看的脸色，过分恭敬，左丘明认为是可耻的，我也认为可耻。把怨恨装在心里，表面上装出友好的样子，左丘明认为是可耻的，我也认为可耻。"

**【评析】** 出自《公冶长篇》。人与人相处最贵真诚，此章孔子引左丘明的话，说出对伪善者的谴责。伪善的人，言语往往最为动听，面容往往最为和善，态度往往最为恭敬，八面玲珑，长袖善舞，很容易给人留下好印象。但他们的这些表现只为服务特定的人物——那些对他的升迁、发财等有帮助的人。也就是说，伪善的人把自己的言语、面容、态度等都作为获利的工具，把与人相处视为谋利的手段，目的只在自己图利，而非和善待人。为了利益，他们尽可逢迎别人，矮化自我；同样的，为了利益，他们也可狠心打击别人，不顾情义。所以孔子也曾说："巧言令色，鲜矣仁！"（《学而篇》）。

朋友之间，虽然不至于钩心斗角，但有时也会因意见相左而产生摩擦，心生怨恨不满。若是不能自我化解怨恨，却只为维持表面的和气，而刻意隐藏、压抑怨恨，也不思开诚布公、化解心结，事实上这并非真诚的表现，这与伪善相去不远，是不值得鼓励的。而如果隐忍着对某个人的怨恨，刻意去接近他，表面上与他为友，却伺机报复，则可以说是将"朋友之道"完全践踏了，这种人堪称阴险的小人，为君子所不齿。这种思想在今天仍有一定的现实意义，对防范那些人前一套、人后一套的人，有较强的针对性。

 **拓展阅读一**

### 《论语》中的典故

《论语》是春秋时期由孔子弟子及其再传弟子编纂而成、记录孔子及其弟子言行的语录体散文，它较为集中地反映了孔子的思想，其中的许多典故至今仍为人们所熟知。

### "箪瓢陋巷"的典故

"箪瓢陋巷"的典故出于《论语·雍也篇》。

颜回，鲁国人，字子渊，比孔子小三十岁。颜渊问什么是仁，孔子说："约束自己，使你的言行符合于礼，天下的人就会称许你是有仁德的人了。"孔子也曾称赞他说："颜回是贤才啊！吃的是一小竹筐饭，喝的是一瓢水，住在简陋的巷子里，一般人忍受不了这种困苦，颜回却也不改变自己的乐趣。听我授业时，颜回像个蠢笨的人，下课后考察他私下的言谈，才知道他能够引申发挥，颜回实在不笨。"孔子也不无感慨的对他说:"被任用的时候,就匡时救世,不被任用的时候,就藏道在身,只有我和你才有这样的处世态度吧!"颜回才二十九岁,头发就全白了。后早逝,孔子哭得特别伤心,说:"自从我有了颜回,学生们越来越和我亲近。"鲁哀公问:"您的学生中谁是最好学的?"孔子回答说:"有个叫颜回的人最好学,他从不把怒火转移到别人身上,不犯同样的过失。不幸的是寿命很短,现在就没有这样的人了。"

这则典故形容一个人生活简朴,安贫乐道。

## "庭训"的典故

"庭训"的典故出于《论语·季氏篇》。

陈亢问伯鱼:"你有受到老师特别的教诲吗?"伯鱼回答说:"没有。有一次他独自站在庭院中,我快步从庭院走过,他问:'学《诗经》了吗?'我回答说:'没有。'他说:'不学诗,就说不好话。'我就回去学《诗经》。又有一天,他又独自站在庭院中,我快步从庭院走过,他问:'学《礼》了吗?'我回答说:'没有。'他说:'不学《礼》就不懂得怎样立身。'我就回去学《礼》。我只了解这两件事。"陈亢回去高兴地说:"我问一件事却知道了三件事,知道了学《诗》的意义,知道了学《礼》的意义,还知道了君子不偏爱自己儿子的道理。"

"庭训"的典故后指父亲的教诲。

## "为政以德"的典故

"为政以德"的典故出自《论语·为政篇》,党的二十大报告中也引用了"为政以德"这个古语。

孔子说:"用道德的力量去治理国家,自己就会像北极星那样,安然处在自己的位置上,别的星辰都环绕着它。"

为政以德代表了孔子的为政的思想,强调道德对政治生活的决定作用,主张以道德教化为治国的原则。这是孔子学说中很有价值的一个部分,表明儒家治国的基本原则是德治,而非严刑峻法。

## "升堂入室"的典故

"升堂入室"的典故出自《论语·先进篇》。

子路,仲氏,名由,又字季路,春秋末鲁国卞(今山东泗水)人,孔子的得意门生。他是个很勇敢的人,而且擅长弹奏乐器。

子路平时喜欢戴着一顶像雄鸡一样的帽子,衣服上佩戴着野猪样式的标志,以显示自己的勇猛无畏。

有一次,子路找到孔子问:"有仁义道德的人也会崇尚勇武吗?"

孔子说:"仁义是最重要的,如果只崇尚勇武就会失去仁义,所以人一旦没有道德却崇尚勇武,那么他就会去抢劫别人的财物。"

一天,子路在孔子家里鼓瑟,那旋律充满战斗的激情,使人仿佛听到战场上的冲杀声。于是,孔子说:"这乐声不和平,为什么要在我家里弹奏呢?"孔子的弟子们听出孔子对子路的不满,就在背后纷纷议论。孔子了解到这种情况后,说:"他在音乐方面已经入门了,而且有一定的成就,但是还没有达到非常高深的境界。"经孔子这么一解释,大家便改变了对子路的态度。

后来子路去了卫国做了大夫,不久卫国发生内乱,子路因为卷入其中而被杀。

后人从文中"由也升堂矣,未入于室也"这句话中提炼出"升堂入室"这个词语,比喻学识或技能由浅入深,循序渐进,逐步达到很高的成就。

 **拓展阅读二**

## 母亲的言传身教

钱穆在《孔子传》中说:"在孔子之前,中国历史文化当已有两千五百年之积累,而孔子集其大成。在孔子以后,中国历史文化又复有两千五百年以上之演进,而孔子开其新统。在此五千多年,中国历史进程之指示,中国文化理想之建立,具有最深影响最大贡献者,殆无人堪与孔子相比论。"

孔子生活的时期是春秋晚期,那是一个乱世,他的成长背景是平凡而穷困的。在一切不利因素的考验之下,孔子激发了生命的最大潜能,成长为人们心目中的圣人、万世师表。

那么,具体说,孔子是如何成长的呢?

答案就是两个字:学习!

对于知识,孔子的态度是"知之为知之,不知为不知,是知也",意思是懂就是懂,不懂就是不懂,这才是一个人真心求知的表现。孔子是这样说的,也是这样做的。孔子以好学著称,他对各种知识都表现出浓厚的兴趣,因此他知识渊博,多才多艺,在当时是出了名的。十九岁时,孔子结婚了,新娘是一个叫亓官氏的女孩,结婚后的第二年,孔子的儿子出生了。鲁昭公听说年轻有为的孔子生了个儿子,派人送了一条鲤鱼,以示祝贺。可见由于孔子知礼好学,二十岁时就在鲁国小有名气了!关于孔子的好学,有一个关键词可以描述,就是"学而不厌"。这是描述孔子那种永远孜孜以求的求学精神,生命不息,学习不止。孔子的一生都贯穿着这个主题词。

影响孔子人生的第一个人当然是他的母亲。

孔子生活的时期只有贵族子弟才有学习的机会。孔子是在单亲家庭长大的,小时候他和母亲贫贱度日,可以想见,孔子的启蒙老师一定就是他的母亲颜徵在。在2500多年前的春秋晚期,受教育是贵族的特权,男性尚且绝大部分不能读书识字,女性更没有受教育的资格了。由此看,颜徵在应出身于书香门第,在家中很受宠爱,所以才受到很好的教育,但她的家族可能后来没落了,是没落贵族。

孔子的父亲叔梁纥去世后,颜徵在带着孔子离开陬邑,回到自己的娘家——各方面条件相对优越的鲁国的都城居住。鲁国的都城是鲁国的政治、经济、文化中心,典籍丰富,名师众多,这就给孔子日后成长提供了文化氛围。颜徵在从此开始独立谋生,过着贫贱而清苦的生活。从乡下搬到鲁国的都城,这显然是孔子的母亲颜徵在最伟大的功绩——因为正是在这里,奠定了孔子日后走向成功的坚实基础,也正是在这里,孔子迈出了他走向成功的第一步。孔母颜徵在在孔子幼年教育及成长过程中起着重要作用。与"孟母三迁"教子相比,孔母也有类似的教育方式。在孔子六七岁的时候,颜徵在特意把家搬到了周公庙附近。鲁国是春秋时期保留西周礼仪最全的国家,孔子和小伙伴们常常溜进周公庙去玩,他目睹了庄严肃穆的祭祀场景,从此对礼乐文化产生了浓厚的兴趣。

圣人孔子小时候自然不是圣人,他和别的普通小孩子一样,也是要游戏玩耍的。

孔母颜徵在深谙孩子学习的最好导师是兴趣。那么,她是用什么激发儿子的学习兴趣的呢?

用游戏!

孔子幼年时期做了什么游戏?

《史记·孔子世家》中记载:"孔子为儿嬉戏,常陈俎豆,设礼容。"

什么是"俎"?

在过去,"俎"有两个意思。一是我们知道的常用语"人为刀俎,我为鱼肉"里面的"俎",指的是切肉或切菜时垫在下面的砧板。而这里的"俎",则是另外一种意思,就是供祭祀或宴会时用的四脚方形的青铜盘或木漆盘,用来盛放牛羊肉,后来成为古代祭祀时放祭品的方形器物的专属称谓。

什么是"豆"?

"豆"是一种盛食物的器具,形状像带高座的盘子,常常用为礼器,祭祀时用。

现在,我们根据《史记·孔子世家》上面的这两句话再来分析一下孔子幼年时候的游戏。由于孔家离鲁国的宗庙很近,每当宗庙举行祭祀的时候,颜徵在都会带上年幼的孔子前去观看。此时的孔子,肯定是要睁大眼睛来观看这神圣的祭祀仪式了。他可能会想:这些大人干什么呢?他们为什么要干这些事啊?为什么他们的神情都如此庄重呢?

久而久之,很自然地,年幼的孔子就把这些神圣的祭祀仪式的程序和祭祀所用的礼器都熟记于心了。

当然,看只是第一步,第二步就是模仿,孩子们的天性就是模仿。于是,年幼的孔子便常常邀来邻家的小伙伴们演练他在宗庙里看到的全套祭祀礼仪,就像"过家家"一样。

这是史学家司马迁在《史记》中描写的内容。2500多年前我们的孔老师小时候玩游戏,和小伙伴们用泥巴捏成"豆"等礼器的样子,学着大人的样子演习祭礼。

其实,小小年纪的孩子,很少会主动喜欢上祭祀这种枯燥无味的活动,这主要是母亲培养了孔子对礼仪活动的兴趣,才使他耳濡目染,养成这种习惯。"玩"着"玩"着,一不留神孔丘小朋友就成了礼仪方面的权威人士——孔子。这得益于母亲颜徵在对他的兴趣引导!

（资料来源:《孔子:我们的好老师》,刘冬颖,华文出版社2021年8月版）

拓展阅读三

### 子路受教——孔子对子路的第一次教诲

子路是孔子"七十二贤"弟子之一，以刚直勇武、精于政事闻名。但是，在子路刚见到孔子的时候，对学习的重要性认识不足，是孔子和他的一番对话才让他明白了学习的重要性。

孔子与子路第一次见面的时候，孔子就问子路："你有什么爱好啊？"子路没有完全理解孔子问话的意思，就贸然回答说："我喜欢长剑。"孔子连忙摇头说："我问的不是这方面。我早就听说，你是个有才能的人，以你的天赋，再加上勤奋学习，那么将来岂不是前途无量吗？"

子路就怀疑地问："学习，也能够增加我们的能力吗？"孔子说："当然可以啊。这就好比君王如果没有敢进谏的大臣，那在政事上就难免会有失败；读书人如果没有能够指正自己缺点的朋友的帮助，他的品德就容易有过失。要想驾驭性情狂放的马就不能丢掉鞭子，用强弓射箭则不能随便更换轴正的檠（一种矫正弓的工具）。人们能接受别人的意见，就能品格高尚。只要勤学好问，没有什么是学不成的。反之，违背仁德的人，随时都会受到国法的制裁。所以说，君子是不能不学习的。"

子路还是不明白，就又问："南山上有一种竹子，本来就很直，根本不需要矫正，而且用它来做箭支，就能穿透犀牛皮，所以说有些东西本来就是有用的，又何必要学习呢？"孔子听了，就回答说："你说得不错，可是，如果在箭尾安上羽毛，另一端装上箭头，并且把箭头磨得锐利，那箭不是威力更大吗？"子路听完，拜谢说："听了这番话，真是受益良多啊！"

以上故事告诉我们天赋固然重要，但是后天的学习和努力也同样重要。如果能把天赋与后天的学习和努力合二为一，那无疑就离成功不远了。

---

【思考题】

1. "饭疏食饮水，曲肱而枕之"，你认为这种生活的乐趣在哪里呢？

2. 结合现实生活，谈谈"其为人也，发愤忘食，乐以忘忧，不知老之将至云尔"的意义。

3. 你希望朋友怎么对待你呢？要如何做才能获得朋友的敬重？

孟子

《孟子》：人生的气象和修炼

## 《孟子》简介

　　《孟子》是记载孟子及其学生言行的一部书。关于其作者,历来有不同的看法,但大多数学者认为,是孟子与万章、公孙丑师徒一起撰述的,而主要作者是孟子本人。孟子(约前372—前289),名轲,字子舆,战国中期邹国(今山东邹城)人,是著名的思想家、政治家、教育家,孔子学说的继承者,儒家的重要代表人物。孟子一方面继承了孔子的政治思想和教育思想等,另一方面又形成了自己的政治和学术思想,成为仅次于孔子的正宗大儒,被称为"亚圣"。《孟子》也是以记言为主的语录体散文,但它比《论语》又有明显的发展。《论语》文字简约、含蓄,《孟子》却有许多长篇大论,气势磅礴,议论尖锐、机智而雄辩,对后世的散文写作产生了深刻的影响。

论教育

论行为

论性善

# 一、论性善

　　孟子曰:"人之所不学而能者,其良能[1]也;所不虑而知者,其良知也。孩提[2]之童,无不知爱其亲者;及其长也,无不知敬其兄也。亲亲,仁也;敬长,义也。无他,达之天下也。"

　　**【注释】**　[1]良能:与生俱来的能力。下句"良知"解法同此。　[2]孩提:指两三岁的儿童。

　　**【译文】**　孟子说:"人不用学习就有的能力,是良能;不用思考就知道的,是良知。两三岁的小孩子没有不知道亲爱他父母的,等到他长大,没有不知道尊敬他兄长的。亲爱父母是仁,尊敬兄长是义。没有其他原因,因为这两种品德是通行天下的。"

**【评析】** 出自《尽心上》。儒家肯定人与人之间必有某种适当的关系，再由此界定伦理上的道德规范。人与人之间的关系，最直接的是家庭中的亲子关系与兄弟关系，这两种关系正是"孝"与"悌"的基础。孟子此章特别说明孝悌是每一个人的良知良能，是不经学习就能行、不经思虑就能知的。小孩子的生命经验极为单纯，完全依赖父母的照顾和兄长的呵护成长，所以等到年龄稍长，自然对父母孝爱，对兄长尊敬。

行孝守悌，可说是十分自然的事，并不需要费力地去学习，有子曾说："孝弟也者，其为仁之本与！"人如蒙蔽本心，不孝不悌，必然无法立身处世。反之，如果人人都能扩充良知良能，那么家庭自然和谐圆满，社会自然和谐安定。

**2** 孟子曰："自暴[1]者，不可与有言也；自弃[2]者，不可与有为也。言非[3]礼义，谓之自暴也；吾身不能居仁由义[4]，谓之自弃也。仁，人之安宅[5]也；义，人之正路[6]也。旷[7]安宅而弗居，舍正路而不由，哀哉！"

**【注释】** [1]暴：犹"害"，糟蹋的意思。 [2]弃：抛弃。 [3]非：诋毁。朱熹《孟子集注》："非，犹毁也。" [4]居仁由义：存仁行义。居：居心、存心。由：行。 [5]安宅：可安居的住宅。 [6]正路：正大的道路。 [7]旷：空。

**【译文】** 孟子说："自己戕害自己的人，不能同他有什么话说；自己抛弃自己的人，不能同他有所作为。说话诋毁礼义，这叫自己戕害自己；自身不能守仁行义，这叫自己抛弃自己。仁是人们最安全的住所，义是人们最正确的道路。空着安全的住所不住，舍弃正确的道路不走，真可悲啊！"

**【评析】** 出自《离娄上》。仁是指一个人内在的真实德性，这种德性是与生俱来的，"有天理自然之安，无人欲陷溺之危"。人总要经常保有它、顺着它，心才会安稳踏实，这就叫作"安宅"。义也是一个人内在真实的德性，是待人处世的准则，"乃天理之当行，无人欲之邪曲"。人必须遵此而行，才能在这世上与人和乐相处，共成一体，这就叫作"正路"。这"安宅"与"正路"是人的心原本所具有的，只要顺着去做，就能使自己的人生成为真实有意义的存在，但是有很多人漠视自己内心的真实感情而弃之不顾，放着人生美好的大道而弃之不行，结果徒然使自己陷溺于冲突矛盾、痛苦迷惑之境，这不是很悲哀吗？这些人就是"自暴自弃"的人。对自暴自弃的人，跟其说什么话都是没有意义的，因为其不信仁义，所以也就"言非礼义"；跟其一起从事事业也不能成功，因为其不能"居仁由义"，处处都会和社会环境相冲突。像这样不能居于"安宅"、行于"正路"的人，真是可哀。其所以如此，乃是自放其良心，不能存养善性的缘故。

**3**　孟子曰："仁，人心也[1]；义，人路也[2]；舍其路而弗由，放[3]其心而不知求[4]，哀哉！人有鸡犬放，则知求之；有放心，而不知求。学问之道无他，求其放心而已矣。"

【注释】　[1]仁，人心也：仁，是人人固有的爱人之心。　[2]义，人路也：义，是人人应该走的大路。　[3]放：亡失、丢失。　[4]求：寻找、找回。

【译文】　孟子说："仁是人的心，义是人的路。放弃正路不去走，丧失了良心不去寻找，太可悲了！人丢了鸡犬，都知道去找，良心丢了却不知去找。治学问的道理没有别的，就是把丧失了的良心找回来就行了。"

【评析】　出自《告子上》。孔子的道德总概念是"仁"，孟子则开展为"仁、义、礼、智"四项，四项之中，孟子尤重仁、义，认为仁、义之心是人的良心本性，一切道德的培养要依乎仁、义来发展。孟子说仁是人心，是人之安宅；义是人路，是人之正路。做学问如果不依仁、义，所学得的只是外在的知识。试看有些知识分子学问渊博，但是违法乱纪，作奸犯科，学问渊博又有何用？孟子说："学问之道无他，求其放心而已矣。"真是一语中的。学问之道最重要的是把丢失的仁、义之心找回，然后掌握住这颗心，无论进德修业，或是待人处世，都不至于有所缺失。

"求放心"，就是求其本心，也就是仁、义之心。能守住仁、义之心，不让它丢失，这是存养的学问；胡思乱想会丢失仁、义之心，因而必须时时警惕谨慎，这是慎独的学问；心已丢失而把它找回，这是善于反省的学问。

**4**　孟子曰："养心[1]莫善于寡欲[2]。其为人也寡欲，虽有不存焉者[3]寡矣。其为人也多欲，虽有存焉者寡矣。"

【注释】　[1]心：指人类本有的善心。　[2]寡欲：减少私欲。寡：少，此处做动词用。欲：欲望。　[3]不存焉者：本性不存于心的情况。焉：代词，指"心"。者：代词，指"情况"。

【译文】　孟子说："养心的方法，没有比尽量减少欲望更好的了。那些平素欲望少的人，尽管也有失去本心（即天生的善性）的，但为数很少；那些平素欲望多的人，尽管也有能保存本心的，但为数也很少。"

【评析】　出自《尽心下》。人类与外在的事物相接触，就会产生形形色色的欲望。面对物欲横流的危机，孟子提出了解决之道。孟子主张人类应该减少欲望，节制私欲。寡欲的效果，在于减少外物的诱惑，进而彰显善良的本心，使我们的生命超越生理的层次，提升到义理的境界。孟子相当含蓄地指出：一个人要是能寡欲，就算有"义理不存于本心"的情况，恐怕也是很少吧！反之，一个人要是多欲，必然深陷物质欲望之海，无法自拔，在这样困绝的地步，还能保持本心，也是很少的。如果丧失了本心，试问人怎么能培养高尚的品格呢？

**5** 孟子曰："鸡鸣而起，孳孳[1]为善者，舜之徒也。鸡鸣而起，孳孳为利者，跖[2]之徒也。欲知舜与跖之分，无他，利与善之间[3]也。"

【注释】　[1]孳孳：勤勉不息。本作"孜孜"。　[2]跖(zhí)：相传为柳下惠的弟弟，春秋时期的大盗，有九千名手下，横行天下，侵暴诸侯，驱人牛马，取人妇女。[3]间(jiàn)：差别，不同。

【译文】　孟子说："鸡叫就起身，孜孜不倦地行善，是舜一类的人；鸡叫就起身，一刻不停地求利，是跖一类的人。要想知道舜和跖的区别，没有别的，只在行善和求利的不同罢了。"

【评析】　出自《尽心上》。人的本性原本相去不远，后来的发展所以不同，往往是因为后天的修为不同。如果每天起来都努力行善，久而久之，心中充满了仁义慈惠，就跟舜是同类的人。相反地，每天起来想的都是牟利，久而久之，心中充满了利害猜忌，就跟盗跖没有什么分别了。

儒家认为，一个人心中的存念非常重要，只要心中存念为善，纵然平时没有表现出来，但是一遇到行善的机会，自然而然地就会表现出来。心中只想到牟利，纵然有再多行善的机会，也不会去行善。

**6** 恻隐之心[1]，仁之端[2]也；羞恶之心[3]，义之端也；辞让[4]之心，礼之端也；是非[5]之心，智[6]之端也。

【注释】　[1]恻隐之心：同情心。　[2]端：开始。　[3]羞恶之心：羞耻之心。　[4]辞让：谦让。　[5]是非：辨别正确与错误。　[6]智：智慧。

【译文】　同情之心是仁爱的开端，羞耻之心是道义的开端，谦让之心是礼仪的开端，是非之心是智慧的开端。

【评析】　出自《公孙丑上》。孔子只谈"性相近"，而孟子则直言人"性本善"，他论述人性本善，就是从恻隐、羞恶、辞让、是非四者，为仁、义、礼、智之端、之本来立论的。他还提出，人有此四端，就好像人有手脚四体，是人本身所固有的，不假外求的。如果认为人没有此四端，就是自害其为善之道，而不愿为善。这也是孟子人性本善的理论依据。

【思考题】

1. 孟子所云"自暴自弃"，与现代人所认知的"自暴自弃"有何异同？请说说你的看法。

2. 孟子之"求放心"和现代人所说的"放心"，意义有无差别之处？试举实例说明。

　　3. 孟子主张养心寡欲，但发展经济必须刺激消费，如何在寡欲和消费之间取得平衡呢？

# 二、论 行 为

**1**　孟子曰："君子之于物[1]也，爱之而弗仁；于民也，仁之而弗亲。亲亲而仁民，仁民而爱物。"

　　**【注释】**　[1] 物：指草木、禽兽。

　　**【译文】**　孟子说："君子对于万物，爱惜它，但谈不上仁爱；对于百姓，仁爱，但谈不上亲爱。亲爱亲人而仁爱百姓，仁爱百姓而爱惜万物。"

　　**【评析】**　出自《尽心上》。孟子的主张从人性出发，因此极为务实，不为高蹈之论。以人和外界的关系而言，孟子指出君子对草木、禽兽，有爱心而没有仁心；对于一般人，有仁心而没有亲情。君子由亲爱自己的亲人，然后扩及仁爱一般人，再扩及爱惜一切草木、禽兽，这种爱合乎人性，可大可久，因此可以在人类社会中实践。同时期的墨子，主张爱无差等，很有理想性、很动人，但只能流行一时，过一段时间之后就无人问津了，因为不合人性，一般人很难长期实践。唯有"老吾老以及人之老、幼吾幼以及人之幼"才符合人性，才能推己及人，做到仁民、爱物的境地。

**2**　孟子曰："道在尔[1]，而求诸远；事在易，而求诸难。人人亲其亲、长其长，而天下平。"

　　**【注释】**　[1] 尔：通"迩"，近。

　　**【译文】**　孟子说："道就在近处，却向远处去寻找；事情本来容易，却找难的去做。只要人人亲爱父母、尊敬长辈，天下就会太平。"

　　**【评析】**　出自《离娄上》。人世间的事，本来是很简单的，君君、臣臣、父父、子子，人人做好自己应做的事，天下就太平了。

　　孟子说的亲亲、长长，只是一个开端。能亲爱自己的亲人，这是仁的自然呈现；能敬重自己的长上，这是义的理性成长，再进一步扩充，当然能做到为国尽忠，见财思廉，待人有礼，行己有耻。

　　但是，有些人为了私利，会用很复杂的手段，做出很多不诚实的事情来，一般人因为不明内情，往往误以为那就是事情的真相，于是所思所为受到误导，久而久之，把平易的道理想得深远了，把简单的事情看得艰难了。这时候，唯有直指本心，亲亲长长，在自己的位置上，做好自己该做的事，这才是正本清源之道。

**3** 孟子曰："爱人不亲，反其仁；治人不治，反其智；礼人不答，反其敬。行有不得者，皆反求诸己。其身正而天下归之。《诗》云：'永言配命[1]，自求多福。'"

**【注释】** [1]永言配命：永远配合天命而行。语出《诗经·大雅·文王》。永：长。言：助词。

**【译文】** 孟子说："爱别人却得不到别人的亲近，那就应反问自己的仁爱是否不够；管理别人却不能够管理好，那就应反问自己的管理方式是否有问题；礼貌待人却得不到别人相应的礼貌，那就应反问自己的礼貌是否做到位。凡是行为得不到预期的效果，都应该反过来检查自己。自身行为端正了，天下的人自然就会归服。《诗经》说：'长久地与天命相配合，自己寻求更多的幸福。'"

**【评析】** 出自《离娄上》。外界是一面镜子，可以反映出我们的形象、作为，只是人们多半疏于拂拭这面镜子，所以看不清楚自己的缺陷。当我们关爱他人，他人却不领情时，可能是我们的内心还有不仁夹杂其间。努力治理国家，政治却不上轨道，可能是我们急功近利，思虑不够周全。以礼待人而得不到回敬，也可能是我们的恭敬还不够。

人懂得反求诸己，才能不断进步，事随人愿。

**4** 孟子曰："万物皆备于我[1]矣。反身而诚，乐莫大焉[2]。强恕而行[3]，求仁莫近焉[4]。"

**【注释】** [1]万物皆备于我：万事万物之理都具备在我的身上。万物：指万事万物之理。 [2]反身而诚，乐莫大焉：反躬自省，而能真实无妄，是莫大的快乐。诚：真实无妄。焉：代词，指反身而诚。 [3]强恕而行：努力实践推己及人的功夫。强：勉强、努力的意思。恕：推己及人。 [4]求仁莫近焉：这是求仁最简捷的途径。焉：代词，指强恕而行。

**【译文】** 孟子说："一切我都具备了。我反躬自问，自己是忠诚踏实的，这就是最大的快乐。不懈地用推己及人的恕道去做，达到仁德的道路没有比这更直接的了。"

**【评析】** 出自《尽心上》。人心是具体而微的天理，具备理解万事万物的能力，所以说："万物皆备于我。"只要一经诚笃的反省，便能证明自己果然四端俱存，能力无穷而价值无限，所以说："反身而诚，乐莫大焉。"若能善以别人的能，激发自己的不能；更以自己的能，济助别人的不能，强恕而行，成己成物，便是仁德的表现，所以说："求仁莫近焉。"

孟子以"万物皆备于我"，说明人心愿力的宏大；以"反身而诚，乐莫大焉"，说明人心善端具存的事实；以"强恕而行，求仁莫近焉"，指陈发挥仁心功能的途径。由此看来，人心果然有善，愿力果然无穷，尽性果然快乐，行仁果然容易。

**5** 孟子曰："君子有三乐,而王天下[1]不与存焉[2]。父母俱存,兄弟无故[3],一乐也;仰不愧于天,俯不怍[4]于人,二乐也;得天下英才而教育之,三乐也。君子有三乐,而王天下不与存焉。"

**【注释】** [1]王天下:统治天下。王(wàng):当动词用。 [2]不与存焉:不包括在内。与:音yù。焉:代词,指三乐。 [3]无故:无灾患。 [4]怍:愧。

**【译文】** 孟子说:"君子有三大快乐,而称王于天下不在其中。父母健在,兄弟平安,这是第一大快乐;上不愧对于天,下不愧对于人,这是第二大快乐;得到天下优秀的人才进行教育,这是第三大快乐。君子有三大快乐,而称王天下不在其中。"

**【评析】** 出自《尽心上》。孟子言君子有三乐,第一乐乃"父母俱存,兄弟无故",是所谓的"天伦之乐"。父母、兄弟俱在,身体健康,不遭逢事故,不是人力勉强得来的,所以君子特别珍惜,以此为至乐。第二乐是"仰不愧于天,俯不怍于人"。君子心地光明坦荡,行事问心无愧,所以俯仰无愧于天、人,而胸怀磊落、快意自得,正是君子所乐之处。第三乐是"得天下英才而教育之"。君子化育英才,为国储贤养才,共同济助天下,实现君子的理想,所以君子乐之。

至于"王天下不与存焉",孟子以为一般人总觉得"王天下"应该是人生最大的乐事,其实那是世俗的想法。权力、财势,未必能使人感到快乐。因为一旦在位,如果是贤君,就必定是诚惶诚恐,时时以天下为念,不敢有丝毫偷安,哪有心思去享受治理天下以外的心灵之乐?如果是不贤之君,整天陶醉于权力欲的满足,无思于治国安民,终必弄得天怒人怨,不保四海,这又如何能得到真正的快乐呢?所以说"君子有三乐,而王天下不与存焉"。

**6** 孟子曰:"人不可以无耻[1]。无耻之耻[2],无耻[3]矣。"

**【注释】** [1]无耻:没有羞耻心。 [2]无耻之耻:把没有羞耻心当作是一种耻辱。 [3]无耻:不会招来令人羞耻的事了。

**【译文】** 孟子说:"人不可以没有羞耻,把没有羞耻心当作一种耻辱,就不会招来令人羞耻的事了。"

**【评析】** 出自《尽心上》。人不可以没有羞耻心,如果人没有羞耻心,那么什么违法败德的事都做得出来了。五代时候的冯道,年轻时其实颇有正义感,也做了不少好事。历事后唐、后晋、后汉、后周四代十君,在相位二十余年,自号长乐老。他在相位期间也做了不少对人民有益的事,但是因为当时的政局混乱,不管谁当皇帝,冯道都能安然当他的宰相,国家安危、皇权兴废似乎都与他无关,因此,被欧阳修、顾炎武认为是最无耻的代表。相反地,如果能把没有羞耻心当作最大的耻辱,知耻明耻,改过修弊,则可以涤除污浊,日趋清明。

**7** 孟子曰："耻之于人大矣。为机变[1]之巧者，无所用耻焉[2]。不耻不若人，何若人有？"

【注释】 [1]机变：机巧诈变。 [2]无所用耻焉：没有用到羞耻心，即无羞耻之义。

【译文】 孟子说："羞耻对于人来说重要极了。玩弄权术诡计的人，是不讲羞耻的。不认为不如别人是羞耻，怎么能赶上别人呢？"

【评析】 出自《尽心上》。耻是一种促使人进步的动力。夜郎自大、自以为是的人，永远不会进步。更甚者玩弄权谋、机变之巧，权位在手，名利熏心，耻对他是毫无作用的。只有耻不若人的人，才会时时警惕，日进月益地奋发图强，努力迎头赶上。

清朝末年，西方国家工业革命开展得如火如荼，满清政府实际掌握大权的慈禧太后，不但不知道以"不若人"为耻，反而一再地玩弄机变之巧，运用权谋，迫害改革分子，最后落到列强入侵、清朝灭亡的地步，令人嗟叹。国家政治如此，个人的道德修养也是如此。

**8** 士未可以言而言[1]，是以言恬[2]之也；可以言而不言[3]，是以不言恬之也，是皆穿逾之类也。

【注释】 [1]未可以言而言：不该交谈而交谈。 [2]恬（tiǎn）：同"舔"，探取，勾取。 [3]可以言而不言：该挺身而出说句公道话却不说。

【译文】 一个人读书，（见了地位尊贵的人）不该和他交谈却竭力巴结，这是用言语讨好别人；该站出来说句公道话却不说，这是用不说来讨好别人，这些和扒洞翻墙的行径是一样的。

【评析】 出自《尽心下》。不该说时，却花言巧语，竭力讨好；该站出来说时，又像缩头乌龟，缄口不语。这两种行为都是谄佞的表现，是想以这种方式捞到某种好处，所以孟子斥之为小偷一类的人。

**9** 天下之本在国[1]，国之本在家，家之本在身。

【注释】 [1]国：此指春秋战国时期的诸侯国。

【译文】 天下的根本在于国，国的根本在于家，家的根本在于个人。

【评析】 出自《离娄上》。孟子从阐述天下、国家（当时的诸侯国）、个人的关系出发，强调了个体的素质对家、国，对天下的重要性。家、国、天下，是由一个一个的个体组成的,没有一个一个的人,就没有家、国、天下可言。因此,人是这一切的根本。儒家特别重视个人素质的提升,强调对人的关爱和保护。这也是儒家学说的精华所在。

**【思考题】**

1. 孟子说:"亲亲而仁民,仁民而爱物。"你对这句话是怎样理解的?
2. 孟子说"人不可以无耻",请简述原因。

# 三、论 教 育

**1** 孟子曰:"教亦多术矣。予不屑之教诲[1]也者,是亦教诲之而已矣。"

**【注释】** [1]不屑之教诲:轻视其人,而不加以教诲。屑:洁。不屑:谓不以为洁而轻之拒之,表示轻视之意。

**【译文】** 孟子说:"教育也有多种方式方法。我不屑于教诲他,本身就是对他的教诲。"

**【评析】** 出自《告子下》。我国传统的教育除了知识的传授之外,还特别重视道德教育。学生的德行有了缺失,老师或者加以开导,使之迁善自新;或者施以不屑之教诲,使之深受警惕,知所悔改。

不过,不屑之教并非万灵丹,只有针对某些较为特殊的个案,这种不屑之教诲才能奏效。今天从事教育工作的人,在面对新时代的年轻学生时,还应采取更为合理的教育方式。

**2** 孟子谓高子[1]曰:"山径之蹊[2]间,介然[3]用之而成路。为间不用[4],则茅塞之矣[5]。今茅塞子之心矣。"

**【注释】** [1]高子:齐国人,曾经学于孟子。 [2]蹊(xī):人行处。 [3]介然:专一的样子。 [4]为间不用:间隔一些时日不去行走。间(jiàn):间隔。用:行。 [5]茅塞之矣:生出茅草塞住道路了。之,代词,指"道路"。

**【译文】** 孟子对高子说:"山坡间的小径,因经常有人行走而成了一条路;过一段时间没有人去走它,又会被茅草堵塞了。现在茅草也把你的心堵塞了。"

**【评析】** 出自《尽心下》。在杂草丛生的山上常有固定行走的路线,路上就不易生长杂草,久之,自然形成一条道路。这是专一的结果。如果所走的路线不变,却是每隔十天、半个月才走一回,想要形成一条小路,也是不大容易的。只有天天行走，经常行走，才能走出一条路来。这是专一而不间断的结果。

我们无论读书为学，或是研习技艺，行善积德，如果都能专心致志，勤勉有恒地朝既定目标不断精进，那么，假以时日，成就必然相当可观。要是做任何事都是"三天打鱼，两天晒网""一日暴之，十日寒之"，连"山径之蹊"都无法形成，又怎能走出宽广平正的人生大道呢？

**3** 孟子曰："羿[1]之教人射，必志于彀[2]。学者亦必志于彀。大匠[3]诲人，必以规矩[4]。学者亦必以规矩。"

**【注释】** [1]羿（yì）：人名，古代善射者。 [2]志于彀：用心把弓拉满。彀（gòu）：弓满。 [3]大匠：技艺高超的工匠。 [4]以规矩：使用规矩画方圆。

**【译文】** 孟子说："羿教人射箭，总是期望把弓拉满，学的人也总是期望把弓拉满。高明的工匠教人手艺必定依照一定的规矩，学习的人也就必定依照一定的规矩。"

**【评析】** 出自《告子上》。俗话说："师傅领进门，修行在个人。"做老师的一定会把追求知识、研究学问、涵养智慧的基本方法教给学生。学生依据老师传授的方法和指点的要领，勤下功夫，不断练习、思考、体验，才能娴熟技艺，融会贯通，深造自得，从容中道。这样，不但习得技艺精华，甚至于还能激发创造力，对于所学有所创造发明，对于人类文化有所贡献。

**4** 孟子曰："有为者[1]，辟若[2]掘井。掘井九仞[3]而不及泉，犹为弃井也。"

**【注释】** [1]有为者：要有所作为。者，助词。 [2]辟若：譬如。辟（pì）：譬也。若：如。 [3]仞：古制八尺为仞。

**【译文】** 孟子说："做事好比掘井一样，掘到六七丈深还没有见水，仍然只是一口废井。"

**【评析】** 出自《尽心上》。从事任何有意义的工作，都必须秉持着一贯的恒心毅力，朝夕惕厉，锲而不舍，才能"掘井及泉"，有所成就。小则学习一技一艺，大则修身为学，开创事业，莫不如此。

孟子认为为学一定要达到标准，好比挖井，没有挖到水，这井都是白挖的。为学达不到标准，也是白学，以此勉人不可半途而废。

**5** 孟子曰："君子之所以教者五：有如时雨化之者[1]，有成德[2]者，有达财[3]者，有答问[4]者，有私淑艾[5]者。此五者，君子之所以教也。"

**【注释】**　[1]有如时雨化之者：有像及时的雨水滋润化育草木的情形。时雨：及时的雨。　[2]成德：顺着学生本有的德性加以裁成。　[3]达财：就着学生本有的才能加以指点，使学生能充分发挥（自己的才能）。达：通达。财：通"才"。[4]答问：针对所问的问题加以答复指导。　[5]私淑艾：闻君子之道于人，而私下拾取以修养自身。淑：善。艾(yì)：治。

**【译文】**　孟子说："君子教育人的方式有五种：有像及时雨一样滋润化育的，有成全品德的，有培养才能的，有解答疑问的，有以学识风范感化他人，使之成为私淑弟子的。这五种，就是君子教育人的方式。"

**【评析】**　出自《尽心上》。教学必须因材施教，必须灵活地运用各种教学方法教导学生。依据施教的对象和情境不同，教学方法也要随时随地加以调整，最终的目的是让每一个接受教育的人，都能顺着自己的个性，或研习道术，或发展技艺，而各得其所，各有所成。

对于禀赋优异、自觉认真学习的学生来说，老师的教导就像及时的雨水滋润化育草木，只要对其稍加指点，其当下就能领会。有些学生的德性、自我修为已有相当的成就，只是还不知道如何扩而充之，老师只要从旁稍加启发，使学生原有的美德高度发挥，学生就能形成完美的人格，这就是"成德"之教。每个人都有不同的个性，不同的才能。对于某些有特殊才能的学生，老师在教学时，也要各随不同的个性和才能，因材施教，让他们各自发挥所长，充分自我实现，这就是"达财"之教。当学生有了疑问、请教老师时，老师也要针对问题的繁简难易，给予适当的解说，满足学生的求知欲，这就是"答问"之教。由于时代不同、国度不同，或者某些客观条件的限制，对于古昔圣哲，或者大师级的学者，无法当面请益，那就只能从他们的嘉言懿行中汲取营养，这就是所谓的"私淑艾"了。

**6**　孟子曰："孔子登东山而小鲁[1]，登太山而小天下[2]。故观于海者难为水[3]，游于圣人之门者难为言[4]。观水有术，必观其澜[5]；日月有明，容光必照焉[6]。流水之为物也，不盈科不行[7]。君子之志于道也，不成章不达[8]。"

**【注释】**　[1]孔子登东山而小鲁：孔子登上鲁国的东山顶看鲁国，就觉得鲁国小了。东山，在今山东费县西北。小：做动词用，以……为小。下一句"登太山而小天下"的"小"，词性与此相同。　[2]登太山而小天下：登上太山顶看天下，就觉得天下小了。太山：即泰山，主峰在山东泰安北，为五岳中的东岳。　[3]观于海者难为水：观看过大海壮阔波澜的人，就觉得江、河、湖、潭等便难以称得上是水了。难为水，难以算得上是水。　[4]游于圣人之门者难为言：在圣人门下接受圣学启迪的人，就觉得天下其他的言论便不足观了。　[5]澜：水中大波。　[6]容光必照焉：只要是能够容受光线的缝隙，一定会照得明亮。容光：容受光线的缝隙。焉：代词，指容受光线的缝隙。　〔7〕流水之为物也，不盈科不行：流水这种东西的特性呀，它是不把坑洞填满就不会向前流的。盈：满。科：坑洞。　〔8〕君子之志于道也，不成章不达：君子立志行道，不到文理成就蓄积深厚而斐然可观的境界，是不能通达圣学的。成章：文理成就斐然可观。达：通达圣学。

【译文】　孟子说："孔子登上东山，就觉得鲁国变小了，登上泰山，就觉得整个天下都变小了。所以，看过大海的人，就觉得其他的水难以称得上是水了；在圣人门下学习过的人，便难以被天下其他的言论所吸引了。看水有一定的方法，一定要看它壮阔的波澜。太阳、月亮有光辉，不放过每条小缝隙；流水有规律，不把坑坑洼洼填满不向前流；君子立志于道，不到一定的境界，是不能通达圣学的。"

【评析】　出自《尽心上》。我们探讨学理，研习技艺，只要精进不已，往往能日新又新，提高自己的水准和境界。一旦达到较高的层次，眼界自然就开阔了。"孔子登东山而小鲁，登太山而小天下"所说的就是这个道理。身在其中，往往不自觉其狭小。一旦自身学艺高明了，再回头观照，就自然有"小鲁""小天下"的感觉。

如何研习圣道呢？孟子进而提醒世人必须脚踏实地，由浅而深，循序渐进，把圣道的全体大用深细体悟，必须如此，才能够登上圣道的顶峰，达到高远的境界。因此，孟子指点学者要取法于流水，盈科而进，细密踏实，以体现圣道。最有效的方法就是"不成章不达"。对于圣学的每一个环节都必须力求"成章"，换言之，就是对每一阶段所学的内容要蓄积深厚，求其文理成就卓然可观。如此精熟所学，就是"达"。一旦对于圣道的全体大用无不通达，于是"志于道"的理想也就实现了。

盈科而后进，是流水的标准；成章而后达，是求学的标准。

**7**　孟子曰："君子深造之以道[1]，欲其自得之也[2]。自得之，则居之安[3]；居之安，则资之深[4]；资之深，则取之左右逢其原[5]。故君子欲其自得之也。"

【注释】　〔1〕深造之以道：按照事物的道理，不断地研究进取。造：诣、至。道：事物的道理。朱熹《孟子集注》："深造之者，进而不已之意。"之，所学的道理。下文各"之"字的意思与此相同。　〔2〕欲其自得之也：要让他自己体验道理而有所得。　〔3〕居之安：所学的道理居处于心中，安固而不疑惑。　〔4〕资之深：可深入地使用所学的道理。资：凭借。　〔5〕取之左右逢其原：拿身边周遭的事理来印证，都能遇到其根源。朱熹《孟子集注》："左右，身之两旁，言至近而非一处也。"逢：值、遇。原：源，本源。

【译文】　孟子说:"君子按照事物的道理,不断地研究进取,要让自己体验道理而有所得。自己把握了大道才能将所学的道理居处于心中,使所学的道理居处于心中才能深入地借助它,深入地借助它才能取用起来左右逢源,所以君子希望自己把握大道。"

【评析】　出自《离娄下》。孟子"深造自得"的阐述,应该就是他自己为学的深刻体验。对于本章的内容,我们若能切实理解,而又身体力行,那么无论钻研人文学、社会科学、自然科学等各种学问,都能有得心应手、触类旁通、精进不已的乐趣。

我们每天锲而不舍地探研某一学问,就是"深造"。只要是学问,就一定有其原理、方法,按照学问的原理、方法去钻研,就是"以道"。针对某一学问"深造之以道",经过长时期的积累,自然对这门学问的本、末、精、粗了然于胸,甚至还能更上层楼,有更大的收获!这就是"自得之"。

 **拓展阅读一**

### 《孟子》中的典故

《孟子》一书记录了孟子与其他学派代表人物的思想争辩、对弟子的言传身教、游说诸侯等内容,由孟子及其弟子万章、公孙丑等共同编撰而成。它记录了孟子的治国思想、政治策略和政治行动,是儒家的经典著作。

#### "春风化雨"的典故

"春风化雨"的典故出自《孟子·尽心上》。孟子说:"君子教育人的方法有五种:有像及时雨那样让人产生变化的,有成全其德行的,有使人成才的,有解答疑难问题的,有私下以学识风范感化他人使之成为私淑弟子的。这五种,都是君子教育人的方法。"

"春风化雨"是指适宜于草木生长的风雨,比喻良好的教育,形容教育的普及与深入。"化雨"也用来比喻循循善诱、潜移默化的教育。

#### "箪食壶浆"的典故

"箪食壶浆"的典故出自《孟子·梁惠王下》。齐国人攻打燕国,占领了它。一些诸侯国谋划要来救助燕国。齐宣王说:"不少诸侯谋划来攻打我,我该怎么办呢?"孟子回答说:"我听说过,有凭借着方圆七十里的国土就统一天下的,商汤就是。却没有听说过拥有方圆千里的国土而害怕别国的。《尚书》说:'商汤征伐,从葛国开始。'天下人都相信了。所以,当他向东方进军时,西边国家的老百姓便抱怨;当他向南方进军时,北边国家的老百姓便抱怨。都说:'为什么把我们放到后面呢?'老百姓盼望他,就像久旱盼甘霖一样。这是因为汤的征伐一点也不惊扰百姓,百姓做生意的照常做生意,种地的照常种地。诛杀那些暴虐的国君,抚慰那些受害的老百姓,就像天上下了及时雨一样,老百姓非常高兴。《尚书》说:'等待我们的王,他来了,我们也就复活了!'如今,燕国的国君虐待老百姓,大王您的军队去征伐他,燕国的老百姓以为您是要把他们从水深火热中拯救出来,所以用饭筐装着饭,用壶盛着汤来欢迎您的军队。可您却杀死他们的父兄,抓走他们的子弟,毁坏他们的宗庙,抢走他们宝器,这怎么能够使他们容忍呢?天下各国本来就害怕齐国强大,现在齐国的土地又扩大了一倍,而且还不施行仁政,这就必然会激起天下各国兴兵。大王您赶快发出命令,放回燕国老老小小的俘虏,停止搬运燕国的宝器,再和燕国的各界人士商议,为他们选立一位国君,然后从燕国撤回齐国的军队。这样做,还可以来得及制止各国兴兵。"

"箪食壶浆"是指百姓用箪盛饭,用壶盛汤来欢迎他们爱戴的军队,形容军队受到群众热烈拥护和欢迎的情况,后成为犒师拥军的典故。

### "与人为善"的典故

"与人为善"的典故出自《孟子·公孙丑上》:"取诸人以为善,是与人为善者也。故君子莫大乎与人为善。"

这则典故说的是孟子评论子路的故事。

子路是孔子门下一个非常有学问的学生。到了战国时期,儒家学派的代表人物孟子经常拿子路的事例来教导他的学生。

孟子在介绍子路时,非常赞赏他,说子路的才学和品行都非常好,如果有人指出他的错误,他就会非常高兴。不过孟子认为子路的德行和学识还是不能和舜、禹相比。

有一次,他对他的学生说:"禹在听了好话之后,就会对那个说话的人敬礼;伟大的舜就更加厉害了,他经常改正自己不足的地方,学习别人的优点,然后去做善事。他在一开始是一名种庄稼的农民,后来又学会做陶器、当渔夫,一直到后来成为尊贵的天子。可以说,没有哪个优点不是从别人那里学来的。""取诸人以为善,是与人为善也。故君子莫大乎与人为善",意思是说吸取别人的优点来弥补自己的缺陷,然后去做好事,这就等于带领他人一起行善积德。所以说君子的最高德行,就是同别人一起做好事。

后人从孟子的这段话中,提炼出"与人为善"一词,用来表示和别人一起做好事。现在也指批评别人的时候要采取善意的态度,才能够帮助别人进步。

 **拓展阅读二**

### "舍我其谁"的典故

战国时期,孟子门下聚集了许多学生,他们经常和老师一起讨论治理国家的问题。对学生的每次提问,孟子都会认真解答。

一次,孟子授课完成准备离开时,一个学生问他说:"老师,您似乎有些不愉快。

记得以前我听您说过：'君子不会抱怨天，也不责怪别人。'"孟子听完笑了，回答说："过去是一个时代，而现在又是一个时代。历史上每五百年都会出现一个英明的君王或圣贤。从周以来到现在，已经七百多年了，按年数说，已经超过了，早该出现圣君或贤臣了。只是上天还不想让天下太平罢了，如果想让天下太平，在当今这个时代，除了我，还有谁能担当这个重任呢？"

可见，在任何时候，我们都要以修身、齐家、治国、平天下为己任，有这样远大的志向，才能做出一番大事业。

【思考题】

1. 如何理解君子之教"有如时雨化之者"？请举例加以说明。
2. 什么是"私淑艾"？请举例加以说明。
3. 在什么情况下可以使用"不屑之教诲"？

尚书

## 《尚书》简介

《尚书》是中国古代最早的一部历史文献汇编。当时它被称为《书》，到了汉代被叫作《尚书》，意思是"上古之书"。汉代以后，《尚书》成为儒家的重要经典之一，所以又叫作《书经》。这部书的写作和编辑年代、作者已很难确定，但在汉代以前就已有了定本。据说孔子曾经编纂过《尚书》，而不少人认为这个说法不可靠。

《尚书》所记载的历史，上起传说中的尧舜时期，下至东周（春秋中期），历时约一千五百年。它的基本内容是古代帝王的文告和军臣的谈话记录，由此可以推断作者很可能是史官。《尚书》作为我国最早的政事史料汇编，记载了虞、夏、商、周的许多重要史实，真实地反映了这一历史时期的天文、地理、哲学思想、教育、刑法和典章制度等，对后世产生过重要影响，是我们了解古代社会的珍贵史料。

《尚书》用散文写成，按朝代编排，分成《虞书》《夏书》《商书》和《周书》。它大致有四种体式：一是"典"，主要记载当时的典章制度；二是"训诰"，包括君臣之间、大臣之间的谈话和祭神的祷告辞；三是"誓"，记录了君王和诸侯的誓众辞；四是"命"，记载了帝王任命官员、赏赐诸侯的册命。《尚书》使用的语言、词汇比较古老，因而较难读懂。

流传至今的《尚书》有《今文尚书》和《古文尚书》。《今文尚书》共二十八篇，《古文尚书》共五十八篇。从唐代以来，人们把《今文尚书》和《古文尚书》混编在一起，后来经过明、清两代的一些学者考证、辨析，确认相传由汉代孔安国传下来的五十八篇《古文尚书》和孔安国写的《尚书传》是伪造的，因此，被称为《伪古文尚书》和"伪孔传"。这个问题在学术界已成为定论。

现存二十八篇《今文尚书》传说是秦、汉之际的博士伏生传下来的，用当时的文字写成，所以叫作《今文尚书》（《古文尚书》用先秦文字写成）。其中《虞夏书》四篇、《商书》五篇、《周书》十九篇。

## 1 克[1]明[2]俊德[3]，以亲[4]九族[5]。

**【注释】** ［1］克：能够。 ［2］明：彰明。 ［3］俊德：崇高的品德。俊：高、大之意。 ［4］亲：亲和团结。 ［5］九族：上自高祖，下自玄孙，共九族，即高祖、曾祖、祖父、父、自身、子、孙、曾孙、玄孙。九，也可理解为多数。九族，即尧之氏族。

**【译文】** 能够彰显（自己本来）崇高的品德，使同族人都能亲和团结。

**【评析】** 出自《尚书·虞书·尧典》。这是赞扬尧帝能举用有崇高品德的人，使同族人民都能亲和团结。"克明俊德"是过去常引用的成语。

## 2 无耻过[1]作非[2]。

**【注释】** ［1］耻过：以过为耻。 ［2］作非：即文过饰非。用虚假、漂亮的言辞掩饰过失和错误。文：掩饰。

**【译文】** 不要羞于认错而文过饰非。

**【评析】** 出自《尚书·商书·说命中》。《说命》属梅赜《古文尚书》，是武丁任傅说为相的命辞。此句是商朝名相傅说向商王武丁进谏时说的话，意为不要像小人那样，有了过失，不敢承认，还要用一些虚假漂亮的言辞来掩饰，这会铸成更大的错误。有了错误并不可怕，可怕的是不敢面对错误。

## 3 满[1]招损[2]，谦[3]受益。时乃天道[4]。

**【注释】** ［1］满：自满。 ［2］损：损失。 ［3］谦：谦虚。 ［4］时乃天道：这是上天之常道，即大自然的法则。

**【译文】** 骄傲自满会招来损失，谦虚谨慎会受到补益。这就是"天道"。

**【评析】** 出自《尚书·虞书·大禹谟》。"满招损，谦受益"，为什么说是"时乃天道"呢？《周易·上经·谦》："天道亏盈而益谦。"这是说，天的法则，满盈了便要使之亏损，使谦虚增益；地的法则，改变满盈的状态，使其流入谦卑的状况；人的法则，厌恶满盈，喜好谦虚。这是讲天、地、人都尚谦而恶盈，盈必招损、谦必受益的道理。例如：从天道看，日中则昃（zè），月满则亏，损有余以补足不足，是谦受益；从地道看，水从高岸，倾入低处，也是谦（即卑下）受益；从人道看，即人的情感而言，也是讨厌盈满，而喜欢谦逊的，还是谦受益。所以说，"满招损，谦受益"是自然界的法则，是"时乃天道"。

## 4 貌曰恭[1]，言曰从[2]，视曰明[3]，听曰聪[4]，思曰睿[5]。

**【注释】** [1]貌曰恭：态度要恭敬。 [2]言曰从：言语合乎道理。 [3]视曰明：观察人、事、物要清楚明白。 [4]听曰聪：听取意见要聪敏。 [5]思曰睿（ruì）：思考问题要通达。

**【译文】** 态度要恭敬，说话要合乎常理，观察要清楚明白，听取意见要聪敏，思考问题要通达。

**【评析】** 出自《尚书·周书·洪范》。这是箕（jī）子向周武王陈述的九种治国大法，即"洪范九畴"中的第二种，叫作"敬用五事"，即容貌、言语、观察、倾听、思考。这五个方面都属于执政者在修身及处理国家事务方面应注意之处，执政者须谨慎对待，才能有好的效果。

**5** 绳愆[1]纠谬[2]，格[3]其非心[4]，俾[5]克绍[6]先烈[7]。

**【注释】** [1]愆：纠正过失。 [2]纠谬：纠正错误。 [3]格：正，端正。 [4]非心：不合理智的谬妄之心。 [5]俾：使之。 [6]克绍：能够继承。 [7]先烈：先王之功业。烈：功业。

**【译文】** 按照行为准则纠正过错、改正错误的思想，使其能够继承先祖伟大的事业。

**【评析】** 出自《尚书·周书·冏命》。周穆王任命其臣伯冏（jiǒng）作太仆正之官的策书，史称《冏命》。其中，周穆王提出了对伯冏的要求，主要内容有二：前一部分要求伯冏要敢于指出自己的错误，后一部分则让他不要举荐谄媚小人。

**6** 玩[1]人丧德[2]，玩物[3]丧志[4]。

**【注释】** [1]玩：戏弄、玩弄。 [2]丧德：失德。 [3]玩物：指过分迷恋于所赏玩的事物。 [4]丧志：消磨志气。

**【译文】** 以人为戏弄或赏玩对象，就会丧失品德；过分迷恋于所赏玩的事物，就会消磨壮志。

**【评析】** 出自《尚书·周书·旅獒》。丧德丧志，意思其实是一样的，不过细分起来，以玩人为重，故言丧德，玩物为轻，故言丧志。但无论丧德、丧志，最终都是志向消磨而品格丧失。

**7** 不作无益害有益。

**【译文】** 不要做无益于身心之事，以免损伤有益于身心之事。

【评析】　出自《尚书·周书·旅獒》。人当有所不为,而后有所为。有所不为,当指无益于身心之事,这样方能在品德和事业上有所成就。古人云"有益身心书常读,无益家国事莫为"也是这个意思。

**8**　天作孽[1],犹可违[2];自作孽,不可逭[3]。

【注释】　[1]孽:灾祸。　[2]违:避。　[3]逭(huàn):逃,避。

【译文】　上天造成的祸害,还可以躲过;自己造下的罪孽,却是不能躲开的。

【评析】　出自《尚书·商书·太甲中》。这是商代第五代王太甲的话。太甲纵欲乱德被名相伊尹放逐到外地反省。三年后,太甲改过自新,伊尹接他回京城,太甲说了自作孽甚于天灾的悔过之语。

**9**　非知之[1]艰,行之[2]惟艰。

【注释】　[1]知之:懂得道理。　[2]行之:付诸实行。

【译文】　懂得道理并不难,付之于行动才是困难的。

【评析】　出自《尚书·商书·说命中》。这是商朝名相傅说对商王武丁说的话。这里讲知易行难的道理,以勉励武丁克服困难,努力付诸实践。对知行的关系,后代哲学家有不少论述。如明代王守仁提出"知行合一""知行并进",反对宋代程颐的"先知后行"说。其实,这两种说法都很片面。事物是复杂的,可以"先知后行",也可以"行而后知",当然也可以"知行合一"。但知不一定是行,行也不一定是知。因此,知行之间不在先后顺序或是否一致的问题,而是既有联系,又有区别的。傅说的知易行难,便是从二者既联系又区别的特点上来立论的。

**10**　无稽[1]之言勿听,弗询[2]之谋[3]勿庸[4]。

【注释】　[1]无稽:毫无根据。稽:考察。　[2]弗询:专断,不询问。询:询问。　[3]谋:谋划,计划。　[4]庸:用。

【译文】　没有根据的话,不要听;没有征求过(有关人士)意见的计划,不要采用。

【评析】　出自《尚书·虞书·大禹谟》。尧舜时,禹为舜陈述自己的治水之功,此句乃帝舜与大禹讨论政事的对话,诫其不能听信无根据之言,不能采用不征求大众意见而一人专断之计划。

**11**　不矜[1]细行[2],终累[3]大德。

**【注释】** [1]矜：慎重、庄重。 [2]细行：细小的事情。 [3]累：损害。

**【译文】** 不注意生活细节（稀稀松松，随随便便），终会损害大的德行。

---

**【评析】** 出自《尚书·周书·旅獒》。这是讲一个人要注意微小之事，即"谨微"。轻忽于人有害的小事小物，以为是细枝末节，甚至在生活作风上亦不检点，这都是应该警醒的。要知道积小害可以毁大德。《周易·系辞下》说："小人以小善为无益而弗为也，以小恶为无伤而弗去也，故恶积而不可掩，罪大而不可解。"这就把"不矜细行，终累大德"的危害性说透了。因此，增进品德修养，要从"细行"做起，而不要学所谓"名士风流大不拘"。

---

## 12 静言[1]庸[2]违，象恭[3]滔[4]天。

**【注释】** [1]静言：静又写作"靖"，巧言。 [2]庸：用。 [3]象恭：外表好像恭敬。 [4]滔：通"慆"，怠慢。

**【译文】** 花言巧语，阳奉阴违，貌似恭敬，实际上对上天轻慢不敬。

---

**【评析】** 出自《尚书·虞书·尧典》。这句话是尧帝对共工的道德品质和行为的评价。尧帝意欲选拔接班人，让大臣们推荐人选，当有人举荐共工时，尧帝发表了如此意见，也说明尧帝选贤任能，重视德才兼备的选拔人才态度。他的任人唯贤的思想品德值得今天的人们借鉴。"静言庸违，象恭滔天"这句话经常为后人引用，以指那些花言巧语，面目伪善，缺乏道德修养的人。

---

## 13 克勤于邦[1]，克俭于家[2]。

**【注释】** [1]克勤于邦：指为治水的事业竭尽全力。 [2]克俭于家：在家生活节俭。

**【译文】** 能为国家大事不辞辛劳，居家生活俭朴。

---

**【评析】** 出自《尚书·虞书·大禹谟》。我国自古以来就以勤俭作为修身、治国、治家的美德。古人认为能否克勤克俭是关系着国家强弱、存亡的大事，鼓励人们竭力职守，勤奋工作，提倡节约，反对浪费。当然在现代文明的今天，物质极大丰富，人们可以合理地享受生活，但不能铺张浪费。

---

## 14 视远惟明，听德惟聪。

**【译文】** 能看到远处，才是视觉锐利；能听从好话，才是听觉灵敏。

**【评析】** 出自《尚书·商书·太甲中》。古人用能看到远处才是明察秋毫、善听德言才是耳朵灵敏做比喻,鼓励人们注重自身修养,永不懈怠。不论是治国,还是修身,道德品质修养都是第一位的,要勤奋学习,诚心求道,时刻躬身自反,检讨自己的言行,胸襟宽广,善于听取意见,不要时常享乐和懒惰,要用诚信、仁厚的美德赢得事业的成功。

**15** 若[1]网在纲[2],有条而不紊[3]。

**【注释】** [1]若:像,好像。　[2]纲:网的总绳。　[3]紊:乱。

**【译文】** 就好像把网结在纲上,才能有条理而不紊乱。

**【评析】** 出自《尚书·商书·盘庚上》。这句话是盘庚责备在位的官员墨守成规、不思进取、傲慢无礼、贪图安逸、不愿奉献。他用"网""纲"作比喻,自己为"纲",群臣是"网",说明尊卑有序,强调不能目无君令、破坏规矩。以生活中浅显易懂的例子比喻,道出了尊卑秩序、有条不紊的深刻寓意。我们现在常用的成语"有条不紊"就是由此而来的。

**16** 为山九仞[1],功亏[2]一篑[3]。

**【注释】** [1]仞:八尺为一仞。　[2]亏:缺少。　[3]篑:盛土的竹器。

**【译文】** 堆垒九仞高的土山,只差一筐土,还是不算完成。

**【评析】** 出自《尚书·周书·旅獒》。以堆山为喻,告诫人们修养品德应自强不息,持之以恒,不可半途而废。作为君王就要敬慎德行,只有为仁行善、以德服人,才能得到民心;只有勤奋为政、德行很盛,才能安定社会、巩固政权。修养道德就像堆山一样,要积极发挥主观能动性,不能中途停止,半途而废就会前功尽弃,只要坚持不懈、永不止步就会终有成就。古人的话发人深省,回味无穷。

**17** 以公灭私,民其允[1]怀[2]。

**【注释】** [1]允:诚信,信实。　[2]怀:归向。

**【译文】** 用公心消灭私欲,民众就将诚心归服。

**【评析】** 出自《尚书·周书·周官》。《周官》是诰令,号召大小官员认真工作,谨慎发令,言出即行,用公心除去私欲,位尊不当骄傲,禄厚不当奢侈,修养恭敬勤俭美德,不可行使诈伪,以此赢得人民的信任。做到这些,人民才会心悦诚服。这句话勉励官员兢兢业业,勤劳政事,克己奉公,廉洁自律,清白不污,做一个有益于社会的好人。

 **拓展阅读一**

### 《尚书》中的成语

《尚书》是中国古代最古老的书籍之一，在传统文化中的地位也非常重要，位列五经之一。但是由于《尚书》内容佶屈聱牙，所以读过《尚书》的人并不多，以至于很多人觉得《尚书》离我们的生活很远。其实不然，我们日常生活中很多耳熟能详的成语就出自《尚书》。

**1. 巧言令色**

此成语出自《尚书·皋陶谟》："何畏乎巧言令色孔壬？"文意是"为什么还怕那花言巧语又和颜悦色的极谗佞的人呢？"此成语指用花言巧语和谄媚伪善的面目讨好别人。"巧"是虚浮不实的意思；"令"是美好的意思。

**2. 兢兢业业**

兢兢业业是我们经常用到的一个词语，形容小心谨慎，勤恳认真。"兢兢"意思是小心谨慎的样子；"业业"是畏惧的样子。此成语出自《尚书·皋陶谟》："兢兢业业，一日二日万几。"文意为"要谨慎惶恐，因为在一天两天内，就会有成万的事情的先兆发生（等待着处理）"。

**3. 玉石俱焚**

玉石俱焚比喻好的坏的一起毁灭，也比喻战乱所造成的巨大灾难。出自《尚书·胤征》："火炎昆冈，玉石俱焚。"

**4. 洞若观火**

洞若观火形容观察事物明白透彻，"洞"是透彻的意思。出自《尚书·盘庚上》："予若观火"。

**5. 有条不紊**

有条不紊形容条理清楚，一点不乱。"条"是条理的意思；"紊"是紊乱的意思。成语出自《尚书·盘庚上》："若网在纲，有条而不紊。"文意为"就像把网系在纲上，才能有条有理而不紊乱"。"纲"的意思是系网的大绳。

**6. 星星之火，可以燎原**

意思是一点小火星可以把整个原野烧起来。"燎"是燃烧的意思。出自《尚书·盘庚上》："若火之燎于原，不可向迩。"文意为"如同大火在原野中燃烧起来一般，火势猛烈得使人不能接近"。"向迩"是接近的意思。

**7. 有备无患**

意思是事情有所准备就可以避免祸患。出自《尚书·说命中》："惟事事乃其有备，有备无患。"

**8. 同心同德，离心离德**

同心同德指思想信念一致，离心离德则正好相反。两个成语同出于《尚书·泰誓中》:"受有亿兆夷人,离心离德。予有乱臣十人,同心同德。"《泰誓》是武王伐纣时周武王的誓师之辞。"受"是纣王的名字,而文中的予指的是周武王,武王所说的乱臣和治臣是一个意思。

9. 暴殄天物

暴殄天物指任意糟蹋东西,"暴"是残害的意思;"殄"是灭绝的意思;"天物"指自然界生存的生物。成语出自《尚书·武成》:"今商王受无道,暴殄天物。"

 **拓展阅读二**

### 尧与历法的制定

历法起源于非常现实的需求,用于指导什么时候该干什么事。《尚书·尧典》中记载了尧根据四时变化制定历法,百姓根据历法开展人事活动。历法的制定体现了道法自然的思想,而人事活动随着四时的变化而变化。春种、夏长、秋收、冬藏,更彰显了天人一体的思想。人事要与天道一同展开,这样万事万物才会欣欣向荣。

《尚书·尧典》中说,尧命人根据日月星辰的运行情况制定历法,然后颁行于天下,使农业生产有所依循。他派羲仲住在东方海滨叫旸谷的地方,观察日出的情况,以昼夜平分的那天作为春分,并参考鸟星的位置来校正;派羲叔住在叫明都的地方,观察太阳由北向南移动的情况,以白昼时间最长的那天为夏至,并参考火星的位置来校正;派和仲住在西方叫昧谷的地方,观察日落的情况,以昼夜平分的那天作为秋分,并参考虚星的位置来校正;派和叔住在北方叫幽都的地方,观察太阳由南向北移动的情况,以白昼最短的那天作为冬至,并参考昴星的位置来校正。二分、二至确定以后,尧决定以 366 日为一年,每三年置一闰月,用闰月调整历法和四季的关系,使每年的农时正确,不出差误。由此可知,古人将帝尧的时代视为农耕文化出现飞跃进步的时代。

【思考题】

1.《尚书》中的"尚"是什么意思?

2.《尚书》包括哪几个朝代?

3. 从所学的《尚书》选句中找出一句你最欣赏的话,并谈它对当代大学生还有哪些指导作用。

诗经

关雎

## 《诗经》简介

　　《诗经》是中国第一部诗歌总集。它汇集了从西周初年到春秋中期五百多年间的诗歌三百零五篇。《诗经》在先秦叫作《诗》，或者取诗的数目整数叫《诗三百》，本来只是一本诗集。从汉代起，儒家学者把《诗》当作经典，尊称为《诗经》，将其列入"五经"之中，使它由原来的文学书变成了同政治、道德等密切相关的教化人的教科书，成为"诗教"传统的重要体现。

　　《诗经》中的三百零五篇诗分为"风、雅、颂"三部分。"风"的意思是土风、风谣，也就是各地方的民歌民谣。"风"包括了十五个地方的民歌，即"十五国风"，共一百六十篇。"雅"是正声雅乐，是正统的宫廷乐歌。"雅"分为"大雅"（用于隆重盛大宴会的典礼）和"小雅"（用于一般宴会的典礼），一共

有一百零五篇。"颂"是祭祀乐歌，用于宫廷宗庙祭祀祖先、祈祷和赞颂神明，现存共四十篇。《诗经》的三百零五篇诗歌，广泛地反映了当时社会生活面貌，内容涉及政治、经济、伦理、天文、地理、外交、风俗、文艺各个方面，被誉为古代社会的人生百科全书，对后世产生了深远的影响。

　　《诗经》编辑成书的年代约在春秋后期，据说孔子曾经删定过《诗经》。到汉代，传授《诗经》的有四家。齐国辕固所传的《诗》叫《齐诗》，鲁国申培所传的《诗》叫《鲁诗》，燕国韩婴所传的《诗》叫《韩诗》，鲁国毛亨、毛苌所传的《诗》叫《毛诗》。东汉时，《毛诗》得到了官方和学者们的认同，逐渐盛行，齐、鲁、韩三家《诗》逐渐衰落以至亡佚。现在我们见到的《诗经》，就是毛亨的传本。

# 1　关　雎

关关雎鸠[1]，在河之洲[2]。窈窕淑女[3]，君子好逑[4]。

参差荇菜[5]，左右流[6]之。窈窕淑女，寤寐[7]求之。

求之不得，寤寐思服[8]。悠[9]哉悠哉，辗转反侧[10]。

参差荇菜，左右采之。窈窕淑女，琴瑟友[11]之。

参差荇菜，左右芼[12]之。窈窕淑女，钟鼓乐之。

**【注释】** [1]关关：水鸟鸣叫的声音。雎（jū）鸠：一种水鸟。　[2]洲：水中的陆地。　[3]窈窕（yǎo tiǎo）：内心、外貌美好的样子。淑：好，善。　[4]君子：这里指女子对男子的尊称。逑（qiú）：配偶。　[5]参差（cēn cī）：长短不齐的样子。荇（xìng）菜：一种多年生的水草，叶子可以食用。　[6]流：用作"求"，意思是求取，择取。　[7]寤（wù）：睡醒。寐（mèi）：睡着。　[8]思：语气助词，没有实义。服：思念。　[9]悠：忧思的样子。　[10]辗转：转动。反侧：翻来覆去。[11]琴瑟：琴和瑟都是古时的弦乐器。友：友好交往，亲近。　[12]芼（mào）：拔取。

**【译文】**　关关鸣叫的水鸟，栖居在河中沙洲。善良美丽的姑娘，好男儿的好配偶。
　　　　　长短不齐的荇菜，姑娘左右去摘采。善良美丽的姑娘，醒来做梦都想她。
　　　　　思念追求不可得，醒来做梦长相思。悠悠思念情意切，翻来覆去难入眠。
　　　　　长短不齐的荇菜，姑娘左右去摘采。善良美丽的姑娘，弹琴鼓瑟亲近她。
　　　　　长短不齐的荇菜，姑娘左右去摘取。善良美丽的姑娘，敲钟击鼓取悦她。

**【评析】**　出自《诗经·周南》。《关雎》是《诗经》的第一篇。前两句描写小伙子见到一位漂亮的姑娘，从而引起爱慕之情和求婚的愿望。第三至六句描写小伙子想求婚，苦于无法，求之不得，因而朝思暮想、寝食不安的苦恋情形。第七至十句描写小伙子梦想成婚的欢乐场景。

这首诗之所以被当作表现夫妇之德的典范，主要是由于以下特点。首先，它所写的爱情，一开始就有明确的婚姻目的，最终又归结于婚姻的美满，不是青年男女之间短暂的邂逅、一时的激情。这是明确指向婚姻、有责任感的爱情。其次，它所写的男女双方，乃是"君子"和"淑女"，表明这是一种与美德相联系的结合。"君子"是包含地位和德行双重意义的，而"窈窕淑女"，也是指外表和品德都很好的女子。这里"君子"与"淑女"的结合，代表了一种婚姻理想。最后，诗歌所写的恋爱行为具有节制性。此诗虽是写男方对女方的追求，但丝毫没有涉及双方的直接接触。这样一种恋爱，既有真实的颇为深厚的感情，又表露得平和而有分寸，不至于太过激烈。

这首诗通过一个男子在河边遇到一个采摘荇菜的姑娘，并为姑娘的勤劳、美貌和娴静而动心，随之引起了男子强烈的爱慕之情，充分表现了古代劳动人民内心的朴实愿望，突出表达了青年男女健康、真挚的思想感情，以及他们对美好、自由的爱情生活的大胆追求。

# 2 燕 燕

燕燕于[1]飞，差池[2]其羽。之子于归，远送于野。瞻望弗及，泣涕如雨！

燕燕于飞，颉之颃[3]之。之子于归，远于将之。瞻望弗及，伫立以泣！

燕燕于飞，下上其音。之子于归，远送于南。瞻望弗及，实劳我心！

仲氏任只[4]，其心塞渊[5]。终[6]温且惠，淑慎其身。先君之思，以勖[7]寡人！

【注释】　[1]燕燕：燕子、燕子。　[2]差池：参差，长短不齐的样子。　[3]颉(jié)：鸟飞向上。颃(háng)：鸟飞向下。　[4]仲：排行第二。氏：姓氏。任：信任。只：语气助词，没有实义。　[5]塞：秉性诚实。渊：用心深长。　[6]终：究竟，毕竟。　[7]勖(xù)：勉励。

【译文】　燕子燕子飞呀飞，羽毛长短不整齐。

姑娘就要出嫁了，远送姑娘到郊外。

遥望不见姑娘影，泪如雨下流满面！

燕子燕子飞呀飞，上上下下来回转。

姑娘就要出嫁了，远送姑娘道别离。

遥望不见姑娘影，久久站立泪涟涟！

燕子燕子飞呀飞，上上下下细语怨。

姑娘就要出嫁了，远送姑娘到南边。

遥望不见姑娘影，心里伤悲柔肠断！

仲氏诚实重情义，敦厚深情知人心。

性情温柔又和善，拥淑谨慎重修身。

不忘先君常思念，勉励寡人心赤诚！

【评析】　出自《诗经·邶风》。人生离别在所难免，如何离别，却体现出不同的人际关系和人生态度。最让人心荡神牵的是诗意的离别。一步三回头，牵衣泪满襟，柔肠寸寸断，捶胸仰面叹，伫立寒风中，不觉心怅然。这是何等的感人肺腑！维系着双方心灵的，是形同骨肉、亲如手足的情义。

这种情景和体验，实际上是语言无法描述和传达的，因为语言的表现力实在太有限了。一个小小的形体动作，一个无限惆怅的眼神，默默长流的泪水，都是无限广阔和复杂微妙的内心世界的直接表达。任何词语在这些直接表达面前，都显得苍白。但《燕燕》的作者还是极力将离别以主观化的心境去映照对象、风物和环境，把没有生命的东西赋予生命，把没有人格的事物赋予人格，把他人化作自我，把细枝末节夸大凸显出来。这时，物中有我，我中有物；你中有我，我中有你；心和心直接碰撞和交融。

　　我们的祖先赋予了离别以特殊的意味。生离死别,多情自古伤离别;风萧萧兮易水寒,壮士一去兮不复还;桃花潭水深千尺,不及汪伦送我情……在离别中,人们将内心深藏的真情升华、外化,将悔恨与内疚镌刻进骨髓之中,将留恋感怀化作长久的伫立和无言的泪水,将庸俗卑琐化成高尚圣洁。

　　这样,别离成了人生的一种仪式,一种净化心灵的方式。

# 3　击　鼓

　　击鼓其镗[1],踊跃用兵[2]。土国[3]城漕,我独南行。

　　从孙子仲[4],平[5]陈与宋。不我以归,忧心有忡。

　　爰[6]居爰处,爰丧其马。于以求之,于林之下。

　　死生契阔[7],与子成说[8]。执子之手,与子偕老。

　　于嗟阔[9]兮,不我活兮。于嗟洵[10]兮,不我信兮。

　　**【注释】**　[1]镗:击鼓的声音。　[2]兵:刀枪等武器。　[3]土国:国中挑填混土的工作。　[4]孙子仲:人名,统兵的主帅。孙氏是卫国世卿。　[5]平:和好。[6]爰:何处。　[7]契阔:离散聚合,偏义复词,偏用"契",犹言不分离。　[8]成说:定约、结誓。　[9]于嗟:感叹词。阔:远离。　[10]洵:远。

　　**【译文】**

　　　　　　　　战鼓敲得咚咚响,奔腾跳跃练刀枪。
　　　　　　　　国人挑土修漕城,我独南行上沙场。
　　　　　　　　跟随将军孙子仲,联合陈国与宋国。
　　　　　　　　不许我们回家乡,忧愁痛苦满心伤。
　　　　　　　　哪里是我栖身处?哪里丢失我的马?
　　　　　　　　让我哪里去寻找?在那山坡树林下。
　　　　　　　　生死都永不分离,先前与你有誓言。
　　　　　　　　紧紧拉着你的手,与你偕老到白头。
　　　　　　　　可叹远隔千万里,想要生还难上难。
　　　　　　　　可叹生死长别离,山盟海誓成空谈。

　　**【评析】**　出自《诗经·邶风》。本诗描写兵士久戍不得回家的心情,表达渴望归家与亲人团聚的强烈愿望。诗从出征南行写起,再写了战后未归的痛苦,又写了当初与亲人执手别离相约的回忆,一直写到最后发出强烈的控诉,次第写来,脉络分明,而情感依次递进。叙事中推进着情感的表达,抒情中又紧连着情节的发展,相得益彰,自然天成。

　　这是一首著名的爱情诗。该诗叙述了一位征夫对心上人的日夜思念。他想起"执子之手,与子偕老"的誓言,想如今生死离别,天涯孤苦,岂能不流泪朦胧,肝肠寸断!

"死生契阔,与子成说。执子之手,与子偕老。"此句深情真言体现了中国人最为典型的"爱"的诠释方式——含蓄而坚决,生死而不渝。契为合,阔为离,死生契阔,生死离合。沧海桑田,斗转星移,不变的是你我怦然心动的爱恋,海誓山盟,不知归期,痛彻心扉。

# *4* 凯 风

凯风[1]自南,吹彼棘[2]心。

棘心夭夭[3],母氏劬[4]劳。

凯风自南,吹彼棘薪。

母氏圣善,我无令[5]人。

爰有寒泉,在浚[6]之下。

有子七人,母氏劳苦。

睍睆[7]黄鸟,载好其音。

有子七人,莫慰母心。

【注释】 [1]凯风:催生万物的南风。 [2]棘:酸枣树。 [3]夭夭:苗壮茂盛的样子。 [4]劬(qú):辛苦。 [5]令:善,美好。 [6]浚:卫国的地名。[7]睍睆(xiàn huǎn):鸟儿婉转鸣叫的声音。

【译文】 　　　　和风吹自南方来,吹拂酸枣小树苗。

　　　　树苗长得苗又壮,母亲养子多辛劳。

　　　　和风吹自南方来,吹拂枣树长成柴。

　　　　母亲贤惠又慈祥,我辈有愧不成材。

　　　　泉水寒冷透骨凉,就在浚城墙外边。

　　　　养育儿子七个人,母亲养子多辛劳。

　　　　清脆婉转黄鸟叫,黄鸟叫来似歌唱。

　　　　养育儿子七个人,无谁能安母亲心。

【评析】 出自《诗经·邶风》。由血缘关系推演出一套社会道德伦理关系、政治体制等,是政治家和理论家们的事;亲身体验到血缘关系中的母爱亲情,表达对母爱亲情的感念和内心的愧疚,是普通人出于天性的表现。前者是用来约束个人言行举止的规则,后者则是真情实感的自然流露。千百年来,人们对母爱倾注了极大的关注,以各种方式礼赞它、讴歌它。孟郊的一首《游子吟》唱出了中华民族的共同心声。

不管怎么说,母爱亲情是人类永恒的、不可磨灭的主题之一。它是我们每个人自幼时起都有的切身体验,而用不着别人的说教开导。它也是人与人之间牢不可破的纽带。血总是浓于水,可以说是千古不易的。

# 5　匏 有 苦 叶

匏[1]有苦叶,济有深涉[2]。

深则厉[3],浅则揭[4]。

有瀰济盈[5],有鷕[6]雉鸣。

济盈不濡轨[7],雉鸣求其牡。

雝雝[8]鸣雁,旭日始旦。

士如归妻,迨冰未泮[9]。

招招舟子[10],人涉卬否[11]。

人涉卬否,卬须我友[12]。

**【注释】**　[1]匏(páo):葫芦瓜,挖空后可以绑在人身上漂浮渡河。　[2]济:河的名称。涉:可以踏着水渡过的地方。　[3]厉:穿着衣服渡河。　[4]揭(qì):牵着衣服渡河。　[5]瀰:水满的样子。盈:满。　[6]鷕(yǎo):雌野鸡的叫声。[7]不:语气助词,没有实义。濡:被水浸湿。轨:大车的轴头。　[8]雝(yōng)雝:鸟的叫声和谐。　[9]迨:及时。泮(pàn):冰已融化。　[10]招招:船摇动的样子。舟子:摇船的人。　[11]卬否:我不愿走。卬(áng):我。　[12]友:指爱侣。

**【译文】**　　　　　　葫芦有叶叶味苦,济水深深也能渡。

水深连衣渡过去,水浅提衣淌着过。

济河水满白茫茫,雌野鸡叫声咯咯。

济河虽深不湿轴,野鸡鸣叫为求偶。

大雁鸣叫声谐和,东方天明日初升。

你若真心来娶我,趁冰未化先过河。

船夫摇船摆渡过,别人过河我不过。

别人过河我不过,要等好友来找我。

**【评析】**　出自《诗经·邶风》。爱情充满了喜悦,而爱情的等待,却又令人焦躁。这首诗所歌咏的,正是一位年轻女子对情人的既喜悦、又焦躁的等候。这等候发生在济水渡口。从下文交代可知,女主人公大抵一清早就已到了。诗以"匏有苦叶"起兴,即暗示了这等候与婚姻有关。因为古代的婚嫁,正是用剖开的匏瓜,做"合卺"酒的酒器的。匏瓜的叶儿已枯,则正当秋令嫁娶之时。女主人公等候的渡口,却水深难涉了,因此,她深情地叮咛着:"深则厉,浅则揭。"那无非是在心中催促着心上人,水浅则提衣过来,水深就垂衣来会,你又何必犹豫呢!催对方垂衣涉济,透露出她这边等候已急。

现在天已渐渐大亮,通红的旭日升起在济水之上,空中已有雁行掠过,那鸣叫显得多欢快。但对于等候中的女主人公来说,心中的焦躁非但未被化解,似乎更加深了几分。要知道雁儿南飞，预告着冬日将要降临。当济水结冰又融化的时候，按古代的规矩便得停办嫁娶之事了。所谓"霜降而妇功成，嫁娶者行焉；冰泮而农业起，昏（婚）礼杀（止）于此"（《孔子家语》），说的就是这一种古俗。明白这一点，就能懂得女主人公何以对"嗈嗈鸣雁"特别关注：连那雁儿都似在催促着姑娘，她又怎么能不为之着急？于是"士如归妻，迨冰未泮"二句，读来正如发自姑娘心底的呼唤，显得更加热切！

诗之末章终于等来了摆渡船，那定是从对岸驶来载客的吧？船夫大约早就体察了女主人公的焦躁不安，所以关切地连声召唤："快上船吧！"他又哪能知道，这姑娘急的并不是过河，恰是在驶来的船上没见到心上人！"人涉卬否"重复出现，可谓妙极：那似乎是女主人公怀着羞涩，对船夫所做的窘急解释——"不是我要急着渡河，不是的，我是在等我的……朋友啊"，以"卬须我友"的答语做结，结得情韵袅袅。船夫的会意微笑，姑娘那脸庞飞红的窘态，以及将情人唤作"朋友"的掩饰之辞，所传达的似怨还爱的微妙心理，均留在了诗外，任读者自己去体味。

# 6　静　　女

静女其姝[1]，俟我于城隅[2]。
爱而不见[3]，搔首踟蹰[4]。
静女其娈，贻我彤管[5]。
彤管有炜[6]，说怿[7]女美。
自牧归荑[8]，洵美且异[9]。
匪女之为美，美人之贻。

**【注释】**　[1]静：闲雅贞洁。姝（shū）：美好的样子。　[2]城隅：城角。[3]爱：同"薆"，隐藏。　[4]踟蹰（chí chú）：心思不定，徘徊不前。　[5]贻：赠。彤管：指红管草。　[6]炜：红色的光彩。　[7]说怿（yuè yì）：喜悦。　[8]牧：旷野，野外。归：赠送。荑：植物初生的嫩芽，男女相赠表示结下恩情。　[9]洵：信，实在。异：奇特，别致。

**【译文】**　姑娘温柔又静雅，约我城角去幽会。
有意隐藏不露面，徘徊不前急挠头。
姑娘漂亮又静雅，送我一束红管草。
红管草色光灿灿，更爱姑娘比草美。
送我野外嫩荑草，荑草美丽又奇异。
不是荑草本身美，宝贵只因美人赠。

**【评析】**　出自《诗经·邶风》。这大概是我们迄今为止读到的最纯真的情歌之一。少男少女相约幽会，开个天真无邪的玩笑，献上一束真情的野花，把少年不识愁滋味的天真烂漫的形象勾画得栩栩如生。青春年少,充满活力,生气勃勃,这本身就是一种不可言喻、动人心魄的美。

从这当中,我们可以得出一个基本的审美原则:单纯的就是美好的,纯洁的就是珍贵的。德国艺术史家温克尔曼曾经赞叹古希腊艺术的魅力在于"高贵的单纯,静穆的伟大"。马克思也说,希腊艺术的魅力在于它是人类童年时期的产物,而童年一去不复返,因而也是永恒的。

少男少女的纯真爱情亦如是。它虽然没有成年人爱情的坚贞和厚重,没有老年人爱情历经沧桑之后的洗练与深沉,却以单纯、天真、无邪而永恒。它同苦难一样,也是我们人生体验中的宝贵财富。当我们垂垂老矣之时,再来重新咀嚼青春年少的滋味,定会怦然心动,神魂飞扬。

情无价,青春同样无价,青春年少时的纯情不仅无价,也是唯一和永恒的。

# *7*　二 子 乘 舟

二子乘舟,泛泛其景[1]。

愿言[2]思子,中心养养[3]。

二子乘舟,泛泛其逝[4]。

愿言思子,不瑕[5]有害?

**【注释】**　[1]泛泛:船在水中行走的样子。景:同"憬",远行的样子。　[2]愿:每。言:语气助词,没有实义。　[3]中心:心中。养养:忧愁不定的样子。[4]逝:往。　[5]不瑕(xiá):该不会。

**【译文】**　　　　　两个孩子乘木舟,顺江漂流去远游。

时常挂念远游子,心中不安无限愁。

两个孩子乘木舟,顺江漂流去远游。

时常挂念远游子,该不会遇险与祸?

**【评析】**　出自《诗经·邶风》。母子之情是人世间天然的、最为牢固的血缘纽带。这一点,只要人类存在一天,大概是不会改变的。

写人之常情,征夫恨,怨妇愁,弃妇痛,新婚乐,相见欢,母子情,在《诗经》中可以说是既有广度,也有深度的。把这些诗作为"经典",也可看出选编者对人间喜怒哀乐、悲欢离合之常情持充分肯定的态度。表情达意本属人的天性,也是诗的功能,充分肯定之后把它们纳入道德规范的轨道,也是编诗的用意所在。

人们常说,母爱是无私的。从十月怀胎,到一朝分娩,到孩子长大成人,到孩子闯荡社会、漂泊天涯,母亲付出了全部的心血,既有肉体的,也有精神的。

# 8 木 瓜

投[1]我以木瓜，报之以琼琚[2]。匪报也，永以为好也。

投我以木桃，报之以琼瑶[3]。匪报也，永以为好也。

投我以木李，报之以琼玖[4]。匪报也，永以为好也。

**【注释】** [1]投：投送。 [2]琼：美玉。琚（jū）：佩玉。 [3]瑶：美玉。
[4]玖（jiǔ）：浅黑色的玉。

**【译文】** 你用木瓜送给我，我用美玉回报你。美玉不单是回报，也是为求永相好。

你用木桃送给我，我用琼瑶作回报。琼瑶不单是回报，也是为求永相好。

你用木李送给我，我用琼玖作回报。琼玖不单是回报，也是为求永相好。

**【评析】** 出自《诗经·卫风》。本诗在这里说的是男女两情相悦。来而不往非礼也，是我们这个礼仪之邦的习惯和规矩。一般交往中是如此，男女交往中更是如此。男女交往中的"投桃报李"，已不是一般的礼节，而是一种礼仪。礼物本身的价值已不重要，象征意义更加突出，以示两心相许，两情相悦。

如今我们似乎已不太看重仪式了。其实，仪式在我们的生活中有着非常特殊的作用，不可或缺，正如我们不能缺少阳光和空气一样。仪式绝不是一种空洞的形式，总与特定的意义相联系。

# 9 采 葛

彼采葛兮，一日不见，如三月兮。

彼采萧[1]兮，一日不见，如三秋[2]兮。

彼采艾兮，一日不见，如三岁兮。

**【注释】** [1]萧：芦荻，用火烧有香气，古时用来祭祀。 [2]三秋：这里指三季。

**【译文】** 心上人啊去采葛，一天不见她的影，好像隔了三月久。

心上人啊采芦荻，一天不见她的影，好像隔了三秋久。

心上人啊采香艾，一天不见她的影，好像隔了三年久。

**【评析】** 出自《诗经·王风》。热恋中的情人无不希望朝夕厮守，耳鬓厮磨，分离对他们来说是极大的痛苦，所谓"乐哉新相知，忧哉生别离"，即使是短暂的分别，在他或她的感觉中似乎时光也很漫长，以至于难以忍耐。本诗三章正是抓住这一人人都能理解的最普通而又最折磨人的情感，反复吟诵，重叠中只换了几个字，就把怀念情人愈来愈强烈的情感生动地展现出来了，仿佛能触摸到诗人激烈跳动的脉搏,听到他那发自心底的呼唤。全诗既没有卿卿我我一类爱的呓语,更无具体的爱的内容叙述,只是直露地表白自己思念的情绪,然而却能拨动千年之后读者的心弦,并将这一情感浓缩为"一日三秋"的成语,审美价值永不消退。其艺术感染力的奥妙在哪里?《风诗含蓄美论析》一文曾剖析本诗"妙在语言悖理",意思说:以科学时间概念衡量,三个月、三个季节、三个年头怎能与"一日"等同呢?当是悖理的,然而从诗抒情看却是合理的艺术夸张,合理在热恋中的情人对时间的心理体验,一日之别,会在他们的心理上延长为三月、三秋甚至三岁。这种对自然时间的心理错觉,真实地映照出他们如胶似漆、难分难舍的恋情。这一悖理的"心理时间"由于融进了他们无以复加的恋情,所以看似痴语、疯话,却能妙达离人心曲,唤起不同时代读者的情感共鸣。

# *10* 大　车

大车槛槛[1],毳衣如菼[2]。

岂不尔思,畏子不敢。

大车啍啍[3],毳衣如璊[4]。

岂不尔思,畏子不奔。

穀[5]则异室,死则同穴。

谓予不信,有如皦[6]日。

**【注释】**　[1]槛(kǎn)槛:车辆行驶的声音。　[2]毳(cuì)衣:毛织的衣服。菼(tǎn):初生的芦荻。　[3]啍(tūn)啍:车行迟缓的声音。　[4]璊(mén):红色的玉。　[5]穀(gǔ):活着。　[6]皦(jiǎo):同"皎",意思是明亮。

**【译文】**

大车上路声槛槛,绣衣色绿如荻苗。

难道我不思念你,怕你不敢和我好。

大车上路声迟缓,绣衣色红如美玉。

难道我不思念你,怕你不敢奔相随。

活着虽然不同室,死后但愿同穴埋。

如若说我不诚信,对着太阳敢发誓。

**【评析】**　出自《诗经·王风》。《大车》抒写一对情人不得终成眷属,不得不离散。在送行分别的途中,女子表现了大胆追求和矢志不改的决心。诗以车写行,以衣写人,以女子的语言表现性格,那种勇敢和坚决令人感佩,可是始终没有听到男子的回答,只有沉默,这其中的悲剧在哪里呢?

一个纯情女子,敢于对天发誓,要跟随夫君生死与共,确实让人感动。我们绝对相信这种古典誓言,它愿以生命作为抵押,来换取神圣的爱情。

## 11 风　雨

风雨凄凄，鸡鸣喈喈[1]。

既见君子，云胡不夷[2]！

风雨潇潇，鸡鸣胶胶[3]。

既见君子，云胡不瘳[4]！

风雨如晦[5]，鸡鸣不已。

既见君子，云胡不喜！

【注释】　[1]喈(jiē)喈：鸡叫的声音。　[2]云：语气助词，无实义。胡：怎么。夷：平。　[3]胶胶：鸡叫的声音。　[4]瘳(chōu)：病好，病痊愈。　[5]晦：昏暗。

【译文】

风吹雨打多凄凄，雄鸡啼叫声不停。

既已见到意中人，心中怎能不宁静！

风吹雨打多潇潇，雄鸡啼叫声不停。

既已见到意中人，心病怎能不治好！

风吹雨打天地昏，雄鸡啼叫声不停。

既已见到意中人，心中怎能不欢喜！

【评析】　出自《诗经·郑风》。这大概是类似于《卖火柴的小女孩》中小女孩心中的那种幻觉：当想念某种东西到了极点的时候，幻想似乎成了现实，真假难辨，甚至确信幻觉就是现实。

对脚踏实地的现实主义者来说，这是幼稚和荒唐的；而对喜欢幻想的浪漫主义者来说，这却是美好和浪漫的。

以浪漫的心情去体会一位苦苦思念和等待的情人的苦衷，最能唤起我们内心深处那根最敏感的神经，触动我们想象的翅膀。

苦苦等待和思念的现实是冷酷的、痛苦的、沉闷的，而幻想则给人以甜蜜的安慰、神秘的魅力。如果没有了幻想，生活也就失去了光彩和希望，失去了灵魂的支撑。过着没有灵魂支撑的生活，就如同随波逐流的稻草。有了幻想，再苦再难的现实都可以去面对，并坚持下去。其实，岂止是恋爱，人的整个生命的历程都是如此。

## 12 出其东门

出其东门，有女如云。

虽则如云，匪我思存[1]。

缟衣綦巾[2]，聊乐我员[3]。
出其闉阇[4]，有女如荼[5]。
虽则如荼，匪我思且[6]。
缟衣茹藘[7]，聊可与娱。

**【注释】**　[1]匪：非。存：心中想念。　[2]缟(gǎo)衣：白色的绢制衣服。綦(qí)巾：绿青色佩巾。　[3]聊：且。员：同"云"，语气助词，没有实义。　[4]闉阇(yīn dū)：曲折的城墙重门。这里指城门。　[5]荼(tú)：白色茅花。[6]且(jū)：语气助词，没有实义。　[7]茹藘(lú)：茜草，可作红色染料。这里借指红色佩巾。

**【译文】**　　　　信步走出东城门，美女熙熙多如云。
　　　　　　　　虽然美女多如云，没有我的意中人。
　　　　　　　　只有白衣绿佩巾，才能赢得我的心。
　　　　　　　　信步走出城门外，美女熙熙如茅花。
　　　　　　　　虽然美女如茅花，没有我的意中人。
　　　　　　　　只有白衣红佩巾，才能同我共欢娱。

**【评析】**　出自《诗经·郑风》。《诗经·郑风》算是十五国风中比较开放的了，然而这首《出其东门》却是实实在在的清雅含蓄的情诗。诗中写出了一名男子对一名女子的恋慕，婉转而深情。此诗用对比的手法先是描写其他贵族少女们的美丽姿态，再写出男子喜欢的，竟是那个打扮朴素的平民女子。在众多云朵花儿一般鲜妍的丽人中，仿佛只有那一个人是有色彩的，虽然朴素，却无法磨灭。

重复地说着一件事(至少也是类似场景)，叙述着自己对对方的暗恋，可以当作对女子的表白，但还有那么一些似乎无法说出口的浅浅忧郁。反复说着对对方的爱恋，但是究竟是不是当面的表白，很难猜得透。总觉得男子的身份要比他所恋慕的女子高贵，不然他可以当着对方念道"关关雎鸠，在河之洲"，也就不必如此婉转而含蓄了。这首诗倒是更有一些《蒹葭》中"所谓伊人，在水一方"的求而不得的忧伤。

即使心里是那样的深爱，如果不能最终将爱意说出口，天天出入东门也是无用的吧。站着观望，最终也许只能落得相忘于江湖的静默收场罢了。但愿诗中的主人公，可以停止在角落的强烈思念，走到阳光底下，而不要只是用眼神来收藏心上人的笑颜。

花儿只有拥有阳光，才能成长得更加繁盛美丽，爱也是。

# *13*　野有蔓草

野有蔓[1]草，零露漙[2]兮。

有美一人，清扬婉[3]兮。

邂逅[4]相遇，适我愿兮。

野有蔓草，零露瀼[5]瀼。

有美一人，婉如清扬。

邂逅相遇，与子偕臧[6]。

【注释】　[1]蔓：延。　[2]零：滴落。㪍(tuán)：露水多的样子。　[3]清扬：眉清目秀的样子。婉：美好。　[4]邂逅(xiè hòu)：无意中相见。　[5]瀼(ráng)：露水多的样子。　[6]臧：善，美好。

【译文】

郊野青草遍地生，露珠盈盈满草叶。

有个美丽的姑娘，眉清目秀好动人。

不期而遇见到她，正如我心情所愿。

郊野青草遍地生，露珠盈盈满草叶。

有个美丽的姑娘，眉清目秀好动人。

不期而遇见到她，与她同行共欢乐。

【评析】　出自《诗经·郑风》。一对青春男女偶然相遇，喜不自禁，其乐融融。表面上看是不期而遇，实际上却是"有备而来"。众里寻他千百度，蓦然回首，那人却在灯火阑珊处。结局呈现为偶然，却是苦苦寻找的必然结果。

当然，我们这里不去分析偶然和必然的关系。在生活中，我们往往凭着直觉去体验苦苦寻求的艰辛、幻想中的满足，以及偶然得到的惊喜。我们经常无法解释偶然得来的惊喜，也无法解释追寻不到的失落，而把它们归之于"命运"。如果真有命运存在，相信它会是公平的。付出和收获应当成正比。不期而遇固然可喜，结局如何，也很重要。这当中，重要的恐怕是自己的态度：得到了又怎样，没有得到又怎样，看重过程，还是看重结局？

如果真的相信命运存在，就应当坦然面对现实。得到了不狂喜，得不到不哀伤。只要付出了，耕耘了，追求了，就是最大的收获，就不是两手空空。

# 14　伐　檀

坎坎[1]伐檀兮，置之河之干[2]兮。河水清且涟猗[3]。不稼不穑[4]，胡取禾三百廛[5]兮？不狩不猎，胡瞻尔庭有县貆[6]兮？彼君子兮，不素餐[7]兮。

坎坎伐辐[8]兮，置之河之侧兮。河水清且直[9]猗。不稼不穑，胡取禾三百亿[10]兮？不狩不猎，胡瞻尔庭有县特[11]兮？彼君子兮，不素食兮。

坎坎伐轮兮，置之河之漘[12]兮。河水清且沦[13]猗。不稼不穑，胡取禾三百囷[14]兮？不狩不猎，胡瞻尔庭有县鹑[15]兮？彼君子兮，不素飧[16]兮。

**【注释】**　[1]坎坎：用力伐木的声音。　[2]置：放置。干：河岸。　[3]涟：风吹水面形成的波纹。猗：语气助词，没有实义。　[4]稼：种田。穑：收割。　[5]禾：稻谷。廛(chán)：束，捆。　[6]县：同"悬"，挂。貆(huán)：小貉。　[7]素餐：意思是白吃饭不干活。素：空、白。　[8]辐：车轮上的辐条。　[9]直：河水直条状的波纹。　[10]亿：束，捆。　[11]特：三岁的兽。　[12]漘(chún)：水边。　[13]沦：小波。　[14]囷(qūn)：束，捆。　[15]鹑：鹌鹑。　[16]飧(sūn)：熟食。

**【译文】**　叮叮当当砍檀树，把树堆在河岸上。河水清清起波纹。既不耕种不收割，为何取稻三百束？又不上山去打猎，却见庭中挂貉肉？那些贵族大老爷，从来不会白吃饭。

叮当砍树做车辐，把树堆在河旁边。河水清清起直波。既不耕种不收割，为何取稻三百捆？又不上山去打猎，却见庭中挂兽肉？那些贵族大老爷，从来不会白吃饭。

叮当砍树做车轮，把树堆放在河边。河水清清起环波。既不耕种不收割，为何取稻三百束？又不上山去打猎，却见庭中挂鹌鹑？那些贵族大老爷，从来不会白吃饭。

**【评析】**　出自《诗经·魏风》。在古代，大多数人并无受压迫、被剥削的意识，只关心自己的吃饱穿暖、安居乐业，只感叹身上的赋税徭役太沉重。下层劳动者用自己的血汗为社会创造了财富，而自己得到的回报却少得可怜。他们早出晚归，面朝黄土背朝天，把生命的全部价值都抛在了永无止境的劳作之上，换来的仅仅是苟且度过一生。他们像机器一般似乎不知疲倦地运转，似乎运转着就是生活的全部意义所在。这首诗的意义在于劳动者对"劳动成果归谁"有了反思，在所见、所思中能听出他们对所劳、所获极度失衡的叩问！这是觉醒的先奏！

# 15　蒹　葭

蒹葭苍苍[1]，白露为霜。

所谓伊人[2]，在水一方。

溯洄从[3]之，道阻且长。

溯游[4]从之，宛在水中央。

蒹葭萋萋[5]，白露未晞[6]。

所谓伊人，在水之湄[7]。

溯洄从之，道阻且跻[8]。

溯游从之，宛在水中坻[9]。

蒹葭采采[10]，白露未已[11]。

所谓伊人，在水之涘[12]。

溯洄从之，道阻且右[13]。

溯游从之,宛在水中沚[14]。

【注释】 [1]蒹葭(jiān jiā):芦苇。苍苍:茂盛的样子。 [2]伊人:那个人。
[3]溯洄:逆流而上。从:追寻。 [4]溯游:顺流而下。 [5]萋(qī)萋:茂盛的
样子。 [6]晞(xī):干。 [7]湄:岸边。 [8]跻(jī):登高。 [9]坻(chí):水
中的小沙洲。 [10]采采:茂盛的样子。 [11]已:止,干。 [12]涘(sì):水边。
[13]右:弯曲,迂回。 [14]沚:水中的小沙洲。

【译文】　　　　芦苇茂密水边长,深秋白露结成霜。
　　　　　　　　我心思念的那人,就在河水那一方。
　　　　　　　　逆流而上去追寻,道路崎岖又漫长。
　　　　　　　　顺流而下去追寻,仿佛就在水中央。
　　　　　　　　芦苇茂盛水边长,太阳初升露未干。
　　　　　　　　我心思念的那人,就在河水那岸边。
　　　　　　　　逆流而上去追寻,道路险峻难攀登。
　　　　　　　　顺流而下去追寻,仿佛就在沙洲间。
　　　　　　　　芦苇茂密水边长,太阳初升露珠滴。
　　　　　　　　我心思念的那人,就在河水岸边立。
　　　　　　　　逆流而上去追寻,道路弯曲难走通。
　　　　　　　　顺流而下去追寻,仿佛就在沙洲边。

【评析】 出自《诗经·秦风》。为了自己心爱的人而上下求索,不管艰难险
阻,矢志不渝,这是一种可歌可泣的追求精神。那个"伊人",其实也可以看作一
种尽善尽美的境界,一种指向理想的超越。

诗的象征,不是某词某句用了象征辞格或手法,而是意境的整体象征。"在
水一方",可望难即是人生常有的境遇,"溯洄从之,道阻且长"的困境和"溯游从
之,宛在水中央"的幻境,也是人生常有的境遇。人们可能经常受到从追求的兴
奋到受阻的烦恼、再到失落的惆怅这一完整情感过程的洗礼,更可能常常受到逆
流奋战的痛苦或顺流而下空欢喜的情感冲击。读者可以从这里联想到爱情、理
想、事业、前途诸多方面的境遇,唤起自己诸多方面的人生体验。

《蒹葭》的主人公所追求的,是自己心目中尽善尽美的理想,是自己魂牵梦绕
的意中人,因此他不惜一切代价去上下求索,不断追求。

对于真正的求索者来说,目标是一种指向。达到目标固然重要,更重要的还
是过程。人生本来就是一个过程。生存的价值和意义,就存在于过程之中。同
样,追求的价值和意义也存在于过程之中。如果忽视过程,实际上也是忽视了追
求本身。

尽善尽美是一种理念,一种心灵指向的理想。它就像夜中照亮道路的火光,
迷途中的指南针一样,指引我们在生命历程中不断地前行、追求。

# 16　无　衣

岂曰无衣，与子同袍。王于[1]兴师，修我戈矛，与子同仇。

岂曰无衣，与子同泽[2]。王于兴师，修我矛戟，与子偕作[3]。

岂曰无衣，与子同裳。王于兴师，修我甲兵，与子偕行。

**【注释】**　[1]王：指国家。于：语气助词，没有实义。　[2]泽：内衣。
[3]偕作：一起行动。

**【译文】**　谁说我没有军衣？与你共同穿战袍。国家调兵去打仗，修好咱们的戈矛，与你共同去杀敌。

谁说我没有军衣？与你共同穿内衣。国家调兵去打仗，修好咱们的矛戟，与你共同去作战。

谁说我没有军衣？与你共同穿下裳。国家调兵去打仗，修好铠甲和刀枪，与你共同奔战场。

**【评析】**　出自《诗经·秦风》。这首诗充满了激昂慷慨、同仇敌忾的气氛，读之不禁受到强烈的感染。当时的秦国位于今甘肃东部及陕西一带，那里林深土厚，民性厚重质直。班固在《汉书·赵充国辛庆忌传》中说：秦地"民俗修习战备，高上勇力，鞍马骑射。故秦诗曰：'王于兴诗，修我甲兵，与子偕行。'其风声气俗自古而然，今之歌谣慷慨，风流犹存焉"。朱熹《诗集传》也说："秦人之俗，大抵尚气概，先勇力，忘生轻死，故其见于诗如此。"这首诗意气风发，豪情满怀，确实反映了秦地人民的尚武精神。在大敌当前、兵临城下之际，他们以大局为重，与周王室保持一致，一听"王于兴师"，他们就一呼百诺，紧跟出发，团结友爱，协同作战，表现出崇高无私的品质和英雄气概。

据《左传》记载，鲁定公四年（公元前506年），吴国军队攻陷楚国的郢都，楚臣申包胥到秦国求援，"立依于庭墙而哭，日夜不绝声，勺饮不入口，七日，秦哀公为之赋《无衣》，九顿首而坐，秦师乃出"。于是一举击退了吴兵。可以想象，在秦王誓师的时候，此诗犹如一首誓词；对士兵们来说，则又似一首动员令。

如前所述，秦人尚武好勇，反映在这首诗中则以气概胜。诵读此诗，不禁为诗中火一般燃烧的激情所感染，那种慷慨激昂的英雄主义气概令人心驰神往。无怪乎吴闿生《诗义会通》将此诗评为"英壮迈往，非唐人出塞诸诗所及"。此诗之所以有这样的艺术效果，是因为：每章开头都采用了问答式的句法。陈继揆《读诗臆补》说："开口便有吞吐六国之气，其笔锋凌厉，亦正如岳将军直捣黄龙。"一句"岂曰无衣"，似自责，似反问，洋溢着不可遏止的愤怒与愤慨，仿佛在人们的心灵上点上一把火，于是无数战士同声响应："与子同袍！""与子同泽！""与子同裳！"语言富有强烈的动作性："修我戈矛！""修我矛戟！""修我甲兵！"使人想象到战士们在磨刀擦枪、舞戈挥戟的热烈场面。这样的诗句，可以歌，可以舞，激动人心！

# *17* 常 棣

常棣之华[1]，鄂不韡韡[2]。

凡今之人，莫如兄弟。

死丧之威[3]，兄弟孔怀[4]。

原隰裒[5]矣，兄弟求矣。

脊令[6]在原，兄弟急难。

每有良朋，况也永叹[7]。

兄弟阋于墙[8]，外御其务[9]。

每有良朋，烝也无戎[10]。

丧乱既平，既安且宁。

虽有兄弟，不如友生[11]。

傧[12]尔笾豆，饮酒之饫[13]。

兄弟既具，和乐且孺[14]。

妻子好合，如鼓瑟琴。

兄弟既翕[15]，和乐且湛[16]。

宜尔室家，乐尔妻帑[17]。

是究是图[18]，亶[19]其然乎。

**【注释】** [1]常棣：棠梨树。华：花。 [2]鄂：同"萼"，花草。不：岂不。韡（wěi）韡：花色鲜明的样子。 [3]威：畏惧。 [4]孔怀：十分想念。 [5]裒（póu）：堆积。 [6]脊令：水鸟名。 [7]况：增加。永叹：长叹。 [8]阋（xì）：争吵。阋于墙：在家里面争吵。 [9]务：同"侮"，欺侮。 [10]烝（zhēng）：乃。戎：帮助。 [11]生：语气助词，没有实义。 [12]傧（bīn）：陈设，陈列。 [13]饫（yù）：酒足饭饱。 [14]孺：亲近。 [15]翕（xī）：聚和。 [16]湛（dān）：又作"耽"。长久。 [17]帑（nú）：儿女。 [18]究：思虑。图：谋划。 [19]亶（dǎn）：诚然，确实。

**【译文】**

棠梨树上花朵朵，花草灼灼放光华。

试看如今世上人，无人相亲如兄弟。

死丧到来最可怕，只有兄弟最关心。

原野堆土埋枯骨，兄弟坟前寻求苦。

鹡鸰飞落原野上，兄弟相救急难中。

虽有亲朋和好友，只会使人长感叹。
兄弟在家要争吵，遇上外侮共抵抗。
虽有亲朋和好友，不会前来相帮助。
死丧祸乱平息后，日子安乐又宁静。
虽有亲兄和亲弟，相亲反不如朋友。
摆好碗盏和杯盘，宴饮酒足饭吃饱。
兄弟亲人全团聚，融洽和乐相亲近。
妻子儿女和睦处，就像琴瑟声和谐。
兄弟亲人相团聚，欢快和睦长相守。
你的家庭安排好，妻子儿女乐陶陶。
仔细考虑认真想，道理还真是这样。

【评析】 出自《诗经·小雅》。《常棣》咏叹兄弟之间的血缘感情的深厚，诗人因常棣花开每三两朵彼此相依而生发联想。诗主要采用对比衬托的方法，以丧乱与安宁之时为背景，将兄弟与朋友相比，甚至与妻室儿女相比，来衬托兄弟之间的患难之情和相聚和睦之情。

对我们来说，无论是父母、儿女、兄弟姐妹间的亲情，还是朋友间的友情，都是无比珍贵的人间真情。从这个意义上来理解"情同手足，亲如兄弟""四海之内皆兄弟"等，对我们更有实际意义。

# 18 采 薇

采薇[1]采薇，薇亦作止[2]。
曰归曰归，岁亦莫止[3]。
靡室靡家，猃狁[4]之故。
不遑启居[5]，猃狁之故。
采薇采薇，薇亦柔止[6]。
曰归曰归，心亦忧止。
忧心烈烈，载饥载渴。
我戍未定，靡使归聘[7]。
采薇采薇，薇亦刚[8]止。
曰归曰归，岁亦阳[9]止。
王事靡盬[10]，不遑启处。
忧心孔疚[11]，我行不来。
彼尔[12]维何，维常之华。

133

彼路[13]斯何，君子之车。

戎车既驾，四牡业业[14]。

岂敢定居，一月三捷[15]。

驾彼四牡，四牡骙骙[16]。

君子所依，小人所腓[17]。

四牡翼翼[18]，象弭鱼服[19]。

岂不日戒，狁孔棘[20]。

昔我往矣，杨柳依依[21]。

今我来思，雨雪霏霏[22]。

行道迟迟，载渴载饥。

我心伤悲，莫知我哀。

**【注释】** ［1］薇：一种野菜。 ［2］亦：语气助词，没有实义。作：初生。止：语气助词，没有实义。 ［3］莫：同"暮"，晚。 ［4］狁（xiǎn yǔn）：北方少数民族戎狄。 ［5］遑：空闲。启：跪。居：坐。 ［6］柔：软嫩。这里指初生的薇菜。 ［7］聘：问候。 ［8］刚：坚硬。这里指薇菜已长大。 ［9］阳：指农历十月。 ［10］盬（gǔ）：止息。 ［11］疚：病。 ［12］尔：花开茂盛的样子。 ［13］路：辂，大车。 ［14］业业：强壮的样子。 ［15］捷：交战，作战。 ［16］骙（kuí）骙：马强壮的样子。 ［17］腓（féi）：隐蔽，掩护。 ［18］翼翼：排列整齐的样子。 ［19］弭（mǐ）：弓两头的弯曲处。鱼服：鱼皮制的箭袋。 ［20］棘：危急。 ［21］依依：柳条随风飘拂的样子。 ［22］霏霏：纷纷下落的样子。

**【译文】**

采薇菜啊采薇菜，薇菜刚才长出来。

说回家啊说回家，一年又快过去了。

没有妻室没有家，都是因为狁故。

没有空闲安定下，都是因为狁故。

采薇菜啊采薇菜，薇菜初生正柔嫩。

说回家啊说回家，心里忧愁又烦闷。

心中忧愁像火烧，饥渴交加真难熬。

我的驻防无定处，没法托人捎家书。

采薇菜啊采薇菜，薇菜已经长老了。

说回家啊说回家，十月已是小阳春。

战事频仍没止息，没有空闲歇下来。

心中忧愁积成病，回家只怕难上难。

光彩艳丽什么花？棠棣开花真烂漫。

又高又大什么车？将帅乘坐的战车。

兵车早已驾好了，四匹雄马真强壮。

哪敢安然定居下,一月之内仗不停。
驾驭拉车四雄马,四匹雄马高又大。
乘坐这车是将帅,兵士用它作屏障。
四匹雄马排整齐,鱼皮箭袋象牙弭。
怎不天天严防范,猃狁猖狂情势急。
当初离家出征时,杨柳低垂枝依依。
如今战罢回家来,雨雪纷纷漫天下。
行路艰难走得慢,饥渴交加真难熬。
我的心中多伤悲,没人知道我悲哀。

**【评析】**　出自《诗经·小雅》。由于《小雅》素以浑厚、质朴著称,如此凄婉动人的作品确属不多,因而此诗便成了《诗经》抒情作品的一个典范而为历代文学家所称颂。

这首诗的主题是严肃的。猃狁的凶悍,周家军士严阵以待,作者以戍役军士的身份描述了以天子之命命将帅、遣戍役,守卫中国,军旅的严肃威武,生活的紧张艰辛。作者的爱国情怀是通过对猃狁的仇恨来表现的,更是通过对他们忠于职守的叙述——“不遑启居”“不遑启处”“岂敢定居”“岂不日戒”而他们内心极度思乡的强烈对比来表现的。

全诗再衬以动人的自然景物的描写:薇之生,薇之柔,薇之刚,依依杨柳,霏霏雨雪,都烘托了军士们“日戒”的生活,心里却是思归的情愫。这里写的都是将士们真真切切的思想,忧伤的情调没有减少本篇作为爱国诗篇的价值,恰恰相反是表现了人们的纯真朴实、合情合理的思想内容和情感,也正是这种真实性,赋予了这首诗强盛的生命力和感染力。

# 19　沔　水

沔[1]彼流水,朝宗于海[2]。
鴥[3]彼飞隼,载飞载止。
嗟我兄弟,邦人诸友。
莫肯念乱,谁无父母。
沔彼流水,其流汤汤[4]。
鴥彼飞隼,载飞载扬,
念彼不迹[5],载起载行。
心之忧矣,不可弭[6]忘。
鴥彼飞隼,率彼中陵[7]。

民之讹言[8]，宁莫之惩[9]。

我友敬[10]矣，谗言其兴。

**【注释】** [1]沔(miǎn)：水流满的样子。 [2]朝宗：诸侯朝见天子。这里指百川入海。 [3]鴥(yù)：鸟疾飞的样子。 [4]汤(shāng)汤：水势盛大的样子。 [5]不迹：不轨的事。 [6]弭(mǐ)：止息，停止。 [7]陵：大土山。 [8]讹言：说假话。 [9]惩：禁止。 [10]敬：同"儆"，警惕。

**【译文】**
　　　流水滔滔不停息，奔腾流归入大海。
　　　鹰隼空中疾飞过，有时高飞有时停。
　　　可叹同宗亲兄弟，还有国人和朋友。
　　　无人关心乱世事，谁人没有父母亲。
　　　流水滔滔不停息，水流浩浩奔腾急。
　　　鹰隼空中疾飞过，时而翱翔时高飞。
　　　想想那些越轨者，里面兴起时横兴。
　　　我的心中多忧伤，忧患不止心难忘。
　　　鹰隼空中疾飞过，沿着山陵高飞翔。
　　　人间谣言四处起，全然无人去禁止。
　　　我的朋友要警惕，谗言兴起乱纷纷。

**【评析】** 出自《诗经·小雅》。敏感的心灵，在兵荒马乱、谣言蜂起的乱世，最容易感时伤怀。此诗的作者不但自己忧患感伤，而且忠告自己的亲朋好友提高警惕，注意保护自己，以免受到不必要的伤害。

无助的弱者在风雨飘摇之中唯一的武器，是同病相怜、风雨同舟、互相安慰。就遭受苦难者而言，心灵的抚慰虽然不像实际的解救那么具有现实求助效果，但是能超越现实的求助。从最根本的意义上说，尽管人的活法可以各种各样，但总得要让心灵得到安宁。受苦受难也好，富贵享乐也好，只要心理平衡，心安理得，便是最大的满足。所以，风雨飘摇中的心灵慰藉，无异于雪中送炭，久旱的禾苗逢甘露。

俗话说，人言可畏。这话对一个群体中的大多数人而言的确如此。因为大多数人都要借助外在的参照（尤其是他人的评价）来调整自己的言行，确定自己的言行是否合适，因而流言蜚语在很大程度上要影响到人们的选择和行为方式，只有少数有独立意志并且意志坚定的人，可以不受他人言论的左右，不以他人的是非评价作为参照物。

有强烈自主意识的人，总会耐得住寂寞，不管别人的说长道短而独立前行，并把谗言和谣言当作缠在身上的蛛丝，轻轻抹去即可。

# 20　鹤　鸣

鹤鸣于九皋[1]，声闻于野。

鱼潜在渊，或在于渚[2]。

乐彼之园，爰有树檀[3]，其下维萚[4]。

它山之石[5]，可以为错[6]。

鹤鸣于九皋，声闻于天。

鱼在于渚，或潜在渊。

乐彼之园，爰有树檀，其下维穀[7]。

它山之石，可以攻玉。

**【注释】**　[1] 九皋：曲折深远的沼泽。皋(gāo)，沼泽。　[2] 渚：水中的小块陆地。　[3] 爰(yuán)：语气助词，没有实义。檀：紫檀树。　[4] 萚(tuò)：落下的树叶。　[5] 它：别的，其他。　[6] 错：磨玉的石块。　[7] 穀(gǔ)：楮树。

**【译文】**　　　白鹤鸣叫在深泽，鸣声四野都传遍。

鱼儿潜游在深渊，时而游到小溪边。

那个可爱的园林，种着高大的紫檀，树下落叶铺满地。

其他山上的石块，可以用来磨玉石。

白鹤鸣叫在深泽，鸣声响亮上云天。

鱼儿游到小溪边，时而潜游在深渊。

那个可爱的园林，种着高大的紫檀，树下长的是楮树。

其他山上的石块，可以用来磨玉石。

**【评析】**　出自《诗经·小雅》。"他山之石，可以攻玉"这一富有哲理的成语，最初便出自这诗。程俊英在《诗经译注》中表达了对这首诗的理解：诗中以鹤比隐居的贤人；以鱼在渊在渚，比贤人隐居或出仕；园，花园，隐喻国家；树檀，檀树，比贤人；萚，枯落的枝叶，比小人；它山之石，指别国的贤人；穀，恶木也，喻小人。程俊英从"招隐诗"这一主题出发，将诗中所有比喻都一一与人事挂钩，将此诗做了另一番解释。

其实，就诗论诗，不妨认为这是一首即景抒情的小诗。在广袤的荒野里，诗人听到鹤鸣之声，震动四野，高入云霄；然后看到游鱼一会儿潜入深渊，一会儿又跃上滩头。再向前看，只见一座园林，长着高大的檀树，檀树之下，堆着一层枯枝败叶。园林近旁，又有一座怪石嶙峋的山峰，诗人因而想到这山上的石头，可以用作磨砺玉器的工具。诗中从听觉写到视觉，写到心中所感所思，一条意脉贯穿全篇，结构十分完整，从而形成一幅远古诗人漫游荒野的图画。这幅图画中有色有声，有情有景，因而也充满了诗意，诱发读者产生思古之幽情。

# *21* 谷 风

习习谷风[1]，维风及雨。

将恐将[2]惧，维予与女[3]。

将安将乐，女转弃予。

习习谷风，维风及颓[4]。

将恐将惧，寘予于怀[5]。

将安将乐，弃予如遗。

习习谷风，维山崔嵬[6]。

无草不死，无木不萎。

忘我大德，思我小怨[7]。

**【注释】** [1]习习：风吹和顺的样子。谷风：东风。 [2]将：连词，且。
[3]与：亲近，救助。女：汝，你。 [4]颓：旋风。 [5]寘（zhì）：同“置”，放置。
[6]崔嵬（wéi）：山势高峻的样子。 [7]小怨：小毛病。

**【译文】**
东风和煦轻轻吹，和风吹来那春雨。

当初艰难恐惧时，只有我来救助你。

如今安乐无忧时，你倒把我来抛弃。

东风和煦轻轻吹，吹来旋风呼呼响。

当初艰难恐惧时，把我抱在你怀里。

如今安乐无忧时，把我抛弃全忘记。

东风和煦轻轻吹，呼呼吹过高山顶。

世上百草都会死，万木也有枯萎时。

忘掉我的大恩德，对我小错记得清。

**【评析】** 出自《诗经·小雅》。同甘共苦，风雨同舟，是人们用来说明当大家的命运被系在一起时相互支撑的情景的，这时，此一人的命运同时也是彼一人的命运，反过来也一样，谁都不可能例外。

共患难容易，而同安乐很难。度过艰难，犹如渡过急流险滩抵达安全的彼岸。此时天地广阔了，压力和威胁没有了，选择的余地多了，条件优越了，曾经共患难的人们便各自东西，各奔前程。

很难说这种情形是好还是不好。以传统的“忠义”观来看，自然是不好，“过河舍筏”“过河拆桥”会受到强烈的谴责。从人类心理习惯的角度看，恋旧和感恩应当是值得崇尚的品性。情况的改变造成心态的改变，固然可以理解，在心理和情感上却不可容忍。

倘若所有的人都变得“过河拆桥”一样的势利，那么人与人之间还有什么信赖和美好的东西可言！这世界太大，各色人等俱全。古往今来，忘恩负义者，过河拆桥者，甚至恩将仇报者都大有人在，一点都不奇怪。我们几乎无法改变人性中的这些痛疾，对这一类的人亦无可奈何。怨天尤人虽然可以博得同情和眼泪，却无助于改变现状。

唯一的选择是：无论世事人情如何变化，坚守自己的信念和价值准则，坚守自己的阵地。相信最可靠的支柱不在别人，而在自己。

# 22　隰　桑

隰桑有阿[1]，其叶有难[2]。
既见君子，其乐如何。
隰桑有阿，其叶有沃[3]。
既见君子，云何不乐。
隰桑有阿，其叶有幽[4]。
既见君子，德音孔胶[5]。
心乎爱矣，遐不[6]谓矣。
中心藏之，何日忘之。

【注释】　[1]隰(xí)：低湿的地方。桑：桑树。阿：美好的样子。　[2]难(nuó)：枝叶茂盛的样子。　[3]沃：柔嫩光滑的样子。　[4]幽：深黑色。[5]胶：牢固。　[6]遐不：何不，为什么不。

【译文】　　　　洼地桑树多么美，枝叶柔嫩又茂盛。
　　　　　　　　已经见到那君子，心里不知多快乐。
　　　　　　　　洼地桑树多么美，枝叶柔嫩又滑润。
　　　　　　　　已经见到那君子，心里怎么不快乐。
　　　　　　　　洼地桑树多么美，枝叶色深绿油油。
　　　　　　　　已经见到那君子，情深意笃愈加深。
　　　　　　　　心里把他爱极了，何不对他把话讲。
　　　　　　　　内心深处藏起来，什么时候能忘掉。

【评析】　出自《诗经·小雅》。这首是《小雅》中少有的几篇爱情诗之一，但是因为封建时期的学者囿于"雅"的缘故，很少有人把它当作写男女情事的诗来读，连最敢突破旧说的朱熹、姚际恒、方玉润诸人也不例外。他们与《诗序》不同，不视此诗为"刺诗"，而认为是"喜见君子之诗"，已稍接近诗意，尤其是朱熹，解说本诗末章时，引《楚辞·九歌·山鬼》的句子对照，他说："楚辞所谓'思公子兮未敢言'，意盖如此。爱之根于中深，故发之迟而有之久也。"(《诗集传》)这似乎已触及情诗内容。近人多不取旧说，除个别人认为"是写臣子恩宠于王侯，感恩图报之歌"外，一般都理解为爱情诗。

# 23 何草不黄

何草不黄，何日不行。

何人不将[1]，经营四方。

何草不玄[2]，何人不矜[3]。

哀我征夫，独为匪民。

匪兕[4]匪虎，率[5]彼旷野。

哀我征夫，朝夕不暇。

有芃[6]者狐，率彼幽[7]草。

有栈[8]之车，行彼周道[9]。

**【注释】** [1]将：行，走路。 [2]玄：黑色，这里指凋零。 [3]矜(guān)：通"鳏"，年老无妻。 [4]匪：通"非"。兕(sì)：野牛。 [5]率：沿着。 [6]芃(péng)：兽毛蓬松的样子。 [7]幽：深。 [8]栈车：役车。 [9]周道：大道。

**【译文】**

哪种草儿不枯黄，哪些日子不奔忙。

哪个男子不出行，往来经营走四方。

哪种草儿不凋零，哪个男子不单身。

可怜我们当征夫，偏偏不被当人待。

不是野牛不是虎，总在旷野受劳苦。

可怜我们当征夫，早晚奔波没空闲。

尾巴蓬松的狐狸，总在深草丛中藏。

高高大大的役车，总在大道上奔跑。

**【评析】** 出自《诗经·小雅》。关于此诗主旨，《毛诗序》云："下国刺幽王也。四夷交侵，中国皆叛，用兵不息，视民如禽兽。君子忧之，故作是诗也。"宋朱熹《诗集传》云："周室将亡，征役不息，行者苦之，故作是诗。"近人陈子展《诗经直解》云："《何草不黄》，征役不息，征夫愁怨之作。"皆不误。

全诗以一征人口吻凄凄惨惨道来，别有一份无奈中的苦楚。一、二两章以"何草不黄""何草不玄"比兴征人无日不在行役之中，似乎"经营四方"已是征夫的宿命。既然草木注定要黄、要玄，那么征人也就注定要走下去。统帅者丝毫没有想到，草黄草玄乃物之必然本性，而人却不是为行役而生于世的，人非草木，缘何以草木视之？而一句"何人不将"，又把这一人为的宿命扩展到整个社会。可见，本诗所写绝不是"念吾一身，飘然旷野"的个人悲剧，而是"碛里征人三十万"（唐李益《从军北征》）的社会悲剧。这是一次旷日持久而又殃及全民的大兵役，家与国在征人眼里只是连天的衰草与无息的奔波。

# 24　思　齐

思齐大任[1]，文王之母。

思媚周姜[2]，京室[3]之妇。

大姒嗣徽音[4]，则百斯男[5]。

惠于宗公[6]，神罔时[7]怨。

神罔时恫[8]，刑于寡妻[9]。

至于兄弟，以御[10]于家邦。

雍雍在宫[11]，肃肃[12]在庙。

不显亦临[13]，无射亦保[14]。

肆戎疾不殄[15]，烈假不瑕[16]。

不闻亦式，不谏亦入[17]。

肆成人有德，小子有造。

古之人无斁[18]，誉髦[19]斯士。

**【注释】**　[1] 思：语气助词，没有实义。齐（zhāi）：端庄。大任：太任，指周文王的母亲。　[2] 媚：敬爱。周姜：太姜，周文王的祖母。　[3] 京室：周王室。[4] 大姒（sì）：太似，指周文王的妻子。嗣：继承。徽音：美好的名声。　[5] 则百斯男：意思是说子孙众多。　[6] 惠：孝顺。宗公：宗庙的先人。　[7] 罔：无。时：是。　[8] 恫（tōng）：伤痛。　[9] 刑：法则，这里指做典范。寡妻：周义上的正妻。　[10] 御：治理。　[11] 雍雍：和谐的样子。宫：家。　[12] 肃肃：庄严恭敬的样子。　[13] 不显：丕显，指国家大事。临：视察。　[14] 射：不明显，隐蔽。保：提防，警惕。　[15] 肆：因此，所以。戎疾：大灾难。不：语气助词，没有实义。殄（tiǎn）：断绝。　[16] 烈假：指大病。瑕：过，去。　[17] 入：容纳，采纳。[18] 斁（yì）：厌倦。　[19] 誉：同"豫"，乐于。髦：选拔。

**【译文】**　　仪态端庄的太任，就是文王的母亲。

德高望重的太姜，做了王室的主妇。

太姒继承好名声，养育众多的子孙。

文王孝敬先祖宗，神灵对他没怨恨。

神灵不使他伤痛，为了家人做表率。

自己兄弟也守法，以此治理国和家。

文王在家很和睦，宗庙祭祀也恭敬。

国家大事亲视察，隐蔽小事也警惕。

古今大难已断绝，大病灾难不再有。

听到善言就采用，下臣进谏便采纳。

故今成人德高尚，弟子孩童可造就。

文王诲人永不倦，乐于选拔好人才。

【评析】　出自《诗经·大雅》。周文王被誉为一代圣贤君主。这首祭祀他的乐歌，在赞颂他的美德的同时，也顺带赞颂了他的祖母、母亲和妻子，让人感到家庭中的美德在代代相传。

通过阅读本诗，我们能体会到：良好的德行环境会对身处其中的人产生影响，这是一种潜移默化的陶冶作用。这也正如人们常说的"近朱者赤，近墨者黑"一样。我们的祖先对这一点尤其看重，既反反复复讲述这个道理，又搜寻罗列例证，使得这方面的观念在人们心中牢牢地扎下了根。

中国历史上能像周文王那样以身作则、率先垂范的君主不是特别多，因此，他便显得特别可贵。榜样不多的事实也表明，美德无法靠遗传获得，同时，它促使我们反思榜样不多的原因。

身处高位的人，尤其是在权力顶峰的人，大概很难抵御权力的巨大诱惑，特别是在传统的世袭制度之中，权力对于富家子弟来说，似乎是上天的特别恩赐，不需要经过个人努力奋斗就能取得。得来轻易的东西，用起来便也轻易。运用权力获得了好处，可以反过来刺激更大的欲望。如此循环往复，怎能守住江山。也许，周文王与其他做不了表率的君主的差别，正在于他知道得江山不易，守江山更不易吧。

# 25　小　毖

予其惩[1]，而毖[2]后患。
莫予荓[3]蜂，自求辛螫[4]。
肇允彼桃虫[5]，拚飞[6]维鸟。
未堪家多难，予又集于蓼[7]。

【注释】　[1] 惩：警戒，警惕。　[2] 毖：小心谨慎。　[3] 荓（píng）：使。[4] 辛螫（shì）：指祸害。　[5] 肇：开始。允：语气助词，没有实义。桃虫：一种小鸟。　[6] 拚（fān）飞：上下飞舞。　[7] 蓼（liǎo）：一种苦草，喻陷入困境。

【译文】　我要认真地提防，小心后患会来到。
没人把我来牵扯，祸害拖累自己找。
当初一只小鸟雀，哪知飞舞成大鸟。
家国多难不堪忍，又陷困境多烦恼。

【评析】　出自《诗经·周颂》。周成王平定管叔、蔡叔的叛乱之后，反思祸乱产生的原因并作此诗自诫，以防再出现大灾祸。同时，这对群臣也是一种警醒。

比较起来，天灾不可抗拒，人祸却可以防范。防范之途说起来很简单，即时刻保持警惕,留心细小的苗头,趁苗头未成气候之时,将其消灭在萌芽状态。但是,实际上做起来却有太多的制约因素。

最关键的防范环节是当事人自己,在众多的假象和诱惑、陷阱面前,能不能保持清醒的头脑、坚定的立场、谨慎的言行,敢不敢当机立断,采取果断的措施,才是至关紧要的。历来栽跟头的人,问题多出在自己身上。所以,真正明智的人,在出了问题之时,首先是反省和检讨自己,然后再找其他原因。

 **拓展阅读**

### 《诗经》中的爱情故事

别看东晋政治家谢安在淝水之战中立下不世之功,但他有些惧内。这不,他想纳妾,但夫人刘氏不同意,谢安就没辙。

谢安的侄子来劝婶子,说《诗经》里《关雎》一诗很好,宣扬妇女应有不妒忌的品德,您就同意了吧。

刘氏问他,《关雎》是谁写的?

侄子说,周公写的。

刘氏说,周公是男人,当然这样宣扬,若是周姥(周公夫人)来写,那肯定是另外一番模样。

这个故事见于唐代《艺文类聚》,书中提到的《关雎》大家都很熟悉,是《诗经》第一篇,第一句"关关雎鸠,在河之洲。窈窕淑女,君子好逑"已经成为千古名句了。

谢安家里发生的这件事,说明当时的人仍有"说事先赋诗"的表达习惯。

何谓"说事先赋诗"? 这就是孔子教导儿子时说的,不学《诗经》,就无法和人交谈。先秦尤其是春秋时期,人们在日常交流、君臣问对、外交酬酢时,一般不把想说的话直接说出,而是先引用《诗经》里的话当作开场白。当然,引用的诗句得和当时语境相契合。

《左传》里记载,吴国军队杀入楚国,楚国难以抵挡,派大臣申包胥到秦国搬救兵。秦哀公不肯发兵。申包胥立于庭院墙下,不吃不喝昼夜痛哭,七天七夜不绝其声。秦哀公被感动了,但不直说,用《诗经》里《无衣》这首诗给以答复,表示愿意出兵。

怎么看出愿意出兵的? 听听《无衣》怎么唱的就知道了:"岂曰无衣? 与子同袍。王于兴师,修我戈矛,与子同仇!"怎能说没有战袍? 我提供。我会调集军队,修齐武备,和你们同仇敌忾。后来,称赞军队里战友之情,就用同袍、袍泽来形容。

有同学可能会问,《关雎》不是情诗吗? 跟妇女妒忌与否有关系吗? 当然没关系,而且诗也不是周公写的。

事实上,《诗经》里收的305首诗,被历代注解者附会了很多臆造的东西。在他们看来,神圣的经典与世俗的情感扞格不入,先贤作诗,必有政治上的深远意图。

在这种解诗路径的支配下,学者们分析《关雎》,有的说是写周文王想念未婚妻姒氏,有的说是写姒氏为周文王得到妃嫔而高兴——颂扬姒氏宽容不嫉妒——这是谢安侄子与刘氏对话的基础背景,就不足为奇了。

好在今天,研究者已经廓清了叠加在《诗经》上的不实之词,大体还原了这些先秦诗歌的本来面目。

比如《汉广》:"南有乔木,不可休思。汉有游女,不可求思。"前人解释说,商纣王时天下礼崩乐坏,只有江汉流域风俗美好,因为那里浸润着文王之道。其实这首诗讲的是一个青年男子邂逅了一个漂亮女子,无从和她认识,天天思恋,属于古今皆有的单相思。

比如《野有死麕》:"野有死麕,白茅包之。有女怀春,吉士诱之。"前人解释说,这又是商纣王时期,天下大乱,风俗败坏,男女之间奔走失节,举动轻狂。其实,这诗远没有那么复杂,讲的不过是两情相悦,与后世的"金风玉露一相逢,便胜却人间无数"异曲同工。

比如《静女》:"静女其姝,俟我于城隅。爱而不见,搔首踟蹰。"前人解释说,这是讽刺时事,骂春秋时卫国君主是个无道昏君,夫人也无德失节。全是道学偏见。其实,这只是在写情人约会的场景,不必和讥刺国君无德相勾连。

作为世界第一部诗歌总集,《诗经》所收诗篇,上起西周,下至春秋中叶,分为风、雅、颂三大类,其中固然有赞美君王事业的诗篇,但更有质朴纯良的民间诗歌。后者以《风》为代表,共有十五国风,160首。前者以《雅》《颂》为代表,其中,《雅》分《大雅》《小雅》,多是西周王室贵族以及一般贵族士人的作品;《颂》分《周颂》《鲁颂》《商颂》,多是统治者用于祭祀的庙堂乐歌。

古人早期对《诗经》的评价,还是很客观的,比如今天引用率很高的孔子说的这句话:"《诗》三百,一言以蔽之,曰思无邪。""思无邪"一词是《诗经·鲁颂》里的话,孔子这是引《诗》评《诗》,意思是《诗经》全部作品的大体思想是纯正的,没有那么多弯弯绕。

以这样的眼光来读《诗经》,来看以《关雎》为代表的一系列民间情诗,就用不着再在文王们、姒氏们身上找微言大义、钻牛角尖了。爱情,不是帝王家庭的专属品;《诗经》,讲述的是咱老百姓自己的爱情故事。

（资料来源：《〈诗经〉：讲述咱老百姓的爱情故事（子曰诗云）》,熊建,人民网）

【思考题】

1. 什么叫风、雅、颂？它们有何不同？
2. 对联"三才天地人,四诗风雅颂"中的"诗"就是指《诗经》,为何说它是"四诗"？
3. 以《无衣》为例分析中国人的民族精神。
4. 以《静女》为例分析当代青年应该具备怎样的恋爱观。

## 《易经》简介

　　《周易》是西周时期的一本占卜书。西汉初,《周易》被列为"经"书之一,遂称为《易经》,包含经与传两部分。经的内容包括八卦(乾、坤、震、巽、坎、离、艮、兑)、六十四重卦、三百八十四爻,以及卦辞和爻辞。相传八卦为伏羲所画。

　　传的部分是战国时期的儒者对《易经》的解释,包括《彖》上下、《象》上下、《系辞》上下、《文言》《序卦》《说卦》《杂卦》十篇。《易传》的思想有一套独特的世界观,蕴含着深刻的哲学意义,对后来宋明理学的发展有重大影响。

 　地势坤[1],君子以厚德[2]载物[3]。

　　**【注释】**　[1]坤:地,八卦之一。　[2]厚德:宽厚的德行。　[3]载物:负载万物。

　　**【译文】**　大地的气势宽厚和顺,君子应(如大地那样)以宽厚的德行去负载万物。

　　**【评析】**　出自坤卦中的《象》。象,指卦象,在狭义上又指《象》传。《象》传是对卦爻辞的解释,又分为《大象》传、《小象》传。《大象》是一卦之象,每卦一则,《小象》是一爻之象,每卦六则。君子要像大地一般有博大的胸怀,去包容天下之人与物,使天下之人无不以我为安,以至于鸟兽、草木、虫鱼,也莫不以我为命。"厚德载物"也比喻能以博大的胸怀兼收并蓄,容纳不同的学说、言论之意。古人说:"泰山不让土壤,故能成其大;河海不择细流,故能就其深。"即为此意。清华大学的校训"自强不息,厚德载物",乃是引用于此。

**2** 积善之家，必有余庆[1]；积不善之家，必有余殃[2]。

**【注释】** [1] 余庆：更多的吉庆。 [2] 余殃：更多的灾祸。

**【译文】** 积善的人家，必然有更多的吉庆（留给子孙）；积不善的人家，必然有更多的灾祸（留给后代）。

**【评析】** 出自坤卦《文言》，释坤卦初六爻辞。古人认为，长期种下的善因或不善之根，影响是极其深远的。先人种下的善因，会福及子孙；先人种下的祸根，以后会结出恶果，殃及后代。所以《周易·上经·坤》又说："履霜，坚冰至。"意为踩到霜时，坚冰就要到了，这是必然发生的结果。这就明确地告诫人们，要积善，而不要积恶。

**3** 君子进德[1]修业[2]，忠信，所以进德也。

**【注释】** [1] 进德：增进品德。 [2] 修业：古时修业指修营功业，今指研究学术或学习技艺。

**【译文】** 君子增进品德，修营功业，要讲究忠信，忠信是用来增进品德的。

**【评析】** 出自乾卦《文言》。这是孔子解释《周易》乾卦九三爻辞的话。孔子认为，进德的根本问题是忠信，做到忠信，方能进德。进德，是指自我内心的进取，是一种理想的追求，要"苟日新，日日新，又日新"，天天不断地进取和追求。

**4** 君子以成德[1]为行[2]，日可见之行[3]也。

**【注释】** [1] 成德：完成品德修养。 [2] 为行：作为行为之目的。 [3] 行：行为。

**【译文】** 君子的行为，是以完成品德修养为目的，并且表现在每天的日常行为之中。

**【评析】** 出自乾卦《文言》，释初九爻辞。孔子认为，君子当以"成德为行"，且应见到"可见之行"。德与行是一致的，是同一事物的两面，藏在内心未露，就是德，表现为行动，就是行。而德，每天都应该表现在自己的行为中，这就是"进德"。

**5** 小人以小善[1]为无益而弗[2]为也，以小恶[3]为无伤而弗去[4]也。

**【注释】** [1] 小善：小的善行。 [2] 弗：不。 [3] 小恶：小的恶行。 [4] 去：摒弃。

【译文】 小人认为,小的善行不会给自己带来好处,就不去做;认为小的恶行不会对自己造成什么伤害,就不肯摒弃。

【评析】 出自《系辞》下。这是孔子的话。一个人成为好人或成为恶人,都不是一朝一夕之事,而是长期积累的结果。君子明白,大善是由若干小善积累而成的,故能积小善而成大善。老子说:"合抱之木,生于毫末;九层之台,起于累土;千里之行,始于足下。"而小人由于道德的缺乏、良知的泯灭,积若干小恶而终至大恶,以致恶行累积到不可掩饰的程度,犯的罪大到无法消解的地步。故刘备告诫阿斗说:"勿以善小而不为,勿以恶小而为之。"

**6** 小人不耻不仁[1],不畏不义[2],不见利不劝[3],不威[4]不惩[5]。

【注释】 [1]不耻不仁:不以不仁为耻。 [2]不畏不义:不以不义为可怕。[3]劝:奖赏。 [4]威:威吓。 [5]惩:警戒。

【译文】 小人不以不仁为可耻,不以不义为可怕,不看到有利可图不会进取,不加以威吓不知道戒惧。

【评析】 出自《系辞》下。这是孔子解说《周易》的话。孔子认为君子讲仁义,所以用仁义责备君子,而小人是不讲仁义的,所以不能用仁义来责备小人。因为小人不以不仁为可耻,不以不义为可怕,不看到有利可图不会想到要进取,不加威吓不知道畏惧,就像《水浒传》中的无赖泼皮牛二似的。因此,对待小人的办法主要是施之以威。当小人的罪恶还很微小时,就应以威制之,使之有所收敛、有所畏惧,不至于酿成大的恶行,这叫"小惩而大诫"。这样对待小人,使小人以后不至于有大的灾祸,孔子认为这是小人的福气。

**7** 谦谦[1]君子,卑[2]以自牧[3]也。

【注释】 [1]谦谦:非常谦虚之意。 [2]卑:谦卑。 [3]自牧:自我修养。牧:养。

【译文】 谦虚再谦虚,君子以谦卑之道来自我修养。

【评析】 出自谦卦《象》。"谦",是指对自己的才能、成就不自负的谦虚态度。值得骄傲而不骄傲,这才是真正的谦虚。强调谦虚并非消极的退让,而是积极的作为。谦虚,是君子的自我修养之道,是为了以德服人。"谦",在用兵战略、行政战略中也是以退为进,取得胜利的策略,此即"谦受益"。古人云"骄兵必败,哀兵必胜",也从反面强调了谦虚的效用。

**8** 父父、子子、兄兄、弟弟、夫夫、妇妇，而家道正[1]。

【注释】 [1]家道正：家庭的伦理道德，就纳入了正轨。

【译文】 （一家人）父母、子女、兄弟、夫妇，各像各的样子，各尽各的本分和职责，则家庭的伦理道德，就纳入了正轨。

【评析】 出自家人卦中的《象》。儒家认为："孝弟也者，其为仁之本与！"孝、悌是做人的根本。孝，就是孝敬父母；悌，就是兄友弟恭，指弟兄之间和睦友爱，这就是家庭内骨肉亲情之间的伦理道德准则。而骨肉亲情是人类所共有的、最亲切的感情。所以，古人认为如能将孝悌的道德推广到每一个家庭，进而延伸到整个国家，"老吾老以及人之老，幼吾幼以及人之幼"，天下也就安定了。

**9** 君子道[1]长[2]，小人道消[3]也。

【注释】 [1]道：包括两方面的意思，即风气和声势。 [2]长：伸张，壮大。[3]消：消退。

【译文】 正人君子的风气和声势得以伸张和壮大，邪恶小人的风气和声势得以消退。

【评析】 出自泰卦《象》。《象》是孔子解释《周易》中卦义的文字。君子道长，是指君子之道占上风；小人道消，是指小人之道占下风。说的是正气压倒邪气，正直的人得信任赏识，邪恶小人遭疏远冷落。这不等于说只有君子而无小人。小人在任何时候都有，只不过不能让其占据社会的主流位置而已。所以只能说消长，而不能说有无。

**10** 善不积[1]，不足以成名；恶不积，不足以灭身[2]。

【注释】 [1]善不积：不积累善行。 [2]灭身：使自身灭亡。

【译文】 不积累善行，不足以成就美名；不积累恶行，不足以使自身灭亡。

【评析】 出自《系辞》下。成就美名和招致杀身之祸，都有一个渐进的积累的过程，也就是常说的由量变到质变的过程。有的人会认为善小无益而不为，认为恶小无害而为之，因此，就由为小恶而到胆大妄为，做起大恶事来，结果坏事做多了，招致自身的灭亡。所以应该注意德行的修养，从小到大，由少到多，积善积德。

**11** 甘节[1]，吉，往有尚[2]。

**【注释】**　[1]甘：以……为甘美、快乐。节：节俭。　[2]尚：赏。

**【译文】**　以节俭为甘美，这是吉利的，前往会有奖赏。

**【评析】**　出自节卦九五爻的爻辞。节卦为《易经》第六十卦，卦象似竹节，又有节制、节省之义。这一爻的爻辞提出以节俭为甘美、快乐，并认为这是吉利的，这对于提倡节俭具有现实的教育意义。

## *12*　天行健[1]，君子以自强[2]不息。

**【注释】**　[1]天行健：天道刚健。天：乾卦卦象。行：先贤多释为运行。从坤卦之象辞"地势坤"与乾卦之象辞"天行健"相对应来看，此"行"字当释为"道"。《尔雅·释宫》："行，道也。"　[2]以：用。自强：自我强胜。

**【译文】**　天道刚健，君子当以此自强不息。

**【评析】**　出自乾卦的《象》。此乾卦象辞告诉人们要像天道那样刚健，自强不息，奋进向前，具有积极的现实意义。

## *13*　勿用取女[1]，见金夫[2]，不有躬[3]，无攸利。不利为寇[4]，利御寇。

**【注释】**　[1]取女：抢夺女子成婚。　[2]金夫：武夫，拿着武器的男人。[3]不有躬：丧失生命。　[4]寇：强盗，侵略者。

**【译文】**　不要抢夺女子成婚，碰上拿着武器的人，会丧失性命。这样做没有什么好处。充当强盗不利，抵御强盗有利。

**【评析】**　出自蒙卦六三爻辞和上九爻辞。凭借暴力（肉体的和武器的）手段强夺，试图不劳而获。这样一来，就会带来战争和灾难。

## *14*　君子终日乾乾[1]，夕惕若，厉，无咎[2]。

**【注释】**　[1]君子：指有才德的人。乾乾：勤勉努力。　[2]夕：夜晚。惕：敬惧。厉：危险。咎：过失，灾难。

**【译文】**　有才德的君子整天勤勉努力，夜里也要提防危险，最终不会有灾难。

**【评析】**　出自乾卦九三的爻辞。告诫人们要勤奋不息，即使到了夜晚也要保持警惕、戒惧，如同有危险降临，这样就不会有灾害。这实际在告诉人们要时时刻刻保持勤勉、警惕，避免灾害的发生。从这个意义上来理解"天道酬勤"也是很好的。

**15** 履道坦坦<sup>[1]</sup>，幽人<sup>[2]</sup>贞吉。

【注释】 [1]履道：履的意思是踩踏，引申为行为和行为准则。这里指人的行为修养。坦坦：宽广坦荡。 [2]幽人：被监禁的人。

【译文】 为人处世胸怀坦荡，即使无故蒙冤也会有吉祥的征兆。

【评析】 这是履卦九二的爻辞。我们不难发现，作者认为一个有教养的人应当行为清正纯洁，胸怀坦荡，光明磊落，同时又沉着冷静，机敏细致。这个标准大概就是君子与小人、王者与野心家的分界线所在。由此可以想到，重视人伦道德纲常的儒家，何以要把《易》当作经典，也可以明白孔子所说的"君子坦荡荡""君子不忧不惧"的含义了。

**16** 其匪正，有眚<sup>[1]</sup>，不利有攸往。无妄<sup>[2]</sup>往，吉。不耕获；不菑<sup>[3]</sup>畬<sup>[4]</sup>，则利有攸往？

【注释】 [1]眚（shěng）：灾异。 [2]无妄：不要有不合正轨的行为。妄：乱、不正。 [3]菑（zī）：新开垦的荒地。 [4]畬（yú）：耕种了三年的熟地。

【译文】 如果思想行为不正当，就会有灾祸，不利于外出有所往。不要有不合正道的行为，吉利。不耕种就要收获；不开垦荒地就想耕种熟地。妄想者的行为难道有利吗？

【评析】 此条分别是无妄卦卦辞、初九爻辞、六二爻辞。这一卦的主题是告诫人们不要有非分之想，不要胡作非为，思想和行为都要合于正道。换句话说，就是要想得正、行得端；反过来说，就是人正不怕影子歪。

讲究"思无邪"、名正言顺、光明正大的中国传统思想，总是用各种理论、例证乃至说教来加强和提高人们的自觉性，通过个人人格的修养，来确立人们心中的道德律令、行动准则。

但是，道德的作用毕竟是有限的。社会行为的规范还必须辅之以律法，用一定的强制措施来制约一些口是心非、阳奉阴违的人，以及敢于公开挑战道德准则的人。

**17** 家人嗃嗃<sup>[1]</sup>。悔厉，吉。妇子嘻嘻<sup>[2]</sup>，终吝。

【注释】 [1]嗃（hè）嗃：严酷的样子。 [2]嘻嘻：喜笑的样子。

【译文】 一家人哀号愁叹，嗷嗷待哺，有悔有险，但终归吉利。如果妇女、孩童都嬉笑作乐，骄奢淫逸，结果要倒霉。

【评析】　出自家人卦九三爻辞。家人(卦三十七)这一卦专讲家庭之事,看来作者并未忽略家庭这个"社会细胞"。事实上,家庭结构、血缘关系,正是构成中国传统宗法社会的根本所在,想必作者深知这一点,才辟出专卦来谈论。这句话说明了"穷安富险"、福祸相依的道理。

## 18 言有序[1],悔亡。

【注释】　[1]序:大小,分寸。

【译文】　说话有分寸,没有悔恨。

【评析】　出自艮卦六五爻辞。艮(gèn)(卦五十二)这一卦专讲养身,讲到不要太劳累,注意保护身体各部位,便可以免除灾祸。这句话是提醒人们说话要有分寸,以免"祸从口出"。

## 19 不节若[1],则嗟若[2]。无咎。

【注释】　[1]节:节制、节俭和礼节。若:句尾的助词,没有实际意义。[2]嗟:感慨,叹息。

【译文】　不知节俭守礼,就会后悔叹息。知道就没有灾祸。

【评析】　出自节卦六三爻辞。节俭和遵守礼节是人们的行为准则。一个社会没有礼节,犹如球场上的比赛没有规则一样,会乱套。据说,周公曾经制"礼",就是为了使社会生活有所规范,使人们行为有度。春秋时期的孔子对周礼十分向往,主张"克己复礼",表明他对以礼治国的重视。

中国历来被称作"礼仪之邦",指的是始自周代的尊礼传统。后来以孔子为代表的儒家学说占了上风,他所推行的仁、义、礼、智、信等也就成了历代治国者奉行的信条,并逐渐发展成"礼教"。

遵守礼节是有教养的表现,节制克俭可以使人保持清醒的头脑,懂得应当珍惜什么。这些美德,应当成为社会全体成员信奉和遵守的准则。

 **拓展阅读一**

### 《易经》的作者是谁

《周易》又称《易经》,是古代关于"卜筮"之书。对于《周易》的成书,《汉书·艺文志》曰:"《易》道深矣,人更三圣,世历三古。"这种说法最为汉儒所接受,《易纬乾凿度》上说"垂皇策者羲,益卦演德者文,成名者孔也。"这句话中"羲"指的是伏羲,"文"指的是周文王姬昌，"孔"指的是孔子。这三个人，就是后人说的"三圣"，"三圣"生活的时代称为"三古"。"人更三圣，世历三古"意思是伏羲、周文王、孔子三位圣人，他们所生活的时代是上古、中古、下古三个时代。

《易经》说："河出图，洛出书，圣人则之。"还说："古者包羲氏之王天下也，仰则观象于天，俯则观法于地，观鸟兽之文，与地之宜，近取诸身，远取诸物，于是始作八卦，以通神明之德，以类万物之情。"司马迁在《史记》中也说："余闻之先人曰：伏羲至纯厚，作《易》八卦。"这些记载都肯定了伏羲创立八卦这件事。

伏羲是神话中人类的鼻祖，是三皇之一。据传说，得到《河图》和《洛书》的伏羲仰观天文、俯察地理，苦思冥想，恍然大悟后画出了八卦图，用以推算历法、预测吉凶等，这就是《易经》最初的八卦图，称为"先天八卦"，伏羲也顺理成章地成为《易经》的第一位作者。

周文王姬昌，是周朝的奠基者，是中国历史上的一代明君。殷商末年，商纣王听信谗臣崇侯虎的谗言，唯恐名声大振的周文王对商朝不利，将周文王姬昌拘于羑。在被囚禁的日子里，周文王体察天道人伦、阴阳消息之理，悉心钻研伏羲的"先天八卦"，将其规范化、条理化，演绎出了"后天八卦"，也称"文王八卦"，并进一步推演成六十四卦和三百八十四爻，有了卦辞、爻辞，人称《周易》或《易经》。今天的《易经》，大部分是周文王的整理之功。周文王也被认为是《易经》的第二位作者。

东周时期，中国著名的思想家、教育家、政治家孔子被《易经》博大精深的哲学思想深深触动和征服，于是废寝忘食、日夜钻研，终于写出了《序卦》《系辞》《说卦》《文言》《杂卦》《象》《彖》十篇内容，称为"易传"，也称"十翼"，作为解释《易经》经文的传文。孔子也成为《易经》的第三位作者。

一部《易经》经历了上古、中古、下古三个时代，由伏羲、文王、孔子三位圣人所编。所以《易经》有"人更三圣，世历三古"的说法。

**拓展阅读二**

### 《易经》的"易"是什么意思

关于《易经》的"易"字有很多解释。

第一种说法，也是较为流行的说法，认为"易"是"三易"的统一。《易纬乾凿度》说："《易》一名而含三义，所谓易也，变易也，不易也。"这句话是说"易"有三层含义，一是简易，是指天地自然规律原本简朴而平易；二是变易，是指天地自然规律之变化、发展；三是不易，是指天地自然规律有其必然的程序可以遵循。这也是我们常说的《易经》的三大原则。

所谓简易，是说通过《易经》的理论可以把复杂的问题简单化，以便于理解。所谓变易，就是说宇宙万物都是不断变化的，并且存在一定的变化规律。所谓不易，是说变只是现象而已，变的背后一定有不变的东西。变与不变是同时存在的，变中有不变,不变中有变。站在不变的立场来变,才不会乱变。

第二种说法,《说文解字》"易"下引《秘书》:"日月为易,象阴阳也。"《易纬乾凿度》云:"易名有四义,本日月相衔。"汉代经师郑玄在他的《易论》中也说:"易者,日月也。"

《周易》是以研究事物的阴阳变化为根本任务的,"易"象征阴阳二气的消长变化。

第三种说法认为"易"是生生不息的意思,即《易传》中所说的"生生之谓易"。这种观点着眼于"变化"这个意思,只不过它认为这种变化是一种生命的代谢与生成。

第四种看法认为"易"就是蜥蜴。《说文解字》:"易,蜥蜴。"南宋洪迈在《容斋随笔》中也说蜥蜴"身无恒色,日十二变,以易名经,取其变也。"

---

## 【思考题】

1. 《易经》的主要内容包括哪几个部分?

2. 请完整阅读乾卦这一部分,并说说这一卦所讲的含义对我们人生的启示。

3. 《易经》是不是迷信? 你是怎样看待《易经》的?

# 礼记

《礼记》选读

## 《礼记》简介

　　《礼记》是战国至秦汉年间儒家学者解释说明经书《仪礼》的文章选集，是一部儒家思想的资料汇编。《礼记》的作者不止一人，写作时间也有先有后，其中多数篇章可能是孔子的弟子及其学生们的作品。

　　《礼记》记载和论述了先秦的礼制、礼仪，解释《仪礼》，记录孔子和其弟子的问答，记述修身做人的准则。实际上，这部九万字左右的著作内容广博，门类杂多，涉及政治、法律、道德、哲学、历史、祭祀、文艺、日常生活、历法、地理等诸多方面，几乎包罗万象，集中体现了先秦儒家的政治、哲学和伦理思想，是研究先秦社会的重要资料。

　　《礼记》全书用散文写成，一些篇章具有相当高的文学价值。有的用短小的生动故事阐明某一道理，有的气势磅礴、结构谨严，有的言简意赅、意味隽永，有的擅长心理描写和刻画，书中还收有大量富有哲理的格言、警句，精辟而深刻。

　　据传，《礼记》一书的编定者是西汉礼学家戴德和他的侄子戴圣。戴德选编的八十五篇本叫《大戴礼记》，在后来的流传过程中若断若续，到唐代只剩下了三十九篇。戴圣选编的四十九篇本叫《小戴礼记》，即我们今天见到的《礼记》。这两种版本各有侧重和取舍，各有特色。东汉末年，著名学者郑玄为《小戴礼记》做了出色的注解，后来这个本子便盛行不衰，并由解说经文的著作逐渐成为经典，到唐代被列为"九经"之一，到宋代被列入"十三经"之中，成为士人的必读之书。

　　《礼记》与《仪礼》《周礼》合称"三礼"，对中国文化产生了深远的影响，各个时代的人都从中寻找思想资源。因而，历代注释《礼记》的书很多，当代学者在这方面也有一些新的研究成果。这里选录的篇章的标题由编者所加，基本上采用选文的首句作标题，注释中只说明选自某篇。

# *1*　敖 不 可 长[1]

敖[2]不可长,欲不可从[3],志不可满,乐不可极[4]。贤者狎[5]而敬之,畏而爱之。爱而知其恶,憎而知其善。积而能散,安安而能迁[6]。临财毋苟[7]得,临难毋苟免。很[8]毋求胜,分毋求多。疑事毋质[9],直[10]而勿有。

**【注释】**　[1]本节选自《曲礼上》。《曲礼》记录了先秦儒家关于各种礼仪制度的言论,目的在于继承和发扬礼教,使人们的言行符合礼教的规范。这一节的内容主要讲做人和治学的态度。　[2]敖:通"傲",傲慢。　[3]从:通"纵",放纵。　[4]极:达到顶点。　[5]狎(xiá):亲近。　[6]安安:满足于平安的境遇。迁:改变。[7]临:遇上,面对。苟:苟且。　[8]很:争论,争执。　[9]质:判定,证明。[10]直:明白。

**【译文】**　傲慢不可滋长,欲望不可放纵,志向不可自满,享乐不可达到极点。对于贤能的人要亲近并敬重,要敬畏并爱戴。对于所爱的人要了解他的缺点,对于憎恨的人要看到他的优点。能积聚财富,但又能分派济贫;能适应平安稳定,又能适应变化不定。遇到财物不要随便获得,遇到危难不应苟且逃避。争执不要求胜,分派不要求多。不懂的事不要下断语,已明白的事不要自夸知道。

**【评析】**　古代儒家思想的最大特点是凡事保持中间态度:既不能不及,又不能太过。这种态度叫作"中庸"。

做人,保持中庸尤其重要。中庸具有很大的实践价值,也是修身养性的主要内容。内心要庄重矜持,但又不能过分,过分便成了傲慢。欲望可以得到正当的满足,过分则走向放纵。在任何时候,在任何事情上,都不能走向极端。这样,才能在上下左右的关系中和不断变化的环境中站稳脚跟,有所作为。

这种观念体现了儒家对人生的基本态度。它是积极的、现实的、进取的,同时又是谨慎的、保守的。千百年来,它对塑造我们民族的人格心理起了重要作用,产生了深远影响,是人生修养的重要思想资源。

# *2*　晋献公将杀其世子申生[1]

晋献公将杀其世子[2]申生。公子重耳[3]谓之曰:"子盖[4]言子之志于公乎?"世子曰:"不可。君安骊姬,是我伤公之心也。"曰:"然则盖行乎?"世子曰:"不可。君谓我欲弑[5]君也。天下岂有无父之国哉?吾何行如之[6]?"使人辞于狐突[7]曰:"申生有罪,不念伯氏之言也,以至于死。申生不敢爱其死。虽然,吾君老矣,子[8]少,国家多难,伯氏不出而图[9]吾君。伯氏苟[10]出而图吾君,申生受赐[11]而死。"再拜稽首[12]乃卒[13]。是以为恭[14]世子也。

**【注释】** [1]本节选自《檀弓上》。"檀弓"是人物的姓名，编者用作篇名。全篇内容主要记载了孔子及其弟子们讨论丧礼的言论，富有文学色彩，风格独特。[2]晋献公：春秋时晋国的国君，姓姬，名诡诸。世子：太子。 [3]公子重（chóng）耳：太子申生的同父异母弟弟。后来当上晋国国君，称晋文公，是春秋五霸之一。[4]盍（hé）：通"盍"，何不，为什么不。 [5]弑（shì）：臣子杀国君，或儿子杀父亲叫弑。 [6]行：这里指逃奔。如：连词。之：往，去。 [7]辞：告别。狐突：申生的师傅，字伯行，所以又称"伯氏"。 [8]子：指骊姬的儿子奚齐。 [9]图：策划，谋划。 [10]苟：如果，倘若。 [11]赐：恩惠。 [12]再拜：连拜两次。稽（qǐ）首：古时叩头敬礼。 [13]卒：死去。 [14]恭：人死后按其生前敬顺的事迹给予的称号，即谥（shì）号。

**【译文】** 晋献公想要杀掉他的太子申生。公子重耳告诉申生说："你为什么不把自己心中的想法对父亲说呢？"太子说："不行。父亲有骊姬才得安乐，我说出来会伤他的心。"重耳又说："那么为什么不逃走呢？"太子说："不行。父亲会说我想谋害他。天下哪里有没有国父的国家？再说我能逃到哪里去呢？"于是申生派人向狐突告别说："我申生有罪，没有听从您的忠告，以致只有去死。我不敢贪生怕死。虽然如此，但我们的国君年纪老了，其爱子年纪又小。国家有许多忧患，您又不肯出来为国君出谋划策。如果您肯出来为国君出谋划策，我就得到了您的恩惠，甘愿去死。"申生再拜叩头行礼，接着自尽身亡。因此，人们送他谥号称"恭世子"。

**【评析】** 太子申生在父王欲杀自己时，既不愿对父王表露心迹，又不愿逃走，最后自尽以成孝道。这事在古代儒生看来可歌可泣，值得赞美，但在今天看来，自尽并非最好的选择。

杀身以成仁，为了某种理想和价值追求而献出自己的生命，这本身的确值得赞颂。它体现了人类超越肉体生命的一种追求，体现了古人对生命存在的一种深刻领悟：肉体存在的价值和意义不仅仅在于肉体本身，更在于它与某种精神意义相连。换句话说，活着应当有意义和价值——不管这种意义和价值的具体内涵是什么。

申生所看重的是人伦纲常中的孝道。他的角色定位是儿子，是本可以继承王位的特殊的儿子——太子。他由此而来的职责和义务是无条件地服从父亲，不能有超越角色和职责义务的言行举止。对此，他有高度的意识和自觉性，所以不惜以生命的代价来换取他所笃信的价值和理想。对于他来说，可谓是"生命诚可贵，孝道价更高。若为孝道故，生命可以抛"。

这篇一百五十字的短文，没有议论，没有说教，甚至没有一句客观的描述和抒情的词语，有的只是一段对话、一段独白，完全通过人物自己的语言来塑造人物形象。然而，它却写得委婉曲折，血泪交织，十分动情。

　　晋献公宠爱骊姬,骊姬为使自己的亲生儿子奚齐能继承君位就诬陷太子,说太子要谋杀其父献公,献公轻信骊姬,逼迫太子申生自尽。申生在被谗蒙冤的情况下,既不申辩以伤君父之心,也不出逃以扬君父之过,终于含冤自杀。文章头一句"晋献公将杀其世子申生",开始就造成一种恐怖、紧张而充满悬念的气氛。骊姬因阴谋得逞而偷着乐的得意神情,老而昏聩的献公要杀亲子的愤怒与沉痛,尽在不言中。而申生众多的兄弟们,满朝的文武大臣们,亲者、仇者又会有什么反应,申生自己有什么反应,都令读者产生悬念。然而被杀者申生却坦然自若,从容面对死亡。作者把残酷的环境与申生坦然的心境加以对比,并在对比的反差中,揭示人物的忠孝之心,塑造人物的形象。先是重耳与申生的对话。申生对重耳的"盍言""盍行"的回答,一不辩白,是怕伤老父的心;二不出走,是怕扬父之过。一般情况下的忠孝,不会引人注目;儿子蒙受亲生父亲的冤屈,能无怨无恨,从容赴死,就不能不给人留下深刻印象了。如果说申生与重耳的对话,表现了申生尽忠尽孝于生前;那么,申生派人代表他与老师狐突诀别,乃是尽忠孝于身后。"伯氏"二句,表明申生在临死前,念念不忘的还是君国,想的还是在自己死后贤士大夫如何帮助君上治国安邦。"吾君老矣,子少,国家多难。"这十个字,既表现了他临死前的清醒认识,也显示了他对国家命运的忧患以及对老父、幼弟的深切关爱。饱含感情,一字一泪。这种愚忠愚孝,今天看来,过于迂腐,未免可笑,但此文之所以催人泪下,似乎也正在于一个"愚"字。

# 3　子夏丧其子而丧其明[1]

　　子夏[2]丧其子而丧其明。曾子吊之,曰:"吾闻之也:朋友丧明,则哭之。"曾子哭,子夏亦哭,曰:"天乎! 予之无罪也!"曾子怒曰:"商! 女[3]何无罪也? 吾与女事夫子于洙、泗[4]之间,退而老于西河[5]之上,使西河之民疑[6]女于夫子,尔罪一也。丧尔亲,使民未有闻焉,尔罪二也。丧尔子,丧尔明,尔罪三也。而曰女何无罪与?"子夏投其杖而拜曰:"吾过矣! 吾过矣! 吾离群而索居[7],亦已久矣!"

　　**【注释】** 　[1]本节选自《檀弓上》。　　[2]子夏:孔子的弟子,春秋末期卫国人,名叫卜商,子夏是字。　　[3]女(rǔ):通"汝",你。　　[4]事:侍奉。夫子:孔子弟子对孔子的尊称。洙、泗:古时鲁国的两条水名。　　[5]西河:地名,在今陕西东部黄河西岸地区。　　[6]疑:通"拟",比拟。　　[7]索居:独居。

　　**【译文】** 　子夏因儿子死了而哭瞎了眼睛。曾子前去吊唁并说:"我听说朋友的眼睛失明了,就要为他哭泣。"曾子哭了,子夏也哭起来,说道:"天啊! 我没有罪过呀!"曾子气愤地说:"你怎么没有罪过呢? 以前我和你在洙水和泗水侍奉老师,后来你告老回到西河,使西河的人们把你比作老师。这是你的第一条罪过。你居亲人之丧,没有可以为人特别称道的事,这是你的第二条罪过。你儿子死了你就哭瞎了眼睛,这是你的第三条罪过。你怎么能说没有罪过呢？"子夏听后扔掉手杖，下拜说："我错了！我错了！我离开朋友独自居住太久了。"

**【评析】** 儒家讲"仁"。仁的内容之一是爱人，是以宽厚之心去爱护他人。这个宽厚之心，并不是没有原则地姑息迁就，也不是丧失自我立场的随便附和，而是用德行去感化、影响对方。这种爱法叫作"爱人以德"，用今天的话说，对朋友的真正爱护，是帮助他克服自己的缺点，改正自己的过错。子夏的故事讲的就是这个道理。

儒家的这个思想早已得到人们的认同，并把它当作做人的准则之一。比如俗话说的"良药苦口利于病，忠言逆耳利于行"，其实便是对"爱人以德"的通俗解说。

忠告朋友，告诫朋友，提醒朋友，是爱心的体现。这个十分明显的道理，人们在实际中总是难以接受。遇到批评就以为是对方与自己过不去，甚至是故意与自己作对。可是，如果忠告者不看重这个人，不关心这个人，又怎会对这个人进行规劝和提醒呢？

# 4 子柳之母死[1]

子柳[2]之母死。子硕请具[3]。子柳曰："何以哉？"子硕曰："请粥庶弟[4]子母。"子柳曰："如之何其[5]粥人子母以葬其母也？不可。"既葬，子硕欲以赙[6]布之余具祭器。子柳曰："不可，吾闻之也，君子不家[7]于丧。请班诸兄弟之[8]贫者。"

**【注释】** [1]本节选自《檀弓上》。 [2]子柳：鲁国人。 [3]子硕（shí）：子柳的弟弟。具：备办。这里指备办丧葬的器用。 [4]粥（yù）：同"鬻"，卖。庶弟：父亲的妾所生的年幼的儿子。 [5]如之何：怎么。其：语气助词，没有实义。 [6]赙（fù）布：送给丧家助葬的钱帛。 [7]家：意思是充作家用。 [8]班：分发。诸：之于，给……。之：代词，指剩下的钱帛。

**【译文】** 子柳的母亲去世了，子硕请求备办丧葬的器用。子柳说："用什么来备办呢？"子硕回答道："请把庶弟的母亲卖了。"子柳说："怎么可以卖掉别人的母亲，用得来的钱安葬自己的母亲呢？不行。"安葬之后，子硕想用别人送来助葬剩下的钱帛备办祭祀器物。子柳说："不能这样。我听说，君子不借丧葬之事以利其家，还是我把剩下的钱帛分发给贫穷的兄弟们吧。"

**【评析】** 借机发财，是势利之人的心态。只要机会出现，有利可图，他们便会削尖脑袋钻营，管他正当不正当、仁义不仁义，绝不会放过任何一点借机发财的时机。

那么,君子就不爱财了? 非也。君子爱财,取之有道。这就是说,君子和小人都爱财,这大概是人的天性。但是,君子和小人的区别在于:一个取财有道,一个取财无道;一个是正当的,一个是不义的。这是原则上的差别。

君子既要顾自己的利益,也要考虑别人的利益,凭自己的正当劳动获取理应得到的财物,比如孔子收取学生的"束脩"(干肉)。小人则只顾自己,不顾别人,视发不义之财为常事,把自己的快乐建立在他人的痛苦之上。我们要记住这个原则差别,约束自己不正当的发财欲望。

# 5　晋献公之丧[1]

晋献公之丧,秦穆公[2]使人吊公子重耳。且曰:"寡人[3]闻之:亡国恒于斯,得国恒于斯。虽吾子俨然在忧服[4]之中,丧[5]亦不可久也,时亦不可失也,孺子[6]其图之!"以告舅犯[7]。舅犯曰:"孺子其辞[8]焉! 丧人无宝,仁亲[9]以为宝。父死之谓何? 又因以为利,而天下其孰能说[10]之? 孺子其辞焉!"公子重耳对客曰:"君惠吊亡[11]臣重耳,身丧父死,不得与[12]于哭泣之哀,以为君忧。父死之谓何? 或敢[13]有他志,以辱君义?"稽颡[14]而不拜,哭而起,起而不私[15]。子显以致命[16]于穆公,穆公曰:"仁夫公子重耳! 夫稽颡而不拜,则未为后[17]也,故不成拜[18]。哭而起,则爱父也。起而不私,则远利也。"

【注释】　[1]本节选自《檀弓下》。　[2]秦穆公:春秋时秦国的国君,姓嬴,名任好,春秋五霸之一。　[3]寡人:古时君主的自称。这里是使臣代国君讲话。[4]吾子:表示亲爱的称呼。俨然:严肃的样子。忧服:忧伤服丧。　[5]丧(sāng):失位逃亡。　[6]孺子:对年幼者的称呼。　[7]舅犯:重耳的舅舅狐偃,字子犯。　[8]辞:推辞,拒绝。　[9]仁亲:以仁爱对待亲人。　[10]孰(shú):谁。说:辩解。　[11]亡:逃亡,流亡。　[12]与:参与。　[13]或:又。敢:岂敢,怎敢。　[14]稽颡(qǐ sǎng):古时居父母之丧时跪拜宾客的礼节。拜:拜谢。[15]私:私下交谈。　[16]子显:公子絷(zhì),字子显,是秦穆公派来吊唁的使者。致命:复命,汇报。　[17]后:指继承人。　[18]不成拜:指稽颡,不拜谢。

【译文】　晋献公死后,秦穆公派使者向流亡在国外的晋公子重耳吊唁,并且说:"我听说,亡国常在这时,得到国家也常在这时。虽然你现在庄重地处在忧伤服丧期间,但失位流亡不宜太久,不可失去谋取君位的时机。请你好好考虑一下!"重耳把这些话告诉了舅犯。舅犯说道:"你要拒绝他的劝告! 流亡在外的人没有什么可宝贵的东西,只有把以仁爱对待亲人当作宝物。父亲去世是怎样的事啊? 利用这种机会来图利,天下谁能为你辩解? 你还是拒绝了吧!"于是公子重耳答复来使说:"贵国国君太仁惠了,派人来为我这个出亡之臣吊唁。我出亡在外,父亲去世了,因此不能到灵位去哭泣,表达心中的悲哀,使贵国国君为我担忧。父亲去世是怎样的事啊? 我怎敢有别的念头，有辱于国君待我的厚义呢？"重耳只是跪下叩头并不拜谢，哭着站起来，起来之后也不与宾客私下交谈。子显向秦穆公报告了这些情况，穆公说："仁义呀，公子重耳！他只跪叩头而不行拜礼，这是不以继承君位者自居，所以不行拜礼。哭着起立，是表示敬爱父亲。起身后不与宾客私下交谈，是不贪求私利。"

【评析】　重耳面对权力的诱惑而不动，流亡在国外而不妄称君主的接班人。可见，春秋时，人们讲求做一个堂堂正正的君子，不搞阴谋诡计，凡事讲究礼仪，讲究名正言顺。而专靠耍手腕，搞小动作，贪欲膨胀，僭越名分而取得不应属于自己的名誉、地位、财富，是为人不齿的。

同法相比，礼是一种柔性的社会规范。它主要靠人们内心的自觉，而内心的自觉来自性情的陶冶和修炼。因而，这种柔性规范的作用总是有限的，古人多半针对"君子"强调礼，把"小人""野人"排除在礼之外，大概便是意识到了凭自觉和修养来守礼，不是人人都能做到的。

此外，在讲礼成风的春秋时期，要成为"王者"，除了凭实力之外，也逃不出礼仪的制约；或者干脆说，不讲礼仪，就不能收服人心，就成不了王者。公子重耳之所以能称雄一时，成为春秋五霸之一，与此有极大的关系。

# 6　孔子过泰山侧[1]

孔子过泰山侧，有妇人哭于墓者而哀，夫子式[2]而听之。使子贡问之，曰："子之哭也，壹[3]似重有忧者。"而曰："然。昔者吾舅[4]死于虎，吾夫又死焉，今吾子又死焉。"夫子曰："何为不去也？"曰："无苛[5]政。"夫子曰："小子识[6]之：苛政猛于虎也！"

【注释】　[1]本节选自《檀弓下》。　[2]式：通"轼"，车前的横木，供乘车时手扶用。　[3]壹：的确，确实。　[4]舅：丈夫的父亲。　[5]苛：苛刻，暴虐。[6]小子：长辈对晚辈的称呼。识（zhì）：记住。

【译文】　孔子路过泰山旁边，见到一个妇人在坟墓前哭得很伤心。孔子用手扶着车轼侧耳听。他让子贡前去询问说："听您的哭声，真像是一再遇上忧伤的事。"妇人说道："是的。以前我公公被老虎咬死了，我的丈夫也被咬死了，如今我儿子又死于虎口。"孔子说："那您为什么不离开这里呢？"妇人回答说："这里没有苛政。"孔子对子贡说："你要好好记住，苛政比老虎还要凶猛啊！"

【评析】　宁与老虎为伴，死于虎口，也不愿去接受暴虐者的统治，本文用反衬的方法烘托出当时社会政治的残暴专横和百姓的不堪忍受。个人是无力反抗比野兽还要凶残的暴政的，即使像孔子那样的圣人，也只有哀叹的份儿。

# 7　鲁人有周丰也者[1]

鲁人有周丰也者,哀公执挚[2]请见之。而曰:"不可。"公曰:"我其已[3]夫?"使人问焉,曰:"有虞氏[4]未施信于民而民信之,夏后氏[5]未施敬于民而民敬之,何施而得斯[6]于民也?"对曰:"墟[7]墓之间,未施哀于民而民哀;社稷[8]宗庙之中,未施敬于民而民敬。殷人作誓而民始畔[9],周人作会[10]而民始疑。苟无礼义、忠信、诚悫之心以莅[11]之,虽固结[12]之,民其不解乎?"

**【注释】**　[1] 本节选自《檀弓下》。　[2] 挚:通"贽",古人相见时所带的礼物。[3] 其:岂,怎能。已:止。　[4] 有虞氏:古代部落,首领为舜。　[5] 夏后氏:古代部落,首领禹之子启建立了夏朝。　[6] 斯:此。这里指代信任和尊敬。[7] 墟:废墟。　[8] 社稷:这里指祭祀土神和谷神的寺庙。　[9] 畔:通"叛",反叛。　[10] 作会:举行盟会。　[11] 悫(què):恭谨、诚实。莅(lì):君临。[12] 固结:安定团结。

**【译文】**　鲁国有个叫周丰的人,鲁哀公带着礼物去请求见他,他却说:"不行。"哀公说:"我难道就此算了吗?"于是哀公派使者去请教周丰说:"虞舜没有对百姓进行信义的教化,而百姓却信任他;夏禹没有对百姓进行诚敬的教化,而百姓却敬重他。那么,要进行怎样的正教才能得到百姓的信任和敬重呢?"周丰回答说:"在先民的废墟和坟墓之间,用不着教百姓悲哀,而百姓会悲哀;在社稷和宗庙里,不必教百姓敬重,百姓自然会敬重。殷代统治者曾用誓言约束民众,而民众却背叛了他们;周代的统治者曾举行盟会来团结民众,而民众却怀疑他们。如果不用礼仪、忠信及诚恳之心对待百姓,即使能使民众勉强安定团结,但最终民众怎能不离散呢?"

**【评析】**　这段关于对老百姓进行教育的说法,很容易让我们想起至今还保留在北京的圆明园遗址。无论我们向人们讲多少遍八国联军入侵北京时的罪行,都不如让人们亲眼去看看那些断壁残垣和荒草湮没中的乱石。身临其境,会达到任何说教都无法达到的效果。

可是,并不可能什么事都让人们去耳闻目睹。这样,说教就必不可少了。说教似乎是无可非议的,问题在于,如果说教者只是板起面孔教训别人,自己以居高临下的姿态出现,以为只有自己是正确的、最聪明的,那么被说教者就会产生反感和抵触情绪。如今说教成了一个不大受欢迎的词,原因多半就在这里。说教者只要求别人做到,自己却置身于规范之外,从来不在乎被说教者如何看自己,干脆说,就是说的是一套,做的又是一套。

所以,即使不能让接受说教的人耳闻目睹,说教者自己也应当身体力行,明白言教不如身教的道理,然后才能以说教者的身份与别人对话。

# 8  齐 大 饥[1]

齐大饥。黔敖为食于路，以待饿者而食[2]之。

有饿者蒙袂辑屦[3]，贸贸然[4]来。黔敖左奉食，右执饮，曰："嗟[5]！来食！"扬其目而视之，曰："予唯不食嗟来之食，以至于斯也！"从而谢[6]焉，终不食而死。曾子闻之，曰："微与[7]！其嗟也可去，其谢也可食。"

**【注释】** [1] 本节选自《檀弓下》。  [2] 食（sì）：拿饭给人吃。  [3] 蒙袂（mèi）：用衣袖蒙着脸。辑屦（jù）：身体无力迈不开步子的样子。  [4] 贸贸然：眼睛看不清而莽撞前行的样子。  [5] 嗟：带有轻蔑意味的呼唤声。  [6] 从：跟随。谢：表示歉意。  [7] 微：不应当。与：表示感叹的语气词。

**【译文】** 齐国出现了严重的饥荒。黔敖在路边准备好饭食，以供饥饿的人路过来吃。有个饥饿的人用袖子蒙着脸，无力地拖着脚步，莽撞地走来。黔敖左手端着吃食，右手端着汤，说道："喂！来吃吧！"那个饥民扬眉抬眼看着他，说："我就是不愿吃嗟来之食，才落到这个地步！"黔敖追上前去向他道歉，他仍然不吃，终于饿死了。曾子听到这件事后说："恐怕不该这样吧！黔敖无礼呼唤时，当然可以拒绝，但他道歉之后，则可以去吃。"

**【评析】** "不食嗟来之食"这句名言就出自这个故事，是说为了表示做人的骨气，绝不低三下四地接受别人的施舍，哪怕是让自己饿死。

这则故事是说做人要有骨气，用通俗的话来说，人活的是一口气，即使受苦受难，也不能少了这口气。还有一些类似的说法，比如"人穷志不短"比如"宁为玉碎，不为瓦全"，都表示了对气节的看重，对人的尊严的强调，对人的精神的重视。

即使是在今天，这一传统观念依然有其存在的价值与合理性。在人的精神和肉体之间，在精神追求和物质追求之间，在人的尊严和卑躬屈膝之间，前者高于、重于后者。在二者不能两全的情况下，宁可舍弃后者，牺牲后者，也不能使自己成为行尸走肉、衣冠禽兽。

人之所以为人，而非行尸走肉，区别正在这里。

# 9  玉不琢  不成器[1]

玉不琢，不成器。人不学，不知道。是故古之王者建国君[2]民，教学为先。《兑[3]命》曰："念终[4]始典于学。"其此之谓乎！

**【注释】** [1] 本节选自《学记》。  [2] 君：这里的意思是统治。  [3] 兑（yuè）命：《古文尚书》中的篇名，也作《说命》。  [4] 念终：始终想着。

**【译文】** 玉石不经过琢磨，就不能用来做器物。人不通过学习，就不懂得道理。因此，古代的君王建立国家，治理民众，都把教育当作首要的事情。《尚书·兑命》中说:"自始至终想着学习。"大概就是说的这个意思吧。

【评析】　玉石是天生生成的,但要成为有用的东西,还得要经过打磨加工。用这个道理来说明学习的重要性,要比西方哲学家洛克的"白板说"更切合实际。洛克认为,人的心灵天生像一张白纸,后来通过积累经验和学习,便在白纸上画出了各种图画。

玉石同白纸显然不一样的。白纸什么都没有,而玉石则包含了潜在的有用成分和价值。白纸上的痕迹是外力机械地加上去的,琢磨玉石则是让它的潜能充分发挥出来。

儒家的学者一方面承认了人所拥有的天赋和才能(不像白纸一无所有),另一方面则强调必须通过学习的过程,使天赋、才能得到充分的展现。确定了这个大前提,剩下的问题便是学习的具体方法和技巧了。

# 10　虽有嘉肴[1]

虽有嘉肴[2],弗食,不知其旨[3]也。虽有至道[4],弗学,不知其善也。是故学然后知不足,教然后知困[5]。知不足,然后能自反[6]也;知困,然后能自强[7]也。故曰:教学相长也。《兑命》曰:"学学半[8]。"其此之谓乎?

【注释】　[1]本节选自《学记》。　[2]肴:带骨头的肉。　[3]旨:甘美的味道。　[4]至道:好到极点的道理。　[5]困:不通。　[6]自反:反躬自省。[7]强(qiǎng):勉励。　[8]学(xiào)学半:意思是说教人是学习的一半。

【译文】　虽然有美味的肉食,但不去品尝,就不知道味道的甘美。虽然有最好的道理,但不去学习,就不知道它的好处。所以,学习之后才知道自己的不足,教人之后才知道自己有不懂的地方。知道了自己的不足,然后就能自我反省;知道了自己不懂的地方,然后才能勉励自己。所以说教和学是相互促进的。《尚书·兑命》说:"教人是学习的一半。"这话说的就是这个道理。

【评析】　这段文字很容易让我们想起毛泽东在《实践论》当中说的一段话:"你要知道梨子的滋味,你就得变革梨子,亲口吃一吃。"儒家思想的一大特点就是非常重视实践,要求把明白了的道理付诸行动,通过行动来证明道理是否正确。

实践必须抱着现实主义的实事求是的态度,以清醒冷静的态度面对现实,是一就是一,绝不说是二。即使错了,也要敢于承认,知行合一,理论和实际联系在一起,反对空头理论。这样就有了"学然后知不足,教然后知困"这种自然而然的结论。

学习本身是一种实践活动,当然必须用实事求是的态度来对待,而不能掺杂使假或者骄傲浮躁。正如毛泽东所说的,"虚心使人进步,骄傲使人落后"。另一方面,教和学是相互促进、相辅相成的。

163

# 11 古之教者[1]

古之教者，家有塾[2]，党有庠[3]，术有序[4]，国有学[5]。比年[6]入学，中年[7]考校。一年视离经[8]辨志，三年视敬业乐群，五年视博习亲师，七年视论学取友，谓之小成[9]。九年知类通达，强立而不反，谓之大成[10]。夫然后足以化民易俗，近者说[11]服，而远者怀之[12]，此大学之道也。《记》[13]曰："蛾子时术[14]之。"其此之谓乎！

**【注释】**　[1]本节选自《学记》。　[2]家：这里指"闾"，二十五户人共住一巷称为闾。塾：闾中的学校。　[3]党：五百户为党。庠（xiáng）：设在党中的学校。[4]术（suì）：通"遂"，一万二千五百家为遂。序：设在遂中的学校。[5]国：国都。学：大学。　[6]比年：每年。　[7]中年：隔一年。　[8]离经：给经书断句。[9]小成：小有成就。　[10]大成：大有成就。　[11]说：通"悦"。　[12]怀：向往。　[13]《记》：古时记得失的书。　[14]蛾（yǐ）子：小蚂蚁。术：学习。

**【译文】**　古时教学，闾中有塾，党中有庠，遂中有序，国都有大学。每年有新生入学，隔一年有一次考试。入学第一年考查断句的能力，辨别志向所趋；第三年考查是否专心于学业，是否乐于合群切磋；第五年考查学生的知识面是否广博、是否敬爱师长；第七年考查对学问的见解和对朋友的选择。如果考查合格，就叫作"小成"。第九年考察知识畅达，触类旁通，能遇事不惑，不违背师训，这就叫作"大成"。像这样，就能够教化民众，改变风俗，使近处的人心悦诚服，使远处的人都来归附，这就是大学教育的道理。古书上说："小蚂蚁经常学习衔土堆成堆。"说的正是这个道理。

**【评析】**　学习的确需要日积月累，循序渐进。这是一个时间过程，由此设立一整套的制度和措施，比如课程设置、教学方法、考试制度，是完全必要的。我们看到，这些东西在先秦时期已发展得比较完整了。

# 12 大学之教也[1]

大学之教也，时教必有正业，退息必有居学[2]，不学操缦[3]，不能安弦[4]；不学博依[5]，不能安诗；不学杂服[6]，不能安礼；不兴其艺[7]，不能乐学。故君子之于学也，藏[8]焉，修焉，息焉，游[9]焉。夫然，故安其学而亲其师，乐其友而信其道，是以虽离师辅[10]而不反也。《兑命》曰："敬孙务时敏，厥修乃来[11]。"其此之谓乎！

**【注释】**　[1]本节选自《学记》。　[2]居学：在家休息时的学习。　[3]操缦：弹拨的基本技能。　[4]安弦：懂得音乐。　[5]博依：各种比喻。　[6]杂服：各种服饰。　[7]兴：重视。艺：指各种技艺。　[8]藏：怀抱。　[9]游：闲暇。

[10] 辅：指朋友。　　[11] 孙：通"逊"，谦虚。务：必须。来：到达。

【译文】　大学教学，按照时序进行，必须有正式的课业，课后休息时也得有课外练习。不学习弹拨的基本技能，就不能懂得音乐；不学习各种比喻的方法，就不能理解诗；不学习各种服饰的用途，就不懂得礼仪；不重视学习各种技艺，就不能激发对学业的兴趣。所以君子对于学业，要心中念着，反复研习，休息或闲暇时也念念不忘。如果能这样，就能学懂得课业并尊敬师长，乐于同朋友交往并信守正道，即使离开了师长和朋友，也不会违背他们的教诲。《尚书·兑命》中说："谦虚恭谨，孜孜不倦，修行就能成功。"这话说的就是这个道理吧。

【评析】　贵族学校培养的学生除了正常课业教授的圣贤经典之外，业余时间所学均为诗、书、琴、棋、画一类，目的在于全面增强个人修养，陶冶内在情操。
　　贵族学校的教育方法，显然是孔子"学而时习之"这一思想的具体化。它要求学生无论是课内还是课外，心里都得牵挂着学业，不能有所怠慢和荒废。这种执着的精神，也体现了儒家思想的现实主义实践特色。精诚所至，金石可镂。只要有恒心和毅力，没有办不到的事情。
　　学习的确需要恒心和毅力。悟性和天赋虽然也重要，但仅仅凭它们，恐怕很难学好课业，最主要的还得靠勤奋和毅力，古人所说的"勤能补拙"正是这个意思。

# 13　大学之法[1]

大学之法：禁于未发之谓豫[2]，当其可之谓时[3]，不陵节而施之谓孙[4]，相观而善之谓摩[5]。此四者，教之所由兴也。

发然后禁，则扞格而不胜[6]；时过然后学，则勤苦而难成；杂施而不孙，则坏乱而不修；独学而无友，则孤陋而寡闻；燕朋[7]逆其师；燕辟[8]废其学。此六者，教之所由废也。君子既知教之所由兴，又知教之所由废，然后可以为人师也。

故君子之教喻[9]也，道而弗牵[10]，强而弗抑[11]，开而弗达[12]。道而弗牵则和，强而弗抑则易，开而弗达则思。和易以思，可谓善喻矣。

【注释】　[1] 本节选自《学记》。　[2] 豫：通"预"，预防。　[3] 可：适当。时：及时。　[4] 陵：超过。节：限度。孙：通"逊"，顺。　[5] 摩：观摩。　[6] 扞(hàn)格：抵触。胜：克服。　[7] 燕朋：轻慢而不庄重的朋友。　[8] 燕辟：轻慢邪辟的言行。　[9] 喻：启发诱导。　[10] 道：通"导"，引导。牵：强拉。[11] 强(qiǎng)：勉励。抑：压制。　[12] 开：启发。达：通达。

【译文】　大学的教育方法是：在不合正道的事发生之前加以禁止，叫作预先防备；在适当的时候加以教导，叫作合乎时宜；不超过学生的接受能力进行教导，叫作顺应；使学生相互观摩而得到好处，叫作切磋。这四点是教育取得成功的原因。

事情发生以后才禁止，就会遇到障碍而难以克服；过了适当时机才去学习，虽然勤勉努力，也难以有成就；杂乱施教而不按顺序教学，就会使学生头脑混乱而无法补救；独自学习而没有朋友一起商量，就会孤陋寡闻；轻慢而不庄重的朋友会使人违背师长的教导；轻慢邪僻的言行会使学生荒废学业。这六点是导致教育失败的原因。

君子既知道了教育成功的原因，又知道了教育失败的原因，就可以做别人的老师了。所以君子教导学生，靠的是引导而不是强迫服从，是勉励而不是压制，是启发而不是全部讲解。引导而不是强迫，就会使师生关系和谐；勉励而不是压制，学习就容易成功；启发而不是全部讲解，学生就会善于思考。能使师生关系和谐，使学生学习容易成功，使学生善于思考，就可以说是善于教导了。

**【评析】** 这一节专门讲教育和学习的方法，从及时施教、因人施教、启发诱导，到相互切磋、取长补短，可以说非常全面。方法的问题之所以重要，就在于它直接关系到教和学的成败。其实不仅教育是这样，几乎一切实践活动都存在方法的问题。目标无论怎么伟大和诱人，方法不对，都是难以实现目标的。成语中的"事倍功半"和"事半功倍"，都是就方法问题而言的，也表明了方法问题在实践中的重要性。

从理论上讲方法的重要性，并不是一桩难事；而要在实践中做到面面俱到，就不是那么容易的了。比如，过于严厉的人，可以把学生管得服服帖帖的，但不会让人感到亲近，这种人也不太会循循善诱；性情温和的人，往往压不住阵脚。能够把各个方面完美地结合在一起的人，是比较少的。

# **14** 凡学之道[1]

凡学之道，严[2]师为难。师严然后道尊，道尊然后民知敬学。是故君之所不臣于其臣[3]者二：当其为尸[4]，则弗臣也；当其为师，则弗臣也。大学之礼，虽诏[5]于天子，无北面，所以尊师也。

**【注释】** ［1］本节选自《学记》。 ［2］严：尊敬。 ［3］不臣于其臣：不用对待臣下的礼节来对待其臣。 ［4］尸：祭主。 ［5］诏：召见。

**【译文】** 凡是为学之道，以尊敬教师最难做到。教师受到尊敬，然后真理才会受到尊重；真理受到尊重，然后民众才懂得敬重学业。所以国君不以对待臣下的礼节来对待下属的情形有两种：一种是在祭祀中臣子担任祭主时，不应以臣下之礼来待他；另一种是臣子当君主的老师时，也不应以臣下之礼来待他。在大学的礼仪中，做老师的人虽然接受国君的召见，也不必按臣礼面朝北，这是为了表示尊敬老师。

【评析】 我们耳熟能详的"师道尊严",就出自这里。通过这段文字我们可知,老师在古代受到尊重是成了一种重要的礼节的,即使在国君面前,也可以不受常礼的约束而受到特殊待遇。尽管这种特别礼遇是有限的,但毕竟体现了古人对老师的重视。

# 15 善 学 者[1]

　　善学者,师逸而功[2]倍,又从而庸[3]之。不善学者,师勤而功半,又从而怨之。善问者如攻[4]坚木,先其易者,后其节目[5],及其久也,相说以解[6]。不善问者反此。善待问者如撞钟,叩之以小者则小鸣,叩之以大者则大鸣,待其从容,然后尽其声。不善答问者反此。此皆进学之道也。

　　【注释】 [1]本节选自《学记》。 [2]逸:安闲,这里指费力小。功:效果。[3]庸:功劳。 [4]攻:治,指加工处理木材。 [5]节:树的枝干交接处。目:纹理不顺处。 [6]说:通"悦"。

　　【译文】 善于学习的人,老师费力小,而自己收到的效果却很大,这要归功于老师教导有方。不善于学习的人,老师费力大,而自己的获得却很小,学生会因此埋怨老师。善于提问的人,就像加工处理坚硬的木材,先从容易处理的地方下手,然后处理节疤和纹理不顺的地方,时间长了,问题就愉快地解决了。不善于提问的人与此相反。善于回答问题的老师,就像撞钟一样,轻轻敲击则钟声较小,重重敲击则钟声大响,敲击得从容不迫,钟才能缓缓尽其余音。不善于回答问题的老师与此相反。这些都是增进学问的方法。

　　【评析】 应答如同敲钟,这是个很不错的比喻。敲钟者应当了解钟的特点和性能,然后以适当的方法去敲击。了解钟是前提,掌握敲钟的技巧次之。没有对钟的特点、性能的了解,技巧本身就无从谈起。因此,敲钟是一个双向的过程,老师回答学生的提问,同样也是一个双向的过程,需要对学生的问题、心态等有较准确的把握,回答的内容才会说到点子上。

　　从学生的角度说,也同敲钟一样,倘若是好钟,用不着重重地敲和反复地敲。常言道,响鼓不用重槌。这就要取决于钟、鼓本身的性能了。破钟、破鼓,共鸣不好的钟、鼓,无论怎么敲,声音都不会洪亮,不会声若雷鸣。就人而言,有两方面的因素影响学习效果:一是本身的悟性,二是已掌握的知识水平。这两个方面总是相互关联的。只有悟性,缺乏必要的知识做支撑,便找不到立足之处;只有满肚子书本知识,不能将它们融会贯通,知识就成了摆设和点缀。

　　所以,做一个好的"敲钟人"不容易,同样,做一个好的"钟"也不容易。好的"钟"遇到好的"敲钟人",自然能成就一番事业。

# 16 记问之学[1]

记问[2]之学,不足以为人师。必也其听语[3]乎！力不能问,然后语之。语之而不知,虽舍之可也。

**【注释】** [1]本节选自《学记》。 [2]记问:凭记忆力掌握知识。 [3]听语:听取学生的问题并解答。

**【译文】** 只凭记忆力掌握书本上的各种知识,这种人没有资格当老师。当老师的人,一定要善于听取学生的问题,并能够随时准备根据学生的提问给以圆满的回答才行。如果学生没有提问的能力时,老师才可以直接告知,加以开导。如果老师开导了学生还是不懂,老师暂时放弃开导,也是可以的。

**【评析】** 所谓"记问之学",用我们今天的话说,就是"读死书、死读书"。先贤认为,读死书的人不配当教师,这是先见之明。

# 17 礼以道其志[1]

礼以道[2]其志,乐以和其声[3],政以一其行,刑以防其奸[4]。礼、乐、刑、政,其极[5]一也,所以同民心而出治道[6]也。

**【注释】** [1]本节选自《乐记》。 [2]道:通"导",诱导。 [3]和其声:意思是说调节人们的情感。 [4]奸:邪恶。 [5]极:最终目的。 [6]出:实现。治道:治国平天下的正道。

**【译文】** 礼仪是用来诱导人心的,音乐是用来调和人的情感的,政令是用来统一人的行为的,刑罚是用来防止邪恶行为的。礼仪、音乐、刑罚和政令,它们的最终目的相同,都是用来统一民心,从而走向治国平天下的正道。

**【评析】** 这一节将音乐同礼仪、政令、刑罚相并列,可见儒家对音乐的作用的重视。

在众多的艺术门类之中,儒家何以独独偏爱音乐,并把它抬到治国安邦的高度？在周代,使用音乐的场合总是在庙堂之中,音乐多用于祭祀和礼仪等重大事务之中,很少有纯粹为了怡情悦性的音乐。因此,儒家认为音乐有教化人的作用。

儒家对音乐的看重,可以使我们发现儒家文艺思想的一个重要特点:十分强调文艺的社会作用。

# 18 凡音者[1]

凡音者,生人心者也。情动于中,故形于声。声成文[2],谓之音。是故治世[3]之音安以乐，其政和；乱世之音怨以怒，其政乖[4]；亡国之音哀以思，其民困。声音之道，与政通矣。

**【注释】**　[1]本节选自《乐记》。　[2]文：这里指条理。　[3]治世：太平盛世。　[4]乖：违背。

**【译文】**　一切音乐都产生于人的内心。情感在心中激荡，便通过声音表现出来。有条理的声音组合，就叫作音乐。所以太平盛世的音乐安详而快乐，这是政治宽和的表现；乱离时代的音乐哀怨而愤怒，这是人民困苦的表现。音乐的道理，与政治是相通的。

**【评析】**　音乐的确可以表现世事人心的变化。反过来，从听音乐当中，可以觉察出世事人心的变化。但是我们必须明白的是，先秦儒家是站在特定的角度来讨论音乐的，即政治的角度、实用功利的角度。如果不考虑这种特殊的历史的状况，不把这些观点放到它所产生的时代中去考察，就不能准确理解儒家对音乐的看法。

实际上音乐作为一种艺术，并非只能用于庙堂之中。它作为人类表达情感的独特方式，可以用于任何场合。在更多的时候，它的表达方式和感受方式都是非常个性化的。

# 19　天地之道[1]

天地之道，寒暑不时则疾[2]，风雨不节则饥。教者，民之寒暑也，教不时则伤世。事[3]者，民之风雨也，事不节则无功。然则先王之为乐也，以法治也，善则行象[4]德矣。

**【注释】**　[1]本节选自《乐记》。　[2]疾：指灾祸。　[3]事：指制度。[4]象：吻合，符合。

**【译文】**　依照天地运行的规律，天气的冷热不按时交替，就会发生灾祸；风雨不调和就会出现饥荒。教化对于民众就像冷热的变化一样，不及时施教就会危害社会。制度对于民众就像风雨的调和一样，没有节度就难见功效。因此，从前的君王创制乐，是当作治理民众的一种方法，恰当地使用，就会使民众的行为与道德相吻合。

**【评析】**　音乐能滋润心灵，所以从前的君王运用乐来教化百姓大众。

# 20　德者，性之端也[1]

德者，性之端也[2]；乐者，德之华[3]也；金石丝竹，乐之器也。诗，言其志也；歌，咏其声也；舞，动其容也。三者本于心，然后乐气从之[4]。是故情深而文明，气盛而化神，和顺积中而英华[5]发外。唯乐不可以为伪。

【注释】　[1] 本节选自《乐记》。　[2] 端：正。　[3] 华：光华。　[4] 气：通"器"。　[5] 英华：光华。这里指乐之美。

【译文】　德是人性之正，乐是德之光华，金、石、丝、竹是乐的工具。诗抒发内心志趣，歌吟唱内心声音，舞表演内心姿态。诗、歌、舞都源于内心，然后用乐器来伴随。所以，情感深厚就会曲调鲜明，气度宏大就会变化神奇，和顺的情感聚积在心中，才会产生美妙的乐作为外在表现。只有乐才不可能伪装出来。

【评析】　表现在表面的东西，有可能是内在的真实反映，也有可能是虚假的掩饰。比如言语，完全可以不表达内心的真实想法，可以花言巧语、言东指西、言不由衷、故作姿态，也可以沉默不语、言行不一。所以古人说"言为心声"，这话是不可尽信的。

音乐与内心有着直接的联系，或者说，音乐就是内心的镜子、内心的"回音"。音乐所表达出来的喜怒哀乐不大可能伪装出来。

# *21*　礼乐不可斯须去身[1]

君子曰："礼乐不可斯须[2]去身。"致[3]乐以治心，则易、直、子、谅[4]之心油然生矣。易、直、子、谅之心生则乐，乐则安，安则久，久则天，天则神。天则不言而信，神则不怒而威，致乐以治心者也。致礼以治躬则庄敬，庄敬则严威。心中斯须不和不乐，而鄙诈之心入之矣。外貌斯须不庄不敬，而易慢[5]之心入之矣。

故乐也者，动于内者也；礼也者，动于外者也。乐极和，礼极顺。内和而外顺，则民瞻其颜色而弗与争也，望其容貌而民不生易慢焉。故德辉动于内，而民莫不承听；理发诸外，而民莫不承顺。故曰：致礼乐之道，举而错[6]之，天下无难矣。

【注释】　[1] 本节选自《乐记》。　[2] 斯须：片刻，须臾。　[3] 致：详审。[4] 子：慈爱。谅：诚信。　[5] 易慢：轻佻怠慢。　[6] 错：通"措"。

【译文】　君子说：礼乐片刻都不能离开身心。详细审视乐的作用以加强内心修养，那么平易、正直、慈爱、诚信之心就会油然而生。具有平易、正直、慈爱和诚信之心，就会感到快乐，快乐就会安宁，安宁就能持久，持久则能成自然，自然就可达到神的境界。到达自然的境界就可以不言语而使人相信；到达神的境界就可以不怒不愠，却让人感到威严。详细审视乐的作用是为了加强内心修养。详细审视礼的作用是为了端正仪表举止，使人庄重恭敬，庄重恭敬就会有威严。如果心中有片刻不平与不快乐，那么卑鄙奸诈的念头就会出现；如果外表有片刻的不庄重与不恭敬，那么轻佻怠慢的念头就会出现。

所以，乐是影响人的内心的，礼是端正人的外表的。乐使人极其平和，礼使人极其恭顺。内心平和而外表恭顺，那么人们看到这样的气色表情就不会同他争斗，看到这样的仪表举止就不会产生轻佻怠慢的念头。因此，德性的光辉萌动于内心，人们就不会不顺从；行为的准则表现在外，人们也不会不顺从。所以说，详审礼和乐的道理，再把它们付诸行动，天下就没有难事了。

【评析】　君子在一般人面前，应当起到表率作用，这样才会使人信任。也就是说，他做人要做得堂堂正正，从内心到外表都光明磊落，有所规范，并且一致。能做到这样，就是一个高尚的人。

这样的君子越多，国家就越有希望。这样的君子也叫"正人君子"：心地端正，从不产生邪念恶念，时刻想到自己的使命，富有献身精神，仪表举止端正，从不会衣冠不整、邋里邋遢，举手投足、表情动作都有规范，言必行，行必果，从不搞阴谋诡计。传说中的"君子国"便是一个礼仪之邦，其中人人是正人君子，大家都风度翩翩、礼让谦和、从不争吵。成语中也有一些说法，比如"君子一言"，是说君子讲信用，说了话要算数，决不反悔；还有"君子之交"，是说君子们的交往绝不俗气地言利，言油、盐、柴、米之类，而是以道义为交往的纽带，所以其淡如水。

做正人君子的重要条件之一，就是片刻都不能离开礼和乐。换句话说，礼和乐是正人君子安身立命的基础。礼用以端正外表，乐用以端正内心。

# 22　夫乐者[1]

夫乐者，乐也，人情之所不能免也。乐必发于声音，形于动静[2]，人之道[3]也。声音动静，性术[4]之变，尽于此矣。故人不耐[5]无乐，乐不耐无形，形而不为道，不耐无乱。先王耻其乱，故制《雅》《颂》之声以道之。使其声足乐而不流，使其文足论而不息[6]，使其曲直、繁瘠、廉肉[7]、节奏足以感动人之善心而已矣，不使放心邪气得接焉。是先王立乐之方也。

是故乐在宗庙之中，君臣上下同听之，则莫不和敬；在族、长、乡、里[8]之中，长幼同听之，则莫不和顺；在闺门[9]之内，父子兄弟同听之，则莫不和亲。故乐者，审一[10]以定和，比物[11]以饰节，节奏合以成文，所以合和父子君臣，附亲万民也。是先王立乐之方也。

故听其《雅》《颂》之声，志意得广焉；执其干戚，习其俯、仰、诎[12]、伸，容貌得庄焉；行其缀兆[13]，要[14]其节奏，行列得正焉，进退得齐[15]焉。故乐者，天地之命，中和[16]之纪，人情之所不能免也。

**【注释】** [1]本节选自《乐记》。 [2]动静：动作，这里指舞蹈。 [3]道：指情理。 [4]性术：内在的思想情感。 [5]耐：通"能"。 [6]息：泯灭。 [7]瘠：少，简单。廉：细小。肉：洪亮。 [8]族、长、乡、里：古代行政区划单位。族为百家，长为二百五十家，乡为一万二千五百家，里为二十五家。 [9]闺门：家门。 [10]审：确定。一：指五音的起点宫音。 [11]物：这里指乐器。 [12]诎(qū)：屈曲。 [13]缀兆：舞蹈的行列和活动区域。 [14]要(yāo)：配合。 [15]齐：协调统一。 [16]中和：不偏不倚、和谐适度。

**【译文】** 乐的意思是欢乐，是人的性情之中不可缺少的。欢乐必然要借声音来表达，借动作来表现，这是人之常情。声音和动作表现人们内心思想情感的变化，全部表现无遗。所以，人不能没有欢乐，欢乐不能不表现出来，表现得不合规范，就会混乱。先王憎恶邪乱，所以创制了《雅》和《颂》的乐歌来加以引导，使乐歌足以令人快乐而不放纵，使乐歌的文辞足以明晰而不隐晦，使乐歌的曲折、平直、繁杂、简洁、细微、洪亮和节奏足以激发人们的向善之心，不让放纵邪恶的念头来影响人心。这就是前代君主作乐的宗旨。

因此，在宗庙里演奏先王之乐，君臣上下一同聆听，没有谁不附和恭敬；在族长乡里演奏音乐，年长的和年幼的人一同聆听，没有谁不和谐顺从；在家门之内演奏音乐，父子兄弟一同聆听，没有谁不和睦亲近。所以，作乐要先确定基调宫音以协调众音，用各种乐器演奏以表现节奏，节奏和谐而形成整个乐章，用它来协调君臣父子的关系，使民众相亲相随。这就是前代君王作乐的宗旨。

所以，听到《雅》《颂》的乐歌，会使人心胸开阔；拿着盾戚等舞具，学习俯、仰、屈、伸等舞蹈动作，会使人仪态变得庄重；按一定的行列和区域行动，配合着音乐的节奏，行列就会整齐，进退也会协调统一。所以，乐表现了天地间的协同一致，是中正谐和的纲纪，是人的性情必不可少的。

**【评析】** "中和"是儒家的一个很重要的观念，它要求在事物的各个方面、各个向度上采取中间态度，不要走极端，不偏不倚，恰到好处。

这样，就能趋于和谐适度。比如音乐，它可以表达内心情感，但是又不能放纵地发泄，要有所节制，合乎规范，才可以起到调节内心情感的作用。

音乐、舞蹈等艺术也好，社会生活中的人际关系也好，天地万物运行的法则也好，在儒家看来都遵循着"和谐"的规则。事物得以成立、运动、变化的根本，是矛盾对立的各个方面既相互克服又相互依存。一中有多，多中有一。虽然人们的社会角色各不相同，但他们又都向善，各自安于各自的职位，尽到自己的职责，天下就太平了。音乐由各种声音组成，而其中必须有一个统一的基调，不能各唱各的音，各奏各的调，才能构成一个和谐的整体。

对秩序的强调是"中和"的一个重要方面，没有秩序便会乱作一团。所谓秩序，是指在一个系统内，各个部分有固定的位置，然后有一个主导因素将各部分贯穿在一起,使各个部分服从主导因素。在一个国家中,国君是主导因素,臣民在国君领导下各司其职。在一部音乐中,基调是主导因素,各种表现手段都要服从基调。

秩序是人为的,甚至有时是强制性的,这与老庄所主张的自然无为相对立。自然无为主张自然而然,自自然然,反对人为地设置等级、界限、规则、制度等,合乎自然便是合乎天地宇宙之道,是最高的和谐。

很难说主张秩序与追求自然谁对谁错,这是两种不同的宇宙观、社会观和人生理想。也许,这两者的中和还是一种理想境界呢!既有人为的秩序,又追求自然的旨趣;既强调规则,又在一定程度上无为而治;既遵守礼仪制度,又不完全受它约束。

 **拓展阅读**

### 大礼与天地同节

《礼记·乐记》曰:"大礼与天地同节。"谓礼之极致与天地有相同的节序。人世间的种种礼仪规制以什么为参照呢? 天尊地卑的天地之序当然是最好的基准参照,这是把礼仪的最高参照推至天地之别,是农耕民族仰观俯察思维方式的自然理路。《说文解字》中说:"礼,履也,所以事神致福也。"国之大事,唯祀与戎,诸祀之中,又以敬祀天神地祉为最。所以,"礼"最早产生于祭祀,先民们为什么要祭祀呢? 因为敬畏天地神灵,先民们相信天地神灵在另一世界看着、主宰着现实人间。天地神灵高高在上,令人生畏。"夫礼者,自卑而尊人。"(《礼记·曲礼》)施礼者和所施对象之间等级森严,所以,"礼"从一开始就有等级差别、敬畏之情等蕴含。

礼者,天地之序也。《周易正义》卷首《论易之三名》中说:"天尊地卑,乾坤定矣。"对天地之序的认同是中国礼文化的基本思想,而祭祀天地神灵则是这种思想认同的具体呈现。《周礼》设官分职有所谓天官冢宰、地官司徒、春官宗伯、夏官司马、秋官司寇、冬官考工,这就是承天地四时之序。如郑玄所说,"天官冢宰"是"象天所立之官","地官司徒"是"象地所立之官","春官宗伯"是"象春所立之官"。人间的政治秩序遵从的是天地四时之序。这种礼法天地、则天地、准天地的思想在《礼记》中表述更为鲜明。《礼记·礼运》:"夫礼,必本于天。"《礼记·乐记》:"礼者,天地之序也。"都是这一思维理路。把礼的根本归之为天地之序,是先民们对礼义的诗性解释,其思维向度是人与自然,人伦同天理,天尊地卑自然而然,人伦次序也自然而然。这种思维取向对中国古代文论影响很大。《文心雕龙·原道篇》就是从天地之大道来理解文学之道的,刘勰由"高卑定位"而生两仪,天有"丽天之象",地有"理地之形",都自然而然,进而推导出人文的"自然之道。"在思维路向上,正是对天地秩序的认同。《文心雕龙》显然深受这种思维方式的影响,它把天地尊卑之序当作世间人伦秩序的基准参照,所谓

"天地定位"（《文心雕龙·祝盟篇》），就是对天地秩序的遵从。封禅大典更是对上天秩序的遵从典范，天上有"正位北辰"，人间就有"向明南面"。（《文心雕龙·封禅篇》）中国文论视文学通天地，文道通天道，这是中国人整体地、诗性地把握和领悟世界的生动表现。文学与天地万物共生共荣，天地万物成为文学取之不尽用之不竭的源头活水。这体现了中国文论的宽广视野和生生不息的宇宙精神。

以礼治人情。《礼记·礼运》中说："夫礼，先王以承天之道，以治人之情。"天地生万物，天尊地卑决定万物也有贵贱之分。这样，天地之序自然而然地移置到君臣、夫妇、父子、男女等人伦秩序，天地大化就成为万物化育和人伦秩序的根本。德国学者卡西尔认为，这是以天象来解释人间秩序的合理性。他说："人在天上所真正寻找的乃是他自己的倒影和他那人的世界的秩序。"（《人论》）中国的先民们正是这样把人间秩序和天象关联起来的，人间的一切礼仪规制都参照"天地之序"建立起来。这种自然移置的思路和思想在中国礼文化中表现尤为突出。《周礼》中"大宰"的职能就是在一系列活动中实施严格的礼制，实即区分等级差别。如"祭祀""朝觐""会同""宾客"，都有相应的"祭祀之式""宾客之式""羞服之式"，其财资用度、牺牲多寡、参与人员级别，甚至服饰都有不同规定，其内在的依据即礼，也即人伦之别。

带着原始时代就有的诗性思维，先民们把天尊地卑作为人间最大的毋庸置疑的"礼"，又把这种"天地之序"作为基准参照自然而然地推广至约定俗成的"人伦之序"，进而顺理成章地形成世俗社会的各种礼义规制和行为准则，希望形成情理节制、礼乐相和的理想社会。在《礼记》中，这种"承天之序以治人情"的思路更为明显。从"承天之序"来说，《礼记》特别强调祭祀礼仪，从祭祀对象到祭品都有严格的等级差别。《礼记·曲礼下》云："天子祭天地，祭四方，祭山川，祭五祀，岁遍。诸侯方祀，祭山川，祭五祀，岁遍。大夫祭五祀，岁遍。士祭其先。……天子以牺牛，诸侯以肥牛，士以羊豕。"祭祀权即统治权，天子一年四季都要祭祀天地，这是君临天下的礼义象征。从"治人情"来说，《礼记》更是强调人与人之间严格的等级差别。《礼记·曲礼》："夫礼者，所以定亲疏，决嫌疑，别异同，明是非也。"《礼记·王制》就特别强调所谓"知父子、君臣、长幼之义"。（《礼记·文王世子》）

礼者，人道之极也。这句话出自《荀子·礼论篇》。礼对于一个社会一个团体是十分必要的。"恭而无礼则劳，慎而无礼则葸，勇而无礼则乱，直而无礼则绞。"（《论语·泰伯上》）荀子认为，礼起源于早期人类生存物资的分配："礼起于何也？曰：人生而有欲，欲而不得，则不能无求；求而无度量分界，则不能不争；争则乱，乱则穷。先王恶其乱也，故制礼义以分之，以养人之欲，给人之求，使欲必不穷乎物，物必不屈于欲，两者相持而长，是礼之所起也。"（《荀子·礼论篇》）《礼记·礼运》："夫礼之初，始诸饮食。"礼是维护社会秩序的规矩、规则和底线。荀子认为，礼是做人的准绳、规矩，无规矩不成方圆。轻礼之人是"无方之民"，也即不懂规矩没有教养的人；重礼之人是"有方之士"，也即懂规矩有教养的人。（《荀子·礼论篇》）有礼还是无礼，这是人和动物的根本区别。圣人之所以制礼作乐，就是让人知道自己是人，而不是禽兽："是以圣人作，为礼以教人，使人以有礼，知自别于禽兽。"（《礼记·曲礼》）从社会来说，"礼者，贵贱有等，长幼有差，贫富轻重皆有称者也。"（《荀子·富国篇》）礼是维持整个社会良好秩序的必然遵循。从国家来说，"国无礼则不正。"（《荀子·王霸篇》）总之，从个人、社会、国家三个层面来说，"人无礼不生，事无礼不成，国家无礼不宁。"（《荀子·大略篇》）要求人们严守礼仪，就是对整个社会等级秩序的认可。可见，荀子对礼的社会功能已有比较深刻的认识。中国号称礼仪之邦，从军国大事到日常生活，礼的精神无处不在，没有礼就"不成""不备""不定""不亲""不行""不诚""不敬"。（《礼记·曲礼上》）

　　礼是中国文化的基本构架和思想标识。《文心雕龙·宗经篇》中说："象天地，效鬼神，参物序，制人纪。"效法天地、效法万物之序，天地之道自然进入人伦之序。文学与人伦之序有千丝万缕的联系，文学创作受礼义的规制。刘勰《文心雕龙·诔碑篇》："贱不诔贵，幼不诔长，在万乘则称天以诔之。"要求诔文要体现礼的精神规制。《文心雕龙·章表篇》："夫设官分职，高卑联事。天子垂珠以听，诸侯鸣玉以朝。"章表要体现这种官职等级差序，甚至在遣词造句这样的细微处，也要讲究礼义。不遵守礼制的文章，再有文采的文章也是瑕疵，高才如曹植也不能幸免。《文心雕龙·指瑕篇》指出，曹植把至尊的帝王比作蝴蝶和昆虫，不伦不类。中国文论对人伦秩序的遵从，要求文学反映社会、协调社会，体现出崇高的社会道义和道德情操。

　　杜甫人称"诗圣"，他的诗为什么这么好呢？除了他"语不惊人死不休"的高超诗艺外，跟他"民胞物与"的仁者情怀也有密切关系。清代潘德舆说："子美之于五伦，皆极肫挚鬼神，不独一饭不忘君已也。"（《养一斋诗话》卷二）在中国诗学史，杜甫诗歌既是诗艺的高峰，又是道德的标杆，这样的诗人往往受人推崇。

　　元明清时期，有许多小说、戏剧，主人公的爱情看起来轰轰烈烈，但最终都要纳入礼制的框架。元代王实甫《西厢记》最后唱词："谢当今盛明唐圣主，敕赐为夫妇。永老无别离，万古常完聚，愿普天下有情的都成了眷属。"（第5本第4折）我们大家都知道"愿普天下有情的都成了眷属"这个名句，以为这是只讲"情"的，但我们别忘了，张生、崔莺莺"五百年前的风流业冤"（第1本第1折）最终是皇帝恩赐，才走进了婚姻的殿堂，也就是说，最终还是纳入了礼的范畴。明代汤显祖的《牡丹亭》，可以说是"至情"之作。作者在题词中说："情不知所起，一往情深。生者可以死，死可以生。生而不可与死，死而不可复生者，皆非情之至也。"（《牡丹亭》题词）可谓"至情"说的宣言书。看起来根本不受礼的束缚，如果这样理解《牡丹亭》，我们就大错特错了。《牡丹亭》毕竟产生在中国的文化土壤之上，必然要打上中国文化的精神烙印。柳梦梅、杜丽娘最终还是在皇帝恩赐、各位长辈认可的情况下结合的，也即最终还是纳入了礼的框架，正如杜丽娘自己说得好："鬼可虚情，人须实礼。"（《牡丹亭》第三十六折《婚走》）《红楼梦》中贾宝玉被大人们骗入了婚姻，但内心却是一百个不情愿，找不到现世的出路，只有遁入空门，落了白茫茫大地真干净。这些文学作品说明，在中国文化的基本框架中，脱离了礼的基本规范，人将无以立足。以上作品长期受人喜爱，一方面是人

们欣赏主人公挣脱礼制的勇气和努力,另一方面,也是人们对礼制作为社会道德底线的承受和认可。毕竟一个社会,如果连起码的道德底线都没有,必将是无序不堪、价值混乱的。

（资料来源：《礼乐相须与文化精神》,吴中胜,《光明日报》2023 年 01 月 14 日）

【思考题】

1.《礼记》中的儒家政治思想及以礼治世的政治主张有何现实意义?

2.《礼记》中的人生哲学与修身治国的政治抱负,对现代人有何启示?

3.阐述《礼记》中尊师重教的教育思想。

4.试论《礼记》中以乐教化的文艺思想。

春秋左氏传

　　《春秋左氏传》原名为《左氏春秋》，汉代改称《春秋左氏传》，简称《左传》。旧时相传是春秋末年的左丘明为解释孔子的《春秋》而作。"春秋"本来是春秋时期各国史书的通称，那时不少诸侯国都有自己的按年代记录下的国史。到战国末年，各国史书先后失传，只有鲁国的《春秋》传了下来，它虽然用了鲁国的纪年，却记录了各国的事，是我国现存的第一部编年体的史书。

　　《春秋》的作者是鲁国的史官，后来经过孔子编辑、修订。它的记事年代上起鲁隐公元年（前722年），到鲁哀公十四年（前481年）为止，一共二百四十二年。它的取材范围包括了王室档案、鲁史策书、诸侯国史等。后来，儒家学者把《春秋》尊为"经"，列入"五经"当中，称为《春秋经》。

　　流传到现在的《春秋》有三种，即《左传》《公羊传》和《穀梁传》，汉代学者认为它们都是讲解《春秋》的著作。

这三传的内容大体相同，最主要的差异是《左传》用秦以前的古文写成，《公羊传》和《穀梁传》则用汉代的今文写成；《公羊传》和《穀梁传》两传记事只到鲁哀公十四年，《左传》则到鲁哀公二十七年；《公羊传》和《穀梁传》记载了"孔子生"，而《左传》中却没有。

　　在"讲解"《春秋》的三传中，《左传》最为人所熟知，也有学者认为它是一部与《春秋》有关的、相对独立的史书。《左传》全书约十八万字，按照鲁国从隐公到哀公一共十二个国君的顺序，记载了春秋时代二百五十五年间各诸侯国的政治、军事、外交和文化等方面的重要史实，内容涉及当时社会生活的各个方面。作者在记述史实的同时，也透露了自己的观点、理想和情感态度，记事写人具有相当的艺术性，运用了不少巧妙的文学手法，尤其是写战争和外交辞令的内容，成为全书中最为精彩的部分。因此，《左传》不仅是一部杰出的编年史著作，同时也是杰出的历史散文著作。

有关《左传》的作者，至今仍然没有一致的看法。唐代以前，人们大多相信作者是与孔子同时的鲁国史官左丘明。但是这一说法存在很多矛盾，唐以后不断有人提出怀疑，有人认为作者是一位不知名的史学家，也有人认为作者不止一人。

西晋的杜预将本来分开的《春秋》和《左传》编在一起，并加上前人的注释，称为《春秋经传集解》。唐代的孔颖达为杜预的注作疏并附上陆德明的《左传音义》，称为《春秋左传正义》。在唐代被列入"十二经"，在宋代被列入"十三经"，一直流传到现在。

《左传》原本只有纪年，没有篇目，这里的篇目为后人所加。

# 1  郑伯克段于鄢

初[1]，郑武公娶于申[2]，曰武姜[3]。生庄公及共叔段[4]。庄公寤生[5]，惊姜氏，故名曰"寤生"，遂恶[6]之。爱共叔段，欲立之，亟[7]请于武公，公弗许。及庄公即位，为之请制[8]。公曰："制，岩邑[9]也，虢叔[10]死焉，佗邑唯命[11]。"请京[12]，使居之，谓之"京城大叔"。

祭仲[13]曰："都，城过百雉[14]，国之害也。先王之制：大都，不过参国[15]之一；中，五之一；小，九之一。今京不度，非制也，君将不堪[16]。"公曰："姜氏欲之，焉辟[17]害？"对曰："姜氏何厌之有[18]？不如早为之所[19]，无使滋蔓。蔓，难图[20]也。蔓草犹不可除，况君之宠弟乎？"公曰："多行不义，必自毙[21]，子姑待之。"

既而大叔命西鄙、北鄙贰于己[22]。公子吕[23]曰："国不堪贰，君将若之何[24]？欲与大叔，臣请事之；若弗与，则请除之，无生民心。"公曰："无庸[25]，将自及。"大叔又收贰以为己邑，至于廪延[26]。子封曰："可矣！厚将得众。"公曰："不义不昵[27]，厚将崩。"

大叔完聚[28]，缮甲兵，具卒乘[29]，将袭郑。夫人将启之[30]。公闻其期，曰："可矣！"命子封帅[31]车二百乘以伐京。京叛大叔段。段入于鄢[32]。公伐诸鄢。五月辛丑[33]，大叔出奔共。

书曰："郑伯克段于鄢。"段不弟，故不言弟；如二君，故曰克；称郑伯，讥失教也；谓之郑志。不言出奔，难之也。

遂置姜氏于城颍[34]，而誓之曰："不及黄泉[35]，无相见也。"既而悔之。

颍考叔为颍谷封人[36]，闻之，有献于公。公赐之食。食舍肉[37]，公问之，对曰："小人有母，皆尝小人之食矣，未尝君之羹[38]。请以遗[39]之。"公曰："尔有母遗，繄<sup>[40]</sup>我独无！"颍考叔曰："敢问何谓也?"公语之故，且告之悔。对曰："君何患焉？若阙<sup>[41]</sup>地及泉，隧<sup>[42]</sup>而相见，其谁曰不然?"公从之。公入而赋<sup>[43]</sup>："大隧之中，其乐也融融<sup>[44]</sup>!"姜出而赋："大隧之外，其乐也泄泄<sup>[45]</sup>!"遂为母子如初。

君子<sup>[46]</sup>曰："颍考叔，纯孝也。爱其母，施<sup>[47]</sup>及庄公。《诗》曰：'孝子不匮，永锡尔类<sup>[48]</sup>。'其是之谓乎！"

**【注释】** ［1］初：当初，从前。故事的开头语。　［2］郑武公：春秋时郑国的国君，姓姬，名掘突，武为谥号。申：诸侯国名，在今河南南阳，姜姓。　［3］武姜：即武公妻姜氏。　［4］庄公：即郑庄公。共（gōng）叔段：共是国名，叔为兄弟排行居后，段是名。　［5］寤（wù）生：逆生，倒生，即难产。　［6］恶（wù）：不喜欢。　［7］亟（qì）：多次屡次。　［8］制：郑国邑名，在今河南荥阳。　［9］岩邑：险要的城邑。［10］虢（guó）叔：东虢国的国君。　［11］佗：同"他"。唯命："唯命是从"的省略。［12］京：郑国邑名，在今河南荥阳。　［13］祭（zhài）仲：郑国大夫，祭为其食邑。［14］雉：古时建筑计量单位，长三丈，高一丈。　［15］参：通"三"。国：国都。［16］堪：经受得起。　［17］焉：哪里。辟：通"避"。　［18］何厌之有：有何厌。厌：满足。　［19］所：安置，处理。　［20］图：图谋，谋划。　［21］自毙：自取灭亡。毙：跌倒，倒下去。这里指失败。　［22］鄙：边境上的城邑。贰于己：即背叛国君归属自己。　［23］公子吕：郑国大夫，字子封。　［24］若之何：对他怎么办。［25］庸：用。　［26］廪延：郑国邑名，在今河南延津。　［27］昵：亲近。［28］完：修缮。聚：积聚。　［29］缮：修整。甲：铠甲。兵：武器。具：备齐。卒：步兵。乘（shèng）：兵车。　［30］夫人：指武姜。启之：为他打开城门。　［31］帅：率领。乘：一车四马为一乘。车一乘配甲士三人，步卒七十二人。　［32］鄢：郑国邑名。　［33］五月辛丑：五月二十三日。古人记日用天干和地支搭配。　［34］城颍：地名，在今河南临颍西北。　［35］黄泉：黄土下的泉水。这里指墓穴。［36］颍考叔：郑国大夫。颍谷：郑国邑名，在今河南登封。封人：管理边界的官。［37］舍肉：把肉放在旁边不吃。　［38］羹：调和五味做成的带汁的肉。　［39］遗（wèi）：赠送。　［40］繄（yì）：语气助词，没有实义。　［41］阙：通"掘"，挖。［42］隧：地道。这里的意思是挖隧道。　［43］赋：指作诗。　［44］融融：快乐自得的样子。　［45］泄（yì）泄：快乐舒畅的样子。　［46］君子：作者自托。《左传》作者常用这种方式发表评论。　［47］施（yì）：延及，扩展。　［48］这两句诗出自《诗经·大雅·既醉》。匮：穷尽。锡：通"赐"，给予。

**【译文】** 从前，郑武公在申国娶了一个女子为妻，名叫武姜，她生下庄公和共叔段。庄公出生时难产，武姜受到惊吓，所以给他取名叫"寤生"，也因为这个原因很厌恶他。武姜偏爱共叔段，想立共叔段为太子，多次向武公请求，武公都不答应。到庄公即位的时候，武姜就替共叔段请求分封他到制邑去。庄公说："制邑是个险要的地方，从前虢叔就死在那里，若是封给他其他城邑，我都可以照吩咐办。"武姜便请求封给他京邑，庄公答应了，让他住在那里。大家称他为京城太叔。

大夫祭仲说："分封的都城如果城墙超过三百丈长，会成为国家的祸害。先王的制度规定，国内最大的城邑不能超过国都的三分之一，中等的不得超过它的五分之一，小的不能超过它的九分之一。现在，京邑的城墙不合法度，您的利益会受到损害。"庄公说："姜氏想要这样，我如何躲开这种祸害呢？"祭仲回答说："姜氏哪有满足的时候！不如及早处置，别让祸根滋长蔓延，一滋长蔓延就难办了。蔓延开来的野草还很难铲除干净，何况是您那受到宠爱的弟弟呢？"庄公说："多做不义的事情，必定会自己垮台，你姑且等着吧。"

过了不久，太叔段使原来属于郑国的西边和北边的边邑背叛郑庄公归顺为自己。公子吕对庄公说："国家不能有两个国君，现在您打算怎么办？您如果打算把郑国交给太叔，那么我请求去服侍他；如果不给，那么就请除掉他，不要使百姓们产生疑虑。"庄公说："不用管他，他自己会遭到灾祸的。"太叔又把两处地方改为自己统辖的地方，一直扩展到廪延。公子吕说："可以行动了！土地扩大了，他将得到老百姓的拥护。"庄公说："对君主不义，对兄长不亲，土地虽然扩大了，他最终会垮台的。"

共叔段修整了城郭，准备好了充足的粮食，修缮盔甲兵器，准备好了步兵和战车，将要偷袭郑国国都。武姜准备为共叔段打开城门做内应。庄公知道了共叔段偷袭国都的日期，说："可以出击了！"于是命令子封率领二百辆战车，去讨伐京邑。京邑的人民背叛共叔段，共叔段于是逃到鄢城。庄公又追到鄢城讨伐他。五月二十三日，共叔段逃到共国。

《春秋》记载道："郑伯克段于鄢。"意思是说共叔段不遵守做弟弟的本分，所以不说他是庄公的弟弟；兄弟俩如同两个国君一样争斗，所以用"克"字；称庄公为"郑伯"，是讥讽他对弟弟失教；赶走共叔段是出于郑庄公的本意，不写共叔段自动出奔，是史官下笔有为难之处。

庄公就把武姜安置在城颍，并且发誓说："不到黄泉（不到死后埋在地里），不再见面！"过了些时候，庄公后悔了。

有个叫颍考叔的，是颍谷管理疆界的官吏，听到这件事，就去带贡品献给郑庄公。庄公赐给他饭食。颍考叔在吃饭的时候，把肉留着。庄公问他为什么这样，颍考叔答道："小人有一个母亲，我吃的东西她都吃过，只是从未吃过君王的肉羹，请让我带回去送给她吃。"庄公说："你有母亲可以孝敬，唉，唯独我就没有！"颍考叔说："请问您为什么这么说？"庄公把原因告诉了他，还告诉颍考叔他后悔的心情。颍考叔答道："您有什么忧虑的？只要掘地挖出泉水，挖个隧道，在那里见面，那谁能说不是这样（不是跟誓词相合）呢？"庄公依了他的话。庄公走进隧道，赋诗道："大隧之中相见啊，多么和乐相得啊！"武姜走出地道，赋诗道："大隧之外相见啊，多么舒畅快乐啊！"于是母子和好。

君子说："颍考叔是个真正的孝子，他不仅孝顺自己的母亲，而且把这种孝心推广到庄公身上。《诗经》说：'孝子不断地推行孝道，永远能感化你的同类。'大概就是对颍考叔这类孝子而说的吧！"

【评析】 出自《隐公元年》。《郑伯克段于鄢》叙述了发生在郑庄公与其胞弟共叔段之间的一场斗争。兄弟之间的纠葛又和其母亲武姜关系紧密。这场斗争以郑庄公的胜利并得到母爱为结局，揭示出亲情和母爱应该是人生中的重要精神支柱的伦理观念。

作者把叙述的重点放在母子三人的亲情纠葛上，把兄弟二人备受亲情与背叛、报复与复仇、胜利与惆怅、失败与悔恨的困惑和煎熬表现得十分到位。然而对于其复杂多变的人物内心，作者却不着一笔，而是在不动声色的冷静的叙述中把人物的内心尽现于读者面前。本文详写母子之间的亲情矛盾纠葛，略写战争的过程；详写人物的对比与衬托，略写人物的内心的刻画，重在揭示人物的亲情、伦理和人性，而不是肤浅地表现权力与战争，这种高超的写作手法值得我们学习。

郑庄公这一形象被刻画得十分成功。他虽然最终获得了君王的权力，然而远离母爱，兄弟阋墙，其内心的痛苦迷茫和孤独可想而知。在母亲背叛自己之后，他仍然能够原谅母亲，可见他内心渴望亲情。同时，他沉着、忍耐、自信和孤独的性格特点也十分鲜明。另外，文章以对话和对比的方式描写人物的手法也很精彩。

# 2　曹刿论战

十年春，齐帅伐我[1]。公[2]将战，曹刿[3]请见。其乡[4]人曰："肉食者[5]谋之，又何间[6]焉？"刿曰："肉食者鄙[7]，未能远谋。"乃入见。

问："何以战？"公曰："衣食所安，弗敢专[8]也，必以分人。"对曰："小惠未遍，民弗从也。"公曰："牺牲[9]玉帛，弗敢加也[10]，必以信[11]。"对曰："小信未孚[12]，神弗福也。"公曰："小大之狱[13]，虽不能察，必以情[14]。"对曰："忠之属也，可以一战。战则请从。"

公与之乘[15]，战于长勺[16]。公将鼓之[17]，刿曰："未可。"齐人三鼓。刿曰："可矣！"齐师败绩[18]。公将驰之。刿曰："未可。"下视其辙[19]，登轼[20]而望之，曰："可矣！"遂逐齐师。

既克，公问其故。对曰："夫战，勇气也。一鼓作气[21]，再[22]而衰，三而竭。彼竭我盈，故克之。夫大国，难测也；惧有伏焉。吾视其辙乱，望其旗靡[23]，故逐之。"

【注释】 [1]我：指鲁国。作者站在鲁国的立场上记事，所以书中"我"即指鲁国。　[2]公：指鲁庄公。　[3]曹刿（guì）：鲁国大夫。　[4]乡：春秋时一万两千五百户为一乡。　[5]肉食者：指做大官的人。当时大夫以上的官每天可以吃肉。[6]间（jiàn）：参与。　[7]鄙：鄙陋，指见识短浅。　[8]专：专有，独占。[9]牺牲：祭礼时用的牲畜，如牛、羊、猪。　[10]加：夸大。　[11]信：真实，诚实。　[12]孚：信任。　[13]狱：诉讼案件。　[14]情：情理。　[15]乘：乘战车。　[16]长勺：鲁国地名，在今山东莱芜东北。　[17]鼓：击鼓进军。　[18]败绩：大败。　[19]辙：车轮经过留下的印迹。　[20]轼：车前供乘者扶手的横木。[21]作气：鼓足勇气。　[22]再：第二次。　[23]靡：倒下。

**【译文】**　鲁庄公十年的春天，齐国军队攻打鲁国。鲁庄公将要出兵应战，曹刿请求见庄公。他的乡里人说："做大官的人会谋划这件事，你又何必参与呢？"曹刿说："做大官的人见识短浅，不能深谋远虑。"于是他入朝拜见庄公。

曹刿问庄公："您凭借什么去同齐国作战？"庄公答道："衣食一类用来安身的物品，我不敢独自享用，必定要分一些给别人。"曹刿说："这种小恩小惠没有遍及每个民众，他们不会跟从您去作战的。"庄公说："祭祀用的牲畜、宝玉和丝绸，我不敢夸大，一定要忠实诚信。"曹刿答道："这种小信不足以使鬼神信任，鬼神是不会赐福的。"庄公说："大大小小的官司案件，虽然不能一一查明，也一定要处理得合乎情理。"曹刿说："这是尽心尽力为民办事的表现，可以凭这个同齐国打仗。打仗的时候，请让我跟您一同去。"

庄公和曹刿同乘一辆战车，在长勺同齐军交战。庄公正想击鼓进兵，曹刿说："不行。"齐军已经击了三通鼓。曹刿说："可以出兵了。"齐军被打得大败，庄公准备驱车追击。曹刿说："还不行！"他下了车，察看齐军车轮的印迹，然后登上车，扶着车轼瞭望齐军，说："可以追击了。"于是开始追击齐军。

鲁军打了胜仗之后，庄公问曹刿取胜的原因。曹刿回答说："打仗凭的全是勇气。第一次击鼓时士兵们鼓足了勇气，第二次击鼓时勇气就衰退了，第三次击鼓时勇气便耗尽了。敌方的勇气耗尽了，我们的勇气正旺盛，所以会取胜。大国用兵作战难以预测，我担心他们设兵埋伏。后来，我看出他们的车轮印很乱，望见他们的旗帜倒下，所以才去追击他们。"

**【评析】**　出自《庄公十年》。我们可以把曹刿称为优秀的军事家。他之所以能取胜，不是因为猛打猛冲，而是因为谋略、智慧，这一点尤其让人称道。

战争当中，一个优秀的谋略家，抵得上成千上万的士兵。他虽然没有士兵的勇猛，没有在战场上冲锋陷阵，却能凭借智慧，以柔克刚，以弱胜强，以小取大。

智慧如同水，水是无形的，看似柔弱，但是它在无形、柔弱之中积聚了看不见的力量，遇到险阻可以绕道而行，聚积起来的力量达到一定程度，便可以汇成冲掉一切障碍的潮流。难怪孔子要说："智者乐水。"它们在外表和特征上十分相似：以无形克服有形，以流转变化回避强敌，以柔弱战胜阳刚。

古代的智者、谋略家，甚至可能连操刀舞剑的力量都没有，却能运筹帷幄，在几十万大军的交锋之中，扮演着统率的角色，调兵遣将。可以说，很多战争的灵魂，正是那些文弱雅致的谋略家，是他们彼此间智慧的较量，决定着战争的胜负。

# *3* 宫之奇谏假道

晋荀息请以屈产之乘与垂棘之璧假道于虞以伐虢[1]。公[2]曰："是吾宝也。"对曰："若得道于虞，犹外府也。"公曰："宫之奇存[3]焉。"对曰："宫之奇为人也，懦而不能强谏。且少长于君，君昵之。虽谏，将不听。"乃使荀息假道于虞，曰："冀为不道[4]，入自颠轵[5]，伐鄍三门[6]。冀之既病[7]，则亦唯君故。今虢为不道，保于逆旅[8]，以侵敝邑之南鄙。敢请假道，以请罪[9]于虢。"虞公许之，且请先伐虢。宫之奇谏，不听，遂起师。夏，晋里克[10]、荀息帅师会虞师，伐虢，灭下阳[11]。（以上见僖公二年）

晋侯复假道于虞以伐虢。宫之奇谏曰："虢，虞之表[12]也。虢亡，虞必从之。晋不可启[13]，寇不可玩[14]。一之谓甚[15]，其可再乎？谚所谓'辅车[16]相依，唇亡齿寒'者，其虞、虢之谓也。"公曰："晋，吾宗[17]也，岂害我哉？"对曰："大伯、虞仲，大王之昭[18]也。大伯不从[19]，是以不嗣[20]。虢仲、虢叔，王季之穆[21]也；为文王卿士[22]，勋在王室，藏于盟府[23]。将虢是灭，何爱于虞？且虞能亲于桓、庄乎？其爱之也，桓庄之族何罪？而以为戮，不唯逼乎？亲以宠逼，犹尚害之，况以国乎？"公曰："吾享祀丰[24]洁，神必据[25]我。"对曰："臣闻之：'鬼神非人实亲，惟德是依。'故《周书》[26]曰：'皇天无亲[27]，惟德是辅[28]。'又曰：'黍稷非馨，明德惟馨[29]。'又曰：'民不易物，惟德繄[30]物。'如是，则非德，民不和，神不享矣。神所冯[31]依，将在德矣。若晋取虞，而明德以荐[32]馨香，神其吐[33]之乎？"弗从，许晋使。宫之奇以[34]其族行，曰："虞不腊[35]矣。在此行也，晋不更举[36]矣。"

冬，十二月丙子朔[37]。晋灭虢。虢公丑[38]奔京师。师还，馆[39]于虞，遂袭虞，灭之。执虞公及其大夫井伯，以媵秦穆姬[40]，而修虞祀[41]，且归其职贡[42]于王。（以上见僖公五年）

【注释】[1]晋：诸侯国名，姬姓，在今山西西南部。荀息：晋国大夫。屈：地名，出产良马。乘：这里指良马。垂棘：地名，出产美玉。虞：诸侯国名，姬姓，在今山西平陆东北。虢（guó）：诸侯国名，姬姓，在今山西平陆南。假道：借路。[2]公：指晋献公。　[3]宫之奇：虞国的贤臣。存：在。　[4]冀：诸侯国名，在今山西河津东北。不道：无道。　[5]颠轵（líng）：地名，在今山西平陆北。　[6]鄍

(míng)：虞国邑名，在今山西平陆东北。三门：三面城门。　　[7]病：受损。
[8]保：同"堡"，意思是修筑堡垒。逆旅：客舍。　　[9]请罪：问罪。　　[10]里克：
晋国大夫。　　[11]下阳：虢国邑名，在今山西平陆南。　　[12]表：屏障。
[13]启：启发。这里的意思是助长。　　[14]玩：轻视。　　[15]甚：过分。
[16]辅：面颊。车：牙床骨。　　[17]宗：指祖先。　　[18]大伯：周太王的长子。虞
仲：周太王的次子。昭：宗庙里左边的位次。　　[19]从：依从。　　[20]嗣：继承。
[21]穆：宗庙里右边的位次。　　[22]卿士：执掌国政的大臣。　　[23]盟府：主管
盟书的官府。　　[24]享祀：指祭祀。丰：丰盛。　　[25]据：依附，这里指保佑。
[26]《周书》：已经失传。　　[27]皇天：上天。无亲：不分亲疏。　　[28]辅：辅佐。
[29]黍稷：泛指五谷。明德：美德。馨：香。　　[30]繄(yī)：是。　　[31]冯：同
"凭"，依附。　　[32]荐：献。　　[33]吐：意思是不享用祭品。　　[34]以：率领。
[35]腊：年终的大祭，即腊祭。　　[36]更：再。举：举兵。　　[37]朔：每月初一。
[38]虢公丑：虢国国君，名丑。　　[39]馆：住宿。　　[40]媵(yìng)：陪嫁的人或物。
秦穆姬：晋献公的女儿，秦穆公的夫人。　　[41]修虞祀：不废弃虞国的祭祀。
[42]职贡：赋税和劳役。

**【译文】**　　晋国大夫荀息请求用屈地出产的良马和垂棘出产的美玉去向虞国借
路，以便攻打虢国。晋献公说："这些东西是我的宝物啊。"荀息回答说："如果能向虞
国借到路，这些东西就像放在国外库房里一样。"晋献公说："宫之奇还在虞国。"荀息
回答说："宫之奇为人懦弱，不能够坚决进谏。况且他从小同虞君一起长大，虞君对他
比较亲近。即使他进谏，虞君也不会听从。"于是，晋献公派荀息去虞国借路，说："冀
国无道，从颠枰入侵，攻打虞国溟邑的三面城门。冀国已经被削弱，这也是为了君王
的缘故。现在虢国无道，在客舍里修筑堡垒，以侵袭敝国的南部边邑。我们敢请贵国
借路，以便向虢国问罪。"虞公同意了，并且请求让自己先去讨伐虢国。宫之奇劝阻虞
君，虞君不听，于是起兵伐虢。这年夏天，晋国大夫里克、荀息领兵会同虞军攻打虢
国，灭掉了下阳。（以上见僖公二年）

　　晋献公再次向虞国借路去攻打虢国，宫之奇进谏说："虢国是虞国的屏障。虢国
灭亡了，虞国必定会跟着被灭掉。晋国的野心不可助长，对外敌不可忽视。借路给晋
国一次就算是过分了。怎么可能有第二次？俗话说'面颊和牙床骨是相互依存的，失
去了嘴唇牙齿就会受冻'，这话说的正是虞国和虢国的关系啊。"虞公说："晋国是我们
的同宗，怎么会谋害我们？"宫之奇回答说："太伯和虞仲都是太王的儿子，太伯不从父
命，因此没有继承周朝的王位。虢仲和虢叔都是王季的儿子，当过文王的执政大臣，
对周王室立下过功勋，记载他们功绩的盟书在盟府里保存着，晋国连虢国都要灭掉，
对虞国还能有什么爱惜？再说晋国爱虞国，这种爱比桓叔和庄伯的后人对晋国更亲
近吗？桓叔和庄伯的后人有什么罪过，而晋献公把他们都杀掉了，不就是因为他感到
他们是一种威胁吗？至亲的人因为恃宠而威胁到献公，献公还要把他们杀掉，何况一
个国家对他有威胁呢？"虞公说："我的祭品丰盛洁净，神明一定会保佑我。"宫之奇说：

"我听说过,鬼神不随便亲近哪个人,只保佑有德行的人。所以《周书》上说:'上天对人不分亲疏,只帮助有德行的人。'还说:'五谷祭品不算芳香,只有美德会芳香四溢。'《周书》上又说:'人们的祭品没有什么不同,只有有美德的人的祭品神才会享用。'照《周书》这么说,君主没有德行,民众就不会和睦,神明也不会享用他的祭品。神明所依凭的,在于人的德行。如果晋国夺取了虞国,用他的美德向神明进献祭品,难道神明会不享用吗?"虞公没有听从宫之奇的劝告,答应了晋国使者借路的要求。宫之奇带领他的家族离开了虞国,并说:"虞国不能举行年终的腊祭了。这一次虞国就灭亡了,晋国用不着再发兵了。"

冬季的十二月初一,晋国灭掉了虢国。虢公丑逃到京师。晋军返回途中在虞国驻扎,趁机袭击了虞国,把它灭掉了。晋军抓住了虞公和大夫井伯,把他们作为晋献公女儿秦穆姬的陪嫁,但没有废除虞国的祭祀,并把虞国的贡物归于周王室。(以上见僖公五年)

**【评析】** 分别出自《僖公二年》《僖公五年》。晋献公吞并虢国和虞国的成功,在于他的心狠手毒:一方面以本国宝物作诱饵,诱敌上钩;一方面六亲不认,不顾同宗亲情,唯利是图。于是,不惜以阴谋诡计骗取虞国信任,将两国逐个吞食。

虞国灭亡的原因,就在于太相信同宗亲情,对不义之徒抱着不切实际的幻想,以为对方与自己是一类人,以一种近乎"农夫"的心肠,去对待凶狠的"毒蛇"。如果说这也是一场悲剧的话,那么则是由自己推波助澜、助纣为虐而导致的。如果灭亡的结果是自己一时糊涂、认识不清,被披着羊皮的狼蒙蔽了,尚可以寄予一点同情,然而有贤臣坦诚相谏,苦口婆心地开导,在这种情况下仍然执迷不悟、固执己见,则可以说其咎由自取,不值得同情。

曾经是作威作福的国君,一朝变成随他人之女陪嫁的奴隶,这种天上地下的巨变,不能不使人感叹。

历史是不应当被忘记的,读史可以使人明鉴、使人清醒。即使因弱小而无法与强暴抗衡,那么弱小者之间的彼此照应、鼓励、安慰、同病相怜、支持,也可以让人在风雨之中同舟共济、患难与共,正所谓唇齿相依、唇亡齿寒。这些从惨痛的历史中总结出来的教训,完全可以说是千古不易的。

# 4 晋公子重耳之亡

晋公子重耳之及于难[1]也。晋人伐诸蒲城,蒲城人欲战,重耳不可,曰:"保[2]君父之命而享其生禄,于是乎得人。有人而校[3],罪莫大焉!吾其奔也。"遂奔狄。从者狐偃、赵衰、颠颉、魏武子、司空季子[4]。

狄人伐廧咎如[5],获其二女叔隗、季隗,纳诸公子。公子取季隗,生伯儵[6]、叔刘。以叔隗妻[7]赵衰，生盾。将适[8]齐，谓季隗曰："待我二十五年，不来而后嫁。"对曰："我二十五年矣，又如是而嫁，则就木[9]焉。请待子。"处狄[10]十二年而行。

过卫，卫文公不礼焉。出于五鹿[11]，乞食于野人[12]，野人与之块。公子怒，欲鞭之。子犯曰："天赐也！"稽首，受而载之。

及齐，齐桓公妻之，有马二十乘[13]。公子安之。从者以为不可，将行，谋于桑下。蚕妾[14]在其上，以告姜氏[15]。姜氏杀之，而谓公子曰："子有四方之志，其闻之者吾杀之矣。"公子曰："无之。"姜曰："行也！怀与安，实败名。"公子不可。姜与子犯谋，醉而遣[16]之。醒，以戈逐子犯。

及曹[17]，曹共公闻其骈胁[18]，欲观其裸。浴，薄[19]而观之。僖负羁[20]之妻曰："吾观晋公子之从者，皆足以相国。若以相，夫子必反其国。反其国，必得志于诸侯。得志于诸侯而诛无礼，曹其首也。子盍蚤自贰[21]焉"。乃馈盘飧，置璧焉[22]。公子受飧反璧。

及宋[23]，宋襄公赠之以马二十乘。

及郑，郑文公亦不礼焉。叔詹[24]谏曰："臣闻天之所启，人弗及也，晋公子有三焉，天其或者将建诸，君其礼焉。男女同姓，其生不蕃。晋公子，姬出[25]也，而至于今，一也。离[26]外之患，而天不靖[27]晋国，殆将启之，二也。有三士[28]足以上人，而从之，三也。晋、郑同侪[29]，其过子弟，固将礼焉，况天之所启乎？"弗听。

及楚，楚子飨[30]之，曰："公子若反晋国，则何以报不穀？"对曰："子女玉帛，则君有之；羽毛齿革，则君地生焉。其波及[31]晋国者，君之余也。其何以报君？"曰："虽然，何以报我？"对曰："若以君之灵，得反晋国，晋楚治兵[32]，遇于中原，其辟君三舍[33]。若不获命，其左执鞭弭[34]，右属橐鞬[35]，以与君周旋。"子玉[36]请杀之。楚子曰："晋公子广而俭，文而有礼。其从者肃而宽，忠而能力。晋侯[37]无亲，外内恶之。吾闻姬姓唐叔之后，其后衰[38]者也，其将由晋公子乎！天将兴之，谁能废之？违天，必有大咎。"乃送诸秦。

秦伯纳女五人[39]，怀嬴[40]与焉。奉匜沃盥[41]，既而挥之。怒曰："秦晋，匹也，何以卑我？"公子惧，降服[42]而囚。

他日，公享[43]之，子犯曰："吾不如衰之文[44]也，请使衰从。"公子赋《河水》，公赋《六月》[45]。赵衰曰："重耳拜赐！"

公子降，拜，稽首。公降一级而辞焉。衰曰："君称所以佐天子者命重耳，重耳敢不拜？"

**【注释】** [1]及于难：遇到危难。 [2]保：依仗，依靠。 [3]校（jiào）：同"较"，较量。 [4]狐偃：重耳的舅父，又称子犯、舅犯。赵衰（cuī）：晋国大夫，字子余，重耳的主要谋士。颠颉（xié）：晋国大夫。魏武子：魏犨（chōu），晋国大夫。司空季子：名胥臣，晋国大夫。 [5]廧咎（qiáng gāo）如：部族名，狄族的别种，隗姓。 [6]儵：音 shū。 [7]妻：嫁给。 [8]适：去，往。 [9]就木：进棺材。 [10]处狄：住在狄国。 [11]五鹿：卫国地名，在今河南濮阳。 [12]野人：指农夫。 [13]乘：古时用四匹马驾一乘车，二十乘即八十匹马。 [14]蚕妾：养蚕的女奴。 [15]姜氏：重耳在齐国娶的妻子。齐是姜姓国，所以称姜氏。 [16]遣：送。 [17]曹：诸侯国名，姬姓，在今山东定陶西南。 [18]骈（pián）：并排。胁：胸部的两侧。 [19]薄：逼近。 [20]僖负羁：曹国大夫。 [21]蚤：通"早"。贰：不一致。 [22]盘飧（sūn）：一盘饭。置璧焉：将宝玉藏在饭中。 [23]宋：诸侯国名，子姓，在今河南商丘。 [24]叔詹：郑国大夫。 [25]姬出：姬姓父母所生，因重耳父母都姓姬。 [26]离：同"罹"（lí），遭受。 [27]靖：安定。 [28]三士：指狐偃、赵衰、贾佗。 [29]侪（chái）：类，等。 [30]楚子：指楚成王。飨（xiǎng）：设酒宴款待。 [31]波及：流散到。 [32]治兵：演练军队。 [33]辟：通"避"。舍：古时行军走三十里就休息，所以一舍为三十里。 [34]弭：弓梢。 [35]属（zhǔ）：佩带。櫜（gāo）：箭袋。鞬（jiàn）：弓套。 [36]子玉：楚国令尹。 [37]晋侯：指晋惠公夷吾。 [38]后衰：衰落得最迟。 [39]秦伯：指秦穆公。纳女五人：送给重耳五个女子为姬妾。 [40]怀嬴：秦穆公的女儿。 [41]奉：捧着。匜（yí）：洗手注水的用具。沃：淋水。盥：洗手。 [42]降服：解去衣冠。 [43]享：用酒食宴请。 [44]文：言辞的文采，指擅长辞令。 [45]《河水》：诗名，已失传。《六月》：《诗·小雅》中的一篇。

**【译文】** 晋国的公子重耳遭受危难的时候，晋国军队到蒲城去讨伐他。蒲城人打算抵抗，重耳不同意，说："我依靠君父的命令享有养生的俸禄，得到所属百姓的拥护。有了百姓拥护就同君父较量起来，没有比这更大的罪过了。我还是逃走吧！"于是重耳逃到了狄国。同他一块儿出逃的人有狐偃、赵衰、颠颉、魏武子和司空季子。

狄国人攻打一个叫廧咎如的部落，俘获了君长的两个女儿叔隗和季隗，把她们送给了公子重耳。重耳娶了季隗，生下伯儵和叔刘。他把叔隗给了赵衰做妻子，生下赵盾。重耳想到齐国去，对季隗说："等我二十五年，我不回来，你再改嫁。"季隗回答说："我已经二十五岁了，再过二十五年改嫁，就该进棺材了。还是让我等您吧。"重耳在狄国住了十二年才离开。

重耳经过卫国，卫文公子不依礼待他。重耳走到五鹿，向乡下人讨饭吃，乡下人给了他一块泥土。重耳大怒，想用鞭子抽他。狐偃说："这是上天的恩赐。"重耳叩头表示感谢，把泥块接过来放到了车上。

重耳到了齐国，齐桓公给他娶了个妻子，还给了他八十匹马。重耳对这种生活很满足，但随行的人认为不应这样待下去，想去别的地方，便在桑树下商量这件事。有个养蚕的女奴正在桑树上，回去把听到的话报告了重耳的妻子姜氏。姜氏把女奴杀了，对重耳说："你有远行四方的打算吧，偷听到这件事的人，我已经把她杀了。"重耳说："没有这回事。"姜氏说："你走吧，怀恋妻子和安于现状，会毁坏你的功名。"重耳不肯走。姜氏与狐偃商量，用酒把重耳灌醉，然后把他送出了齐国，重耳酒醒之后，拿起戈就去追击狐偃。

到了曹国，曹共公听说重耳的肋骨长得连在一起，想看看他的裸体。重耳洗澡时，曹共公走近了去看他的肋骨。曹国大夫僖负羁的妻子对她丈夫说："我看晋国公子的随从人员，都定以担当治国的大任。如果让他们辅佐公子，公子一定能回到晋国当国君。回到晋国当国君后，一定能在诸侯中称霸。在诸侯中称霸而讨伐对他无礼的国家，曹国恐怕就是头一个。你为什么不趁早向他表示自己对他与曹君不同呢？"于是僖负羁就给重耳送去了一盘饭，在饭中藏了一块宝玉。重耳接受了饭食，将宝玉退还了。

到了宋国，宋襄公送给了重耳二十辆马车。

到了郑国，郑文公也不依礼接待重耳。大夫叔詹劝郑文公说："臣下听说上天帮助的人，其他人是赶不上的。晋国公子有三件不同寻常的事，或许上天要立他为国君，您还是依礼款待他吧！同姓的男女结婚，按说子孙后代不能昌盛。晋公子重耳的父母都姓姬，他一直活到今天，这是第一件不同寻常的事。遭到流亡在国外的灾难，上天却不让晋国安定下来，大概是要为他开出一条路吧，这是第二件不同寻常的事。有三位才智过人的贤士跟随他，这是第三件不同寻常的事。晋国和郑国是同等的国家，晋国子弟路过郑国，本来应该以礼相待，何况晋公子是上天帮助的人呢？"郑文公没有听从叔詹的劝告。

到了楚国，楚成王设宴款待重耳，并问道："如果公子返回晋国，拿什么来报答我呢？"重耳回答说："美女、宝玉和丝绸您都有了；鸟羽、兽毛、象牙和皮革，都是贵国的特产。那些流散到晋国的，都是您剩下的。我拿什么来报答您呢？"楚成王说："尽管如此，总得拿什么来报答我吧？"重耳回答说："如果托您的福，我能返回晋国，一旦晋国和楚国交战，双方军队在中原碰上了，我就让晋军退避九十里地。如果得不到您退兵的命令，我就只好左手拿着马鞭和弓梢，右边挂着箭袋和弓套奉陪您较量一番。"楚国大夫子玉请求成王杀掉公子重耳。楚成王说："晋公子志向远大而生活俭朴，言辞文雅而合乎礼仪。他的随从态度恭敬而待人宽厚，忠诚而尽力。现在晋惠公没有亲近的人，国内外的人都憎恨他。我听说姓姬的一族中，唐叔的一支是衰落得最迟的，恐怕要靠晋公子来振兴吧？上天要让他兴盛，谁又能废除他呢？违背天意，必定会遭大祸。"于是楚成王就派人把重耳送去了秦国。

秦穆公把五个女子送给重耳做姬妾，秦穆公的女儿怀嬴也在其中，有一次，怀嬴捧着盛水的器具让重耳洗手，重耳洗完便挥手让怀嬴走开。怀嬴生气地说："秦国和晋国是同等的，你为什么瞧不起我？"公子重耳害怕了，解去衣冠把自己关起来表示谢罪。

又有一天,秦穆公宴请重耳。狐偃说:"我比不上赵衰那样擅长辞令,让赵衰陪你去吧。"在宴会上,公子重耳作了一首《河水》诗,秦穆公作了《六月》这首诗。赵衰说:"重耳拜谢君王恩赐!"公子重耳走下台阶,拜谢,叩头。秦穆公也走下一级台阶表示不敢接受叩谢的大礼。赵衰说:"君王提出要重耳担当辅佐周天子的使命,重耳怎么敢不拜谢?"

【评析】　出自《僖公二十三年》。先贤说过,天将降大任于是人也,必先苦其心志,劳其筋骨,历经磨难,才具有担当大任的资历。重耳的经历证明这一说法是有充分的历史依据的。

重耳由一个贪图享乐、养尊处优的贵族公子哥儿,到后来成为春秋时期显赫一时的霸主,几乎可以说全凭了他在国外流亡十九年的经历中所遭受的磨难。当初大祸临头时的出逃,是迫不得已而为之。流亡中的屈辱、困苦、安乐的体验,使他明白了身在宫廷、耽于逸乐所不可能明白的人生真谛,令其在身心两方面受到磨炼。

人们注意到的往往是开头和结果,从外出逃亡的灾祸,到成为霸主的荣耀显赫,让人感叹的是命运的巨变,这似乎在证明着老子所说的"祸兮福所倚,福兮祸所伏"这对立两端戏剧性的变化,给人以命运无常的幻觉,以及人不能把握自己命运的感慨。

然而,我们却忽视了过程这个重要的环节。过程是漫长的、实实在在的,局外人可以在旁说大话,评头品足,而过程之中的冷暖甘苦、酸甜苦辣、欢乐忧伤、寂寞彷徨,唯有当事人自己知道,唯有当事人才有深入骨髓、刻骨铭心的体验。旁观者可以理解,却没有体验,而理解和体验则是不可同日而语的两桩事情。

从最根本的意义上说,生活本身是一个不断流变的过程,重要的是过程本身,人生的意义也在过程之中,而结果则是次要的。变化是绝对的,稳定则是相对的,不存在永恒不变的东西,浩瀚天空之中没有不落的太阳。

坎坷、折磨、挫折、不幸、苦难、痛苦、孤独、绝望、屈辱、失败、恐惧等,全都构成了过程的内容;没有它们,也就没有了过程;没有它们,也不会有开头和结果。结果是在过程之中出现的,而不是在过程之外。

人们完全可以通过主动的选择或被动的接受,来有意识地为某一结果而奋斗。奋斗就是过程,结果是心中的志向和目标。奋斗总是有意识的、自觉的,而不是不知不觉的。在奋斗的过程之中经不起折磨,受不了坎坷,吃不了苦头,忍不住痛苦,耐不住寂寞,沉溺于安乐,迷恋于幻想,都不可能达到目标,不可能实现自己的理想。

经受过磨难的人,不仅懂得生活的真谛以及应当珍惜什么,而且也懂得为了获取成功,应该怎么去做,懂得如何主动适应和应对各种复杂多变的情境,不使自己为情境所左右。

在这个过程之中,忍耐是一个具有决定意义的字眼。在这方面,先贤们做出过不少示范。比如孔子,他说过:"小不忍,则乱大谋。"他自己为了恢复周代的礼仪制度,不惜"克己",力求用自己的行动来实践自己所信奉的理想。比如韩信,他在微贱之时,能够忍受淮阴少年的"胯下之辱"。比如公子重耳,在向农夫讨食、得到土块时,能够收鞭息怒,将土块当宝物收起。

真正的强者并不一定体现在表面上。真实情况往往是,外表上装模作样,恃才逞强,处处锋芒毕露,时时刻刻咄咄逼人,未必是真的强者,未必能成就大业。能忍受一时的屈辱,是气度博大、胸襟开阔的表现,也是成就大业者必须具备的品质。

# 5 烛之武退秦师

九月甲午,晋侯、秦伯围郑,以其无礼于晋[1],且贰[2]于楚也。晋军函陵[3],秦军氾南[4]。

佚之狐[5]言于郑伯曰:"国危矣,若使烛之武[6]见秦君,师必退。"公从之。辞曰:"臣之壮也,犹不如人;今老矣,无能为也已。"公曰:"吾不能早用子,今急而求子,是寡人之过也。然郑亡,子亦有不利焉!"许之。夜缒而出[7]。见秦伯,曰:"秦、晋围郑,郑既知亡矣。若亡郑而有益于君,敢以烦执事。越国以鄙[8]远,君知其难也;焉用亡郑以陪邻?邻之厚,君之薄也。若舍郑以为东道主[9],行李之往来[10],共其乏困[11],君亦无所害。且君尝为晋君赐矣[12]。许君焦、瑕[13],朝济而夕设版[14]焉,君之所知也。夫晋何厌之有?既东封郑[15],又欲肆[16]其西封;若不阙秦,将焉[17]取之?阙秦以利晋,唯君图之。"

秦伯说,与郑人盟,使杞子、逢孙、杨孙戍[18]之,乃还。

子犯请击之。公曰:"不可。微夫人[19]之力不及此。因人之力而敝[20]之,不仁;失其所与,不知[21];以乱易整[22],不武。吾其还也。"亦去之。

【注释】[1]以:因为。其:指郑国。无礼于晋:指晋文公重耳流亡经过郑国时,郑文公未以礼相待。 [2]贰:两属,同时亲附对立的两方。 [3]军:驻扎。函陵:郑国地名,在今河南新郑北。 [4]南:郑国的氾水南面,在今河南中牟南。[5]佚之狐:郑国大夫。 [6]烛之武:郑国大夫。 [7]缒(zhuì):用绳子吊着重物。这里指把烛之武从城墙上吊下去。出:指出郑国都城。 [8]鄙:边邑。这里指把远地作为边邑。 [9]东道主:东方路上的主人,因郑国在秦国的东边。后世用这个词做"主人"的代称。 [10]行李:使者,外交官员。 [11]共:供给。乏困:指资财粮食等物品不足。 [12]尝:曾经。晋君:指晋惠公。赐:恩惠。[13]焦:晋国邑名,在今河南三门峡市附近。瑕:晋国邑名,在今河南灵宝东。

[14]济:渡河。版:筑土墙用的夹板。设版:指建筑防御工事。 [15]封郑:以郑国为疆界。 [16]肆:放肆。这里的意思是极力扩张。 [17]焉:从哪里。[18]杞(qǐ)子、逢(páng)孙、杨孙:三人都是秦国大夫。戍:驻。 [19]微:要不是。夫人:那个人,指秦穆公。 [20]因人:依靠他人。敝:伤害。 [21]所与:指友好国家,盟国。知:同"智"。 [22]乱:分裂。易:代替。整:团结一致。

**【译文】** 九月甲午,晋文公和秦穆公联合围攻郑国,因为郑国曾对晋文公无礼,并且亲近楚国。晋军驻扎在函陵,秦军驻扎在氾水南面。

　　佚之狐对郑文公说:"国家很危险了!如果派烛之武去见秦国国君,敌军一定会撤回去。"郑文公听从了佚之狐的建议。但烛之武推辞说:"我年壮的时候尚且比不上人家,现在老了,更做不了什么了。"郑文公说:"我没能及早任用您,现在国家危急才来求您,这是我的过错。然而,郑国灭亡了,对您也有不利的地方啊!"于是烛之武答应了。

　　夜里,郑国人用绳子把烛之武吊出了城。烛之武去见秦穆公说:"秦国和晋国围攻郑国,郑国已经知道自己要灭亡了。如果郑国灭亡了能对您有利,那么您就来攻打郑国吧。可是越过一个国家而把遥远的郑国作为边邑,您一定知道这样做很困难,那么又何必灭亡郑国来增强邻国的实力呢?邻国实力增强了,您的实力就减弱了。如果留下郑国作为东路上的主人,秦国使臣来来往往,可以供给他们一些短缺的物资,对您也没有什么害处。再说,您曾经给过晋惠公恩惠。他答应过把焦邑和瑕邑给您,而他早上一过黄河,晚上就在那里修筑工事,这事您是知道的。晋国何曾有过满足的时候?它已经向东把郑国当作了边界,又打算尽力向西扩张边界;那时不损害秦国的利益,它从哪里去取得土地呢?损害秦国而让晋国得到好处,还望您考虑考虑这件事情吧!"

　　秦穆公听了烛之武的话很赞同,就同郑国订立了盟约,并派大夫杞子、逢孙和杨孙驻守郑国,自己领兵回国了。

　　晋国大夫狐偃请求进攻秦军。晋文公说:"不能这么做。如果没有那个人的力量,我到不了今天这个地步。靠别人的力量去损害别人,这是不仁义;失去了同盟国,这是不明智;用分裂来代替团结一致,这是不武。我们还是回去吧。"于是晋军也撤退了。

　　**【评析】** 出自《僖公三十年》。说客在春秋时期的外交中扮演着重要角色,他们穿梭来往于各国之间,或穿针引线,搭桥过河,或挑拨离间,挖敌方墙角,或施缓兵之计,赢得喘息之机。可以说,缺少了这些用现代词语称为外交家的角色,春秋舞台所上演的戏剧,必定没有这么惊心动魄、精彩纷呈、波澜跌宕。

　　本文波澜起伏、生动活泼。当郑国处于危急之际,佚之狐推荐烛之武去说秦君,烛之武的一番牢骚,使事情发生波折。郑文公的引咎自责,也增添了情节的戏剧性。烛之武在说秦君的时候,一开头就指出亡郑于秦无益。接着又退一步说："若舍郑以为东道主，行李之往来，共其乏困，君亦无所害。"以此作为缓冲。紧接着进一步说明亡郑对秦不仅无益，而且有害。当秦国单独退兵之后，子犯发怒要攻打秦军，秦、晋关系一下子转而紧张起来。最后对晋文公讲了一番道理，晋军偃旗息鼓，一场风波，终于平息。这样一张一弛，曲折有致，增加了文章的艺术感染力。全文形象鲜明、语言优美、层次分明、组织严密、说理透彻、逻辑有力。烛之武临危不惧、解除国难的精神以及能言善辩的杰出外交才能，令人赞叹。

# 6 蹇叔哭师

冬，晋文公卒。庚辰，将殡于曲沃[1]。出绛[2]，柩[3]有声如牛。卜偃[4]使大夫拜，曰："君命大事[5]：将有西师过轶[6]我，击之，必大捷焉。"

杞子[7]自郑使告于秦曰："郑人使我掌其北门之管[8]，若潜[9]师以来，国[10]可得也。"穆公访诸蹇叔[11]，蹇叔曰："劳师以袭远，非所闻也。师劳力竭，远主[12]备之，无乃不可乎？师之所为，郑必知之。勤而无所[13]，必有悖心[14]。且行千里，其谁不知？"公辞焉，召孟明、西乞、白乙[15]，使出师于东门之外。蹇叔哭之，曰："孟子！吾见师之出而不见其入也！"公使谓之曰："尔何知，中寿，尔墓之木拱[16]矣。"蹇叔之子与师，哭而送之，曰："晋人御师必于崤[17]，崤有二陵[18]焉：其南陵，夏后皋[19]之墓也；其北陵，文王之所辟风雨也，必死是间，余收尔骨焉[20]！"秦师遂东。

【注释】[1]殡：停丧。曲沃：晋国旧都，晋国祖庙所在地，在今山西闻喜。[2]绛：晋国国都，在今山西翼城东南。 [3]柩（jiù）：装有尸体的棺材。 [4]卜偃：掌管晋国卜筮的官员，姓郭，名偃。 [5]大事：指战争。古时战争和祭祀是大事。 [6]西师：西方的军队，指秦军。过轶：越过。 [7]杞子：秦国大夫。[8]掌：掌管。管：钥匙。 [9]潜：秘密地。 [10]国：国都。 [11]访：询问，征求意见。蹇叔：秦国老臣。 [12]远主：指郑君。 [13]勤：劳苦。无所：一无所得。所：处所。 [14]悖（bèi）心：违逆之心，反感。 [15]孟明：秦国大夫，姓百里，名视，字孟明，秦国元老百里奚之子。西乞：秦国大夫，姓西乞，名术。白乙：秦国大夫，姓白乙，名丙。这三人都是秦国将军。 [16]中（zhòng）寿：满寿，年寿满了。拱：两手合抱。 [17]崤（xiáo）：山名，在今河南洛宁西北。 [18]陵：大山。崤山有两陵，南陵和北陵，相距三十里，地势险要。 [19]夏后皋：夏代君主，名皋，夏桀的祖父。后：国君。 [20]尔骨：你的尸骨。焉：在那里。

【译文】冬天，晋文公去世了。庚辰日，要送往曲沃停放待葬。刚走出国都绛城，棺材里发出了像牛叫的声音。卜官郭偃让大夫们向棺材下拜，并说："国君要发布军事命令，将有西方的军队越过我们的国境，我们袭击它，一定会获得全胜。"

秦国大夫杞子从郑国派人向秦国报告说："郑国人让我掌管他们国都北门的钥匙，如果悄悄派兵前来，就可以占领他们的国都。"秦穆公向秦国老臣蹇叔征求意见。

蹇叔说:"让军队辛勤劳苦地偷袭远方的国家,我从没听说过。军队辛劳精疲力竭,远方国家的君主又有防备,这样做恐怕不行吧?军队的一举一动,郑国必定会知道。军队辛勤劳苦而一无所得,一定会产生叛逆念头。再说行军千里,有谁不知道呢?"秦穆公没有听从蹇叔的意见。他召见了孟明、西乞和白乙三位将领,让他们从东门外面出兵。蹇叔哭他们说:"孟明啊,我看着大军出发,却看不见他们回来了!"秦穆公派人对蹇叔说:"你知道什么?你的年寿满了,等到军队回来,你坟上种的树该长到两手合抱粗了!"蹇叔的儿子也参加了出征的队伍,他哭着对儿子说:"晋国人必定在崤山抗击我军,崤有两座山头。南面的山头是夏王皋的坟墓,北面的山头是周文王避过风雨的地方。你们一定会战死在这两座山之间,我到那里收拾你的尸骨吧!"秦国军队接着向东进发了。

**【评析】** 出自《僖公三十二年》。卜官郭偃和老臣蹇叔的预见有如先知,料事如神,秦军后来果然在崤山大败而归,兵未发而先哭之,实在是事前就为失败而哭,并非事后诸葛亮。

郭偃托言的所谓"君命大事",不过是个借口,人们根据经验完全可以做出类似的判断,乘虚而入,乱而取之,是战争中常用的手法。作为政治家和军事家,如果不具备这种经验和头脑,应当属于不称职之列。从蹇叔一方看,他作为开国老臣,也具有这方面的经验:对手并非等闲之辈,不可能在非常时刻没有防备,因此,此时出征无异于自投罗网。

秦穆公急欲扩张自己势力的心情,导致他犯了一个致命的常识性的错误,违反了"知己知彼"这个作战的基本原则。敌手早有防备,以逸待劳,必定获胜;劳师远袭,疲惫不堪,没有战斗力,必定惨败。其中原因大概是攻城略地的心情太急切了,以至连原则都顾不上,最终的结果当然是咎由自取。

马有失前蹄的时候,人也有过失的时候,而在利令智昏的情况下所犯的错误,则是不可宽恕的。利令智昏而犯常识性的错误,更是不可宽恕的。

再说,当初秦国曾与晋国一起企图消灭郑国,后来又与郑国订立盟约。此时不仅置盟约于不顾,就连从前的伙伴也成了觊觎的对象。言而无信,自食其言,不讲任何道义、仁德,同样会遭到惩罚。

当人心目中没有权威之时,便没有了戒惧;没有了戒惧,私欲就会急剧膨胀;私欲急剧膨胀便会为所欲为,无法无天。春秋的诸侯混战,使命运成了最不可捉摸和把握的东西。弱肉强食是普遍流行的无情法则,一朝天子一朝臣,泱泱大国可能在一夜之间倾覆,区区小国也可能在一夜之间成长起来。

# 7 晋灵公不君

晋灵公不君[1],厚敛以雕墙[2];从台上弹人,而观其辟丸也;宰夫胹熊蹯[3]不熟，杀之，置诸畚[4]，使妇人载[5]以过朝。赵盾、士季[6]见其手，问其故，而患之。将谏，士季曰："谏而不入[7]，则莫之继也。会请先，不入，则子继之。"三进，及溜[8]，而后视之，曰："吾知所过矣，将改之。"稽首而对曰："人谁无过？过而能改，善莫大焉。《诗》曰：'靡不有初，鲜克有终[9]。'夫如是，则能补过者鲜矣。君能有终，则社稷之固也，岂惟群臣赖[10]之。又曰：'衮职有阙，惟仲山甫补之[11]。'能补过也。君能补过，衮[12]不废矣。"

犹不改，宣子骤[13]谏。公患之，使鉏麑贼[14]之。晨往，寝门辟[15]矣，盛服[16]将朝。尚早，坐而假寐[17]。麑退，叹而言曰："不忘恭敬，民之主[18]也。贼民之主，不忠；弃君之命，不信。有一于此，不如死也！"触槐而死。

秋，九月，晋侯饮[19]赵盾酒，伏甲[20]，将攻之。其右提弥明[21]知之，趋登[22]，曰："臣侍君宴，过三爵[23]，非礼也。"遂扶以下。公嗾夫獒[24]焉。明搏而杀之。盾曰："弃人用犬，虽猛何为！"斗且出，提弥明死之[25]。

初，宣子田于首山[26]，舍于翳桑[27]。见灵辄[28]饿，问其病。曰："不食三日矣！"食之[29]，舍其半。问之。曰："宦[30]三年矣，未知母之存否。今近焉，请以遗[31]之。"使尽之，而为之箪食[32]与肉，置诸橐[33]以与之。既而与为公介[34]，倒戟以御公徒，而免之。问何故，对曰："翳桑之饿人也。"问其名居，不告而退。遂自亡也。

乙丑，赵穿[35]攻灵公于桃园。宣子未出山而复。大史书[36]曰："赵盾弑其君。"以示于朝。宣子曰："不然。"对曰："子为正卿，亡不越竟，反不讨贼[37]，非子而谁？"宣子曰："乌呼[38]！《诗》曰：'我之怀矣，自诒伊戚[39]。'其我之谓矣。"

孔子曰："董狐，古之良史也，书法不隐[40]。赵宣子，古之良大夫也，为法受恶[41]。惜也，越竟乃免。"

宣子使赵穿逆公子黑臀于周而立之[42]。壬申，朝于武宫[43]。

【注释】　[1]晋灵公：晋国国君，名夷皋，文公之孙，襄公之子。不君：不行君道。　[2]厚敛：加重征收赋税。雕墙：装饰墙壁。这里指修筑豪华宫室，过着奢侈的生活。　[3]宰夫：国君的厨师。胹（ér）：煮，炖。熊蹯（fán）：熊掌。　[4]畚（běn）：筐篓一类盛物的器具。　[5]载：同"戴"，用头顶着。　[6]赵盾：赵衰之子，晋国正卿。士季：士为之孙，晋国大夫，名会。　[7]不入：不采纳，不接受。[8]三进：向前走了三次。及：到。溜：屋檐下滴水的地方。　[9]这两句诗出自《诗·大雅·荡》。靡：没有什么。初：开端。鲜：少。克：能够。终：结束。[10]赖：依靠。　[11]这两句诗出自《诗·大雅·烝民》。衮（gǔn）：天子的礼服，借指天子，这里指周宣王。阙：过失。仲山甫：周宣王的贤臣。　[12]衮：指君位。[13]骤：多次。　[14]鉏麑（chú ní）：晋国力士。贼：刺杀。　[15]辟：开着。

[16]盛服：穿戴好上朝的礼服。　[17]假寐：闭目养神，打盹儿。　[18]主：主人，靠山。　[19]饮（yìn）：给人喝。　[20]伏：埋伏。甲：披甲的士兵。[21]右：车右。提弥明：晋国勇士，赵盾的车右。　[22]趋登：快步上殿堂。[23]三爵：三巡。爵：古时的酒器。　[24]嗾（sǒu）：唤狗的声音。獒（áo）：猛犬。[25]死之：为之死。之：指赵盾。　[26]田：打猎。首山：首阳山，在今山西永济东南。　[27]舍：住宿。翳（yì）桑：首山附近的地名。　[28]灵辄：人名，晋国人。[29]食（sì）之：给他东西吃。　[30]宦（huàn）：给人当奴仆。　[31]遗（wèi）：送给。　[32]箪（dān）：盛饭的圆筐。食：饭。　[33]橐（tuó）：两头有口的口袋，用时以绳扎紧。　[34]与：参加。介：指甲士。　[35]赵穿：晋国大夫，赵盾的堂兄弟。　[36]大史：太史，掌纪国家大事的史官。这里指晋国史官董狐。书：写。[37]竟：边境。贼：弑君的人，指赵穿。　[38]乌呼：感叹词，同"呜呼"，啊。[39]怀：眷恋。诒：同"贻"，留下。伊：语气词。　[40]良史：好史官。书法：记事的原则。隐：隐讳，不直写。　[41]恶：指弑君的恶名。　[42]逆：迎。公子黑臀：即晋成公，文公之子，襄公之弟，名黑臀。　[43]武宫：晋武公的宗庙，在曲沃。

**【译文】**　晋灵公不遵守做国君的规则，大量征收赋税来满足奢侈的生活。他从高台上用弹弓射行人，观看他们躲避弹丸的样子。厨师没有把熊掌炖烂，他就把厨师杀了，放在筐里，让宫女们用头顶着经过朝廷。大臣赵盾和士季看见露出的死人手，便询问厨师被杀的原因，并为晋灵公的无道而忧虑。他们打算规劝晋灵公，士季说："如果您去进谏而国君不听，那就没有人能接着进谏了。让我先去规劝，他不接受，您就接着去劝。"士季去见晋灵公时往前行礼三次，到了屋檐下，晋灵公才抬头看他，并说："我已经知道自己的过错了，打算改正。"士季叩头回答说："哪个人能不犯错误呢，犯了错误能够改正，没有比这更大的好事了。《诗·大雅·荡》说：'事情容易有好开端，但很难有个好结局。'如果这样，那么弥补过失的人就太少了。您如能始终坚持向善，那么国家就有了保障，而不只是臣子们有了依靠。《诗·大雅·烝民》又说：'天子有了过失，只有仲山甫来弥补。'这是说周宣王能补救过失。国君能够弥补过失，君位就不会失去了。"

可是晋灵公并没有改正。赵盾又多次劝谏，使晋灵公感到讨厌，晋灵公便派钼麑去刺杀赵盾。钼麑一大早就去了赵盾的家，只见卧室的门开着，赵盾穿戴好礼服准备上朝，时间还早，他和衣坐着打盹儿。钼麑退了出来，感叹地说："这种时候还不忘记恭敬国君，真是百姓的靠山啊。杀害百姓的靠山，这是不忠；背弃国君的命令，这是失信。这两条当中占了一条，还不如去死！"于是，钼麑一头撞在槐树上死了。

秋天九月，晋灵公请赵盾喝酒，事先埋伏下武士，准备杀掉赵盾。赵盾的车右提弥明发现了这个阴谋，快步走上殿堂，说："臣下陪君王宴饮，酒过三巡还不告退，就不合礼仪了。"于是他扶起赵盾走下殿堂。晋灵公唤出猛犬来咬赵盾。提弥明徒手上前搏斗，打死了猛犬。赵盾说："不用人而用狗，虽然凶猛，又有什么用！"他们两人与埋伏的武士边打边退。结果，提弥明为赵盾战死了。

当初，赵盾到首阳山打猎，住在翳桑。他看见有个叫灵辄的人饿倒了，便去问他的病情。灵辄说："我已经三天没吃东西了！"赵盾给他东西吃，他留下了一半。赵盾问为什么，灵辄说："我给别人当奴仆三年了，不知道家中老母是否活着。现在离家近了，请让我把留下的食物送给她。"赵盾让他把食物吃完，另外给他准备了一篮饭和肉，放在口袋里给他。后来灵辄做了晋灵公的武士，他在搏杀中把武器倒过来抵挡晋灵公手下的人，使赵盾得以脱险。赵盾问他为什么这样做，他回答说："我就是在翳桑的饿汉。"赵盾再问他的姓名和住处，他没有回答就退走了。赵盾自己也逃亡了。

乙丑日，赵穿在桃园杀掉了晋灵公。赵盾还没有走出国境的山界，听到灵公被杀便回来了。晋国太史董狐记载道："赵盾杀了他的国君。"他还把这个说法拿到朝廷上公布。赵盾说："不是这样。"董狐说："您身为正卿，逃亡而不出国境，回来后又不讨伐叛贼，不是您杀了国君又是谁呢？"赵盾说："啊！《诗》中说：'我心里怀念祖国，反而给自己留下忧伤。'这话大概说的是我吧。"

孔子说："董狐是古代的好史官，记事的原则是直书而不隐讳。赵盾是古代的好大夫，因为史官的记事原则而蒙受了弑君的恶名。可惜啊，如果他出了国境，就会避免弑君之名了。"

赵盾派赵穿到成周去迎接晋国公子黑臀，把他立为国君。壬申日，公子黑臀去朝拜了武公庙。

【评析】 出自《宣公二年》。晋灵公弹射路人、杀厨子游尸的举动，残暴、狠毒。但让人感叹不已的是，无论在哪个时期，只要有昏庸残暴的暴政、苛政存在，就有敢于诤言直谏的义士出现，并有敢于弑君的勇士出现，前者如赵盾，后者如赵穿。他们明知自己的行为是以自己的生命作为代价，甚至还包括以自己亲人的生命为代价，依然大义凛然，慷慨陈词，视死如归。

其实，敢于直谏、敢于弑暴君，不仅仅是一种一时冲动的行为，而是一种非常清醒的、理智的选择，是不得不如此的抉择。有时，明知暴君不可理喻，有时明知自己的行动无异于以卵击石，自投罗网，如荆轲刺秦临行前所唱："风萧萧兮易水寒，壮士一去兮不复还。"但是，他们所体现的是一种精神，是一种具有普遍意义的永恒的正义，即决不向残暴专制、黑暗腐朽屈膝让步的决心。人类的精神和行动的意义，就在过程之中显现了出来，结果则是次要的，甚至并不重要。

面对死亡还敢于挺身而出，这种行为表示了一种严正的抗议，表示了一种不屈的精神。翻看历史，这种抗议和精神从来没有中断过。

# 8 祁奚举贤

祁奚请老[1]，晋侯问嗣[2]焉。称解狐[3]，其仇也。将立之而卒。又问焉。对曰："午[4]也可。"于是羊舌职[5]死矣，晋侯曰："孰[6]可以代之？"对曰：

"赤[7]也可。"于是使祁午为中军尉[8]，羊舌赤佐之[9]。君子谓祁奚于是能举善[10]矣。称其仇，不为谄[11]；立其子，不为比[12]；举其偏，不为党[13]。《尚书》曰："无偏无党，王道荡荡[14]。"其祁奚之谓矣。解狐得举，祁午得位，伯华得官；建一官而三物成，能举善也。夫惟善，故能举其类。《诗》云："惟其有之，是以似之[15]。"祁奚有焉。

**【注释】** [1]祁奚：字黄羊，晋国大臣，任晋国中军尉。请老：告老，请求退休。[2]晋侯：指晋悼公。嗣：指接替职位的人。 [3]称：推举。解狐：晋国的大臣。[4]午：祁午，祁奚的儿子。 [5]于是：在这个时候。羊舌职：晋国的大臣，当时任中军佐，姓羊舌，名职。 [6]孰：谁。 [7]赤：羊舌赤，字伯华，羊舌职的儿子。[8]中军尉：中军的军尉。 [9]佐之：辅佐他，这里指担当中军佐。 [10]于是：在这件事情上。举：推荐。善：指贤能的人。 [11]谄(chǎn)：谄媚，讨好。[12]比：偏袒，偏爱。 [13]偏：指副职，下属。党：勾结。 [14]这两句话见于《尚书·洪范》。王道：理想中的政治。荡荡：平坦广大的样子。这里指公正无私。[15]这两句诗出自《诗·小雅·裳裳者华》。

**【译文】** 祁奚请求告老退休，晋悼公向他询问接替他的中军尉职务的人。祁奚推举解狐，而解狐是他的仇人。晋悼公要立解狐为中军尉，解狐却死了。晋悼公又问他，祁奚回答说："祁午可以任中军尉。"正在这个时候羊舌职死了，晋悼公问祁奚："谁可以接替羊舌职的职位？"祁奚回答说："羊舌赤可以。"于是，晋悼公让祁午做了中军尉，让羊舌赤辅佐他。

君子认为祁奚在这件事情上能够推举贤人。推荐他的仇人，而不谄媚；推立他的儿子，而不偏袒；推举他的下属，而不是勾结。《尚书·洪范》说："没有偏袒不结党，王道政治坦荡荡。"这话大概是说的祁奚这样的人了。解狐得到举推，祁午得到职位，羊舌赤得到官职；立了一个中军尉的官，而得举、得位、得官三件好事都成全了，这正是由于他能推举贤人。恐怕只有贤人，才能推举跟自己一样的人。《诗·小雅·裳裳者华》说："只因为他有仁德，才能推举像他一样的人。"祁奚就具有这样的美德。

**【评析】** 出自《襄公三年》。晋国的中军尉祁奚告老还乡，晋悼公向他询问代替他的人选。祁奚称赞解狐，推荐他接替自己的位置，而解狐其实是祁奚的仇人。晋悼公正打算任命解狐时，没想到解狐却死了，于是悼公又去问祁奚还有谁可以胜任。祁奚回答说："我的儿子祁午可以胜任。"刚好当时祁奚的副手羊舌职也死了，悼公问祁奚谁可以接替，祁奚回答说："羊舌职的儿子可以胜任。"这样悼公就任命祁奚的儿子祁午为中军尉，让羊舌职的儿子羊舌赤担任他的副职。

在历史上，能做到像祁奚这样，不管是仇人也好，还是自己的亲属、部下也好，只以德行和才能作为推荐的标准的人很少。假如世界上多些像祁奚这种坦坦荡荡、不偏不党的君子，世界将是另一个样子。

# *9* 季札观乐

　　吴公子札[1]来聘……请观于周乐[2]。使工为之歌《周南》《召南》[3]，曰："美哉！始基之[4]矣，犹未也，然则勤而不怨[5]矣。"为之歌《邶》《鄘》《卫》[6]，曰："美哉，渊乎！忧而不困者也。吾闻卫康叔、武公[7]之德如是，是其《卫风》乎？"为之歌《王》[8]，曰："美哉！思而不惧，其周之东乎！"为之歌《郑》[9]，曰："美哉！其细[10]已甚，民弗堪也。是其先亡乎？"为之歌《齐》，曰："美哉，泱泱[11]乎！大风也哉！表东海者，其大公[12]乎？国未可量也。"为之歌《豳》[13]，曰："美哉，荡[14]乎！乐而不淫，其周公之东[15]乎？"为之歌《秦》，曰："此之谓夏声[16]。夫能夏则大，大之至也，其周之旧乎！"为之歌《魏》[17]，曰："美哉，沨沨[18]乎！大而婉，险[19]而易行；以德辅此，则明主也！"为之歌《唐》[20]，曰："思深哉！其有陶唐氏[21]之遗民乎？不然，何忧之远也？非令德之后[22]，谁能若是？"为之歌《陈》[23]，曰："国无主，其能久乎！"自《郐》[24]以下，无讥[25]焉！

　　为之歌《小雅》[26]，曰："美哉！思而不贰，怨而不言，其周德之衰乎？犹有先王[27]之遗民焉！"为之歌《大雅》[28]，曰："广哉！熙熙[29]乎！曲而有直体，其文王之德乎？"为之歌《颂》[30]，曰："至矣哉！直而不倨[31]，曲而不屈；迩而不逼，远而不携[32]；迁而不淫，复而不厌，哀而不愁，乐而不荒[33]；用而不匮，广而不宣；施而不费，取而不贪；处而不底[34]，行而不流。五声和[35]，八风[36]平；节有度[37]，守有序[38]。盛德之所同也！"

　　见舞《象箾》《南籥》[39]者，曰："美哉，犹有憾！"见舞《大武》[40]者，曰："美哉，周之盛也，其若此乎？"见舞《韶濩》[41]者，曰："圣人之弘也，而犹有惭德[42]，圣人之难也！"见舞《大夏》[43]者，曰："美哉！勤而不德[44]。非禹，其谁能修[45]之！"见舞《韶箾》[46]者，曰："德至矣哉！大矣，如天之无不帱[47]也，如地之无不载也！虽甚盛德，其蔑[48]以加于此矣。观止矣！若有他乐，吾不敢请已！"

**【注释】**　[1]吴公子札：即季札，吴王寿梦的小儿子。　[2]周乐：周王室的音乐舞蹈。　[3]工：乐工。《周南》《召南》：《诗经》十五国风开头的两种。以下提到的都是国风中各国的诗歌。　[4]始基之：开始奠定了基础。　[5]勤：劳，勤劳。怨：怨恨。　[6]邶(bèi)：周代诸侯国，在今河南汤阴南。鄘：周代诸侯国，在今河南新乡南。卫：周代诸侯国，在今河南淇县。　[7]康叔：周公的弟弟，卫国开国君主。武公：康叔的九世孙。　[8]《王》：即《王风》，周平王东迁洛邑后的乐歌。[9]郑：周代诸侯国，在今河南新郑一带。　[10]细：琐碎。这里用音乐象征政令。[11]泱泱：宏大的样子。　[12]表东海：为东海诸侯国做表率。大公：太公，指开国国君吕尚,即姜太公。 [13]豳(bīn):西周公刘时的旧都,在今陕西彬县东北。[14]荡:博大的样子。 [15]周公之东:指周公东征。 [16]秦:在今陕西、甘肃一带。夏:西周王畿一带。夏声:正声,雅声。 [17]魏:诸侯国名,在今山西芮城北。 [18]沨沨(fán):乐声婉转悠扬。 [19]险:不平,这里指乐曲的变化。[20]唐:在今山西太原。晋国开国国君叔虞初于唐。 [21]陶唐氏:指帝尧。晋国是陶唐氏旧地。 [22]令德之后:美德者的后代,指陶唐氏的后代。 [23]陈:国都宛丘,在今河南淮阳。 [24]郐(kuài):在今河南郑州南,被郑国消灭。[25]讥:批评。 [26]《小雅》:指《诗·小雅》中的诗歌。 [27]先王:指周代文、武、成、康等王。 [28]《大雅》:指《诗·大雅》中的诗歌。 [29]熙熙:和美融洽的样子。 [30]《颂》:指《诗经》中的《周颂》《鲁颂》和《商颂》。 [31]倨:傲慢。[32]携:游离。 [33]荒:过度。 [34]处:安守。底:停顿,停滞。 [35]五声:指宫、商、角、徵、羽。和:和谐。 [36]八风:指金、石、丝、竹、匏、土、革、木做成的八类乐器。 [37]节:节拍。度:尺度。 [38]守有序:乐器演奏有一定次序。[39]《象箾(xiāo)》:舞名,武舞。《南籥(yuè)》:舞名,文舞。 [40]《大武》:周武王的乐舞。 [41]《韶濩(hù)》:商汤的乐舞。 [42]惭德:遗憾,缺憾。[43]《大夏》:夏禹的乐舞。 [44]不德:不自夸有功。 [45]修:作。 [46]《韶箾》:虞舜的乐舞。 [47]帱(dào):覆盖。 [48]蔑:无,没有。

**【译文】** 吴国公子季札前来鲁国访问……请求观赏周朝的音乐和舞蹈。鲁国人让乐工为他歌唱《周南》和《召南》。季札说:"美好啊!教化开始奠基了,但还没有完成,然而百姓辛劳而不怨恨了。"乐工为他歌唱《邶风》《庸风》和《卫风》。季札说:"美好啊,多深厚啊!虽然有忧思,却不至于困窘。我听说卫国的康叔、武公的德行就像这个样子,这大概就是《卫风》吧!"乐工为他歌唱《王风》。季札说:"美好啊!有忧思却没有恐惧,这大概就是周室东迁之后的乐歌吧!"乐工为他歌唱《郑风》。季札说:"美好啊!但它烦琐得太过分了,百姓忍受不了。这大概会最先亡国吧。"乐工为他歌唱《齐风》。季札说:"美好啊,宏大而深远,真有大国之风啊!可以成为东海诸国表率的,大概就是太公的国家吧?国运真是不可限量啊!"乐工为他歌唱《豳风》。季札说:"美好啊,博大坦荡!欢乐却不放纵,大概是周公东征时的乐歌吧!"乐工为他歌唱《秦风》。季札说:"这乐歌就叫作正声。能作正声自然宏大,宏大到了极点,大概是周室故地的乐歌吧!"乐工为他歌唱《魏风》。季札说:"美好啊,轻飘浮动!粗犷而又婉转,变化曲折却又易于流转,加上德行的辅助,就可以成为贤明的君主了。"乐工为他歌唱《唐风》。季札说:"思虑深远啊!大概有陶唐氏的遗民在吧!如果不是这样,忧思为什么会这样深远呢?如果不是有美德者的后代,谁能像这样呢?"乐工为他歌唱《陈风》。季札说:"国家没有主人,难道能够长久吗?"再歌唱《郐风》以下的乐歌,季札就不做评论了。

乐工为季札歌唱《小雅》。季札说:"美好啊!有忧思而没有二心,有怨恨而不言说,这大概是周朝德政衰微时的乐歌吧?还有先王的遗民在啊!"乐工为他歌唱《大雅》。季札说:"广阔啊!多么和谐安乐,旋律曲折优美但基调仍刚直有力,这是周文王美德的象征吧?"乐工为他歌唱《颂》。季札说:"好到极点了! 正直而不傲慢,旋律婉曲优美却无过分曲折之憾,节奏紧密时却无迫促窘急之嫌,节奏舒缓时却无分离割断之弊,变化丰富而不淫靡,回环往复而不令人厌倦,哀伤而不忧愁,欢乐而不荒淫,利用而不匮乏,宽广而不张扬,施与而不耗损,收取而不贪求,安守而不停滞,流行而不泛滥。五声和谐,八音协调;节拍有法度,乐器先后有序。这都是拥有大德大行的人共有的品格啊!"

季札看到跳《象箾》和《南籥》两种乐舞时说:"美好啊,但还有美中不足!"看到跳《大武》时说:"美好啊,周朝兴盛的时候,大概就是这样子吧。"看到跳《韶濩》时说:"圣人如此伟大,仍然有不足之处,看来做圣人也不容易啊!"看到跳《大夏》时说:"美好啊! 勤于民事而不自以为有功。除了夏禹外,谁还能作这样的乐舞呢!"看到跳《韶箾》时说:"德行达到顶点了! 伟大啊,就像上天无所不覆盖一样,像大地无所不容纳一样! 虽然有超过大德大行的,恐怕也超不过这个了。观赏达到止境了! 如果还有其他乐舞,我也不敢再请求观赏了!"

【评析】 出自《襄公二十九年》。孔子论诗,强调"温柔敦厚"的诗教。他说,《诗》三百,一言以蔽之,曰:思无邪(《为政》),又说《关雎》乐而不淫,哀而不伤(《八佾》)。季札论诗,和孔子非常接近,注重文学的中和之美。他称《周南》《召南》"勤而不怨",《邶》《鄘》《卫》"忧而不困",《豳》"乐而不淫",《魏》"大而婉,险而易行",《小雅》"思而不贰,怨而不言",《大雅》"曲而有直体"。更突出的表现是他对《颂》的评论:"直而不倨,曲而不屈;迩而不逼,远而不携;迁而不淫,复而不厌;哀而不愁,乐而不荒;用而不匮,广而不宣;施而不费,取而不贪;处而不底,行而不流"。因为"五声和,八风平;节有度,守有序",所以是"盛德之所同"。可见季札对中和美推崇到了极致。

所谓中和美,正是儒家中庸思想在美学上的反映。孔子认识到任何事不及或过度都不好,事物发展到极盛就会衰落,所以他就"允执厥中"。在个人感情上也不能大喜大悲。龚自珍的"少年哀乐过于人,歌泣无端字字真"就不合孔子的中庸标准。《世说新语》雅量门中谢安听到"淝水之战"晋军胜利的消息,强压欣喜之情,以致折断屐齿。顾雍丧子,心中很悲痛,可他强行克制自己,说:"已无延陵之高,岂可有丧明之责?"这体现在文学批评中,就是推崇抑制过于强烈的感情,以合于礼,要求"乐而不淫,哀而不伤"。这对古典诗歌含蓄委婉风格的形成有直接的影响,因为要抑制感情,所以往往是一唱三叹,而不是发露无余。文学的意境也因此深长有味,颇耐咀嚼。

# 10  子产不毁乡校

郑人游于乡校[1],以论执政[2]。然明[3]谓子产曰:"毁乡校,何如?"子产曰:"何为? 夫人朝夕退[4]而游焉,以议执政之善否。其所善者,吾则行之;其所恶者,吾则改之,是吾师也,若之何毁之? 我闻忠善以损[5]怨,不闻作威[6]以防怨。岂不遽[7]止? 然犹防川[8]:大决所犯,伤人必多,吾不克救也;不如小决使道[9],不如吾闻而药之[10]也。"然明曰:"蔑也今而后知吾子之信可事[11]也。小人实不才[12]。若果行此,其郑国实赖之,岂唯二三[13]臣?"

仲尼[14]闻是语也,曰:"以是观之,人谓子产不仁,吾不信也。"

【注释】 [1]乡校:古时乡间的公共场所,既是学校,又是乡人聚会议事的地方。[2]执政:政事。 [3]然明:郑国大夫融蔑,然明是他的字。 [4]退:工作完毕后回来。 [5]忠善:尽力做善事。损:减少。 [6]作威:摆出威风。 [7]遽(jù):很快,迅速。 [8]防:堵塞。川:河流。 [9]道:疏通,引导。 [10]药之:以之为药,用它做治病的药。 [11]信:确实,的确。可事:可以成事。[12]小人:自己的谦称。不才:没有才能。 [13]二三:这些,这几位。 [14]仲尼:孔子的字。

【译文】 郑国人到乡校休闲聚会,议论执政者施政措施的好坏。郑国大夫然明对子产说:"把乡校关了,怎么样?"子产说:"为什么关掉? 人们早晚干完活儿回来到这里聚一下,议论一下施政措施的好坏。他们喜欢的,我们就推行;他们讨厌的,我们就改正。他们是我们的老师。为什么要关掉它呢? 我听说尽力做好事以减少怨恨,没听说过依权仗势来防止怨恨。难道很快制止这些议论不容易吗? 然而那样做就像堵塞河流一样:河水大决口会造成损害,伤害的人必然很多,我就挽救不了;不如开个小口导流,不如我们听取这些议论后把它当作治病的良药。"然明说:"我从现在起才知道您确实可以成大事。小人确实没有才能。如果真的这样做,恐怕郑国真的就有了依靠,岂止是有利于我们这些臣子!"

孔子听到了这番话后说:"照这些话看来,人们说子产不仁,我是不相信的!"

【评析】 出自《襄公三十一年》。考虑到中国古代等级制度之下的政治专制,能让老百姓无所顾忌、畅所欲言地议论执政措施,是要有很大的气魄和开阔的胸襟的。

# 11 晏婴论和与同

齐侯至自田[1],晏子侍于遄台[2],子犹驰而造焉[3]。公曰:"唯据与我和夫!"晏子对曰:"据亦同也,焉得为和?"公曰:"和与同异乎?"对曰:"异。和如羹焉,水、火、醯、醢、盐、梅[4],以烹鱼肉,燀[5]执以薪,宰夫和[6]之,齐之以味[7];济[8]其不及,以泄其过[9]。君子食之,以平其心。君臣亦然。君所谓可而有否焉，臣献[10]其否以成其可；君所谓否而有可焉，臣献其可以去其否。是以政平而不干[11]，民无争心。故《诗》曰：'亦有和羹，既戒既平。鬷假无言。时靡有争[12]。'先王之济五味，和五声[13]也，以平其心，成其政也。声亦如味，一气[14]、二体[15]、三类[16]、四物[17]、五声[18]、六律[19]、七音[20]、八风[21]、九歌[22]，以相成也。清浊、小大、短长、疾徐、哀乐、刚柔、迟速、高下、出入、周疏，以相济也。君子听之，以平其心。心平，德和。故《诗》曰：'德音不瑕[23]'。今据不然。君所谓可，据亦曰可；君所谓否，据亦曰否。若以水济水，谁能食之？若琴瑟之一专，谁能听之？同之不可也如是。"

**【注释】**［1］侯：指景公。田：打猎。这里指打猎处。　［2］遄（chuán）台：地名，在今山东临淄附近。　［3］子犹：国大夫梁丘据的字。造：到，往。　［4］羹：调和五味（醋、酱、盐、梅、菜）做成的带汁的肉。不加五味的叫大羹。醯（xī）：醋。醢（hǎi）：用肉、鱼等做成的酱。梅：梅子。　［5］燀（chǎn）：烧煮。　［6］和：调和。［7］味：调配使味道适中。　［8］济：增加，添加。　［9］泄：减少。过：过分，过重。［10］献：进言指出。　［11］干：犯，违背。　［12］这四句诗出自《诗·商颂·烈祖》。戒：具备，意思是指五味全。平：和，指味道适中。鬷（zōng）假：同"奏假"，祈祷。无言：指肃敬。　［13］济：这里的意思是相辅相成。五味：指酸、甜、苦、辣、咸五种味道。五声：指宫、商、角、徵、羽五个音阶。　［14］一气：空气，指声音要用气来发动。　［15］二体：指舞蹈的文舞和武舞。　［16］三类：指《诗》中的风、雅、颂三部分。　［17］四物：四方之物，指乐器用四方之物做成。　［18］五声：即五音。［19］六律：指用来确定声音高低清浊的六个阳声，即黄钟、太簇、姑洗（xiǎn）、蕤（ruí）宾、夷则、无射（yì）。　［20］七音：指宫、商、角、徵、羽、变宫、变徵七种音阶。［21］八风：八方之风。　［22］九歌：可以歌唱的九功之德，即水、火、木、金、土、谷、正德、利用、厚生。　［23］这句诗出自《诗·豳风·狼跋》。德音：本指美德，这里借指美好的音乐。瑕：玉上的斑点，这里指缺陷。

**【译文】**　景公从打猎的地方回来，晏子在遄台随侍，梁丘据也驾着车赶来了。景公说："只有梁丘据与我相和谐啊！"晏子回答说："梁丘据也不过是相同而已，哪里能说是和谐呢？"景公说："和谐与相同有差别吗？"晏子回答说："有差别。和谐就像做肉羹，用水、火、醋、酱、盐、梅来烹调鱼和肉，用柴火烧煮。厨工调配味道，使各种味道恰到好处；味道不够就增加调料，味道太重就减少调料。君子吃了这种肉羹，用来平和心性。国君和臣下的关系也是这样。国君认为可以的，其中也包含了不可以，臣下进言指出不可以的，使可以的更加完备；国君认为不可以的其中也包含了可以的，臣下进言指出其中可以的，去掉不可以的。因此，政事平和而不违背礼仪，百姓没有争斗之心。所以《诗·商颂·烈祖》中说：'还有调和的好羹汤，五味具备又适中。默默祷告，上下和睦不争斗。'先王使五味相互调和，使五声和谐动听，用来平和心性，成就政事。音乐的道理也像味道一样，由一气、二体、三类、四物、五声、六律、七音、八风、九歌各方面相配合而成,由清浊、小大、短长、疾徐、哀乐、刚柔、迟速、高下、出入、周疏各方面相调节而成。君子听了这样的音乐,可以平和心性。心性平和,德行就协调。所以,《诗·豳风·狼跋》说:'美好音乐没瑕疵。'现在梁丘据不是这样。国君认为可以的,他也说可以;国君认为不可以的,他也说不可以。如果用水来调和水,谁能吃下去?如果用琴瑟老弹一个音调,谁听得下去?不应当相同的道理,就像这样。"

【评析】 出自《昭公二十年》。晏婴在这里所发的议论,是借厨工调味之喻来讲抽象的哲理。和与同,表面上看起来很相似,它们的表现有一致性,但在实质上,它们完全不同。同是绝对的一致,没有变动,没有多样性。因此,它代表了单调、沉闷、死寂,它也没有内在的活力和动力,不是一个具有生命力的东西,也不符合宇宙万事万物起源、构成、发展的规律性。

和,却是相对的一致性,是多中有一,一中有多,是各种相互不同、相互对立的因素通过相互调节而达到的一种统一态、平衡态。因此,它既不是相互抵消,也不是简单地排列组合,而是融合不同因素的积极方面形成的和谐统一的新整体。它保留了各个因素的特点,又不让它们彼此抵消,因而是一个具有内在活力、生命力、再生力的整体。

和的观念,既是宇宙万物起源、构成、发展的规律之一,同时也是我们祖先对事物的独特理解。换句话说,和的内涵,既包括了自然规律,也包括了人的理智对秩序的追求,即人为的秩序。

和的观念被付诸实践,就形成了中国人独特的行为方式。国家兴盛的理想状态是和谐:君臣之间、官民之间、国与国之间、朝野之间,相互理解、支持、协调,利益趋于一致;文学艺术的最高境界也是和谐:有限和无限、虚与实、似与不似、刚与柔、抑与扬等因素共存于一个统一体中,相互补充,相互调节;人们处理事务、人际关系也崇尚"和为贵",用自我克制来消除矛盾、分歧,用相互切磋来发扬各自所长,通过寻找利益的一致之处,把各方的不同之处加以协调。

我们还应注意到,"和"的最终旨归,是人的内心的心性平和,也就是说,它的最后落脚点,还是人自身的生存状态。因此,它是内向的,而不是外向的;是人本的,而不是物质的。

 拓展阅读

### 《左传》小知识

春、秋是一年四季中的两个季节,古人常用"春秋"这个词表示一年的时间。到春秋时期,周王室及各诸侯国都把对自己编修的国史称为"春秋"。

孔子把鲁国的国史拿来编撰成一本教科书来给弟子讲授。孔子编这本书,是为

了弘扬儒家的政治理念，宣扬儒家的价值观，同时通过对历史经验教训的总结，培养能够实现自己政治理想的接班人。因此才有"孔子作《春秋》，使乱臣贼子惧"的说法。《春秋》一书影响巨大，大到那个时代都被称作"春秋时代"。

《春秋》是我国第一部编年体史书，但记事简单，类似现在的新闻标题，换句话说，《春秋》只不过是授课大纲而已。后来，孔子教授《春秋》被弟子记录、整理、流传下来，《春秋》的原文被称为"经"，而后人整理的部分被称为"传"。现在，有三本"传"流传下来，分别是《公羊传》《谷梁传》以及《左传》。三本书各有侧重，《公羊传》《谷梁传》更侧重于解释《春秋》的"微言大义"，着重点在表明《春秋》的政治观点上，如哪句是褒，哪句是贬，哪个字暗含讥讽。《左传》则不同，其主要的笔墨用在了完整地讲述《春秋》提及的历史事件上。从这个角度说，《春秋》三传中只有《左传》才算是真正的史书。

《左传》以事解经，叙事是它的主要特色，在解经的目的下，《左传》还具有史书的性质，它记录了春秋时期的历史事件。由于秦始皇统一六国后，将诸侯史书都烧掉了。幸好《左传》流传下来了，使后人能够对春秋年间发生的事有较为清楚的了解。

《左传》据《春秋》逐年叙事，虽为解经，但明显有总结历史经验的意味。因此，《左传》叙事不仅配合经文、解释经文，而且对事件采用了各种叙述手法，或补叙已经发生的事件，或将一事穿插在不同的时段中，并不尽依经的顺序。这就是史家的写法了，而非经生解经。

《左传》的叙事艺术极高，这个水平产生于先秦时期是令人惊讶的。秦以后中国的散文乃至后来的叙事作品，几乎都受到它的影响，从中汲取营养而将其发扬、光大。《左传》中最为大家熟悉的战事描写，如城濮之战、崤之战、泌之战、鄢之战、鄢陵之战等，既有宏大的叙事，又有对细节的刻画，精彩曲折，引人入胜，又发人深省，是中国古代叙事文学的典范。后人往往从《左传》中撷录精华，作为范本揣摩。

《左传》既解经义、又叙史事，视野宏阔，思想深刻，因此《左传》一书堪称波澜壮阔的历史画卷，其内容涉及春秋历史的政治、历史事件、礼制、典章制度、军事、外交、文物、文化、语言、地理等，是中国古代尤其是春秋时期的文化宝库，堪称春秋时期的百科全书。

**【思考题】**

1. 在曹刿看来，为政者为民办事实事求是、秉公执法，才能取信于民。请谈谈你对取信于民的看法。

2. 《左传》记载，晋国大臣魏绛曾引用"居安思危"一词来劝谏晋悼公不要因一次的胜利而骄傲自满，不要因暂时的安逸而忘乎所以，要时刻警醒。请谈谈作为新时代青年，应如何做到居安思危。

3. 你认为《左传》的文学成就有哪些。

# 老子

《道德经》章
句选读一

## 老子简介

老子，即老聃，生卒年不详。据《史记·老子韩非列传》载，老子姓李名耳，字伯阳，一称老聃，楚国苦县(今河南鹿邑东)厉乡曲仁里人，做过周朝"守藏室之史"(管理藏书的史官)，熟悉各种典章制度。后去官西行，过函谷关时被要求作五千字文，即《道德经》，出关后莫知所终。相传孔子曾向他问礼。老子是我国古代伟大的哲学家和思想家，道家学派的创始人。老子被唐朝帝王追认为始祖，唐高宗亲临鹿邑拜谒，封老子为"太上玄元皇帝"，唐皇武后封其为太上老君。老子乃世界文化名人，世界百位历史名人之一，存世作品有《道德经》，其精华是朴素的辩证法，主张无为而治，其学说对中国哲学发展具有深刻影响。在道教中老子被尊为道祖。

或说老子即太史儋，或老莱子。《道德经》一书是否为老子所作，学界有不同观点。

《老子》又称《道德经》，历来被人们称为"哲理诗"，此书非成于一时，也非出于一人之手，而是由老子的门人追述老子遗说，到战国时由楚人环渊纂集而成。据《史记·孟子荀卿列传》载，楚人环渊曾学黄老之术，著上下篇，这很可能就是《道德经》的上下篇。从西汉河上公注起，《老子》分为两卷八十一章，上卷三十七章，下卷四十四章，五千余言。唐玄宗天宝年间老子被称为真人，于是《老子》又被称为《道德真经》。《正统道藏》"幕"字号有《道德真经》两卷、《道德经古本篇》两篇，《道德真经》注本有四十种，著名的注者有西汉河上公、三国魏王弼、唐玄宗、宋徽宗、明太祖等。

《老子》一书的思想核心为"道"，这是老子思想的本体，具有极高的概括性，也有模糊性和多义性。《老子》一书以道法自然、清净虚无为主旨，为历代哲学家、思想家所重视。诸家对《老子》内容的理解不同，故而阐释各异。首先有唯物主义、唯心主义归属的纷争，再就是有学者认为《老子》是"帝王南面之术"，或以为兵书策略，近人认为内容中有没落奴隶主阶级的哲学思想，亦有自然科学内容的记述。

我们从《老子》一书中可以看到，老子提出了一个超绝一切的虚无的本体，叫作"道"，又称为"大"，作为他哲学思想的核心。他认为"道"是万物的根源，世间一切事物都是从"道"派生出来的。"道"生万物的过程是："道生一，一生二，二生三，三生万物。"这里所说的"一"应是指原初物质，比原初物质更原始的"道"显然不是物质，而是指看不见的精神。老子还说："天下万物生于有，有生于无。"他认为"无"是天下万物产生的根源。显然，"道"就是"无"，是一种看不见、摸不着、无形无影的超感觉的东西，这是老子客观唯心主义思想的核心。

从"道"的思想出发，老子在政治上主张无为而治。所谓"无为"就是顺其自然，不先物而为也。老子还主张实行"愚民"政策，他认为："民之难治，以其智多。故以智治国，国之贼；不以智治国，国之福。"所以他主张"绝圣弃智""绝仁弃义"，要求统治者在施政时要实行"虚其心，实其腹，弱其志，强其骨，常使民无知无欲"的政策，也就是让百姓成为头脑简单、四肢发达、无知无欲的劳动者，成为统治者的顺民，就会达到"无不治"效果。

老子向往一种"至治之极"的"小国寡民"的社会。这种社会是这样一番情景："小国寡民，使有什伯之器而不用，使民重死而不远徙。虽有舟舆，无所乘之；虽有甲兵，无所陈之；使人复结绳而用之。甘其食，美其服，安其居，乐其俗。邻国相望，鸡犬之声相闻，民至老死，不相往来。"老子所向往的这种社会实际上是经过他美化的、在历史上早已不存在的、带有原始社会遗风的早期奴隶制社会。

《老子》一书的精华在于其朴素的辩证法思想。它指出世界的事物都含有矛盾对立的两个方面，如有与无、高与下、前与后、强与弱、刚与柔、多与少、实与虚、祸与福、智与愚等；对立的双方互相依存，相反又相成，达到对立的统一，如"有无相生，难易相成，长短相形，高下相盈，音声相和，前后相随。"老子也看到了事物对立面的转化如，"祸兮，福之所倚；福兮，祸之所伏""正复为奇，善复为妖"，但老子又往往否认对立面的斗争，片面夸大对立面的统一，而且他所说的对立面的转化，既无视对立面转化的条件，也看不到转化后新旧事物质的区别，只是把对立面的转化看作循环往复的无尽的过程，这就使他的朴素辩证法思想滑向了形而上学。

历代史志官私目录对《老子》均有著录。1973年在湖南长沙马王堆三号汉墓出土的帛书《老子》，有甲、乙两种写本，这两种写本是《德经》在前，《道经》在后，与通行本《道德经》之《道经》在前、《德经》在后的编次不同，而且帛书《老子》与通行本《老子》在经文字句上也有不同，为研究老子及其思想提供了新的珍贵资料。

*1* 太上[1]，下[2]知有之；其次，亲而誉之；其次，畏之；其次，侮之。信不足焉，有不信焉。悠兮，其贵言[3]。功成事遂，百姓皆谓："我自然。"

**【注释】** ［1］太上：最好，至上。这里指最好的世代。 ［2］下：百姓，人民。［3］贵言：指不轻易发号施令。

**【译文】** 最好的世代，人民只是感觉到统治者的存在；其次的，人民亲近他而赞美他；再次的，人民畏惧他；更其次的，人民轻侮他。统治者的诚信不足，人民自然不信任他。（最好的统治者）悠然而不轻易发号施令。事情办成功了，百姓都认为一切事情的完成都是那么的自然。

**【评析】** 出自《道德经》第十七章。句中阐述了老子理想中的政治情境。统治者的诚信不足，百姓自然会产生"不信"的行为；最美好的政治莫过于"贵言"。政府只是服务人民的工具，即"服务型政府"，人民感觉不到政权的压力，大家才能生活在安闲自适的氛围中。

*2* 大成若缺，其用不弊[1]；大盈若冲[2]，其用不穷。大直若屈，大巧若拙，大辩若讷[3]。

**【注释】** ［1］弊：停止。 ［2］冲：空虚。 ［3］讷(nè)：说话困难，口吃。

**【译文】** 最完满的东西，好似有残缺一样，但是它的作用永远不会衰竭；最充盈的东西，好似是空虚一样，但是它的作用永远不会穷尽。最正直的东西，好似弯曲一样；最灵巧的东西，好似笨拙一样；最卓越的辩才，好似不善言辞一样。

**【评析】** 出自《道德经》第四十五章。我们做任何事情要留有余地，不必刻意地追求十全十美、完美无缺，这样不仅能使自己进退自如，而且能使事业源源不断地得到发展。

*3* 祸兮[1]福所倚[2]；福兮祸所伏[3]。

**【注释】** ［1］兮：文言助词。相当于现代汉语的"啊"。也可不译。 ［2］倚：依靠。 ［3］伏：隐藏。

**【译文】** 灾祸（啊），是幸福的依傍；幸福（啊），是灾祸隐藏的地方。

**【评析】** 出自《道德经》第五十八章。福与祸相互依存，可以互相转化。这是指坏事可以引出好的结果，好事也可以引出坏的结果。在生活中，人们应该对立统一地看待"祸"与"福"，有了"祸"要想到与之对立的"福"，有了"福"要想到与之对立的"祸"，并且要从"祸"中看到"福"的希望，从"福"中看到"祸"的存在，这样才能较好地处理"祸""福"转化的矛盾。

**4** 不尚贤[1]，使民不争；不贵难得之货[2]，使民不为盗；不见可欲[3]，使民不乱。是以圣人之治，虚其心，实[4]其腹，弱其志，强其骨，常使民无知无欲[5]，使夫智者不敢为[6]也。为无为，则无不治。

**【注释】** [1]尚贤：崇尚贤能之人。这是墨家的主张。 [2]难得之货：指珠玉宝器。 [3]不见(xiàn)可欲：不炫耀引起贪欲的东西。 [4]实：充实，满足。与上文的"虚"，下文的"弱""强"皆为动词。 [5]无知无欲：没有心智，没有贪欲。 [6]不敢为：不敢有所作为。

**【译文】** （执政者）不推崇有才德的人，可使老百姓不互相争夺；不珍爱难得的财货，可使老百姓不为盗贼；不炫耀引起贪心的事物，可使民心不被迷乱。因此，有道之人的治事原则是：使百姓心灵纯净，生活安饱，使之意志柔韧，体魄强健。常使老百姓没有伪诈的心智，没有贪婪的欲望，使那些（所谓）有才智的人也不敢妄为。圣人按照"无为"的方式处事，那么，天下就没有不大治的。

**【评析】** 出自《道德经》第三章。贪念是行为的祸端。积极之余，更要"顺其自然"。

**5** 上善[1]若水，水善利万物而不争，处众人之所恶，故几[2]于道。居善[3]地，心善渊[4]，与[5]善仁，言善信，正[6]善治，事善能，动善时。夫唯[7]不争，故无尤[8]。

**【注释】** [1]上善：最高的德行。 [2]几：接近。《尔雅·释诂》："几，近也。" [3]善：善于，擅长。 [4]渊：深静。 [5]与：结交。 [6]正：通"政"。 [7]唯：因为，由于。 [8]尤：过失。

**【译文】** 最高的德行好像水，水最利于万物而又不和万物相争，它处在众人所厌恶的地方，所以接近于道。（上善之人）居处最善于适应地势，内心最善于保持沉静，与人交往善于仁爱，说话最讲信用，从政善于治理，做事最能干，行动善于把握时机。因为与万物无争，所以没有过失。

**【评析】** 出自《道德经》第八章。在自然界的万事万物中，老子最赞美水，他认为水德最接近于道，而他理想中的圣人的言行类似于水，是道的体现者。老子在文中连用七个排比句来描绘水的美好品德，实际上就是期望圣人应具备的品德。最后得出结论：为人处世的原则就是不争，也就是像水那样善利万物、处在众人所厌恶的地方而不与人争，就没了过失。人的品性应如水般清澈，接近良善，平淡不争抢，这才是立身之本。

**6** 持而盈之，不如其已[1]；揣而锐[2]之，不可长保。金玉满堂，莫之能守;富贵而骄,自遗其咎[3]。功遂[4]身退,天之道也。

**【注释】** ［1］持:《说文解字》:"持,握也"。盈:满。已:停止。 ［2］揣(zhuī):捶击。锐:使锋利。 ［3］咎:灾祸。 ［4］遂:成就,顺利地做到。《文子·上德篇》:"'功遂身退,天之道',谓人民功成,而圣人身退不居,此乃自然之道也。"

**【译文】** 持有得满满的,不如适时停止为好;锤炼了又使之锋利,不可能长久地保持。金玉堆满堂,没有人能够守住;富有、显贵了而又骄傲,那是自己留下祸害。功成身退,是自然之道。

**【评析】** 出自《道德经》第九章。本章以"盈""锐"的不可长久为喻,阐明人的金玉、富贵不但不能长守,还有可能给人带来祸害,以此告诫人们做事不要锋芒毕露,富贵而骄,而要把握好尺度,适可而止。一个人在功成名就之后应该适时引退,这才符合自然规律,因为事物对立的双方在一定条件下会向各自相反的方向转化,进退、荣辱也是互相转化的。

**7** 　五色[1]令人目盲,五音[2]令人耳聋,五味令人口爽[3],驰骋畋[4]猎令人心发狂,难得之货令人行妨[5]。是以圣人为腹不为目,故去彼取此。

**【注释】** ［1］五色:青、黄、赤、白、黑,泛指多种颜色。 ［2］五音:宫、商、角(jué)、徵(zhǐ)、羽,泛指多种音乐。 ［3］爽:伤,败。 ［4］畋(tián):打猎。［5］行妨:伤害操行。妨:伤、害。

**【译文】** 缤纷的色彩,使人眼花缭乱;嘈杂的音调,使人听觉失灵;丰盛的食物,使人舌不知味;纵情围猎,使人内心放荡发狂;金玉宝物,使人德行败坏。因此,圣人但求温饱生存,不求声色之娱。所以,要摒弃物欲的诱惑而保持安定知足的生活。

**【评析】** 出自《道德经》第十二章。物欲横流,终会伤人害己。要抵制过分的感官刺激和心理诱惑。

**8** 　宠辱若[1]惊,贵大患若身[2]。何谓宠辱若惊? 宠为上,辱为下[3],得之若惊,失之若惊,是谓宠辱若惊。

**【注释】**［1］若:则,就。 ［2］贵大患若身:重视自己的身体如同重视祸患一样。由上下文的意思来看,本句意在强调重视自己的身体,故提前。若,如。［3］下:卑下的意思。

**【译文】** 受到宠爱和受到侮辱都好像受到惊恐,把荣辱这样的大患看得与自身生命一样珍贵。什么叫作得宠和受辱都感到惊慌失措?人们把得宠看作是荣耀的,把受辱看作是卑下的,得到宠爱感到格外惊喜,失去宠爱则令人惊慌不安。这就叫作得宠和受辱都感到惊恐。

【评析】　出自《道德经》第十三章。常人对于身外的宠辱毁誉，莫不过分重视，如临大患一样。老子主张要"贵身"，这样自然会漠视外在的宠辱毁誉，如此才可担当大任。

**9**　大方无隅，大器[1]晚成，大音希[2]声，大象无形。

【注释】　[1]大器：贵重的器物，包括圭璋之类的玉器和钟鼎之类的青铜器。这些器物需要长期雕琢、历练才能成器，正所谓"大器晚成"。　[2]希：少、无。

【译文】　最方正的东西，反而没有棱角；最贵重的器物，总是最后制成；最好的乐声，反而听来没有什么声响；最大的形象，反而看来无形。

【评析】　出自《道德经》第四十一章。老子讲的"道"有上述几种无为的至高境界。大道幽隐未现，不可以形体求见。"大象无形"一词可以用来形容中华文化的宏观定位和发展定向，作为一种无形的精神底蕴和活力资源，被一代又一代中国人自觉不自觉地保持和发扬起来，成为中华民族不断成长壮大，历经无数劫难而不衰败溃散，并能够取得成功和辉煌的一个重要条件。

**10**　知人者智，自知者明；胜人者有力，自胜者强[1]。

【注释】　[1]强：强健。

【译文】　了解别人的人是有智慧的，了解自己的人才算明智；战胜别人的人是有力量的，战胜自我的人才是强者。

【评析】　出自《道德经》第三十三章。了解别人、胜过他人固然重要；了解自己、超越自我更为重要。

**11**　人法[1]地，地法天，天法道，道法自然。

【注释】　[1]法：取法，效法，以……为法则。

【译文】　人以地为法则，地以天为法则，天以道为法则，道以自然而然为法则。

【评析】　出自《道德经》第二十五章。道的本性就是自然。人的一切要按照本身的规律去做，切忌刚愎自用，主观行事。中国人以顺应自然为最高法则，西方人以战胜自然为最高法则，两者是不同的。

**12** 天下难事,必作于易;天下大事,必作于细。

【译文】 做天下的难事,一定要从做易事开始;做天下的大事,一定要从做小事开始。

【评析】 出自《道德经》第六十三章。从易处、细处着手,一步一个脚印,这即是脚踏实地做事的方法。如此,由易而难,由小而大,就能够成功。

**13** 执古之道以御[1]今之有。能知古始,是谓道纪[2]。

【注释】 [1]御:驾驭。 [2]道纪:道的纲纪,即老子认识世界的独有方法。

【译文】 把握古有之道,用来驾驭当今的事物。能够了解宇宙的初始,这就称为道的纲纪。

【评析】 出自《道德经》第十四章。正确处理古今关系,要用历史的眼光看待现实问题。现实问题的出现都会有其历史根源,老子称赞那种以历史启迪现实的态度,认为这样就抓住了道的根本,有了正确的开始,就能走上正道。

**14** 不贵其师,不爱其资[1],虽智大迷。

【注释】 [1]资:教导的对象,即学生。

【译文】 (有的人)不尊重他的老师,(有的人)不爱护他的学生,虽然自以为聪明,其实是最大的糊涂。

【评析】 出自《道德经》第二十七章。为人要学会敬重、关爱他人,对自己要有比较清醒的认识。为道要重视学习他人的经验教训,否则就失去源头活水,脱离实际。

**15** 罪莫大于多欲,祸莫大于不知足,咎[1]莫大于欲得。故知足之足,常足也。

【注释】 [1]咎:灾祸。

【译文】 没有比贪得无厌更大的罪过,没有比不知道满足更大的祸患,没有比贪婪更大的灾祸。所以知道满足的满足,是永远的满足。

【评析】 出自《道德经》第四十六章。主要反映了老子的反战思想。春秋时期,诸侯争霸,战争频仍,给社会生产和人民生活带来了深重的灾难。老子认为,战争根源在于统治者过于贪婪,而要消除战争,统治者要知足。这对于个人在得失的认识方面也同样具有借鉴意义。

**16** 是以大丈夫处其厚[1]，不居其薄；处其实，不居其华[2]。故去彼取此。

【注释】　[1]厚：敦厚。　　[2]华：虚华。

【译文】　所以大丈夫立身敦厚，而不居于浅薄；存心朴实，而不居于虚华。所以要舍弃浅薄虚华而采取朴实敦厚。

【评析】　出自《道德经》第三十八章。我们学习时要探索事物深层次的奥秘，而不能只了解事物的表面。学习别人的经验时要去其糟粕取其精华。

**17** 天之道，其犹张弓与[1]！高者抑[2]之，下者举之；有余者损[3]之，不足者补之。天之道，损有余而补不足。人之道则不然，损不足以奉[4]有余。孰能有余以奉天下？唯有道者。是以圣人为而不恃[5]，功成而不处[6]，其不欲见贤[7]。

【注释】　[1]张：把弦安在弓上。《说文解字》："张，施弓弦也。"《说文解字注》："张、弛本谓弓施弦、解弦。"其：句首语气词，表推测。与（yú）：句末语气词，表感叹。[2]抑：按，向下压。　　[3]损：减少。　　[4]奉：供给。　　[5]恃：矜恃，占有。[6]处：据有，占有。　　[7]见：显现，后作"现"。贤：多财。《说文解字》："贤，多才（财）也。"《六书故·动物四》："贤，货贝多于人也。"

【译文】　自然的规律大概如同给弓上弦吧！弦高了就压低它，弦低了就抬高它；多余的就减少它，不足的就补足它。自然的规律，是减去多余的来补充不足的。人的规律却不这样，是减去不足的来供奉多余的。谁能够有余并把多余的拿来供奉天下之人？只有有道的人才能做到。因此，圣人有所作为而不依恃，功成而不自居，他不想显示自己有多余的财产。

【评析】　出自《道德经》第七十七章。在本章中，老子以弓、弦为喻，论述了"天之道"与"人之道"的不同。他观察到自然界的规律是"损有余而补不足"，因而能保持平衡，而人类社会的现象则是"损不足以奉有余"。他期望能够效法"损有余而补不足"的自然规律，来改变人类社会"损不足以奉有余"的不平等、不合理的现象，以达到"损有余以奉天下"的目的，这体现了他渴望平均社会财富、追求人类社会平等的愿望，并把这种愿望寄托于有道者、圣人。

**18** 知[1]者不言，言者不知。塞其兑，闭其门；挫其锐，解其纷；和其光，同其尘，是谓玄同[2]。故不可得而亲，不可得而疏；不可得而利，不可得而害；不可得而贵，不可得而贱。故为天下贵。

【注释】　[1]知(zhì)：通"智"，聪明、有智慧的人。　　[2]玄同：玄妙混同的境界，即道的境界。

【译文】　聪明的智者不多说话，而到处说长论短的人不是聪明的智者。关闭感官之门，挫去人们的锋芒，解脱他们的纷争，收敛他们的光耀，混同他们的尘世，这就是深奥的玄同。达到"玄同"境界的人，已经超脱亲疏、利害、贵贱的世俗范围，所以就为天下人所尊重。

【评析】　出自《道德经》第五十六章。智者是不向人们发号施令的，他们通过减少欲望和自我修养达到与万物大同的境界（玄同），从而超越一切利害关系，如此才受到天下人的尊重。

## 19

圣人常无心[1]，以百姓心为心。善者，吾善之；不善者，吾亦善之，德[2]善。信者，吾信之；不信者，吾亦信之，德信。

【注释】　[1]常无心：永远没有主观成见。　　[2]德：通"得"。

【译文】　圣人是没有永远主观成见的，以百姓的心作为自己的心。对于善良的人，我（圣人）善待之；对于不善良的人，我也善待之，这样就可以得到善良了（使人人向善）。对于诚信的人，我信任之；对不诚信的人，我也信任之，这样可以得到诚信了（使人人守信）。

【评析】　出自《道德经》第四十九章。作为行道之人，没有私心，对善者与不善者一律善待，对信者与不信者也一律相信，那么就天下和谐了。当然，在实践中，还应该具体情况具体对待，不能一概而论，否则就会犯南郭先生那样的错误。

## 20

名与身孰亲？身与货孰多[1]？得与亡孰病[2]？甚爱必大费，多藏必厚[3]亡。故知足不辱，知止不殆[4]，可以长久。

【注释】　[1]多：贵重。　　[2]病：痛苦。　　[3]厚：深、多。　　[4]殆：危险。

【译文】　名声和生命相比哪一样让人更为亲近？生命和财货相比哪一样更为贵重？获取和丢失相比，哪一个更痛苦？过分地爱名利就必定要付出更大的代价；过于积敛财富，必定会招致更为惨重的损失。所以说，懂得满足，就不会受到屈辱；懂得适可而止，就不会遇见危险；这样才可以保持住长久的平安。

【评析】　出自《道德经》第四十四章。名利与财货都是身外之物，是不能与珍贵的生命相提并论的。为追名逐利而危及自身，是得不偿失的。

**21** 人之生也柔弱，其死也坚强[1]。草木之生也柔脆，其死也枯槁[2]。故坚强者死之徒，柔弱者生之徒。是以兵强则灭，木强则折。强大处下，柔弱处上。

**【注释】** [1] 坚强：僵硬。 [2] 槁：草木枯干。

**【译文】** 人活着的时候是柔弱的，死亡了就僵硬了。草木生长时是柔软脆弱的，死了就干枯了。所以坚强者是死亡的一类，柔弱者是有生命的一类。因此，军队强大了就会被消灭，树木壮盛了就会被砍伐摧折。所以，坚强的，处在下位；柔弱的，居于上位。

**【评析】** 出自《道德经》第七十六章。老子向来主张"贵柔""尚弱"。他从现实生活中观察到：人初生之时，身体是柔弱的，死后却变得僵硬；草木初生之时也是柔弱的，死后却变得枯槁。老子以现实生活中的现象来阐明这样一种观点：柔弱胜刚强。他认为世界上的东西，凡坚强者都是"死"的一类，凡柔弱者都是"生"的一类，这表明坚强的东西已失去生机，柔弱的东西则蕴含着生机，表明事物对立的双方必然会向各自的对立面转化。这一思想源于老子对自然、社会现象的观察和总结，是极富智慧的辩证法思想。这就告诫人们，在现实生活中，不可争强好胜，而应柔顺谦虚，加强修养。

**22** 天网[1]恢恢[2]，疏而不失。

**【注释】** [1] 天网：自然的范围。 [2] 恢恢：宽大的样子。

**【译文】** 自然的范围宽大无边，稀疏而不会有一点漏失。

**【评析】** 出自《道德经》第七十三章。该句的本义是指大自然的一切都被控制在道的规律之中，与现在通常理解的意义是不同的。

**23** 致虚极[1]，守静笃[2]；万物并作，吾以观复[3]。夫物芸芸，各复归其根。归根曰静，静曰复命[4]。复命曰常[5]，知常曰明。不知常，妄作凶。知常容，容乃公，公乃全[6]，全乃天，天乃道，道乃久，没身不殆[7]。

**【注释】** [1] 致虚极：达到极端的空虚无欲。 [2] 守静笃：坚守彻底的清净无为。 [3] 观复：观察循环往复的规律。 [4] 复命：回归本原。 [5] 常：永恒不变的规律。 [6] 全：全面，普遍。 [7] 没身不殆：终生没有危险。

**【译文】** 尽力使心灵的虚寂达到极点，使生活清静坚守不变。万物都一起蓬勃生长，我从而考察其循环往复的道理。那万物纷纷芸芸，各自返回它的本根。返回到它的本根就叫作清静，清静就叫作复归于生命。复归于生命就叫作自然，认识了自然规律就叫作聪明。不认识自然规律的轻妄举止，往往会出乱子和灾凶。认识自然规律的人是无所不包的,无所不包就会坦然公正,公正就能周全,周全才能达到天人合一的境界,有了天人合一的境界,才能符合自然的"道",符合自然的道才能长久,终生不会遭到危险。

**【评析】**　出自《道德经》第十六章。老子特别强调"致虚""守静",以达到无不为的目的。这应该是我们常人修身养性的重要方法和途径。

**24**　曲则全,枉[1]则直,洼则盈,敝则新,少则得,多则惑。

**【注释】**　[1]枉:屈。

**【译文】**　弯曲之木不可为栋梁,反而得以保全不被砍伐,屈枉便会直伸;低洼便会充盈,陈旧便会更新;少取便会获得,贪多便会迷惑。

**【评析】**　出自《道德经》第二十二章。矛盾的双方是互相依存、互相转化的,具有密切的内在联系。我们必须从事物的正面去透视负面的意义,对于事物负面意义的把握,有助于看到正面的内涵。

**25**　企[1]者不立,跨[2]者不行;自见者不明;自是者不彰;自伐者[3]无功;自矜者[4]不长。

**【注释】**　[1]企:踮起脚跟。　[2]跨:跃,阔步而行。　[3]自伐者:自我炫耀的人。　[4]自矜者:自我夸耀的人。

**【译文】**　踮起脚跟想要站得高,反而站立不住;迈起大步想要前进得快,反而不能远行。自逞己见的反而不会明鉴是非;自以为是的反而得不到彰显;自我夸耀的建立不起功勋;自高自大的反而不长久。

**【评析】**　出自《道德经》第二十四章。凡是追求私欲、自我炫耀的行为和思想都不符合道的要求,不会有好结果。

**26**　物壮则老,是谓不道。不道早已。

**【译文】**　事物发展到盛壮就会衰老,这就是所说的"不道"(不符合道)。不符合道就会提早消亡。

**【评析】**　出自《道德经》第三十章。老子指出了"物壮则老"的客观规律,这对做任何事情都是有警示意义的。

**27** 是以圣人处无为[1]之事，行不言[2]之教。万物作焉而不辞，生而不有，为而不恃，功成而弗居。夫唯弗居，是以不去。

【注释】 [1]无为：顺应自然，不先物而为也。 [2]不言：顺应自然，不用言语。

【译文】 所以圣人处事不用施为，行教不托空谈。万物自然地发生着而不辞却，生养了万物而不占有，作为了而不依恃，功业成就而不自居。只有功成而不居功，功劳才不会失去。

【评析】 出自《道德经》第二章。老子在这一章中首次提出"无为"。老子所说无为并非无所作为，而是不违背自然规律，也就是顺应自然规律办事，这是圣人应遵循的原则；然后又论述了如何具体地顺应自然以及功成弗居的效果。

**28** 将欲取天下常以无事[1]，及其有事，不足以取天下。

【注释】 [1]取：治理。无事：顺应自然不造事，不先物而为。

【译文】 将要治理天下的人，常常靠顺应自然不造事，等到他要造事，又不足以治理天下了。

【评析】 出自《道德经》第四十八章。这里作者还是主张治理天下应顺应自然，无为而治，若造事便不足以治理天下了。

**29** 以正治国，以奇[1]用兵，以无事取天下。吾何以知其然哉？以此：天下多忌讳，而民弥[2]贫；民多利器，国家滋昏[3]；人多伎巧，奇物滋起；法令滋彰[4]，盗贼多有。故圣人云："我无为而民自化[5]，我好静而民自正，我无事而民自富，我无欲而民自朴。"

【注释】 [1]正：平正。奇：出人意料的计谋。 [2]忌讳：禁忌。弥：更加。 [3]滋：更加。昏：惑乱，混乱。 [4]彰：显著，谓显著周密，纤细不遗。 [5]化：归化。

【译文】 用平正来治理国家，用出奇的计谋来指挥军队，用不造事的办法治理天下。我凭什么知道是这样呢？凭借这个：天下禁忌越多，民众就越贫穷；民众拥有锐利武器越多，国家就越混乱；人心中伎俩智巧越多，坏恶之事就越会发生；法令越显著周密，盗贼就越多。所以圣人说："我无所作为而民众自然归化，我喜好安静而民众自然端正，我不做事而民众自然富足，我没有欲望而民众自然质朴。"

【评析】　出自《道德经》第五十七章。在这里,作者将治国与用兵进行了对比,认为治国与用兵不一样,用兵可以用奇谋,而治国只能靠平正,并从四个方面反证应以无事来治理天下。如按无为而治的原则治理天下,则会获得如圣人所说的四种好的效果。

**30**　善建者不拔,善抱者不脱,子孙以祭祀不辍[1]。修[2]之于身,其德乃真;修之于家[3],其德乃余;修之于乡,其德乃长;修之于邦,其德乃丰;修之于天下,其德乃普。故以身观身,以家观家,以乡观乡,以邦观邦,以天下观天下。吾何以知天下之然哉?以此。

【注释】　[1]拔:拔除。辍:停止。　[2]修:修治。　[3]家:卿大夫统治的地方叫家,或曰卿大夫的采邑。

【译文】　善于建树的不会拔除,善于抱持的不会脱落,子孙以此来进行祭祀,世世代代不会废止。把这个道理修治到自身,其德性就纯真;把这道理修治到一家,其德性就盈余;把这个道理修治到一乡,其德性就长久;把这个道理修治到一邦,其德性就丰硕;把这个道理修治到天下,其德性就会普及。所以用自身的修治之道观察这人,用家的修治之道观察这家,用乡的修治之道观察这乡,用邦的修治之道观察这邦,用天下的修治之道观察天下。我凭什么知道天下的情况会这样呢?就用了以上这种方法。

【评析】　出自《道德经》第五十四章。这一章讲的是如何修身,从一身讲到天下。读此章,自然使人想到儒家经典《礼记·大学》所讲的"格物、致知、诚意、正心、修身、齐家、治国、平天下"八条目,也是从一身讲到天下。道、儒两家在修身问题上的相同之处在于都把修身看作安身处世的根本。其不同之处在于修身的目的,后来庄子曾说:"道之真,以治身;其余绪,以为国",即修身以为家、为国,应是充实自我、修持自我以后的自然发展;而儒家则主张入世、有目的地去做,这是道、儒两家的不同。

**31**　天下之至柔,驰骋[1]天下之至坚,无有入无间[2],吾是以知无为之有益。不言之教,无为之益,天下希[3]及之。

【注释】　[1]驰骋:指驾驭。　[2]无有:无形。无间:没有空隙。　[3]希:稀少。

【译文】　天下最柔弱的东西,能驾驭天下最坚硬的东西,无形的力量,能穿透没有间隙的物体。我因此知道无为的有益。不言的教化,无为的好处,天下很少有能做到的。

【评析】　出自《道德经》第四十三章。老子认为，"柔"是"道"基本的、具体的体现，"尚柔""贵柔"是《道德经》的基本理念之一。在《道德经》中，柔已不只是一个与刚相对立的概念，而是概括一切从属、次要方面的基本哲学范畴。柔弱可以战胜刚强，强调的是事物向对立面转化的必然性，蕴含着深刻的辩证法智慧，也是老子辩证法思想的一种体现。

**32**　江海所以能为百谷王者，以其善下[1]之，故能为百谷王。是以圣人欲上民，必以言下之；欲先[2]民，必以身后之。是以圣人处上而民不重，处前而民不害，是以天下乐推[3]而不厌。以其不争，故天下莫能与之争。

【注释】　[1]下：位置在下。　[2]先：先于，前于，意为领导。　[3]重：认为重。害：认为是妨害。推：推举，拥戴。

【译文】　江海所以能成为一切溪谷之王，因为它善于处在低下的地方，所以能够成为一切溪谷之王。所以圣人要想统治民众，必须以言语对民众谦下；要想领导民众，必须把自身利益放在他们之后。因此，虽然圣人处在上层而民众不认为是负担，处在前面而民众不认为是妨害，因此，天下的人乐意拥戴而不厌弃他。因为他不和民众相争，所以天下没有人能和他相争。

【评析】　出自《道德经》第六十六章。老子认为圣人应处下、居后，才能对百姓宽厚、包容，才能真正成为百姓的统治者，就像处于下游的江海可以容纳百川一样。这章内容反映了广大的处于下层的农业小生产者希望圣人、统治者能代表他们的利益的一种愿望，是老子站在劳动者的立场上，为维护下层劳动人民利益的呐喊，与儒家所讲的"民本君末""民贵君轻"的思想有相似之处。

**33**　信言[1]不美，美言不信。善者不辩，辩者[2]不善。知者[3]不博，博者不知。

【注释】　[1]信言：真实的话语。　[2]辩者：卖弄辞藻、善于巧辩的人。[3]知者：有真知的人。

【译文】　真实的话语未必华丽，华丽的言词未必真实。善良的人未必会巧辩，巧辩的人未必善良。有真知的人未必广博，广博的人未必有真知。

【评析】　出自《道德经》第八十一章。为人要有淳厚质朴的品格。我们要做有真知的人，而不要做自以为博闻多见以至于夸夸其谈的人。

**34**　圣人不积[1]。既以为人己愈[2]有,既以与人己愈多。天之道,利而不害;人之道,为而不争。

【注释】　[1] 积:积蓄。　[2] 既:完全。《广雅·释诂》:"既,尽也。"愈:更加。

【译文】　圣人不积蓄。完全用来为别人,自己越富有;完全拿来给予别人,自己越多。天之道,有利而不为害;人之道,做事而不与人争。

【评析】　出自《道德经》第八十一章。该章是《道德经》的最后一章,也是全书的结束语。这部分先讲了圣人的为人,再谈了做事的准则及治世的要义。本文含有朴素的辩证法思想,阐述了作者评判人类行为的道德标准。

 **拓展阅读**

### 出自《老子》的常用成语

**玄之又玄**

【解释】形容非常奥妙,不易理解。

【出自】第一章:"玄之又玄,众妙之门。"

**功成不居**

【解释】任其自然存在,不去占为己有。后形容立了功而不把功劳归于自己。

【出自】第二章:"为而弗恃,功成而弗居也。"

**和光同尘**

【解释】指不露锋芒、与世无争的平和处世方法。

【出自】第四章:"挫其锐,解其纷,和其光,同其尘。"

**天长地久**

【解释】形容时间悠久,也形容永远不变(多指爱情)。

【出自】第七章:"天长地久。天地之所以能长且久者,以其不自生也,故能长生。"

**上善若水**

【解释】最高境界,就像水的品性一样,泽被万物而不争名利。

【出自】第八章:"上善若水。水善利万物而不争,处众人之所恶,故几于道。"

**金玉满堂**

【解释】形容财富极多,也形容学识丰富。

【出自】第九章："金玉满堂，莫之能守。"

## 功成身退

【解释】大功告成之后，自行隐退，不再做官或复出。

【出自】第九章："功成身退，天之道也。"

## 视而不见

【解释】指不注意、不重视，睁着眼却没看见。

【出自】第十四章："视而不见，名曰夷。"

## 听而不闻

【解释】听到了就像没听到一样。形容漠不关心、不在意。

【出自】第十四章："听之不闻，名曰希。"

## 涣然冰释

【解释】像冰遇热消融一般。形容疑虑、误会、隔阂等完全消除。

【出自】第十五章："涣兮若冰之将释。"

## 虚怀若谷

【解释】意指胸怀像山谷那样深而且宽广，形容十分谦虚。

【出自】第十五章："敦兮其若朴，旷兮其若谷。"

## 相差无几

【解释】指二者距离不远，或差别不大。

【出自】第二十章："唯之与阿，相去几何？美之与恶，相去若何？"

## 道法自然

【解释】指大道以其自身为原则，自由不受约束。

【出自】第二十五章："人法地，地法天，天法道，道法自然。"

## 天道好还

【解释】天道，天理；好，常常会；还，回报别人。指天可主持公道，善恶终有报应。

【出自】第三十章："以道佐人主者，不以兵强天下，其事好还。"

## 自知之明

【解释】指了解自己的情况，能正确认识自己的长处与短处。

【出自】第三十三章：“知人者智，自知者明。”

## 淡而无味

【解释】泛指菜肴清淡无味。亦形容说话、写文章内容平淡，无趣味。

【出自】第三十五章：“淡乎其无味。”

## 无中生有

【解释】指本来没有却硬说有。现形容凭空捏造。

【出自】第四十章：“天下万物生于有，有生于无。”

## 大器晚成

【解释】越是有大才能的人通常越晚成功。

【出自】第四十一章：“大方无隅，大器晚成，大音希声，大象无形。”

## 大巧若拙

【解释】指真正灵巧的人看起来很简单。

【出自】第四十五章：“大直若屈，大巧若拙，大辩若讷。”

## 知足常乐

【解释】自知满足则心常快乐

【出自】第四十六章：“故知足之足，常足矣。”

## 出生入死

【解释】原意是从出生到死去，后形容冒着生命危险。

【出自】第五十章：“出生入死。生之徒，十有三；死之徒，十有三；人之生，动之于死地，亦十有三。”

## 祸福相依

【解释】比喻坏事可以引出好的结果，好事也可以引出坏的结果。

【出自】第五十八章：“祸兮，福之所倚；福兮，祸之所伏。”

## 根深蒂固

【解释】比喻根基深厚牢固，不可动摇。

【出自】第五十九章：“有国之母，可以长久，是谓深根固柢，长生久视之道。”

**以德报怨**

【解释】指用道德公正的眼光看待与别人的仇恨。

【出自】第六十三章："大小多少，报怨以德。"

**千里之行，始于足下**

【解释】谓即使走一千里路，也是从迈第一步开始的。比喻事情是从头做起，逐步进行的。

【出自】第六十四章："合抱之木，生于毫末；九层之台，起于累土；千里之行，始于足下。"

**慎终如始**

【解释】谨慎收尾，如同开始时一样，指始终要谨慎从事。

【出自】第六十四章："慎终如始，则无败事。"

**天网恢恢，疏而不漏**

【解释】比喻作恶的人终究逃脱不了法律的惩处。

【出自】第七十三章："天网恢恢，疏而不失。"

《道德经》章
句选读二

**【思考题】**

1. 如何评价老子的"贵身"思想？你打算怎样去做？

2. 老子对名利有比较系统的阐述，请表述你的观点。

3. 面对纷繁复杂、日益崇尚享乐的社会，我们该如何抵制诱惑，实现自己的人生目标？

## 庄子简介

庄子(约前369年—前286年),姓庄,名周,字子休(一说字子沐),宋国蒙(今河南商丘东北)人。也有人认为蒙是楚地(今安徽蒙城),庄子是楚国人。庄子是战国中期道家思想的代表人物,是著名的哲学家、文学家,是道家学说的主要创始人,与道家始祖老子并称为"老庄"。他们的哲学思想体系,被思想学术界尊为"老庄哲学"。《庄子》就文采而言更胜《老子》。其代表作《庄子》,分"内篇""外篇"和"杂篇"。其主张主要是"天人合一"和"清净无为"。

由于史籍缺乏记载,其生平事迹不甚详。据《史记·老子韩非列传》及《庄子》载,庄子曾做过蒙地的漆园吏。他家境贫寒,曾借粟于监河侯,而对权势富贵却极其蔑视,鄙弃荣华富贵、权势名利,力图在乱世中保持独立的人格,追求逍遥无待的精神自由。楚、宋闻其贤,先后遣使厚礼迎聘,不就,终身不复仕,与魏相惠施友好。

庄子是先秦时期最具哲学家气质的人,他继承和发展了老子"道法自然"的观点。"道"是其哲学的基础和最高范畴,是关于世界起源和本质的观念,也是他理想中的人生最高境界。他认为事物都处在"无动而不变,无时而不移"中,忽视事物的稳定性和差别性。他主张齐物我、齐是非、齐大小、齐生死、齐贵贱、齐有无,幻想一种"天地与我并生,万物与我为一"的主观精神境界,逍遥自在,倾向于相对主义和宿命论。庄子的学说对中国人的思想观念和生活方式的影响非常深远。

《庄子》是战国至秦汉间庄周学派的总集,现存三十三篇,分为"内篇""外篇"和"杂篇"。一般认为"内篇"七篇为庄子所作,"外篇"十五篇为庄子弟子所作,或者说是庄子与他的弟子所作,"杂篇"十一篇是庄子学派或者后来学者所作,有些篇章被认定不具有庄子学派的思想。

唐玄宗天宝元年(742年),庄子

被诏命为"南华真人"，所以《庄子》又被称为《南华经》或《南华真经》。

《庄子》寓言丰富，仿佛一部寓言故事集，加之想象奇崛，构成了奇特的形象世界。其体裁为说理散文，文笔如行云流水，汪洋恣肆，节奏鲜明，仪态万方，在战国诸子中最为突出。

**1** 大知闲闲，小知间间[1]；大言炎炎[2]，小言詹詹[3]。

【注释】　[1]知：智慧。闲闲：广博雅致。间间：固执褊（biǎn）狭。　[2]炎炎：气盛词烈。　[3]詹詹：言多啰唆。

【译文】　最有智慧的人，总会表现出豁达大度之态；小有才气的人，总爱为微小的是非而斤斤计较。合乎大道的言论，其势如燎原烈火，既美好又盛大，让人听了心悦诚服。那些耍小聪明的言论，琐琐碎碎，废话连篇。

【评析】　出自《庄子·齐物论》。立身处世，我们亦不妨从中借鉴，学"大"，不学"小"。

**2** 吾生也有涯[1]，而知也无涯。以有涯随无涯，殆[2]已！已而为知者，殆而已矣！

【注释】　[1]涯：涯际，边界。　[2]殆：困乏，疲惫。

【译文】　人的生命是有限的，而知识是无穷的。要想用有限的生命去追求无穷的知识，便会使人感到很疲倦；既然如此还要不停地去追求知识，便会弄得更加疲惫不堪！

【评析】　出自《庄子·养生主》。在庄子看来，将有限的生命投入无限的学习之中是不明智的，反映了庄子绝圣弃智的思想。而对于社会上的每个人来说，"活到老，学到老"则应是我们不变的追求。

**3** 且夫[1]水之积也不厚，则其负[2]大舟也无力。

【注释】　[1]且夫：提起将要议论的下文。　[2]负：承载。

【译文】　如果水积得不够深厚，那么它就没有能力负载大船。

【评析】　出自《庄子·逍遥游》。从大舟与水的关系看，我们至少可以得到这样的启示：求大学问，干大事业，必须打下坚实、深厚的基础。

**4**　庖人[1]虽不治庖,尸祝[2]不越樽俎[3]而代之矣。

**【注释】**　[1]庖(páo):厨师。　[2]尸祝:古代祭祀时对神主掌祝的人,即主祭人。　[3]樽俎(zǔ):樽,古代盛酒的器具,俎,古代盛肉的器具,都是厨师必备的东西,这里用来借指厨师。

**【译文】**　厨师虽然不做祭品(不尽职守),(但是)主持祭祀的司仪也不会代替厨师去烹调。

**【评析】**　出自《庄子·逍遥游》。尽管庖人不尽职,尸祝也不会超越自己主持祭祀的职权范围代他行事。这表现了庄子无为而治的思想,成语"越俎代庖"即由此而来。这句话对我们最大的启示是做好自己的本职工作。

**5**　以无厚[1]入有间[2],恢恢乎[3]其于游刃必有余地矣。

**【注释】**　[1]无厚:指没有厚度的刀刃。　[2]有间:指有间隙的牛体的骨节。[3]恢恢乎:形容宽绰的样子。

**【译文】**　用没有厚度的刀刃切入有间隙的骨节,所以运作起来还是宽绰而有余地的。

**【评析】**　出自《庄子·养生主》。此句说明做事要"依乎天理""以无厚入有间",这是庄子养生论的核心。同时说明了要认识自然规律,按自然规律办事。"庖丁解牛""游刃有余"这两条成语,都出自这里。

**6**　物无非彼,物无非是。自彼则不见,自是则知之。故曰:彼出于是,是亦因彼,彼是方生[1]之说也。

**【注释】**　[1]方生:并生,一起生存。

**【译文】**　世上万事万物无不存在对立的另一面,无不存在对立的这一面。从另一面看不明白的,从这一面就可以看得明白些。所以说,事物的彼方是由与之对立的此方而产生的,此方也因对立的彼方而存在,彼与此的概念是一并产生、一并存在的。

**【评析】**　出自《庄子·齐物论》。万事万物不仅相互依存,也可以相互转化。这揭示了事物发展的对立统一规律,是对形而上学和绝对论的否定。

**7**　汝不知夫螳螂乎?怒[1]其臂以当[2]车辙,不知其不胜任也,是[3]其才之美者也。

【注释】 ［1］怒：奋起。 ［2］当：阻挡。 ［3］是：做动词，自恃的意思。

【译文】 你不知道那个螳螂吗？舞起它那两把大刀式的胳膊，妄图挡住滚滚前进的车轮。它不明白自己的力量是根本无法胜任的，却自以为是地认为自己的本领很强大。

【评析】 出自《庄子·人间世》。成语"螳臂当车"的典故由此而来，用以比喻不自量力。此句表达了庄子顺物（顺应物理、顺应自然）的思想。

**8** 泉涸，鱼相与处于陆，相呴[1]以湿，相濡[2]以沫，不如相忘乎江湖。

【注释】 ［1］呴(xǔ)：吐气。 ［2］濡：沾湿。

【译文】 （天久旱无雨）泉水干涸了。许多鱼被困在泉底滩地上，它们互相依靠着，嘴巴一张一合地吐着湿气和唾沫，来润湿彼此的身体（借以延缓生命，等待大雨降临），与其如此，倒不如在江湖里彼此都忘掉。

【评析】 出自《庄子·大宗师》。这里暗喻世人应忘掉生死，而游于大道之乡，大道才是人们安身立命的真正场所。成语"相濡以沫"出于此。

**9** 夫小惑易方[1]，大惑易性。

【注释】 ［1］方：方向。

【译文】 小的迷惑可以使人弄错方向，大的迷惑会使人丧失本性。

【评析】 出自《庄子·骈拇》。此句说明纯正的人性就是人自然的本性，小的迷惑可以改变人生方向，大的迷惑会使人丧失本性。

**10** 夫鹄不日浴而白，乌不日黔[1]而黑。

【注释】 ［1］黔：晒黑、染黑。

【译文】 天鹅并不天天沐浴，而羽毛却是洁白的；乌鸦并不天天暴晒，而羽毛却是乌黑的。

【评析】 出自《庄子·天运》。万物出自本性，不容改变也不能改变。

**11** 夫哀莫大于心死，而人死亦次之。

【译文】 最大的悲哀莫过于心如死灰，精神毁灭，而人的身体的死亡还是次要的。

**【评析】**　出自《庄子·田子方》。人是要有点精神的。遇到困难一定不要气馁，要有战胜自己心魔的信心，不然将是最大的悲哀！

**12**　是其所美者为神奇，其所恶者为臭腐。臭腐复化为神奇，神奇复化为臭腐。

**【译文】**　只是世人把自己所喜欢所欣赏的事物称为神奇，把自己所厌恶所痛恨的事物称为臭腐。臭腐的东西可以重新转化为神奇的东西，神奇的东西也可以转化为臭腐的东西。

**【评析】**　出自《庄子·知北游》。对立的事物可以互相转化。"化腐朽为神奇"出于此。

**13**　荃[1]者所以在鱼，得鱼而忘荃；蹄[2]者所以在兔，得兔而忘蹄；言者所以在意，得意而忘言。

**【注释】**　[1]荃（quán）：通"筌"，捕鱼的竹器。　[2]蹄：兔网，捕兔的工具。

**【译文】**　竹笼是用来捕鱼的，有人捕到了鱼却忘了竹笼；兔网是用来捕兔的，有人捕到兔子却忘了兔网；语言是用来表达思想的，有人领会了思想却忘了语言。

**【评析】**　出自《庄子·外物》。以鱼、兔喻意，以荃、蹄喻言。强调得鱼得兔是目的，荃、蹄只是达到目的的手段，形象地说明了"得意忘言"的合理性。"得鱼忘荃"这一成语便由此而来。

**14**　知足者不以利自累也，审自得者失之而不惧，行修于内者无位而不怍[1]。

**【注释】**　[1]怍（zuò）：惭愧。

**【译文】**　知足的人，不为利禄而去奔波劳累；明白自得其乐的人，有所失也不感到忧惧；讲究内心道德修养的人，没有官位也不感到惭愧。

**【评析】**　出自《庄子·让王》。知足自得，不逐名位才会超脱。现代人更应该以此自勉。

**15**　大寒既[1]至，霜雪既降，吾是以知松柏之茂也。

**【注释】**　[1]既：已经。

**【译文】**　大寒季节到了，霜雪降临了，我因此知道松树和柏树的茂盛。

**【评析】** 出自《庄子·让王》。只有在艰难的环境中才能更好地体现人的本质。常以"松柏之茂"喻君子品德高尚。

**16** 一尺之捶[1]，日取其半，万世不竭。

**【注释】** [1]捶：木杖。

**【译文】** 一尺长的木杖，每天截取一半，永远也截取不完。

**【评析】** 出自《庄子·天下》。一尺之捶是一个有限的物体，但它却可以无限地分割下去。这讲的是有限和无限的统一，有限之中有无限。这是辩证的思想。

**17** 狙公[1]赋芧[2]，曰："朝三而暮四。"众狙皆怒。曰："然则朝四而暮三。"众狙皆悦。

**【注释】** [1]狙（jū）公：养猴的老人。狙：猕猴。 [2]赋芧（xù）：分发橡子。赋：给予；授予。这里是分发的意思。芧：橡子。

**【译文】** 有个养猴的老人，给猴子分橡子，说："早上三个，晚上四个。"猴子们听了都发怒了。老人改口说："那就早上四个，晚上三个！"猴子们都高兴了。

**【评析】** 出自《庄子·齐物论》。庄子用"名实未亏"的道理，来比喻未达道者不能忘怀是非。成语"朝三暮四"便出于此，比喻反复无常。

**18** 不知周之梦为胡蝶与[1]，胡蝶之梦为周与？

**【注释】** [1]与：同"欤"，文言助词，表示疑问语气。

**【译文】** 不知是庄周在梦里化成了蝴蝶，还是蝴蝶在梦里化成了庄周呢？

**【评析】** 出自《庄子·齐物论》。庄子在此现身说法，认为梦与觉并无不同，都是道的物化现象。因此，若要齐同物论，就必须首先破除有我之见，而与万物混为一体。

**19** 指[1]穷于为薪，火传也，不知其尽也。

**【注释】** [1]指：即脂，指烛薪上的油脂。

**【译文】** 脂膏作为烛薪有燃尽的时候，火种却流传下去，无穷无尽。

【评析】　出自《庄子·养生主》。此句以薪喻形,以火比喻精神。薪尽火传,是说人形体虽死而精神永存,人应淡看生死。后人以"薪尽火传""薪火相传"喻学业师徒相传。

**20**　凫胫[1]虽短,续之则忧;鹤胫虽长,断之则悲。

【注释】　[1]凫(fú)胫:野鸭的小腿。

【译文】　野鸭的腿虽然短小,如果给它接上一段,它就会痛苦;鹤的腿虽然修长,如果将它截去一段,它就会悲伤。

【评析】　出自《庄子·骈拇》。此句说明强以为之,必然造成不幸和痛苦,要尊重自然,遵从本性。成语"鹤长凫短""断鹤续凫"都出自这里。

**21**　且君子之交淡若水,小人之交甘若醴[1]。君子淡以亲,小人甘以绝。

【注释】　[1]醴(lǐ):甜酒。

【译文】　君子的交情淡得像清水一样,小人的交情甜得像甜酒一样。君子间淡泊却心地亲近,小人间甘甜却利断义绝。

【评析】　出自《庄子·山木》。真正的朋友需要岁月的检验和相互的信任、理解。

**22**　人生天地之间,若白驹过隙[1],忽然而已。

【注释】　[1]隙:泛指孔穴、空隙,非常狭窄的地方。

【译文】　人生在天地之间,就像白马飞驰而过小缝隙一样,不过一瞬间罢了。

【评析】　出自《庄子·知北游》。成语"白驹过隙"出于此。人生短促,要珍惜光阴。

**23**　小知[1]不及大知,小年[2]不及大年。

【注释】　[1]知:智慧。　[2]年:寿命,年寿。

【译文】　智慧少的比不上智慧多的,年寿短的比不上年寿长的。

【评析】　出自《庄子·逍遥游》。此句指出时间对于增长智慧十分重要。

**24** 至人[1]无己，神人无功，圣人无名。

【注释】 [1] 至人：指超凡脱俗，达到无我境界的人；思想或道德修养最高超的人。

【译文】 至人无一己私念，不再有"我"；神人顺应自然，脱离了"功业"的束缚；圣人深明事理，没有了"声名"的桎梏。

【评析】 出自《庄子·逍遥游》。只有"无己""无功""无名"即无所依赖的生活才是逍遥自在的。我们虽然很难成为上述三种人，但可以努力不被自我、功业、声名所累。

**25** 日出而作[1]，日入而息，逍遥于天地之间，而心意自得。

【注释】 [1] 作：劳作。

【译文】 太阳升起时就下地干活儿，太阳下山了就返家休息，无拘无束地生活在天地之间，心中的快意只有我自身能够领受。

【评析】 出自《庄子·让王》。这是一幅闲适的农人自耕图。在忙碌的工作生活之余，我们也可以有如此的心境。

**26**

【原文】

秋水时至，百川灌河[1]。泾[2]流之大，两涘渚[3]崖之间，不辩牛马。于是焉河伯[4]欣然自喜，以天下之美为尽在己。顺流而东行，至于北海，东面而视，不见水端。于是焉河伯始旋[5]其面目，望洋向若[6]而叹曰："野语[7]有之曰'闻道百，以为莫己若者'，我之谓也。且夫我尝闻少仲尼之闻而轻[8]伯夷之义者，始吾弗信。今我睹子之难穷也，吾非至于子之门，则殆[9]矣，吾长见笑于大方之家[10]。"

【注释】 [1] 时：按时令，名词用作状语。灌：注入。河：指黄河。 [2] 泾：直流的水波。《释名·释水》："水直波曰泾。"《集韵·径韵》："泾，径涏（tǐng），直流也。" [3] 涘：水边。渚：水中小洲。 [4] 河伯：河神，名冯夷。 [5] 始：才。旋：改变。 [6] 洋：大水。若：海神名，即下文的"北海若"。 [7] 野语：俗语。[8] 少：以……为少。轻：轻视。 [9] 殆：危险。 [10] 长：永远。大方之家：通晓大道理的人，后泛指见识广博或学有专长的人。大方：大道理。

【译文】 秋天的洪水按时令汹涌而至，众多河流注入黄河，河面宽阔波涛汹涌，两岸和水中沙洲之间连牛马都不能分辨。于是河伯欣然自喜，认为天下一切美好的东西全都聚集在自己这里。河伯顺着水流向东而去,来到北海边,面向东边望去,看不见大海的尽头。于是河伯才改变先前洋洋自得的面孔,望着大水面向海神若慨叹道:"俗语说'听到了上百条道理,便认为天下再没有谁能比得上自己'的,说的就是我这样的人了。而且我还曾听说过孔丘懂得的东西太少、伯夷的高义不值得看重的话语,开始我不敢相信;如今我亲眼看到了你是这样的浩渺博大、无边无际,我要不是因为来到你的门前,可真就危险了,我必定会永远受到修养极高的人的耻笑。"

**【原文】**

北海若曰:"井蛙不可以语于海者,拘于虚[1]也;夏虫不可以语于冰者,笃[2]于时也;曲士不可以语于道者,束于教[3]也。今尔出于崖涘,观于大海,乃知尔丑,尔将可与语[4]大理矣。天下之水,莫大于海:万川归之,不知何时止而不盈[5];尾闾[6]泄之,不知何时已而不虚;春秋不变,水旱不知。此其过江河之流,不可为量[7]数。而吾未尝以此自多者,自以比[8]形于天地,而受气于阴阳,吾在于天地之间,犹小石小木之在大山也。方存乎见少,又奚[9]以自多!计四海之在天地之间也,不似礨空[10]之在大泽乎?计中国之在海内不似稊米之在大[11]仓乎?号物之数谓之万,人处[12]一焉;人卒[13]九州,谷食之所生,舟车之所通,人处一焉。此其比万物也,不似豪[14]末之在于马体乎?五帝之所连[15],三王之所争[16],仁人之所忧,任士[17]之所劳,尽此矣!伯夷辞之以[18]为名,仲尼语之以为博。此其自多也,不似尔向之[19]自多于水乎?"

**【注释】** [1]于:表凭借,可译为"用"。虚:通"墟",处所。 [2]笃:原意为"牢固",引申为限。 [3]曲:乡曲,偏僻住所。束:束缚。教:教养。 [4]乃:才。丑:陋劣。语:谈论。 [5]归:归向。盈:满。 [6]尾闾:神话传说中海水泄出的地方。 [7]过:超过。量:计量。 [8]多:满。比:顺从。 [9]方:正。存:省察。见少:显得渺小。奚:哪里。 [10]礨(lěi)空:蚁穴。成玄英疏:"礨空,蚁穴也。"一说,小洞。 [11]稊(tí)米:小米。一种似稗(bài)的草,实如小米。大:读为"太"。 [12]号:号称。处:占据。 [13]卒:读为"萃",聚集。 [14]其:指"人"。豪:通"毫",长而尖的毛。 [15]五帝:指上古时期的五位部落联盟首领,即黄帝、颛顼、帝喾、尧、舜。连:连续,指他们连续的事业。 [16]三王:指夏、商、周三代的第一代君主,即夏禹、商汤、周武王。 [17]任士:能人,贤士。 [18]以:介词,表目的,相当于现代汉语的"以便"。 [19]向之:先前。

**【译文】** 北海若说:"井里的青蛙,不可以跟它们谈论大海,是因为受到处所的局限;夏天的虫子,不可能跟它们谈论寒冰,是因为受到时令的限制;孤陋寡闻的人,不可以跟他们谈论大道,是因为他们受教养的束缚。现今你从河岸边出来,看到了大海,才知道自己的鄙陋,你将可以参与谈论大道理了。天下的水体,没有比海更大的,千万条河流归向大海,不知道什么时候停止而大海却从不满盈;海底的尾闾泄出海水，不知道什么时候停止而海水却从不减少；无论春天还是秋天都没有变化，无论水涝还是干旱都不会被察知。这就是大海远远超过了江河的水流，不可以用数量来计算。而我未曾因此而自满，自以为顺从形体于天地，并从阴阳那里禀受元气；我存在于天地之间，就好像一块小石子、一块小木屑在大山上一样。我正觉察自己显得很渺小，又哪里会自以为高大呢？核算一下，四海存在于天地之间，不就像一个蚁穴存在于大泽之中吗？核算一下，中原大地存在于四海之内，不就像小米粒存在于大粮仓里吗？物类名称的数目有万种之多，人类只占据其中的一种；人们聚集于九州，五谷粮食在这里生长，舟车在这里通行，而每个人只是众多人群中的一员；一个人比起万物，不就像毫毛之末存在于马体上吗？五帝所接续的，三王所争夺的，仁人所忧患的，贤士所操劳的，全在这毫末般的天下！伯夷辞让王位是为了名声，孔丘著书谈论天下是为了渊博。这就是他们的自满，不就像你先前在河水暴涨时洋洋自得那样吗？"

**【原文】**

河伯曰："然则吾大天地而小[1]豪末，可乎？"

北海若曰："否。夫物，量[2]无穷，时无止，分[3]无常，终始无故[4]。是故大知[5]观于远近，故小而不寡，大而不多，知量无穷。证曏今故[6]，故遥而不闷[7]，掇而不跂[8]，知时无止。察乎盈虚[9]，故得而不喜，失而不忧，知分之无常也。明乎坦途，故生而不说，死而不祸，知终始之不可故[10]也。计人之所知，不若其所不知；其生之时，不若未生之时；以其至小，求穷其至大之域[11]，是故迷乱而不能自得也。由此观之，又何以知毫末之足以定至细之倪[12]，又何以知天地之足以穷至大之域！"

**【注释】** [1]大：以……为大。小：以……为小。 [2]量：器量。 [3]分：指得失之分。 [4]故：通"固"，固定。 [5]知：指具有智慧的人。 [6]曏（xiàng）：表明。郭象注："曏，明也。"成玄英疏："既知小大非小大，则证明古今无古今也。"故：通"古"。 [7]遥：长久。闷：郁闷。 [8]掇：拾取，形容近。跂（qǐ）：通"企"，企盼。 [9]察：洞察。盈虚：盈与亏。 [10]说：通"悦"。祸：祸患加身。故：通"固"，固定。 [11]至：极。域：境域。 [12]倪：端，边际。

**【译文】** 河伯说："这样，那么我把天地看作是最大，把毫毛之末看作是最小，可以吗？"

北海若说："不可以。万物的量是不可穷尽的，时间的推移是不会停止的，得与失没有常规，事物的终结和开始不固定。具有大智慧的人注意从不同的距离观察事物，所以体积小而不看作是少，体积大而不看作是多，这是因为知道事物的量是无穷无尽的；验证并明察古往今来的各种情况，所以寿命长久却不感到郁闷，生命短暂却不企盼长寿，这是因为知道时间的推移是不会停止的；洞悉事物有盈虚的规律，所以得到了并不高兴,失去了并不忧愁,这是因为知道得与失是没有常规的;明了生与死犹如一条没有阻隔的平坦大道,所以活着也不觉得高兴,死了也不认为是祸患加身,这是因为知道终了和开始是不固定的。计算一下人所知道的知识,远远不如他所不知道的知识多,他生存的时间,也远远不如他不在人世的时间长。用事物的极小去穷尽事物极大的境域,所以内心迷乱而不能有所得。由此看来,又凭什么知道毫毛是最小的端倪呢? 又凭什么知道天与地足以穷尽最大的境域呢?”

**【评析】** 出自《庄子·秋水》。《秋水》属《庄子》外篇,是取首句中的二字为题,阐述了认知与价值判断的相对性。全文分为两大部分,第一部分为河伯与北海若的对话,七问七答,为文章的主体;第二部分分为六节,文意不相连,疑为庄子后学仿作或羼入者;或有学者把《秋水》全篇划分为七章。

《庄子·秋水》共分七章,本文选自第一章(此章又分七节)中的前三节。这一部分通过河伯与北海若的对话,形象地阐述了小、大之辨及其不确定性,认为人类认知与价值判断具有相对性,进而引出对得与失、生与死泰然处之的生存哲学。

文章一开始就以精练的笔墨,传神地描绘了秋水时至、百川灌河的壮观景象,由此自然而然地引出河伯骄傲自满的情绪。接着又从东流入海的河伯的角度,描绘了北海的浩渺无边。此段文字简洁概括,极尽行云流水之妙,而北海若的议论也就自然而然地展开。

北海若以“井蛙”“夏虫”“曲士”三个比喻精辟地说明了人的认知判断总是受生存环境限制的道理;又以“礨空之在大泽”“稊米之在大仓”“毫末之在马体”三个对比鲜明的比喻,形象地阐明了小大之别。

当河伯在解除了盲目自高自大的成见、随即又陷入小不及大的新成见时,北海若又从“量无穷”“时无止”“分无常”“终始无故”四个方面阐述了相对主义的时空观和变化观,并从这一自然哲学的认识,又得出“小而不寡,大而不多”“遥而不闷,掇而不跂”“得而不喜,失而不忧”“生而不悦,死而不祸”的超脱旷达的人生哲学,充分体现了庄子哲学天人贯通的循环往复性。文中所说“计人之所知,不若其所不知;其生之时,不若未生之时”,与《养生主》篇“吾生也有涯,而知也无涯,以有涯随无涯,殆矣”之论如出一辙。这一见解告诉我们,在无限深邃的知识面前,在无始无终的宇宙面前,人类应有清醒的自我认识并保持谦逊的态度。

在先秦诸子散文中,《韩非子》所用的寓言数量最多,其次是《庄子》,《孟子》以寓言说理只是偶尔为之。但《庄子》的寓言往往以超常乃至怪异的想象,构想出超乎寻常的人物和世界,再以汪洋恣肆、天马行空般的文风来表达其博大精深的哲学思想,这一点在《秋水》一文中得到了充分的体现。

**拓展阅读**

### 读懂庄子三条鱼　突破人生三种困境

南京师范大学文学院教授郦波曾以《鱼我所欲也——庄子的智慧》为题进行过一次讲座。在他看来，庄子可能是最喜欢鱼的哲学家了。庄子将生活的极大智慧，写进了三条鱼的故事里。读明白了，人也就活通透了。

"什么样的鱼才是庄子最喜欢的鱼"郦波以此破题。他说，第一条鱼是《逍遥游》中的鲲，这条鱼体现的是摆脱价值困境的过程。"鲲之所以化为鹏，是要实现自身的价值追寻，从最幽深黑暗的北冥，飞往代表光明的终极理想之地南冥。"

"第二条鱼是《秋水》中的鱼，告诉人们怎样摆脱情绪困境。"郦波认为，今天的人们容易被手机绑架，在这个碎片化的时代，人们在快速浏览中很容易迷失自我，难以集中注意力、深度思考，也就很容易陷入情绪困境，这就需要人们学会包容，不做简单的情绪发泄，要脱离情绪困境。

"第三条鱼是《大宗师》中的鱼，提醒人们如何摆脱关系困境。"郦波说，"相濡以沫"很感人，鱼儿困在陆地相互依偎，以唾沫相互湿润求得生存。"但我们更应该记住庄子后面那句'不如相忘于江湖'。"郦波认为，现实中大多数人，在人与人的关系中往往本能地喜欢做是非判断，并喜欢在小事上斤斤计较，总是纠结于细枝末节。人们应该摆脱这些，才能突破关系困境。

"当你学会用庄子三条鱼的智慧，分别去突破价值困境、情绪困境、关系困境，这样你才能真正做到知行合一，做到任尔东西南北风，我自岿然不动。"郦波强调："希望我们埋头认真做好自己的事情，做时间的朋友，自然会迎来最好的答案。"

（资料来源：中国新闻网，有改动）

---

【思考题】

1. 庄子喜欢用寓言故事来阐述其哲学思想，请举例说明。

2. 庄子是如何论述人的认知会受到其生存环境限制的？

3. 庄子是如何论述小大之别并告诫人们不要盲目自大的？

4. 请谈谈你对"君子之交淡若水，小人之交甘若醴"这句话的认识。

## 司马迁及《史记》简介

司马迁，字子长，西汉夏阳（今陕西韩城）人，中国古代伟大的历史学家、文学家、思想家。其父司马谈官居太史令，专管文史星历，通晓历史和先秦诸子学术，并搜集了大量史料，准备撰写一部庞大史书而未成。司马谈撰有《论六家要旨》，表明了他对先秦主要学术流派的看法。司马迁十岁后随父到长安学习，从董仲舒学《春秋公羊传》，从孔安国学《古文尚书》。二十岁时游历全国，足迹遍及长江、黄河流域，不久还以天子近臣"郎中"的身份出使今四川、云南一带，还随汉武帝巡视各地。在此期间，游览名胜古迹，考察社会风俗，采集历史传说。

汉武帝元封元年（前110年），司马谈去世，元封三年（前108年），司马迁继父职任太史令。太初元年（前104年）他与唐都、落下闳等数十人共同制订以正月为岁首的太初历，并在这一年开始撰写《史记》。天汉三年（前98年），因替李陵辩解而受腐刑下

狱，他在狱中继续撰写《史记》。太始元年（前96年），被赦出狱，任中书令，他发愤继续撰写史书，至征和二年（前91年）基本完成。司马迁根据《左氏春秋》《国语》《世本》《战国策》《楚汉春秋》及诸子百家之书、官府档案和考察所得，前后用十几年的时间写成我国第一部纪传体通史——《史记》。《史记》体例完备，内容丰富，文笔生动，堪称我国史学发展史上的一座丰碑，对我国史学、文学的发展产生了深远的影响。鲁迅在《汉文学史纲》中赞誉《史记》："不失为史家之绝唱，无韵之《离骚》。"

《史记》是我国第一部纪传体通史，本称《太史公书》《太史公记》《太史公》，据史学家考证，东汉桓帝永寿元年（155年）始称《史记》，魏晋时定名为《史记》。全书分十二本纪、十表、八书、三十世家、七十列传，共一百三十卷，五十二万六千五百余字。这五种不同的体例互相补充，记载了自黄帝

至汉武帝太初年间约三千年的历史，广阔地反映了三千年的历史面貌，尤详于战国、秦、汉，堪称贯通古今、包罗万象的历史巨著。其中本纪、世家、列传是全书的中心，思想内容和艺术技巧都达到了极高水准，是思想性、艺术性最强的部分。

司马迁去世后，《史记》有残缺，两汉时期续补者甚多，其中最有名者为汉元帝、汉成帝时博士褚少孙。今本《史记》凡冠有"褚先生曰"者皆为褚少孙所补，而他人增补者已难分辨。

《史记》成书后，每个时代都有专门研究《史记》的学者、著作，注解《史记》的著作也很多，但还是以"史记三家注"最为有名，流传最广。这三家注是：南朝宋裴骃的《史记集解》八十卷，唐司马贞的《史记索隐》三十卷，唐张守节的《史记正义》三十卷。这三家注原各自为书，北宋神宗元丰间的刊本使三家注合而为一，分条依次系于《史记》正文之下，注文有所删减，简称"集解""索隐""正义"。现存最早的三家注本《史记》是南宋光宗绍熙间黄善夫刊本，三家注合刊后单注本遂佚。

# 1 孔子世家（赞）[1]

**【原文】**

太史公[2]曰：《诗》有之："高山仰止，景行行止[3]。"虽不能至，然心乡[4]往之。余读孔氏书，想见其为人。适[5]鲁，观仲尼[6]庙堂车服礼器，诸生以时[7]习礼其家，余祗回留之不能去[8]云。天下君王至于贤人众矣，当时则[9]荣，没则[10]已焉。孔子布衣[11]，传十余世，学者宗[12]之。自天子王侯，中国言六艺者折中于夫子[13]，可谓至圣[14]矣。

**【注释】** [1] 本文是《史记》卷四十七《孔子世家》的赞，是作者对孔子的评论。[2] 太史公：司马迁自称。司马迁曾官居太史令，后人尊称司马迁，又加称"公"。[3] "高山"二句：语出《诗经·小雅·车舝》。仰：敬仰、仰慕。止：句末语气助词。杨树达《词诠》卷五："止，语末助词。"景：大。《尔雅·释诂上》："景，大也。"行：第一个行，音 háng，道路。《尔雅·释宫》："行，道也。"第二个行，音 xíng，行走。[4] 乡：通"向"，向往。 [5] 适：到……去。 [6] 仲尼：孔子的字。 [7] 以：表方式、凭借，相当于"依""按"。以时：按时。 [8] 祗：恭敬。去：离开。 [9] 当：介词，介绍时间或处所，相当于"在"。则：连词，表让步关系，相当于"尽管""虽然"。[10] 没：死，后作"殁"。则：就。 [11] 布衣：平民、百姓。 [12] 宗：尊奉。[13] 六艺：指《诗》《书》《礼》《乐》《易》《春秋》六经。折中：取正，使之适中。夫子：指孔子。 [14] 至圣：道德、智慧最高的人。至：最好的。

**【译文】** 太史公说：《诗经》中有这样的话："像高山一样让人敬仰，像大道一样让人遵行。"我虽然不能达到这种境界,但是心里却向往之。我阅读孔子的书,可以想见到他的为人。到了鲁地,观看了孔子的庙堂、车辆、衣服、礼器,诸位读书的学生在孔子家中按时演习礼仪,我怀着崇敬的心情徘徊留恋不肯离去。天下的君王直至贤人也够多的了,在世之时尽管荣耀,可是死之后就完结了。孔子是一个平民,他的学说和声望已经传了十余世,学者们仍然尊奉他为师。自天子、王侯始,在中国谈论六艺的人,都折中、取正于孔子,可以说孔子是至高无上的圣人了。

【评析】《孔子世家》是司马迁为孔子所作的传记,本文则是这篇传记的最后一段,是作者对孔子的赞语。

司马迁在撰写《史记》时把传记分为三类:帝王的传记称为本纪,诸侯王的传记称为世家,其他诸如官僚、士大夫、名人等的传记则称为列传。孔子虽然做过官,但不是王侯,他一生以教书授业为主,长时间为平民。由于他创立了儒家学派,宣扬儒家思想,而儒家思想对后世的影响至深至远,虽然司马迁所接触到的儒学已不是孔子时期的原始儒学,虽然司马迁时期儒家思想已被定为一尊,但司马迁对孔子的评价,主要是基于其崇高的道德言行及儒家思想的非凡影响,所以,司马迁借用《诗经》中的诗句来赞誉孔子:其品德崇高,像巍峨的高山一样让人敬仰;其行为光明正大,像大道一样让人遵行。司马迁对孔子是极为推崇的,所以把他的传记列入世家,使他与王侯并列。

这篇赞语作为《孔子世家》的结束语,是对孔子一生的高度评价,字里行间洋溢着司马迁对孔子的无限崇敬之情,读来让人肃然起敬。此赞虽文字简短,但文笔简洁,文采斐然,实为《史记》中的名篇,清吴楚材、吴调侯在编选《古文观止》时就把此文选入。

## 2　刺客列传(节选)[1]

【原文】

荆轲者,卫[2]人也。其先乃齐人,徙于卫,卫人谓之庆卿[3]。而之[4]燕,燕人谓之荆卿。

荆卿好读书击剑,以术说卫元君[5],卫元君不用。其后秦伐魏,置东郡,徙卫元君之支属于野王[6]。

荆轲尝游过榆次,与盖聂论剑,盖聂怒而目[7]之。荆轲出,人或言复召荆卿。盖聂曰:"曩者吾与论剑有不称者,吾目之;试往,是宜去[8],不敢留。"使使往之主人[9],荆卿则已驾而去榆次矣。使者还报,盖聂曰:"固去也,吾曩者目摄[10]之!"

荆轲游于邯郸[11],鲁句践与荆轲博,争道[12],鲁句践怒而叱之,荆轲嘿而逃去,遂[13]不复会。

**【注释】** [1]本文选自《史记》卷八十六《刺客列传》，文章完整地记述了荆轲刺秦的过程。 [2]卫：西周初年所封诸侯国，始受封者为武王少弟康叔，故墟朝歌（今河南淇县东北）是为卫，辖地包括河北南部和河南北部一带。 [3]乃：是。庆卿：或认为荆轲出身于庆氏，故称之为庆卿；或认为"荆"与"庆"音近而随荆轲所在国不同而改称。卿，古代对男子的尊称。 [4]之：到。 [5]术：这里指剑术。说（shuì）：游说。卫元君：卫国国君，其在位时卫国已成为魏国附庸。 [6]徙：迁徙。野王：城邑名，时为秦所占，今河南沁阳。 [7]游过：游历经过。榆次：城邑名，即今山西晋中。目：瞪。 [8]曩者：从前，过去。称：合格。宜：应该。去：离开。 [9]主人：荆轲所居旅舍的房东。 [10]固：本来。摄：通"慑"，震慑。 [11]邯郸：战国时赵国都城，今河北邯郸。 [12]博：博弈。争道：在棋盘上争夺赢路。 [13]嘿：同"默"。遂：于是。

**【译文】** 荆轲是卫国人，他的祖先是齐国人，后来迁徙到卫国，卫国人称他庆卿。荆轲到了燕国，燕国人称他荆卿。

荆卿爱好读书、击剑，就用剑术游说卫元君，卫元君没有任用他。此后秦国攻打魏国，设置了东郡，把卫元君及其旁支亲属都迁徙到了野王。

荆轲曾经游历经过榆次，与盖聂谈论剑术，盖聂对他怒目而视。荆轲走出后，有人说再把荆轲召回来。盖聂说："先前他和我谈论剑术有不得当的地方，我用眼瞪了他；试着去看看，他应该离开了，不敢留在这里了。"派人到荆轲所住旅舍的房东那里询问，荆轲已驾车离开榆次了。派去的人回来报告，盖聂说："本来就该离开了，先前我曾用眼光震慑他。"

荆轲在邯郸游历，鲁句践与荆轲博弈，在棋盘上争夺赢路，鲁句践发怒呵斥他，荆轲默然无声地逃走了，于是二人不再相见。

**【原文】**

荆轲既至燕，爱燕之狗屠及善击筑[1]者高渐离。荆轲嗜酒，日[2]与狗屠及高渐离饮于燕市，酒酣以往[3]，高渐离击筑，荆轲和[4]而歌于市中，相乐也，已而相泣，旁若无人者。荆轲虽游于酒人乎，然其为人沈[5]深好书；其所游诸侯，尽与其贤豪长者相结。其之燕，燕之处士田光先生亦善[6]待之，知其非庸人也。

居顷之[7]，会燕太子丹质秦亡[8]归燕。燕太子丹者，故尝[9]质于赵，而秦王政生于赵，其少时与丹欢[10]，及政立为秦王，而丹质于秦。秦王之遇燕太子丹不善，故丹怨[11]而亡归。归而求为报[12]秦王者，国小，力不能。其后秦日出兵山东以伐齐、楚、三晋[13]，稍蚕食诸侯，且至于燕，燕君臣皆恐[14]祸之至。太子丹患之，问其傅[15]鞠武。武对[16]曰："秦地遍天下，威胁韩、魏、赵氏，北有甘泉、谷口之固，南有泾、渭之沃，擅[17]巴、汉之饶，右陇、蜀之山,左关、崤之险,民众而士厉,兵革<sup>[18]</sup>有余。意有所出<sup>[19]</sup>,则长城之南,易水以北,未有所定也。奈何以见陵<sup>[20]</sup>之怨,欲批其逆<sup>[21]</sup>鳞哉?"丹曰:"然则何由<sup>[22]</sup>?"对曰:"请入图<sup>[23]</sup>之。"

**【注释】** 　[1]既:不久。筑:古代击弦乐器,已失传。形似筝,颈细而肩圆,演奏时,以左手握持,右手以竹尺击弦发音。　[2]嗜:嗜好。日:每天。　[3]酣:酒喝得畅快。以往:以后。　[4]和:跟着唱。　[5]游:交游。沈:沉着,后作"沉"。[6]处士:有才德而不肯做官的人。善:好好地。　[7]居顷之:居,用在"顷之"之前,表示相隔一段时间。顷之,不久;顷,时间短。　[8]会:正好,恰巧。质:作人质。亡:逃亡。　[9]故:从前。尝:曾经。　[10]欢:交好。　[11]遇:对待。善:友好、亲善。怨:怨恨。　[12]报:报复。　[13]日:天天。山东:崤山以东。伐:讨伐、进攻。三晋:韩、赵、魏三国,因这三国是从原来的晋国分立出来的,故又称这三国为三晋。　[14]稍:逐渐。且:将要。恐:害怕、担心。　[15]患:担忧。傅:太傅,教导、辅佐帝王或王子的人。　[16]对:回答。　[17]擅:拥有、据有。[18]众:众多。厉:振奋。兵:兵器。革:用革制成的甲胄。　[19]意有所出:心思有所触动。　[20]见陵:见,表被动。陵,侵犯、欺侮。"陵"通"凌"。　[21]批:触犯。逆:倒。　[22]然:这样。则:那么。由:凭借、依靠。　[23]入:深入。图:谋划。

**【译文】** 　荆轲不久到了燕国,与一个以屠狗为业的人和擅长击筑的高渐离交好。荆轲嗜好饮酒,天天和那屠狗者及高渐离在燕国街市上喝酒,畅饮以后,高渐离击筑,荆轲就和着筑的节奏在街市上唱歌,互相快乐,不一会儿又互相哭泣,好像旁边没有别人的样子。荆轲虽然在酒徒中交游,不过他为人深沉,喜欢读书;他游历诸侯国时,都是与诸侯国中的贤士、豪杰、位高者相结交。他到燕国后,燕国隐士田光先生也友好地对待他,知道他不是平庸之辈。

过了不久,正好燕太子丹在秦国做人质逃亡回到燕国。燕太子丹,从前曾在赵国做人质,而秦王嬴政出生在赵国,他少年时和太子丹交好。等到嬴政被立为秦王,太子丹又在秦国做人质。秦王对待燕太子丹不友好,所以太子丹怨恨他而逃亡回到燕国。回来就寻求能为他报复秦王的人,燕国弱小,力不能及。此后秦国天天出兵崤山以东,攻打齐、楚、韩、赵和魏,逐渐蚕食各诸侯国,马上就要轮到燕国了,燕国君臣都害怕灾祸到来。太子丹担忧此事,请教他的老师鞠武。鞠武回答说:"秦国的土地遍及天下,威胁到韩、魏、赵三国。它北面有甘泉、谷口坚固险要的地势,南面有泾水、渭水流域肥沃的土地,占据富饶的巴郡、汉中,右边有陇、蜀崇山峻岭为屏障,左边有函谷关、崤山的要塞,民众众多而士兵振奋,兵器、甲胄绰绰有余。心念一动,那么长城以南、易水以北就不能确保了。怎么因为被凌辱的怨恨,要去触犯秦王的倒鳞呢!"太子丹说:"既然这样,那么我们还凭靠什么呢?"鞠武回答说:"让我们深入地谋划一下。"

**【原文】**

居有间[1]，秦将樊於期得罪于秦王，亡之燕，太子受而舍[2]之。鞠武谏曰："不可。夫以秦王之暴而积怒于燕，足为寒心，又况闻樊将军之所在乎？是谓'委肉当饿虎之蹊[3]'也，祸必不振[4]矣！虽有管、晏[5]，不能为之谋也。愿太子疾[6]遣樊将军入匈奴以灭口。请西约三晋，南连齐、楚，北购于单于，其后乃[7]可图也。"太子曰："太傅之计，旷日弥久[8]，心惛然，恐不能须臾[9]。且非独于此也，夫樊将军穷困[10]于天下，归身[11]于丹，丹终不以迫于强秦而弃所哀怜之交[12]，置之匈奴，是固丹命卒[13]之时也。愿太傅更[14]虑之。"鞠武曰："夫行危欲求安，造祸而求福，计浅而怨深，连结一人之后交[15]，不顾国家之大害[16]，此所谓'资[17]怨而助祸'矣。夫以鸿毛燎[18]于炉炭之上，必无事矣。且以雕鸷[19]之秦，行怨暴之怒，其足[20]道哉！燕有田光先生，其为人智深而勇沈[21]，可与谋。"太子曰："愿因太傅而得[22]交于田先生，可乎？"鞠武曰："敬诺[23]。"出见田先生，道"太子愿图国事于先生也"。田光曰："敬奉[24]教。"乃造[25]焉。

**【注释】**　[1]居有间：过了一段时间。居，停留。间（jiàn）：间隔。　[2]樊於期：於，音wū。舍（shè）：提供馆舍。　[3]是：这。谓：称为，叫作。委：扔，抛弃。当：对着。蹊：小路。　[4]振：挽救。　[5]管、晏：管仲、晏婴，春秋时期齐国著名的政治家。　[6]疾：快，急速。　[7]购：通"媾"，讲和。乃：才。　[8]旷日弥久：历时长久。旷，历时久远。弥，长久，《广雅·释诂三》："弥，久也。"　[9]惛：混乱。须臾：片刻。　[10]穷困：穷，走投无路。困，困顿。　[11]归身：归，归附。身，自身。　[12]终：终归。交：结交、朋友。　[13]固：本来。卒：结束。[14]更：重新，另外。　[15]连结：结识。后交：新交，新朋友。　[16]害：祸害。[17]资：积聚。《说文解字注》："资，资者，积也。"　[18]鸿：大雁。燎：烧烤。[19]雕鸷：雕，一种大型猛禽。鸷：凶猛的鸟，《玉篇·鸟部》："鸷，猛鸟也。"[20]足：值得。　[21]沈：大。《方言》卷一："沈，大也。"沈，后作"沉"。　[22]因：凭借，通过。得：能够。　[23]敬诺：敬，谦词。诺：应答声，表示同意。　[24]奉：遵从，奉行。　[25]造：到。

**【译文】**　过了一段时间，秦将樊於期得罪于秦王，逃亡到了燕国，太子接纳了他，并为他提供馆舍。鞠武劝谏说："不可以。凭着秦王的凶暴而把怒气积聚到燕国，这就足以让人担惊害怕了，又何况他听到樊将军住在这里呢？这就叫作'把肉扔到饿虎经过的小路上'，祸患一定不可挽救了！即使有管仲、晏婴，也不能为这事谋划了。希望您赶快把樊将军送到匈奴，以消除秦国的借口。请您向西与韩、赵、魏订立盟约，向南联络齐、楚，向北与单于讲和，然后就可以谋划了。"太子丹说："太傅您的计划，旷日持久，我现在心里混乱，恐怕等不得片刻了。况且并非单单因为这事，樊将军在天下已是穷途末路，归附于我，我终归不能因为迫于强暴的秦国而抛弃我所哀怜的朋友，把他放置到匈奴要在我生命结束的时候。希望太傅您重新考虑这事。"鞠武说："做危险之事而想求得安宁,制造祸患而想求得幸福,计谋浅薄而怨恨深重,结交了一个新朋友,而不顾及国家的大祸害,这就是所说的'积聚仇怨而助长祸患'啊。把大雁的羽毛放在炉炭上烧烤,一定什么都没了。况且凭着雕鸷一般凶猛的秦国,发泄怨恨残暴的怒气,难道还用说吗!燕国有位叫田光先生的,他这个人智谋深邃而又有大勇,可以和他谋划。"太子说："希望通过太傅您而能够和田先生结交,可以吗?"鞠武说："可以。"鞠武便出去拜见田先生,说："太子希望跟先生您一起谋划国事。"田光说："谨遵教诲。"于是去拜访太子。

**【原文】**

太子逢迎,却[1]行为导,跪而蔽[2]席。田光坐定,左右无人,太子避席[3]而请曰："燕秦不两立,愿先生留意也。"田光曰："臣闻骐骥盛壮之时,一日而驰千里;至其衰老,驽马先[4]之。今太子闻光盛壮之时,不知臣精已消亡矣。虽然[5],光不敢以图国事,所善荆卿可使[6]也。"太子曰："愿因先生得结交于荆卿,可乎?"田光曰："敬诺。"即起,趋[7]出。太子送至门,戒[8]曰："丹所报,先生所言者,国之大事也,愿先生勿泄也!"田光俛[9]而笑曰："诺。"偻[10]行见荆卿,曰："光与子相善,燕国莫[11]不知。今太子闻光壮盛之时,不知吾形已不逮[12]矣,幸而教之曰'燕秦不两立,愿先生留意也'。光窃不自外[13],言足下于太子也,愿足下过[14]太子于宫。"荆轲曰："谨[15]奉教。"田光曰："吾闻之,长者为行,不使人疑之。今太子告光曰'所言者,国之大事也,愿先生勿泄',是太子疑光也。夫为行而使人疑之,非节[16]侠也。"欲自杀以激[17]荆卿,曰："愿足下急过太子,言光已死,明[18]不言也。"因遂自刎[19]而死。

**【注释】**　[1]却:倒退。　[2]蔽(piē):拂拭。《广韵·屑韵》:"撆,《说文》:'别也。一曰击也。'拂也。或作蔽,亦书作撇。"司马贞《史记索隐》:"蔽,犹拂也。"[3]避席:离开座席。避,离开。离开座席讲话以示尊敬。　[4]骐骥:骏马。驽马:劣马。先:超过。　[5]虽然:即使这样。　[6]善:善待,喜欢。使:任用。[7]即:立即。趋:小步快走。　[8]戒:告诫。　[9]俛:同"俯",俯身。[10]偻(lǚ):屈。　[11]善:友好,亲善。莫:没有谁。　[12]逮:及,达到。[13]窃:谦词,私下,私自。自外:把自己当外人。　[14]过:拜访。　[15]谨:谨慎,小心。　[16]节:气节,节操。　[17]激:激发,激励。　[18]明:表明,证明。[19]因:于是。遂:终于。刎(wěn):割颈部。

**【译文】**　太子上前迎接,在前面倒退着走为田光引路,跪下来为田光拂拭座席。田光坐定后,左右没有别人,太子离开自己的座席向田光请教说："燕国与秦国势不两立,希望先生留意。"田光说："我听说骏马盛壮的时候,一天可奔驰千里,等到它衰老了,劣马也能超过它。如今太子您听到的是我盛壮之时的情景,却不知道我精力已经衰竭了。即使这样,我不敢冒昧地谋划国事,我善待的荆卿可以任用。"太子说:"我希望通过先生您能够和荆卿结交,可以吗?"田光说:"可以。"于是立即站起身来,小步快走出去了。太子送到门口,告诫说:"我所告诉的,先生所说的,是国家大事,希望先生不要泄露!"田光俯下身笑着说:"是。"田光屈身去见荆卿,说:"我和您交好,燕国没有谁不知道的。现今太子听说我盛壮之时的情景,却不知道我的身体已力不从心了,幸运的是他教诲我说'燕国、秦国势不两立,希望先生留意'。我私下和你不见外,已把您推荐给了太子,希望您到宫中拜访太子。"荆轲说:"谨遵教诲。"田光说:"我听说,年长者做事,不能让别人怀疑。如今太子告诫我说:'所说的,是国家大事,希望先生不要泄露。'这是太子怀疑我。做事而让别人怀疑,就不是有气节的侠士。"他要用自杀来激励荆卿,说:"希望您赶快去拜见太子,说田光已经死了,表明我不会泄露机密。"田光于是就刎颈自杀了。

**【原文】**

荆轲遂见太子,言田光已死,致[1]光之言。太子再拜而跪,膝行流涕,有顷[2]而后言曰:"丹所以诫田先生毋言者,欲以[3]成大事之谋也。今田先生以死明不言,岂丹之心哉!"荆轲坐定,太子避席顿首[4]曰:"田先生不知丹之不肖[5],使得至前,敢有所道,此天之所以哀燕而不弃其孤[6]也。今秦有贪利之心,而欲不可足也。非尽天下之地,臣海内之王者,其意不厌[7]。今秦已虏韩王,尽纳其地。又举兵南伐楚,北临[8]赵;王翦将数十万之众距漳、邺,而李信出[9]太原、云中。赵不能支秦,必入[10]臣,入臣则祸至燕。燕小弱,数困于兵,今计举国不足以当[11]秦。诸侯服秦,莫敢合从[12]。丹之私计愚,以为诚得天下之勇士使于秦,窥[13]以重利;秦王贪,其势必得所愿矣。诚得劫秦王,使悉反诸侯侵地[14],若曹沫[15]之与齐桓公,则大善矣;则不可,因[16]而刺杀之。彼秦大将擅[17]兵于外而内有乱,则君臣相疑,以其间诸侯得合从,其破秦必矣。此丹之上愿,而不知所委命[18],唯荆卿留意焉。"久之,荆轲曰:"此国之大事也,臣驽[19]下,恐不足以任使。"太子前顿首,固[20]请勿让,然后许诺。于是尊荆卿为上卿,舍[21]上舍。太子日造[22]门下,供太牢具[23],异物间[24]进,车骑美女恣[25]荆轲所欲,以顺适其意。

**【注释】** [1]遂:于是。致:传达。 [2]再:两次。涕:眼泪。有顷:不久。顷,时间短,与"久"相对。 [3]以:为了。 [4]顿首:叩头。顿:叩、磕。 [5]不肖:不贤。 [6]孤:太子丹自称。司马贞《史记索隐》:"案:无父称孤。时燕王尚在,而丹称孤者,或记者失辞,或诸侯嫡子时亦僭称孤也。" [7]厌:满足。 [8]举:发动。伐:进攻。临:到,逼近。 [9]距:到。出:到,临。 [10]支:拒,抵御。入：纳贡。　　[11]数(shuò)：屡次。举：全。当：抵挡。　　[12]合从：即合纵,指六国合力抗秦。合纵,从地域上来讲,是以韩、赵、魏为中心,南连楚,北连燕,南北相连为纵;从策略上来讲,合纵是合众弱以御一强,是阻止强国进行兼并的策略。起初,合纵既可对秦,也可对齐,长平之战(前260)后,合纵演变成东方六国合力抗秦的策略。　　[13]诚：果真。窥：示。司马贞《史记索隐》："窥,示也。言以利诱之。"[14]劫：劫持。反：归还。侵地：被(秦国)侵占的土地。　　[15]曹沫：即曹刿,又作曹翽,春秋时鲁国武士。鲁庄公十年(前684),随庄公战于长勺,取得长勺之战的胜利。齐桓公与鲁庄公在柯(今山东阳谷东)会盟时,他持短剑相从,在盟会上劫持了齐桓公,迫使其归还侵占的鲁国土地。　　[16]则：假如。因：表时间、时机,趁着。[17]擅：拥有,据有。　　[18]委命：委托使命。　　[19]驽：才能低下。　　[20]固：坚持。　　[21]舍(shè)：住宿。　　[22]日：每天。造：到。　　[23]太牢：牛、羊、猪三牲齐全。具：饭食。太牢具,有牛肉、羊肉、猪肉的饭食。　　[24]间：间或,断断续续地。　　[25]恣：本义为放纵,引申为任凭。

【译文】　荆轲于是去拜见太子,说田光已死,并转达了田光的话。太子拜了两拜又跪下,屈膝前行,痛哭流涕,过了一会说："我之所以告诫田先生不要讲,是为了使大事的谋划成功。现在田先生用死来表明他不会说出去,这难道是我的心愿吗!"荆轲坐定,太子离开座席以头叩地说："田先生不知道我没有才能,使我能够到您跟前,敢有所陈述,这就是上天之所以哀怜燕国而不抛弃我的原因啊。如今秦王有贪利的野心,而他的欲望是不会满足的。不占尽天下的土地,使天下的诸侯王臣服,他的心愿是不会满足的。如今秦国已俘虏了韩王,全部收纳他的土地。他又出动军队向南攻打楚国,向北逼近赵国;王翦率领几十万大军抵达漳水、邺县一带,而李信又逼近太原、云中。赵国抵挡不住秦军,一定会向秦国纳贡称臣;赵国纳贡称臣,那么祸患就会降临到燕国。燕国弱小,屡次被战争所困扰,如今算计一下全国的力量也不足以抵挡秦军。诸侯畏服秦国,没有哪国敢实行合纵策略,我私下有个计策不成熟,认为果真能得到天下的勇士,出使到秦国,用重利引诱秦王;秦王贪婪,一定能达到我们的目的。果真能够劫持秦王,让他全部归还各国被侵占的土地,像曹沫劫持齐桓公那样,那就太好了;如果不可以,就趁势刺杀他。他们秦国的大将在外拥有军队而内部有乱,那么君臣就互相猜疑,趁此情形离间秦国和各诸侯国的关系,得以实行合纵策略,就一定能够打败秦国。这是我最好的愿望,却不知把这使命委托给谁,希望荆卿留意这件事。"过了好一会,荆轲说："这是国家的大事,我才能低下,恐怕不足以胜任使命。"太子上前以头叩地,坚持请求不让荆轲推脱,这样,然后荆轲就答应了。于是太子丹尊奉荆卿为上卿,让荆卿住进上等的馆舍。太子每天都到荆轲的住所拜望,供给有牛肉、羊肉、猪肉的饭食,还不时地送进珍异之物,车马美女任凭荆轲的欲望,以顺应、适合他的心意。

【原文】

久之,荆轲未有行意。秦将王翦破赵,虏赵王,尽收入[1]其地,进兵北略[2]地至燕南界。太子丹恐惧，乃请荆轲曰："秦兵旦暮[3]渡易水，则虽[4]欲长侍足下，岂可得哉！"荆轲曰："微太子言，臣原谒[5]之。今行而毋[6]信，则秦未可亲也。夫樊将军，秦王购[7]之金千斤，邑万家。诚得樊将军首与燕督亢之地图，奉献秦王，秦王必说[8]见臣，臣乃得有以报。"太子曰："樊将军穷困来归丹，丹不忍以己之私而伤长者之意，愿足下更[9]虑之！"

　　荆轲知太子不忍，乃遂私见樊於期曰："秦之遇将军可谓深[10]矣，父母宗族皆为戮没[11]。今闻购将军首金千斤，邑万家，将奈何？"於期仰天太息[12]流涕曰："於期每念之，常痛于骨髓，顾[13]计不知所出耳！"荆轲曰："今有一言可以解燕国之患，报将军之仇者，何如？"於期乃前曰："为之奈何？"荆轲曰："愿得将军之首以献秦王，秦王必喜而见臣，臣左手把其袖，右手揕其匈[14]，然则将军之仇报而燕见陵之愧除矣。将军岂有意乎？"樊於期偏袒搤[15]腕而进曰："此臣之日夜切齿腐心也，乃[16]今得闻教！"遂自刭[17]。太子闻之，驰往，伏尸而哭，极哀。既已不可奈何，乃遂盛樊於期首，函[18]封之。

　　【注释】　[1]尽：全部。收：收取。入：接纳。　[2]略：夺取。　[3]旦暮：早晚。旦：早上。暮：日落时分。　[4]则：那么。虽：即使。　[5]微：如果没有。谒：请求。　[6]毋：没有。　[7]购：重金收买。　[8]亢：音gāng。说：后作"悦"，高兴。　[9]更：另外，重新。　[10]遇：对待。深：残酷，狠毒。　[11]戮：杀。没：尽，《说文解字注·水部》："没者，全入于水，故引申之义训尽。"　[12]太息：长叹。息，叹息。　[13]念：考虑。顾：副词，表轻微转折，相当于"而""不过"。　[14]把：握，抓住。揕(zhèn)：刺。匈：同"胸"。　[15]偏袒：脱去半边外衣，露出一边的胳膊、肩膀和上身。偏，半边。袒，脱去外衣，将胳膊、肩膀、上身或内衣露出。搤(è)：握住。　[16]腐心：捶胸。腐：通"拊"，拍、捶。乃：才。　[17]刭(jǐng)：用刀割脖子。　[18]函：匣子。

　　【译文】　过了很长一段时间，荆轲还没有行动的意思。这时秦将王翦已攻破赵国，俘虏了赵王，全部收纳了赵国的领土。秦军继续进兵，向北夺取土地，已到燕国南部边界。太子丹害怕了，于是请求荆轲说："秦国军队旦夕之间就能渡过易水，那么即使我想要长久地侍奉您，怎么可以能够做到呢！"荆轲说："即使没有太子这话，我也要请求行动了。现在要行动，而没有取信于秦王的信物，那么秦王就不可以接近。那樊将军，秦王用黄金千斤、封邑万户来收买他的首级。果真得到樊将军的首级和燕国督亢的地图，献给秦王，秦王一定高兴接见我，这样我才能够有机会报答您。"太子说："樊将军穷途末路来投奔我，我不忍心因为自己的私利而伤害这位长者的心，希望您重新考虑这件事！"

　　荆轲知道太子不忍心，于是就私下会见樊於期说："秦国对待将军可以说是太残酷了，父母、宗族都被杀尽。如今听说用黄金千斤、封邑万户，购买将军的首级，您将怎么办呢?"樊於期仰天长叹,流着眼泪说:"我每每想到这些,常常痛入骨髓,而不知从哪里想出计策来!"荆轲说:"现在有一句话可以解除燕国的祸患,报将军之仇,怎么样?"樊於期于是凑向前说:"怎么办?"荆轲说:"希望得到将军的首级献给秦王,秦王一定会高兴召见我,我左手抓住他的衣袖,右手用匕首直刺他的胸膛,这样,那么将军的仇恨可以报,而燕国被欺凌的羞愧就可以洗除了,将军是否有这样的心意呢?"樊於期脱掉一边衣袖,露出臂膀,一只手紧紧握住另一只手腕走向前说:"这是我日日夜夜切齿捶心的事,今天才听到您的教诲!"于是就自刎而死。太子听到这事,驾车疾行前往,伏在尸体上痛哭,极其哀痛。已经无可奈何了,于是就把樊於期的首级装起来,用匣子封存起来。

**【原文】**

　　于是太子豫[1]求天下之利匕首,得赵人徐夫人匕首,取之百金,使工以药焠[2]之,以试人,血濡缕[3],人无不立死者。乃装为遣荆卿。燕国有勇士秦舞阳,年十三,杀人,人不敢忤[4]视。乃令秦舞阳为副。荆轲有所待,欲与俱;其人居远未来,而为治行。顷之[5],未发,太子迟之,疑其改悔,乃复[6]请曰:"日已尽矣,荆卿岂有意哉?丹请得先遣秦舞阳。"荆轲怒,叱太子曰:"何太子之遣?往而不返者,竖子[7]也!且提一匕首入不测之强秦,仆所以留者,待吾客与俱。今太子迟之,请辞决[8]矣!"遂发。

　　太子及宾客知其事者,皆白衣冠以送之。至易水之上,既祖[9],取道,高渐离击筑,荆轲和而歌,为变徵之声[10],士皆垂泪涕泣。又前而为歌曰:"风萧萧兮易水寒,壮士一去兮不复还!"复为羽声[11]慷慨,士皆瞋目,发尽上指[12]冠。于是荆轲就车而去,终已不顾[13]。

　　**【注释】**　[1]豫:预先,又作"预"。　[2]焠(cuì):浸染。司马贞《史记索隐》:"焠,染也。谓以毒药染剑锷也。"　[3]濡:渗出,浸渍。缕:一丝。　[4]忤(wǔ):违逆,抵触。司马贞《史记索隐》:"忤,逆也。不敢忤视,言人畏之甚也。"　[5]顷之:不久。顷:时间短,与"久"相对。　[6]复:又,再。　[7]竖子:小子,对人的蔑称。[8]请:请对方允许我做某事。决:辞别,告别。　[9]祖:古代出行时祭祀路神,古人远行时常举行的一种仪式。引申之,又指饯行的一种隆重仪式,祭祀路神后,在路上设宴为人送行。　[10]变徵(zhǐ)之声:我国古代乐律分宫、商、角、变徵、徵、羽、变宫七调,大致相当于现代音乐中的C、D、E、F、G、A、B七调,变徵相当于F调,此调凄婉苍凉。　[11]羽声:相当于A调,是一种慷慨激昂的声调。　[12]瞋(chēn):发怒时睁大眼睛。指:顶,冲。　[13]终:始终。已:句中语气词,用法同"矣"。顾:回头看。

　　**【译文】**　这时太子已预先寻求天下最锋利的匕首,得到赵国徐夫人的匕首,用百金买下它,让工匠用毒药浸染它,用它在人身上试验,只要血渗出一丝,没有不立刻死的。于是准备行装，送荆轲出发。燕国有位勇士叫秦舞阳，十三岁时杀了人，别人都不敢正面看他。于是命令秦舞阳为副使。荆轲等待另一个人，想与他一起去；那个人住在远处，还没有来到，而荆轲已为那人整治好了行装。过了一段时间，荆轲还没有出发，太子认为他要推迟这事，怀疑他改悔，就再次催请说："已没有什么时间了，荆卿是否有动身的打算？请允许我先派遣秦舞阳出发。"荆轲发怒，呵斥太子说："太子这样派遣是什么意思？只去而不完成使命回来，那是小子！况且是拿一把匕首进入祸福难测的强暴秦国，我之所以暂留，是等待我的一位朋友一起去。现在太子认为我把事推迟了，那就请允许告辞诀别吧！"于是就出发了。

太子及知道这件事的宾客，都穿着白衣戴着白帽为荆轲送行。到易水边上，饯行之后，上路，高渐离击筑，荆轲和着节拍歌唱，发出凄婉苍凉的声调，送行的人都流泪哭泣。荆轲又向前走唱道："风萧萧兮易水寒，壮士一去兮不复还！"又唱出慷慨激昂的声调，送行的人都怒目圆睁，头发顶着帽子。于是荆轲就上车而去，头也没回。

**【原文】**

遂至秦，持千金之资币物，厚遗秦王宠臣中庶子[1]蒙嘉。嘉为先言于秦王曰："燕王诚振怖[2]大王之威，不敢举兵以逆[3]军吏，原举国为内臣，比[4]诸侯之列，给贡职如郡县，而得奉守先王之宗庙。恐惧不敢自陈，谨斩樊於期之头，及献燕督亢之地图，函封，燕王拜送于庭，使使以闻[5]大王，唯[6]大王命之。"秦王闻之，大喜，乃朝服，设九宾[7]，见燕使者咸阳宫。荆轲奉樊於期头函，而秦舞阳奉地图柙，以[8]次进。至陛[9]，秦舞阳色变振恐，群臣怪之。荆轲顾笑舞阳，前谢[10]曰："北蕃蛮夷之鄙人，未尝见天子，故振慑[11]。愿大王少假借[12]之，使得毕使于前。"秦王谓轲曰："取舞阳所持地图。"轲既取图奏之，秦王发[13]图，图穷而匕首见[14]。因左手把[15]秦王之袖，而右手持匕首揕之。未至身，秦王惊，自引[16]而起，袖绝。拔剑，剑长，操其室[17]。时惶急，剑坚[18]，故不可立拔。荆轲逐秦王，秦王环柱而走。群臣皆愕，卒[19]起不意，尽失其度，而秦法，群臣侍殿上者不得持尺寸之兵；诸郎中执兵皆陈殿下，非有诏召不得上。方急时，不及召下兵，以故荆轲乃[20]逐秦王。而卒惶急，无以击轲，而以手共搏之。是时侍医夏无且以其所奉药囊提[21]荆轲也。秦王方环柱走，卒惶急，不知所为，左右乃曰："王负剑！"负剑，遂拔以击荆轲，断其左股[22]。荆轲废，乃引其匕首以擿[23]秦王，不中，中桐柱。秦王复击轲，轲被八创[24]。轲自知事不就，倚柱而笑，箕踞[25]以骂曰："事所以不成者，以欲生劫之，必得约契以报太子也。"于是左右既前杀轲，秦王不怡[26]者良久。已而[27]论功，赏群臣及当坐者各有差，而赐夏无且黄金二百溢[28]，曰："无且爱我，乃以药囊提荆轲也。"

**【注释】**　[1]厚：多。遗(wèi)：给予,赠送。中庶子：战国时国君、太子、相国的近侍之臣。　[2]振怖：惧怕。　[3]逆：违抗。　[4]比：并列。　[5]闻：使上级听到,报告上级。　[6]唯：句首语气词,表希望。　[7]九宾：即"九傧",九个傧相的欢迎仪式,是一种极为隆重的仪式。傧,引领宾客或赞礼之人。　[8]奉：两手捧着。柙(xiá)：匣子。以：按照。　[9]陛：殿前台阶。　[10]谢：道歉。[11]鄙：庸俗,浅陋。慴(zhé)：恐惧。　[12]少：稍微。假借：宽容。　[13]既：同"即",立即。奏：进献。发：打开。　[14]穷：穷尽。见(xiàn)：出现。[15]因：凭借,引申为"用"。把：抓。　[16]引：抽身。　[17]室：剑鞘。[18]坚：牢固,指剑、鞘结合得紧。　[19]卒：通"猝",突然。　[20]方：正在。乃：竟然。　[21]提：投掷。　[22]股：大腿。　[23]废：瘫倒。摫(zhì)：投掷,后作"掷"。司马贞《史记索隐》："摫与掷同,古字耳。"　[24]被：遭受。创：创伤。[25]箕踞(jī jù)：随意伸开两腿,像个簸箕口那样地坐着,是一种不礼貌、不拘礼节的坐法。踞,蹲坐。　[26]既：同"即",走近。怡(yí)：高兴,愉快。　[27]已而：随即,不久就。　[28]坐：定罪,入罪。溢：通"镒",古代重量单位,二十两为一镒,一说二十四两为一镒。

**【译文】**　荆轲于是到了秦国,带着价值千金的钱财礼物,厚赠秦王的宠臣中庶子蒙嘉。蒙嘉为荆轲先在秦王面前说："燕王的确为大王的威严震慑恐惧,不敢出动军队抵抗大王的将士,愿意全国上下做秦国的臣子,能与其他诸侯国并列,缴纳贡赋,职责如同秦的郡县,而能够奉守先王的宗庙。燕王因为惶恐畏惧不敢亲自前来陈述,所以斩下樊於期的首级并献上燕国督亢地区的地图,用匣子封存,燕王还在朝廷上亲自拜送,派出使者把这种情况禀明大王,请大王指示。"秦王听到这个消息,非常高兴,就穿上了朝服,安排了极为隆重的九傧仪式,在咸阳宫召见燕国的使者。荆轲捧着盛樊於期首级的匣子,秦舞阳捧着盛地图的匣子,按照正、副使的次序进入。走到殿前台阶下,秦舞阳脸色突变,震惊害怕,大臣们都感到奇怪。荆轲回头朝秦舞阳笑笑,上前道歉说："他是北方藩属、蛮夷之地的粗俗之人,没有见过天子,所以震惊恐惧。希望大王稍微宽容他,让他能够在大王面前完成使命。"秦王对荆轲说："把秦舞阳所持的地图拿过来。"荆轲即刻取过地图献上,秦王展开地图,图卷展到尽头,匕首露出来。荆轲用左手抓住秦王的衣袖,右手拿匕首刺他,没有触及秦王之身。秦王大惊,自己抽身而起,衣袖挣断,慌忙抽剑,剑长,只是抓住剑鞘。秦王当时惶恐急迫,剑鞘又套得很紧,所以不能立刻拔出来。荆轲追逐秦王,秦王绕柱奔跑。大臣们都很惊讶,突然发生意外事变,大家都失去了常态。而秦国的法律规定,在殿上侍奉的大臣不能带有任何兵器;各个侍卫武官都手执兵器站列在宫殿下,没有皇帝的命令召唤不得上殿。正在危急时刻,来不及召唤殿下的侍卫兵士,因此荆轲才能够追逐秦王。仓促之间,没有用来攻击荆轲的武器,秦王只能用手和荆轲搏击。这时,侍从医官夏无且用他所捧的药袋投击荆轲。秦王正围着柱子奔跑,仓促慌急,不知如何是好,左右两边的人就喊道："大王,用背背剑!"秦王用背背剑,于是拔出长剑击砍荆轲,砍断了他的左大腿。荆轲瘫倒，于是就拿匕首向秦王投去，没有击中，但击中了铜柱。秦王又击砍荆轲，荆轲遭受八处创伤。荆轲自知大事不成，就倚在柱子上大笑，伸开两腿像簸箕一样坐在地上骂道："大事之所以没有成功，是因为我想活着劫持你，想得到一张迫使你归还诸侯土地的契约以回报太子。"这时左右两边的人立即冲上前来杀死荆轲，而秦王也不高兴了好长时间。后来论定功绩，赏赐群臣以及应当定罪的人都各有差别，赐给夏无且黄金二百镒，说："夏无且爱我，才用药袋投击荆轲啊。"

**【原文】**

于是秦王大怒，益发兵诣赵，诏[1]王翦军以伐燕。十月而拔[2]蓟城。燕王喜、太子丹等尽率其精兵东保[3]于辽东。秦将李信追击燕王急，代王嘉乃遗燕王喜书曰："秦所以尤追燕急者，以太子丹故也。今王诚杀丹献之秦王，秦王必解，而社稷幸得血食[4]。"其后李信追丹，丹匿衍水[5]中，燕王乃使使斩太子丹，欲献之秦。秦复进兵攻之。后五年，秦卒[6]灭燕，虏燕王喜。

其明年，秦并天下，立号为皇帝。于是秦逐太子丹、荆轲之客，皆亡。高渐离变名姓为人庸保[7]，匿作于宋子[8]。久之，作苦，闻其家堂上客击筑，傍徨不能去。每[9]出言曰："彼有善有不善。"从者以告其主，曰："彼庸乃知音，窃[10]言是非。"家丈人召使前击筑，一坐[11]称善，赐酒。而高渐离念久隐畏约无穷时，乃退，出其装匣中筑与其善衣，更容貌而前。举坐客皆惊，下与抗礼[12]，以为上客。使击筑而歌，客无不流涕而去者。宋子传[13]客之，闻于秦始皇。秦始皇召见，人有识者，乃曰："高渐离也。"秦皇帝惜其善击筑，重赦之，乃矐[14]其目。使击筑，未尝不称善。稍[15]益近之，高渐离乃以铅置筑中，复进得近，举筑朴[16]秦皇帝，不中。于是遂诛高渐离，终身[17]不复近诸侯之人。

**【注释】** [1]益：更多。诣：到。诏：命令。 [2]拔：攻取。 [3]保：守卫。玄应《一切经音义》卷九："保，守也。" [4]解：停止。血食：古代祭祀时杀牛、羊、猪等牲畜，用其血做祭品，故称血食。 [5]衍水：地名，即今沈阳附近的太子河，因太子丹曾藏匿于此而得名。 [6]卒：终于。 [7]庸：被雇用的人。保：仆役。 [8]宋子：地名，在今河北赵县东北。 [9]每：常常。 [10]窃：暗中。 [11]一坐：全座。坐：座位，后作"座"。 [12]抗礼：以平等之礼相待。抗：匹敌，相当。 [13]传(zhuàn)：次序。 [14]矐(huò)：使目失明。《字汇·目部》："矐，害目失明也。"司马贞《史记索隐》："说者云，以马屎熏令失明。" [15]稍：逐渐。 [16]朴：通"扑"，击，打。 [17]终身：终生。身，一生。

**【译文】** 于是秦王非常愤怒，增派军队到赵国，命令王翦的军队攻打燕国，十月攻克了蓟城。燕王喜、太子丹等率领其全部精兵向东退守辽东。秦将李信紧紧地追击燕王,代王嘉于是写给燕王喜一封信说:"秦军之所以特别急迫地追击燕军,是因为太子丹的缘故。现在大王您果真杀掉太子丹,把他的人头献给秦王,秦王一定停止进攻,而社稷或许侥幸得到祭祀。"此后李信率军追击太子丹,太子丹藏匿在衍水河一带,燕王于是派使者斩杀了太子丹,要把他的人头献给秦国。秦军又进兵进攻燕国。此后五年,秦国终于灭掉了燕国,俘虏了燕王喜。

第二年,秦王吞并了天下,立号为皇帝。于是追逐太子丹和荆轲的门客,他们都潜逃了。高渐离变更姓名给人家当用人,隐藏在宋子这个地方做工。时间长了,劳作辛苦,听到主人家堂上有客人击筑,来回徘徊舍不得离开。常常说道:"那客人击奏的筑,有好的地方,有不好的地方。"侍从者把高渐离的话告诉了主人,说:"那个佣工懂得音乐,私下里评说是非。"主人召来高渐离,让他到前面击筑,满座宾客都说好,赏赐给他酒。高渐离考虑到长久地隐藏畏缩下去,没有尽头,于是退出堂来,把装在匣子中的筑和好衣裳拿出来,改整容貌来到堂前,满座宾客都大吃一惊,走下座位与他以平等之礼相待,把他待为上宾。他击筑唱歌,宾客们听了,没有不流着眼泪离去的。宋子这地方的人轮流请他去做客,这消息被秦始皇听到。秦始皇召见他,有认识他的人说:"这是高渐离。"秦始皇爱惜他善于击筑,重又赦免了他,于是弄瞎了他的眼睛,再让他击筑,依然没有人不称赞好的。他逐渐地更加接近秦始皇,便把铅块放进筑中,再进宫击筑得以靠近秦始皇时,他举起筑击打秦始皇,没有击中。于是秦始皇最终杀了高渐离,终生不再接近以前东方六国的人了。

**【原文】**

　　鲁句践已闻荆轲之刺秦王,私[1]曰:"嗟乎[2],惜哉其不讲于刺剑之术也!甚矣吾不知人也!曩者吾叱之,彼乃以我为非人也!"

　　太史公曰:世言荆轲,其称太子丹之命,"天雨粟,马生角"也,太过。又言荆轲伤秦王,皆非也。始公孙季功、董生与夏无且游,具[3]知其事,为余道之如是。自曹沫至荆轲五人,此其义或成或不成,然其立意较[4]然,不欺其志,名垂后世,岂妄也哉!

**【注释】**　[1]私:私下。　[2]嗟:表感叹或叹息。　[3]具:全。　[4]较:明显,明确。

**【译文】**　鲁句践已听到荆轲行刺秦王的事,私下说:"唉!他不讲究刺剑的技术,太可惜啦!我太不了解这个人了!过去我曾呵斥他,他就以为我不是同路人了。"

　　太史公说:世人谈论荆轲,当说到太子丹的命运时,太子丹曾感动得苍天下起粟雨,马头上生角,这太过分了。又说荆轲刺伤了秦王,这都不对。当初公孙季功、董生和夏无且交游,全知道这件事,为我如上面所记述的那样说来,从曹沫到荆轲这五人,他们的侠义之举有的成功,有的不成功,然而他们的志向意图都很明确,不欺瞒自己的志向，名声流传到后代，这难道是虚妄的吗！

**【评析】**　出自《史记》卷八十六《刺客列传》，是荆轲刺秦部分，该文完整地讲述了荆轲刺秦的过程、结果。此时东方的韩、赵、魏等国已为秦所灭，南方的楚国、北方的燕国及东方的齐国成为秦国攻灭的对象。弱小的燕国面对此危局，也做最后的抗争。荆轲，以一介布衣，为挽救国家于危难之际，挺身而出，提一匕首入不测之强秦，谋刺秦王，虽最终未能挽回败局，但他慷慨赴死的勇气、气节和大无畏的英雄气概却是可歌可泣，十分感人的。

荆轲刺秦这段文字，具有很高的艺术性，是《史记》中的名篇。它结构完整，从荆轲的身世说起，然后写到荆轲的交友，再因所交好友田光而卷入燕、秦之间的恩怨纠纷，再感于燕太子丹之诚而行刺秦王，从开始、发展到高潮，再到结尾，层次分明，脉络清晰。荆轲刺秦失败后，文章并没有戛然而止，而是继续写高渐离谋刺秦王，使得故事在即将结束之时又现华章，可谓高潮迭起，一波三折。

本文运用多种手法，成功地塑造了以荆轲为首的一群燕国豪杰义士形象。人物不论主次，皆生动传神，栩栩如生，如老成深算的鞠武、田光，毅然捐身的樊於期，怯懦畏缩的秦舞阳，坦诚急躁的太子丹，奋身做最后一搏的高渐离，乃至盖聂、鲁句践、秦王政、燕王喜，皆众星捧月般烘托着荆轲，鲜明地突出了荆轲的形象，营造出一种慷慨悲壮的氛围，给人留下深刻的印象。

本文始终洋溢着一种浓郁的爱国情怀和慷慨悲壮的气氛，读来使人心潮起伏。但本篇内容也引出了一个令人深思的话题，即荆轲刺秦固然是为了挽救祖国免于覆亡之壮举，但从历史发展的角度看，秦统一六国，消灭封建割据，却具有历史进步意义。从这两方面看，一方是反抗侵略残暴的爱国主义，一方则是顺应历史发展的趋势，那么，荆轲刺秦是一种爱国壮举，还是一种逆历史潮流而动、阻碍历史发展的倒退行为呢？如何取舍与评判，应找到正确看待这一历史事件的角度和立足点。

## 《史记》中的人物性格细节

司马迁注重写人物的性格、禀赋，这往往是他用笔的着力点、精彩之处。《商君列传》的开篇，写商鞅在魏国时做魏相公叔座的幕僚，公叔座年老病重，便向国君魏惠王推荐商鞅接自己的班，魏惠王当时没有表态，公叔座就说："鞅有奇才，大王若不想任用他，就该把他杀掉，千万不要让他为别国所用！"过后，公叔座又把自己与魏惠王的谈话内容告诉了商鞅，并劝说商鞅赶快离开魏国，以防不测。商鞅听后只是一笑，说："既然大王没有听信您的话来任用我，又怎么可能听信您的话来杀害我呢？"后来的事实证明商鞅的判断是准确的。在这里,司马迁仅用一句话就写出了商鞅的胆识和智慧,同时也写出了他的自信与自负。

又如《张仪列传》的开篇,写张仪学成纵横之术后去楚国游说,结果被怀疑为小偷而遭到一顿痛打。他的妻子就对他说:"你要不是因为读书游说,怎么会受到这般的侮辱?"张仪却问妻子:"你看我的舌头还在嘴里吗?"妻子笑了,说:"舌头当然还在。"张仪也笑了:"只要我还有这条舌头,足矣!足矣!"几句对话,张仪作为纵横家的形象便跃然纸上。类似上述的一些生活细节,本来都与历史上的重大事件没有什么直接关系,但司马迁却看得很重,这足以说明他关注历史自有不同于别人的侧重点。现在常说"细节决定成败",司马迁对历史人物的关注就常常在于细节,不过不是无关紧要的细节,而是性格细节,这也是《史记》高出"二十四史"中其他史书的地方之一。

我们常说,性格决定命运。其实,从某种意义上说,性格也决定历史。司马迁的《史记》就告诉我们:历史都是性格史。

(资料来源:《〈史记〉中的性格细节》,张达,文汇网)

 拓展阅读二

### 《史记》:司马迁是个好"记者"

有的人,一出现就光芒四射;有的书,一问世就高开高走。《史记》就是这样的书。

《史记》一开始不叫《史记》,司马迁名之曰《太史公书》,因为他曾经的官职是太史令,负责国家历史的写作。而太史令又叫太史公,所以司马迁自称太史公。《汉书·艺文志》在春秋类下著录的书名就是《太史公》,改称《史记》是东汉之后的事情。

司马迁写《史记》是个人修史,工作量浩繁。十二本纪说帝王,三十世家述诸侯,七十二列传写百家人物,还有十表八书概述典章制度大事记,52万字,包罗三千年历史。清代学者章学诚评价这书是"圆而神",感叹司马迁竟然能把那么多五花八门来源的材料,圆融地组织成一个完整的体系,太神了。

那么,司马迁写史的材料来自哪里呢?可以概括为四个方面:我读,我听,我看,我走。

司马迁的父亲司马谈就当过太史公,家里的古书多,司马迁从小就无所不读;还能借其父职务之便,阅览国家藏书、朝廷文书等。"余读""吾读"这样的痕迹在《史记》中比比皆是。

《三代世表》:"我读《谍记》发现,黄帝以来皆有年数,因此做了世表。"

《六国年表》:"我读《秦记》,读到犬戎打败了周幽王。"

《管晏列传》:"我读过管仲写的《牧民》《山高》《乘马》等文章,还读过《晏子春秋》。"

《司马穰苴列传》:"我读《司马兵法》,这本书博大精深,夏商周三代圣贤的用兵,也没能完全发挥尽它的奥妙。"

《五帝本纪》："我阅读了《春秋》《国语》。"

《屈原贾生列传》："我读过屈原写的《离骚》《天问》《招魂》《哀郢》等文章。"

广泛阅读，博览群书，司马迁是真正的读书种子，"世界读书日"应该找他当代言人。

《史记》里很多篇章写得栩栩如生，尤其是秦汉之际的史事，好像作者就在现场。有人说，这显示了司马迁的文学才能。文学才能也得有事实根据才能施展得合情合理。司马迁写细节入木三分，皆因他善于从当事人那里挖掘故事，这一点与记者的工作有异曲同工之妙。

荆轲刺秦王是《史记》名场面。在秦王大殿之上，荆轲是怎么图穷匕见的，嬴政是怎么躲闪规避的，医生夏无且是怎么帮忙的，嬴政是怎么杀掉荆轲的，荆轲说了些什么话……读《史记》时，如在眼前。这并非文学想象，而是如司马迁所言："从前公孙季功、董仲舒都曾经和夏无且有过交往，清楚地知道当时的事，我是听他们这么讲的。"

其他的还有——

《赵世家》："我听冯王孙说：'赵王迁的妈妈是个歌女。'"

《卫将军骠骑列传》："苏建跟我说，他们就是这样做将军的。"

这些都是司马迁听来的，还有他亲眼目睹的。《游侠列传》："我见过郭解，他的体貌比不上一个中等人，说话也不引人注意。"

徐霞客之前最能走的写作者，应该就是司马迁了。为了写好《史记》，司马迁上下访求历史遗迹，他的足迹遍布名山大川。

《五帝本纪》："我曾经向西到过空桐山，向北到过涿鹿，向东到过大海边，向南曾渡过淮河长江。"

《河渠书》："我登上了庐山。"

《魏公子列传》："我去过大梁的废墟。"

《蒙恬列传》："我到北方看了蒙恬为秦朝筑的长城。"

这样的"我去了""我到了"还有很多，真可谓"不到现场不写稿"，这种现代记者的作风，对写作《史记》大有助力。

因此，《史记》的最大价值，就是司马迁通过上面几种途径占有的丰富史料。这还不算，司马迁的观点进步、见识卓越，具有超越时代的穿透力。

比如经济学，今天是显学，但在两千年前司马迁就已经通晓了若干现代经济原则。

古代长期重农抑商，古人心目中的社会阶层排序是士、农、工、商，工商业视同末枝。而在《货殖列传》中，司马迁说："脱贫致富，当农民不如当工人，当工人不如当商人，在作坊里绣花远不如去市场上卖货。"

此外，司马迁对人物的点评，不以成败论英雄，不求全责备，而是实事求是，让人物是非彰显无遗。

至于《史记》的文学价值，自不必多说，鲁迅一句"史家之绝唱，无韵之离骚"说尽了。

（资料来源：《〈史记〉：司马迁是个好"记者"》，熊建，人民网）

【思考题】

1.《孔子世家》赞中司马迁用"高山""景行"乃至"至圣"来评价孔子，你认为是否可以这样评价孔子？为什么？

2.儒家思想对中华民族的影响可谓至远至深，结合你所学过的《论语》中的篇章，谈谈儒家思想给你带来的具体的、切身的影响。

3.请阅读《刺客列传》中的其他篇章，并与本书所选篇章进行对比，看有何不同。

4.如何正确评价荆轲刺秦这一行动？

5.《刺客列传》在描写荆轲这一主要人物时，将次要人物也描绘得栩栩如生、各具特点，试分析文章是如何描绘以荆轲为中心的这一群历史人物形象的。

## 《战国策》简介

　　《战国策》是中国古代的一部历史学名著，是一部国别体史书，又称《国策》。由西汉末年刘向编订定名，主要记载战国时期谋臣策士纵横捭阖的斗争。全书按东周、西周、秦国、齐国、楚国、赵国、魏国、韩国、燕国、宋国、卫国、中山国依次分国编写，分为十二策，三十三卷，共四百九十七篇。所记载的历史，上接春秋，下至秦并六国，约十二万字。它是先秦历史散文类成就最高、影响最大的著作之一。

　　该书文辞优美，语言生动，富于雄辩与运筹的机智，描写人物绘声绘色，常用寓言阐述道理，著名的寓言有"画蛇添足""亡羊补牢""狡兔三窟""狐假虎威""南辕北辙"等。该书在我国古典文学史上亦占有重要地位。

 　　众庶[1]成强，增积成山。

【注释】　[1]庶：指平民百姓。

【译文】　众多平民聚在一起可以很强大，很多土累积在一起可以堆成山。

【评析】　出自《东周策》。不要忽视平民的力量。成功需要注意条件的积聚。

**2**　行百里者，半于九十。

【译文】　走了九十里，还只相当于百里路的一半。

【评析】　出自《秦策》。做一件事情越接近完成时会越艰难、越关键。很多人有了目标却很难坚持下去，就会半途而废。

**3** 见兔而顾[1]犬,未为晚也;亡[2]羊而补牢,未为迟也。

【注释】 [1]顾:回头看。 [2]亡:丢失。

【译文】 看见兔子才想起猎犬,这还不晚;羊跑掉了才补羊圈,也还不迟。

【评析】 出自《楚策》。处理事情发生错误以后,如果赶紧去挽救,还不为迟。关键是要从错误中吸取教训。当然,最好是提前就做好防范,未雨绸缪。

**4** 前事不忘,后世之师[1]。

【注释】 [1]师:榜样,教训。

【译文】 记取从前的经验教训,作为以后的借鉴。

【评析】 出自《赵策》。要吸取教训,不要犯同样的错误。

**5** 以地事秦,譬犹抱薪[1]而救火也,薪不尽,则火不止。

【注释】 [1]薪:木柴。

【译文】 用土地侍奉秦国,就好像抱着柴救火,柴不烧完,火就不会灭。

【评析】 出自《魏策》。用错误的方法去消弭灾祸,只会使灾祸更加严重。

**6** 晚食以当肉,安步以当车,无罪以当贵,清静贞正[1]以自虞[2]。

【注释】 [1]贞正:坚贞端方。 [2]虞:通"娱",安乐。

【译文】 晚点吃饭(等饿了再吃)就会觉得美味;安稳而慢慢地走路,足以当作乘车;不求有多好,只要没做错什么就并不比权贵差;清净无为,纯正自守,是最喜欢的娱乐。

【评析】 出自《齐策》。保持生命本来的面貌,保持自己心灵的纯净。快乐,原来是如此简单。

**7** 所贵于天下之士者,为人排患、释难、解纷乱而无所取也。

【译文】 天下的士人所看中的,是替人排忧解难、排解纷乱而不收取任何报酬。

【评析】 出自《赵策》。我们应该学习说出这句话的义士——鲁仲连,学习他弃金钱如粪土,视富贵如浮云的爱国、清廉、仗义的高尚德操。

**8** 狡兔有三[1]窟，仅得免其死耳。

**【注释】** [1]三：表示多次、多处或多数。

**【译文】** 狡猾的兔子有多个窝，仅仅是为了逃避死亡罢了。

---

**【评析】** 出自《齐策》。人无远虑，必有近忧。做事要考虑周全。

**9** 风萧萧兮[1]易水[2]寒，壮士一去兮不复还。

**【注释】** [1]兮：语气词，呵。 [2]易水：古水名，源出河北省易县，是当时燕国的南界。

**【译文】** 风声萧萧地吹呵，易水寒气袭人，壮士在此远去呵，不完成任务誓不回还。

---

**【评析】** 出自《燕策》。荆轲刺秦王的故事世代流传，从句中我们可以感受到勇士视死如归的英雄豪迈之气。

**10** 人之有德[1]于我也，不可忘也；吾有德于人也，不可不忘也。

**【注释】** [1]德：恩惠、恩德。

**【译文】** 别人对我有恩惠，我不应忘记；我对别人有恩惠，却不应老放在心上。

---

**【评析】** 出自《魏策》。对别人给予的帮助和支持，要常怀感恩；自己给予别人一点帮助或一点好处便念念不忘，动辄重提，令人反感。

**11** 善作[1]者，不必善成；善始者，不必善终。

**【注释】** [1]作：同"做"。

**【译文】** 会做事，不一定就可以做成功；有一个好的开头，也不一定就会有好的结果。

---

**【评析】** 出自《燕策》。所谓人算不如天算，事情成功与否的影响因素很多，因此，不要经常对结果有着过高的期望。要有科学合理的筹划，也要对事情的发展有良好的驾驭。尽力而为才是正确的态度。

**12** 愚者暗[1]于成事，智者见于未萌。

**【注释】** [1]暗：昏昧，愚昧；不明白。

**【译文】** 愚昧的人对于已经成了的事实还昏昧不明，聪明的人则在事情还没有萌发的时候就已有所察觉了。

**【评析】** 出自《赵策》。生活中智慧与愚昧虽没有大是大非的问题,但我们还是应该努力做个智者。

## *13* 欲富国者,务广其地;欲强兵者,务富其民;欲王[1]者,务博其德。三资[2]者备,而王随之矣。

**【注释】** 〔1〕王(wàng):成就王业。与下句王字相同。 〔2〕三资:三个条件。

**【译文】** 想使国家富有,务必扩充土地;想使军力强大,务必使百姓富足;想要建立王业,务必广施德政。具备这三个条件,王业即可随之建立起来。

**【评析】** 出自《秦策》。成功要一步一步地来,不要试图一口吃个胖子,要先做一些力所能及、能够得到实际利益的事情。我们要明白,基础性的行动会为目标的实现积蓄能量。

## *14* 古之君子,交绝不出恶声;忠臣之去[1]也,不洁其名。

**【注释】** 〔1〕去:离开(国家),指遭到驱逐。

**【译文】** 古时的君子,在与人绝交时,不会说自己的长处,而揭别人的短处;忠臣在离开国家(遭驱逐)时,不会(刻意)澄清(自己无罪)以保持名誉(而让君主在道义上处于不利地位)。

**【评析】** 出自《燕策》。不伤害别人,不互相伤害,不失为君子之风。我们可以从说出此话的乐毅那里得到很多启示。

## *15* 贤明之君,功立而不废,故著于《春秋》;蚤[1]知之士,名成而不毁[2],故称于后世。

**【注释】** 〔1〕蚤:通"早"。 〔2〕毁:败坏,毁坏。

**【译文】** 贤明的君主,功劳建立后,就不让它废弃,所以载入史册《春秋》;有先见之明的人,成名后绝不让它败坏,所以被后世称道。

**【评析】** 出自《燕策》。功成不必身退。要树立积极进取的人生态度。

## *16* 士为知己者死,女为悦己者容[1]。

**【注释】** 〔1〕容:做动词,修饰、打扮。

【译文】 男人愿意为赏识自己、了解自己的人献出生命，女人愿意为欣赏、喜欢自己的人精心装扮。

【评析】 出自《赵策》。古代侠士对人生价值的衡量完全以精神为标准，其人生也甘为一些理念、原则而执着追求甚至献身牺牲。从他们身上，我们可以明白做人的道理、人生价值的真正所在，不断陶冶、锤炼自己，使自己的精神有浩然正气，使自己的人生境界得以升华。

**17** 父母之爱子，则为之计深远。今三世以前，至于赵之为赵，赵主之子孙侯者，其继有在者乎？岂人主[1]之子孙则必不善哉？位尊而无功，奉厚而无劳，而挟重器[2]多也。人主之子也，骨肉之亲也，犹不能恃无功之尊，无劳之奉，而守金玉之重也，而况人臣乎！

【注释】 〔1〕人主：指国君。 〔2〕重器：泛指珍宝。

【译文】 做父母的疼爱子女，就要为他们考虑周到、长远。从现在往前数三代，直到赵建国时，赵国每一代国君的子孙受封为侯的，他们的后嗣现在还有在侯位的吗？难道人君的子孙封侯的就一定都不好吗？这是由于他们地位显贵而没有功勋，俸禄优厚却没有劳绩，并拥有大量的贵重宝物。国君的儿子是国君的亲骨肉，尚且不能没有功勋而处于显贵地位，没有劳绩而得到优厚俸禄、坐拥大量金玉财宝，更何况做臣子的呢！

【评析】 出自《赵策》。我们不能只躺在父母、前辈的功劳簿上。要建功立业，做出成绩，如此才能立足社会，实现价值。

**18** 夫市[1]之无虎明矣，然而三人言而成虎。

【注释】 〔1〕市：街市。

【译文】 街市上不会有老虎，这是很明显的事，可是三个人说有老虎，就像真的有老虎了。

【评析】 出自《魏策》。对人对事不能以为多数人说的就可以轻信，而要进行多方面考察，并以事实为依据做出正确的判断。

**19** 夫贵不与富期[1]而富至；富不与粱肉[2]期而粱肉至；粱肉不与骄奢期而骄奢至；骄奢不与死亡期而死亡至。

【注释】 〔1〕期：期待，追求。 〔2〕粱肉：指精美的饭食。

【译文】 人已经尊贵了，不去追求富裕，富裕也会到来；已经富裕了，不去追求美味佳肴,美味佳肴也会到来;已经享受了美味佳肴而不去追求骄奢,骄奢也会到来;生活骄奢而不去追求死亡,死亡也会到来。

【评析】 出自《赵策》。事物之间存在复杂的条件关系,事物的发展也很难以人的意志为转移,因此我们在生活中时常会有迷惑。要警惕小事带来的不良后果,把祸患消灭在萌芽之中。

## 20 犹齿之有唇也,唇亡则齿寒。

【译文】 这正像牙齿跟嘴唇的关系,没有了嘴唇,牙齿就会感到寒冷。

【评析】 出自《齐策》。各相关利益体应互相关照,如果忽视了地缘上彼此之间的利害关系,国家之间、朋友之间不互相帮助,那么其邻国、亲朋就会受损,正所谓"唇齿相依"。

 **拓展阅读**

### 《战国策》里的故事

1. **南辕北辙**(《战国策·魏策》)

魏王想攻打赵国,季梁劝魏王说:"我在大路上遇到一个赶着车向北走的人,告诉我说:'我要去楚国。'我问他:'你要去楚国,为什么要向北呢?'他说:'我的马好。'我说:'您的马虽然好,但这不是去楚国的路啊!'他又说:'我的路费很充足。'我说:'你的路费虽然多,但这不是去楚国的路啊!'他又说:'给我驾车的人本领很高。'他不知道方向错了,赶路的条件越好,离楚国的距离就会越远。现在大王动不动就想称霸诸侯,办什么事都想取得天下的信任,依仗自己国家强大、军队精锐,而去攻打邯郸,想扩展地盘、抬高声威,岂不知您这样的行动越多,距离统一天下的目标就越远,这正像要去楚国却向北走的行为一样啊!"

2. **鹬蚌相争**(《战国策·燕策》)

赵国将要出战燕国,苏代为燕国对惠王说:"今天我来,路过了易水,看见一只河蚌正从水里出来晒太阳,一只鹬飞来啄它的肉,河蚌马上闭拢,夹住了鹬的嘴。鹬说:'今天不下雨,明天不下雨,你就会干死。'河蚌也对鹬说:'今天不放开你的嘴,明天不放开你的嘴,就会饿死你。'它们互相不肯放过对方,结果一个渔夫把它们一起捉走了。现在赵国将要攻打燕国,燕赵如果长期相持不下,老百姓就会疲惫不堪,我担心强大的秦国就要成为那不劳而获的渔翁了。所以我希望大王认真考虑出兵之事。"赵惠文王说:"好吧。"于是停止出兵攻打燕国。

### 3. 惊弓之鸟（《战国策·楚策》）

更羸陪同魏王散步，看见远处有一只大雁飞来。他对魏王说："我不用箭，只要虚拉弓弦，就可以让那只飞鸟跌落下来。"魏王听了，耸肩一笑："你的射箭技术竟能高超到这等地步？"更羸自信地说："能。"不一会儿，那只大雁飞到了头顶上空。只见更羸拉弓扣弦，随着嘣地一声弦响，大雁先是向高处猛地一窜，随后在空中无力地扑打几下，便一头栽落下来。

魏王惊奇得大叫道："箭术竟能高超到这等地步，真是意想不到！"更羸说："不是我的箭术高超，而是因为这只大雁身有隐伤。"魏王更奇怪了："大雁远在天边，你怎么会知道它有隐伤呢？"更羸说："这只大雁飞得很慢，鸣声悲凉。根据我的经验，飞得慢，是因为它体内有伤；鸣声悲，是因为它长久失群。这只孤雁创伤未愈，惊魂不定，所以一听见尖利的弓弦响声便惊逃高飞。由于急拍双翅，用力过猛，引起旧伤迸裂，这才跌落下来。"

### 4. 秦王与中期争论（《战国策·秦策》）

秦王与大臣中期争论，结果昭王理屈词穷，不由得勃然大怒，中期却不卑不亢，从容不迫地离开了。有人替中期向秦王分辩道："中期可真是个直言无忌的人，幸亏碰到贤明的君主，如果生在夏桀、商纣之世，必无幸免。"秦王一听，怒气顿消，竟然没有怪罪中期。

### 5. 魏文侯与田子方饮酒而称乐（《战国策·魏策》）

魏文侯和田子方一起饮酒谈论音乐的事。魏文侯说："钟声不协调了吧？左面的声音高。"田子方笑了起来。魏文侯说："为什么笑？"田子方说："臣下听说，做国君的明理就喜欢治官之道；不明理就偏爱音乐。现在您对音乐辨别得很清楚，臣下恐怕您在治官方面有些聋了。"魏文侯说："对，敬听您的教诲。"

### 6. 子象论中立（《战国策·楚策》）

齐国与楚国交战，夹在齐楚之间的宋国，原想保持中立。齐国施压逼迫宋国表态，宋国只好表示支持齐国。子象便替楚王做说客，对宋王道："楚国没有对宋国施压，反而失去了支持，便一定会学齐国的样来施压。齐国一施压就得到了支持，今后更会不断向宋国施压。使两个拥有强大军事力量的大国都来施压，宋国岂不太危险了吗？跟着齐国去打楚国吧，如果打胜了，齐国独霸天下，首先吞并的必然是宋国；如果打败了，弱小的宋国又哪能抵抗强大的楚国呢？"

### 7. 齐人见田骈（《战国策·齐策》）

齐国有个人去拜见学士田骈，说："听说先生尊崇大义，不愿做官，而愿为人民服务。"田骈说："您是从哪儿知道的？"回答说："我是从邻居之女那儿知道的。"田骈说："这是什么意思？"回答说："我的邻居之女，不愿出嫁，三十岁了，却有七个儿子。不嫁虽是不嫁，而超过出嫁的人所生的孩子多多了。现先生不愿做官，而俸禄千钟，门徒百人。不做官虽是不做官，可是富裕比起做官的人来还要富有呀。"田骈听后，虚心受教表示感谢。

【思考题】

1. 你是如何理解"行百里者,半于九十"这句话的? 请简述。

2. 有人说"人之有德于我也,不可忘也;吾有德于人也,不可不忘也"这句话所阐述的道理已经过时了,你是如何认识的?

3. "风萧萧兮易水寒,壮士一去兮不复还"写的是哪个人物,你对他有怎样的评价? 请查阅资料加以评述。

国语

  《国语》是中国最早的一部国别史著作，记录了周朝王室和鲁国、齐国、晋国、郑国、楚国、吴国、越国等诸侯国的历史，偏重于记述历史人物的言论，反映了春秋时期的社会状况。上起周穆王西征犬戎（约前967年），下至周贞定王十六年智伯被灭（前453年）。《国语》包括各国贵族间朝聘、宴飨、讽谏、辩说、应对之辞以及部分历史事件与传说。

  关于《国语》的作者是谁，自古至今学界多有争论，现今还没有定论。司马迁在《史记·太史公自序》中最早提到《国语》的作者是左丘明（"左丘失明，厥有《国语》"），其后班固等都认为是左丘明所著，还把《国语》称为《春秋外传》或《左氏外传》。但是在晋朝以后，许多学者都怀疑《国语》系"左丘明

所著"。直到现在，学界仍然争论不休，一般都否认左丘明是《国语》的作者，但是缺少确凿的证据。普遍看法是，《国语》是战国初期一些熟悉各国历史的人，根据当时周朝王室和各诸侯国的史料，经过整理加工汇编而成。《国语》按照一定顺序分国排列，在内容上偏重于记述历史人物的言论。这是《国语》体例上最大的特点。

  左丘明，春秋时史学家。鲁国人，双目失明，博览天文、地理、文学、历史等大量古籍，学识渊博。任鲁国左史官，在任时尽职尽责，德才兼备，为时人所推崇。孔子曾言与其同耻，曰："巧言、令色、足恭，左丘明耻之，丘亦耻之。匿怨而友其人，左丘明耻之，丘亦耻之。"

 从善[1]如登，从恶如崩[2]。

**【注释】** ［1］从善：学好。 ［2］崩：倒塌。

**【译文】** 顺随善良像登山一样（艰难），顺随恶行像山崩一样（迅速而容易）。

**【评析】** 出自《周语下》。该句比喻学好很难,学坏极容易。多用于劝勉之语。正因为如此,我们必须近善远恶,修身养性。

## 2 防[1]民之口,甚于防川[2]。川壅[3]而溃,伤人必多。

**【注释】** [1]防:阻止。　[2]川:河流。　[3]壅:阻塞。

**【译文】** 阻止人民进行批评的危害,比堵塞河川引起的水患还要严重。江河的水被堵塞,就要决口奔流,被伤害的人一定很多。

**【评析】** 出自《周语上》。古代的不少执政者都从中吸取了教训,通过疏导的方法来化解矛盾。为官的人,只要能做到时时处处将百姓利益放于心头,遵从群众利益无小事的原则来处理事关群众利益的事件,让百姓有表达意愿的场合和方式,社会就不会产生过多的矛盾,即使有了矛盾也会化解在萌芽状态,也不会导致恶性事件的发生。

## 3 于是葬死者,问伤者,养生者;吊[1]有忧,贺有喜;送行[2]者,迎来者;去民之所恶,补民之不足。

**【注释】** [1]吊:祭奠死者或对遭到丧事的人家、团体给予慰问。　[2]行:外出远行。

**【译文】** 然后埋葬好战死的人,慰问负伤的人,教养活着的人;吊唁有丧事的人家,庆贺有喜事的人家;欢送外出的人,欢迎回来的人;凡是百姓所憎恶的事,就清除它,凡是百姓急需的事,就及时办好它。

**【评析】** 出自《越语下》。该句表现了越王勾践对民众的重视。正是因为勾践的亲民作风,才使得民心归附,最终实现报仇复国的目的。

## 4 战不胜,而报之以贼,不武;出战不克,入处不安,不智;成而反之,不信;失刑乱政,不威。

**【译文】** 交战不胜,而用不正当的手段去报仇,不能算勇武;出战不利,回国后又要惹出麻烦,不能算明智;与秦国讲和之后又背弃诺言,不能算诚信;失去刑法乱了国政,不能算威严。

**【评析】** 出自《晋语三》。做事要用正当的手段,做人要讲诚信,治国要有法度。

**5** 夫战，智为始，仁次之，勇次之。不智，则不知民之极[1]，无以铨[2]度天下之寡；不仁，则不能与三军共饥劳之殃；不勇，则不能断疑以发[3]大计。

**【注释】** [1]极：中。 [2]铨：称量；衡量；鉴别。 [3]发：确定、决定。

**【译文】** 战争中，智谋是最重要的，仁义次之，勇敢再次之。没有智谋，就不会知道民心的向背，也就不会衡量双方的力量对比；不仁义，就不会和三军将士共同分担饥饿劳累的痛苦；不勇敢，就不会果断排除疑难以决定大计。

**【评析】** 出自《吴语》。越王勾践采纳了申包胥献出的智、仁、勇三策，最终灭吴。

孔子对此有过阐释——君子道者三，我无能焉：仁者不忧，知者不惑，勇者不惧。第一是"仁者不忧"。有仁德的人没有忧烦，只有快乐。大而言之，天下事，都做到无忧，就都有办法解决，纵然没有办法解决，也能坦然处之。个人的事更多了，人生都在忧患中，人每天都在忧愁当中。而仁者的修养可以超越物质环境的羁绊，而达于"乐天知命"的不忧境界。

第二是"知（同智）者不惑"。真正有高度智慧的人，没有什么难题解不开，没有什么迷惑怀疑之处，上自宇宙，下至个人，都了然于心。

最后是"勇者不惧"。只要有公义在，心胸昭然坦荡，人生就没有什么值得恐惧的。

**6** 天道[1]盈而不溢，盛而不骄，劳[2]而不矜[3]其功。

**【注释】** [1]天道：指日月星辰运行的轨道，天气变化遵行的法则。 [2]劳：即"劳而有功"，经过辛勤劳动而取得成功。 [3]矜：自夸；自恃。

**【译文】** 大道就是做人圆满而不过分，赢得胜利而不骄傲，完成一件重要的事而不居功自傲。

**【评析】** 出自《越语下》。句中，范蠡总结和发展了春秋时期自然观方面的唯物论观点，对自然界的客观规律有了比较完整、深刻的认识——自然界的运行变化有其自身的客观规律，"天道"即表现了这种规律。此句告诉我们做事要圆满但是不能做过分了，取得了胜利也不能骄傲自大，有了功劳也不能自满。

**7** 夫礼，国之纪[1]也；亲，民之结[2]也；善，德之建[3]也。国无纪不可以终，民无结不可以固，德不建不可以立。

**【注释】** [1]纪：纲纪。 [2]结：情结。 [3]建：建立、建树。

**【译文】** 礼是治理国家的纲纪，亲是团结人民的情结，善是德行的建树。国家没有纲纪就不能长存,百姓没有情结团结得就不巩固,德不建树就不可以立身。

【评析】　出自《晋语四》。礼宾、亲亲、善善,是德行的重要内容。但晋公子重耳经过卫国时,卫文公没有以礼相待,卫国正卿宁庄子就以上面的一番话规劝卫文公,要礼遇重耳。为国之君,只有躬行礼宾、亲亲、善善,才能和睦四方,国治邦兴。作为常人,我们也应该努力践行上述三项内容。

## 8　中不胜[1]貌,耻也;华[2]而不实[3],耻也。

【注释】　[1]胜:当作"称",相当,相称。　　[2]华:花,开花。　　[3]实:结果实。

【译文】　内在的思想感情和外貌不一致,是耻辱;外表华丽而没有实际内容,是耻辱。

【评析】　出自《晋语四》。虽然外在的表现非常重要,但内在的修养是更重要的东西。表里如一的美,才应是我们孜孜追求的。

## 9　不患[1]其众之不足也,而患其志行[2]之少耻也。

【注释】　[1]患:忧虑。　　[2]志行:灵魂(思想)和行为。

【译文】　(古代贤能的国君)不担心民众人数的不足,却担心他们的志向操行缺乏知耻的精神。

【评析】　出自《越语下》。知耻乃做人之本。《说文解字》说:"耻,辱也。从心、耳声。"羞愧乃因过失心有所惭而生,故从心。耳为听觉器官,人每因闻过便耳赤面热,故从耳声。人一萌发邪念,便生羞耻之心,一行恶事,就有恐惧之感,羞恐交迫,便会因此终止其邪念恶行。实践表明,一个人因失德而招致社会公众的贬斥,会产生一种羞愧感和极大的心理压力,不得不矫正自己的行为。孟子也曾教诲我们:知耻才能改过向善,提升品德。如果一个人失去了羞耻心,就很容易犯错而不自觉。官知耻,百姓才能安居乐业;民知耻,社会风气才能淳美。

## 10　不厚其栋[1],不能任重[2]。重莫如国,栋莫如德。

【注释】　[1]栋:房屋的正梁。　　[2]任重:负重。

【译文】　不是粗大的栋梁,不能承担重压。最重的压力莫过于国家,最好的栋梁莫过于有德。

【评析】 出自《鲁语上》。此句比喻有德行、有才能的人才可以担当重任，提醒人们要注意自己学识的补充和经验的累积。

**11** 人之有学也，犹木之有枝叶也。木有枝叶，犹庇荫人，而况君子之学乎？

【译文】 人有了学问，就如同树木拥有枝叶。树有枝叶，还可以给人庇护遮阴，更何况君子的学问呢？

【评析】 出自《晋语九》。如果普通人爱学习就会有一个光明的前途，那么有道德而又有学识的君子会如何呢？作者没有明确说出君子之学怎么样，这就留下了空间，让那些爱好学习的人有了想象的余地。

**12** 轻则寡谋，骄则无礼。无礼则脱[1]，寡谋自陷。

【注释】 [1]脱：指随随便便。

【译文】 轻狂无礼就缺少谋略，骄横就不注意礼节。不注意礼节就会随随便便，缺少谋略会使自己陷入困境。

【评析】 出自《周语中》。为人处世要谦虚谨慎，戒骄戒躁。如此，才可使自己立于不败之地。

**13** 动[1]莫若敬，居莫若俭，德莫若让，事莫若咨。

【注释】 [1]动：举止、行动。

【译文】 举止不如礼貌一些，家居不如简朴一些，德行最好是谦让谨慎，遇事最好多问询请教。

【评析】 出自《周语下》。以上"四德"（敬、俭、让、咨），都是三千年前西周文化所主张的德行，用于现在，仍是非常有意义的。

**14** 吾不欲匹夫之勇[1]也，欲其旅[2]进旅退。

【注释】 [1]匹夫之勇：指不用智谋，只凭个人血气的勇气。匹夫：古代指平民中的男子，亦泛指平民百姓。多指无学识、无智谋的人。 [2]旅：共、同。

【译文】 我（勾践）不想大家（指士兵）跟匹夫那样不用智谋，单凭个人的勇敢（去战斗），而希望你们步调一致，同进同退。

**【评析】**　出自《越语上》。这句话是成语"匹夫之勇"的出处。用来形容缺乏智谋,只凭个人的勇气逞强蛮干。大多数时候,个体的力量相对于集体的力量而言总是渺小的,依靠集体的力量往往会更容易取得成功。

## 15　夫民劳则思,思则善心生;逸则淫[1],淫则忘善,忘善则恶心生。

**【注释】**　[1]淫:贪欲,贪心。这里做动词。

**【译文】**　百姓劳作就会思考,思考就能(找到)改善生活(的好办法);闲散安逸就会导致人们过度享乐,过度享乐就会忘记美好的德行,忘记美好的德行就会产生邪念。

**【评析】**　出自《鲁语下》。这句话出自鲁国大夫公文伯的母亲敬姜之口。敬姜老人家絮絮叨叨的一番长论,无非是希望自己做高官的儿子忠于职守,做好本职工作的同时,一定要谨记勤俭节约,不要贪图安逸。她认为贪图安逸会触发人内心的贪欲,贪欲最终会葬送人的前程乃至生命。

## 16　古之贤君,四方之民归之,若水之归下[1]也。

**【注释】**　[1]下:低洼处。

**【译文】**　古代贤明的君主,四面八方的百姓都像水往低处流一样地归附于他。

**【评析】**　出自《越语上》。这是勾践在采取"十年生聚,十年教训"策略之前所说的一句话,道出了人心向背。任何事业的成就,离不开人才资源的支撑。领导者对民心的认识和把握可借鉴勾践这句话。

## 17　众心成城,众口铄金[1]。

**【注释】**　[1]铄金:熔化金属;谓指伤人的谗言。

**【译文】**　万众齐心一致,就像坚固的城堡一样不可摧毁;群众舆论的力量,就像烈火一样可以熔化最坚硬的金石。

**【评析】**　出自《周语下》。这是当时的一句民谚,讲的是大家齐心协力、团结一致,就能形成巨大的力量。民心的力量是伟大的。凡是人民群众赞成的,就一定能成功,人民群众不赞成的,就注定要失败。后来"众口铄金"一词常与"积毁销骨"连用,带有一定贬义,意指众口一词可以混淆是非,形容舆论力量大,连金属都能熔化。

**18** 智人不诈，仁人不党[1]。

【注释】 [1] 党：即朋党，由私人利害关系结成的小集团。

【译文】 有智慧的人不采用欺诈手段，讲仁义的人不结党营私。

【评析】 出自《晋语六》。智与仁是对人评价的标准。诈与党（结党营私）永远不应该成为人们生活的态度和方式。

**19** 寡人不知其力之不足也，而又与大国执仇，以暴露百姓之骨于中原[1]，此则寡人之罪也。寡人请更。

【注释】 [1] 中原：原野之中。

【译文】 我不知自己的力量不够，与吴国这样的大国作对结仇，因而使百姓的尸骨暴露在荒野之中，这是我的罪过。我请求允许我改变治国政策。

【评析】 出自《越语上》。此句表现了越王勾践所具有的自我批评精神。虽然这只是他笼络人心的权术，但也讲出了百姓的重要地位和作用：人民始终是社会的主体和主人，古今中外概莫能外。

**20** 非其身之所种则不食，非其夫人之所织不衣[1]。十年不收于国[2]，民俱有三年之食。

【注释】 [1] 衣(yì)：动词，穿衣。 [2] 国：指国内人民。

【译文】 不是自己种出来的东西就不吃，不是自己夫人织的布就不穿。十年不向百姓征收赋税，百姓中每家都储存了足够三年的口粮。

【评析】 出自《越语上》。勾践夫妻此举在于与百姓同甘共苦，激励全国上下齐心努力，奋发图强，以期早日灭吴雪耻。作为古代的君主，能做到这些实属难能可贵。以百姓利益为重，与群众打成一片，当好公仆，更应该成为领导者的自觉思想和行动。

**21** 德，福之基也，无德而福隆，犹无基而厚墉[1]也，其坏也无日矣。

【注释】 [1] 墉：城墙、高墙。

【译文】 道德，是福禄的基础，缺少道德但福禄隆盛，就好比没有打好基础却只顾厚筑城墙一样，它坍塌的日子就没有几天了。

【评析】　出自《晋语六》。该句写的是晋国在鄢陵一役中大败楚国，晋国君臣狂喜不已。大夫范文子认识到，一旦君臣居功自傲，就会不修德政，进而给国家造成祸害。他提醒君臣们要保持清醒的头脑，勤修德政，否则，国家"犹无基而厚墉"，坍塌指日可待。

德是一个人、一个民族和一个国家稳定健康发展的重要基石。欲做事，必先做人，欲齐家治国平天下，必先立德修身。道德修养是一个人的终身课题，是人生事业的基础。假若离开美德去追求所谓的幸福，这样做就好像水中捞月一样，永远不可能得到真正的幸福。

### 贤母敬姜论劳逸

贤母敬姜的《论劳逸》是春秋战国时期家训的代表作，出自《国语·鲁语下》。敬姜是鲁国大夫公文伯的母亲，有一天，公文伯朝见鲁君后回家，看到母亲正在绩麻，就对母亲说："像我们这样的家庭，您还要绩麻，季孙（鲁国权臣）看了会生气的，以为我不能侍奉您老人家哪！"敬姜听罢儿子的抱怨，训诫道："夫民劳则思，思则善心生；逸则淫，淫则忘善，忘善则恶心生。"她认为，上自天子、诸侯、三公、九卿，下至黎民百姓，都必须劳动。或劳心、或劳力，才能政清人和、国泰民安，这是治国安邦的基础和前提。在此敬姜阐发了一个最朴素的真理：勤勉不怠国则兴，逸乐怠慢国则败。敬姜的诫子家训是载于《国语》上的有名的家训，敬姜因这篇出色的《论劳逸》之文成为有名的贤母。

### 华而不实的故事

出自《国语·晋语》。春秋时，晋国大夫阳处父出使到魏国去，回来路过宁邑，住在一家客店里。店主姓嬴，看见阳处父相貌堂堂，举止不凡，十分钦佩，悄悄对妻子说："我早想投奔一位品德高尚的人，可是多少年来，随时留心，都没找到一个合意的。今天我看阳处父这个人不错，我决心跟他去了。"店主得到阳处父的同意，离别妻子，跟着他走了。一路上，阳处父同店主东拉西扯，不知谈些什么。店主一边走，一边听。刚刚走出宁邑县境，店主改变了主意，和阳处父分手了。店主的妻子见丈夫突然折回，心中不明，问道："你好不容易遇到这么个人，怎么不随他去呢？你不是决心很大吗？家里的事你尽管放心好了。""我看到他长得一表人才，以为他可以信赖，谁知听了他的言论却感到非常讨厌。我怕跟他一去，没有得到教育，反倒遭受祸害，所以打消了原来的主意。"这阳处父，在店主的心目中，就是个"华而不实"的人，所以，店主毅然地离开了他。

【思考题】

　　1.《国语》中有很多语句都跟德育有关。请联系自己的学习与生活,表述德育与人发展的关系。

　　2. 你如何看待越王勾践的亲民思想与行动?

　　3. 对于"人之有学也,犹木之有枝叶也"这句话,你是如何理解的? 对待学习你有何计划和打算?

楚辞

## 楚辞及屈原简介

楚辞是战国时流行于楚国的具有浓郁楚文化色彩的一种诗歌体裁，是中国古代诗歌的两大源头之一，是浪漫主义风格的代表，对我国的文学发展产生了深远的影响。西汉刘向将屈原、宋玉以及西汉文人模仿屈原之作和自己的《九叹》结集，题名曰《楚辞》。东汉王逸作注，将自己的《九思》也收录其中，形成今天的通行本《楚辞》。屈原是楚辞的最重要的代表。

屈原（约前340年—约前278年），名平，字原，又自云名正则，字灵均。战国末期楚国丹阳（今湖北秭归）人，楚国贵族。他自幼勤奋好学，胸怀大志，早年受楚怀王信任，任左徒、三闾大夫，常与怀王商议国事，参与法律的制定，主张章明法度，举贤任能，改革政治，联齐抗秦，提倡"美政"。在他的努力下，楚国国力有所增强。屈原虽忠心事怀王，却屡遭排挤，并被流放。怀王死后，他又因顷襄王听信谗言而再度被流放，最终投汨罗江而死。屈原是中国最伟大的浪漫主义诗人之一，也是我国已知最早的著名诗人，世界文化名人，"楚辞体"的创立者。代表作品有《离骚》《九歌》等。

屈原伟大的爱国主义形象，是光明和正义的化身，是中华民族的灵魂。他高尚的政治情操和理想，不屈不挠的斗争意志，壮怀激烈的气节和风骨，融注着我们民族伟大而悠久的历史精神，显示了中华民族的无穷力量，也展示了作者强烈的爱憎和战斗的革命风格。

**1** 长太息以掩涕兮，哀民生[1]之多艰。

**【注释】** [1]民生：人民的生计。

**【译文】** 我长叹一声啊，止不住那眼泪流了下来，我是在哀叹那人民的生活是多么的艰难！

【评析】 出自屈原《离骚》。虽然屈原是楚国贵族,且身为士大夫,可他在流放期间与劳动人民有深入接触,他深感于人民的痛苦处境,所以,在他的诗歌里常有忧国忧民的诗句。这句话就表现了他对人民的深切同情。

**2** 亦余心之所善兮,虽九死[1]其犹未悔。

【注释】 [1]九死:九,指数量非常多。与"万死"意思相同。

【译文】 只要合乎我心中美好的理想,纵然死掉多次我也不会懊悔。

【评析】 出自屈原《离骚》。此句表现了诗人对美好理想执着追求的精神。他的理想是抗击强秦的侵略,维护楚国的独立,实行清明的政治。诗人为实现理想,虽九死而心甘情愿,始终不悔。这种精神,影响了世世代代的国人。

**3** 民生各有所乐兮,余独好修以为常。虽体解吾犹未变兮,岂余心之可惩[1]。

【注释】 [1]惩:受戒而止,引申为威胁。

【译文】 百姓过日子各有所喜好的事情,我独自爱修养习以为常。即使肢体被分解我也不改变思想,难道我的心会因受打击而变样吗?

【评析】 出自屈原《离骚》。诗人在政治上遭遇挫折之后,经历了一番激烈的思想斗争,又回到了"亦余心之所善兮,虽九死其犹未悔"的境界,而且感情更加深沉,意志更加坚定,在理想与现实、进取与退隐的尖锐对立中,更加坚定地做出了自己的选择。

**4** 路曼曼[1]其修远兮,吾将上下而求索。

【注释】 [1]曼曼:通"漫漫",路很长的样子。 [2]修:长。

【译文】 前面的道路遥远而又漫长,我即使上天入地也要追寻理想。

【评析】 出自屈原《离骚》。此句体现了屈原这位至情至性的浪漫主义诗人的求索精神。对我们现代人来说,漫漫人生路,需要认识的事物太多,学无止境!我们唯有不断努力地去探索、学习。

**5** 身既死兮神以灵[1],子魂魄兮为鬼雄。

【注释】 [1]灵:灵验、显灵,精神不死的意思。

【译文】 身体虽然已死亡,精神却将永恒;您的魂魄定为鬼中的雄杰!

【评析】　出自屈原《九歌·国殇》。这里赞颂的是为国而战死的将士。在任何时代,他们都是最值得悼念和颂扬的。

**6**　鸟飞反[1]故乡兮,狐死必首丘[2]。

【注释】　[1]反:通"返"。　[2]首丘:头向着山丘。

【译文】　鸟飞(千里)最终回到自己的老窝,狐狸死时头总是朝着它生长的山丘。

【评析】　出自屈原《九章·哀郢》。公元前278年,秦将白起攻破楚国都城郢,诗人作诗哀悼。这两句诗于哀婉中流露了对故国的眷恋,诗中向故乡寻觅栖息之所的飞鸟和即使死去也要把头颅朝向自己洞穴的狐狸,就是诗人自己的化身。这里用比喻的形式表达了诗人绝不背弃故国,最终要返归故国的决心,后用来表达人们对故国故土的思念之情。

**7**　夫尺有所短,寸有所长;物有所不足,智有所不明;数[1]有所不逮[2],神有所不通。用君之心,行君之意。

【注释】　[1]数:卜卦所得的卦数。　[2]逮(dài):及,达到。

【译文】　所谓尺有不足的地方,寸也有长处;世间万物有不足的地方,智者有不能明白的问题;卜卦有算不到的事,神灵有不通的时候。您(还是)按照自己的心意决定您自己的行为(吧)。

【评析】　出自屈原《卜居》。此句是屈原问卜(即占卦,迷信者用以推断吉凶、解决疑难)于郑詹尹,郑詹尹听完屈原的申述后对屈原所说的话,意思是事物都有自己的长处和短处,重要的是遵从自己的内心。

**8**　世溷[1]浊而不清:蝉翼为重,千钧[2]为轻;黄钟[3]毁弃,瓦釜雷鸣;谗人高张,贤士无名。

【注释】　[1]溷(hùn):混浊。　[2]钧:古代重量单位,合三十斤。　[3]黄钟:十二音律之一,声调最宏大响亮。这里指符合黄钟律的钟。

【译文】　现在的世道混浊不清:蝉翼被认为重,千钧被认为轻;黄钟被毁坏丢弃,瓦锅被敲打发出雷鸣般的声音;谗言献媚的人占据高位,气焰嚣张,贤能的人士却只能默默无闻。

【评析】　出自屈原《卜居》。这是屈原对当时混乱时代缺乏公平的控诉。虽然不公平,但他义无反顾地热爱着自己的国家,这种爱国热忱始终感动着我们,他不肯与世浮沉的高尚人格依然在影响着我们。他的忠魂烛照千秋,永不熄灭!

**9** 举<sup>[1]</sup>世皆浊我独清，众人皆醉我独醒。

**【注释】** ［1］举：全。

**【译文】** 世人都被污染，唯独我一人清白；众人都已醉倒，唯独我一人清醒。

**【评析】** 出自屈原《渔父》。这两句诗既体现了诗人异乎寻常的人格，同时也揭示了他因此而遭受摧残的原因。人很难改变世界，但也不能没有原则地随波逐流，要明明白白地生活。

**10** 沧浪<sup>[1]</sup>之水清兮，可以濯<sup>[2]</sup>吾缨<sup>[3]</sup>。沧浪之水浊兮，可以濯吾足。

**【注释】** ［1］沧浪：水名，在今湖南武陵一带。 ［2］濯：洗。 ［3］缨：系在脖子上的帽带。

**【译文】** 沧浪江的水清澈啊，可以洗我的冠缨；沧浪江的水混浊啊，可以洗我的脚。

**【评析】** 出自屈原《渔父》。屈原被放逐后，在和渔父的一次对话中，渔父（打鱼的老人。父，楚地对老人的尊称）劝他不要"深思高举"（深思，指认识清醒；高举，指行为高出世俗），自找苦吃。屈原表示，宁可投江而死，也不能使清白之身蒙受世俗之尘埃。渔父便唱出了上面的几句歌。在渔父看来，处世不必过于清高。世道清廉，可以出来为官；世道混浊，则可与世沉浮。至于"深思高举"，落得被放逐的境地，则是大可不必的。屈原和渔父的谈话，表现出了两种处世哲学。

**11** 吾不能变心而从俗兮，固<sup>[1]</sup>将愁苦而终穷。

**【注释】** ［1］固：必，一定。

**【译文】** 我不能改变志向去顺从世俗啊，当然难免忧愁痛苦穷困终生。

**【评析】** 出自屈原《九章·涉江》。此句传达出了屈原宁为玉碎、不为瓦全的政治理想与抱负，他觉得高尚的爱国情操要远高于因为附和国君与流俗而带来的财富和地位，如果他违背了自己的原则，他将因此痛苦愁闷。屈原一再强调自己始终洁身自好，不愿同流合污。如此，他也更值得我们去崇敬、纪念。

**12** 悲哉，秋之为气<sup>[1]</sup>也！萧瑟<sup>[2]</sup>兮草木摇落而变衰。

**【注释】** ［1］气：气候，古人认为秋气即杀气、阴气。 ［2］萧瑟：风吹草木的声音。

　　【译文】　悲凉啊,这秋天的气息! 萧瑟的秋景啊,草木都枯萎而凋败。

　　【评析】　出自宋玉《九辩》。此句被认为是中国文学史上"悲秋之祖",开启了中国文人"悲秋"的传统。宋玉之后,对秋的感伤咏叹之辞便绵延不绝。

**13**　悲莫悲兮生别离,乐莫乐兮新相知[1]。

　　【注释】　[1]相知:知己,好朋友。

　　【译文】　悲伤莫过于活生生的别离,快乐莫过于新结交了好朋友。

　　【评析】　出自屈原《九歌·少司命》。此句喻指诗人慨叹自己没有新相知的欢乐,却有与妻子家人生别离的悲苦。后世用以描述有情男女新相知的快乐和分别的痛苦。

**14**　新沐[1]者必弹冠,新浴[2]者必振衣。

　　【注释】　[1]沐:洗头。　[2]浴:洗身体。

　　【译文】　刚洗过头的人一定要掸去帽子上的尘土,刚洗过澡的人一定要抖净衣服上的尘埃。

　　【评析】　出自屈原《渔父》。干净的身躯怎么能穿着不洁净的衣裳,为人应不同流合污,要保持纯净、纯洁。

**15**　日月忽其不淹[1]兮,春与秋其代[2]序。惟草木之零落兮,恐美人[3]之迟暮。

　　【注释】　[1]淹:停止。　[2]代:更替。　[3]美人:此处代指楚怀王。

　　【译文】　太阳与月亮互相交替,未尝稍停,春天与秋天相互替代,永无止境。想到花草树木都要凋零啊,便担心美人也会渐渐衰老。

　　【评析】　出自屈原《离骚》。岁月无情,流年似水,人终究躲不过时光的暗流。不经意间,年事渐长,白发满鬓,壮志难酬、功业未就的痛苦便会油然而生。我们应懂得去珍惜那匆匆的时光和美好的青春,在岁月的波里激起属于自己的那朵朵浪花,在时间的河里找寻到自己理想的彼岸。句中,"美人迟暮"的成语,尽显了屈原对前途的焦虑和担心。

**16** 青云衣兮白霓裳[1]，举长矢兮射天狼[2]。

【注释】 [1]裳(cháng)：古代指下衣。裳是古人穿的遮蔽下体的衣裙，男女都穿，是裙的一种，并非裤子。 [2]天狼：指天狼星，属于二十八星宿的井宿，是冬季夜空里最亮的恒星，位东南，主侵掠。

【译文】 (东君)穿着青云的上衣，白霓的下裳，搭起弓箭射向天狼星。

【评析】 出自屈原《九歌·东君》。作者在此塑造了为人类带来光明的日神(东君)的英雄形象：他举起长箭去射那贪虐残暴欲霸他方的天狼星，以防灾祸降临人间。对东君英雄主义的赞扬表现出作者御寇强国的愿望。

**17** 杂申椒与菌桂[1]兮，岂惟纫夫蕙茝[2]？

【注释】 [1]申椒：即花椒。菌桂：香木名，桂的一种，白花，黄蕊。 [2]蕙茝(chǎi)：蕙，又名薰草，气味如同蘼芜。茝：香草名，与芷同。

【译文】 兼有申椒和菌桂，岂止是兰蕙和白芷可作为佩戴物？

【评析】 出自屈原《离骚》。屈原对申椒、菌桂、蕙、茝这几种香草都是喜欢的。这些香草具有丰富内涵的意象：一是表明屈原追求的美好事物品格高洁，屈原佩戴它们，就是象征他的品德高尚；二是用以比喻贤臣。

**18** 时缤纷其变易兮，又何可以淹留[1]？

【注释】 [1]淹留：停留。

【译文】 时世纷乱而变化无常，我又怎么可以在这里久留。

【评析】 出自屈原《离骚》。心忧国事的作者不甘心长期待在流放之地，他沉潜在悲天悯人的伟大情感之中，也沉潜于对自己理想的执着守护之中。

**19** 嫋嫋[1]兮秋风，洞庭波[2]兮木叶[3]下。

【注释】 [1]嫋(niǎo)嫋：微风吹拂的样子。 [2]波：起波浪。 [3]木叶：树叶。

【译文】 凉爽的秋风轻轻吹拂，洞庭泛波落叶飘零。

【评析】 出自屈原《九歌·湘夫人》。此句之所以著名，是因为作者创造出了"木叶"这一为历代诗人笔下钟爱的意象。"木叶"带来了整个秋天的疏朗的气息，描绘出一幅秋风微拂、湖泊清泛、万木叶落的秋天图景，有着美丽凄婉、如梦如幻的意境。

## 20　余处幽篁[1]兮终不见天,路险难兮独后来[2]。

**【注释】** [1]篁:竹林。　[2]后来:迟到,来晚了。

**【译文】** 我身处在幽深竹林终日不见天,道路艰险难行独自来迟。

**【评析】** 出自屈原《九歌·山鬼》。此句以装扮成倩丽山鬼模样的女巫,入山迎接神灵而不遇的情状,表现了世人虔诚迎神以求得福佑的思恋之情,渲染出压抑低沉的气氛,真切地表现了山鬼的孤独以至于绝望之情,也隐含着作者对楚王和佞臣的怨恨和鞭挞。

## 21　苟余心其端直[1]兮,虽僻远其何伤?

**【注释】** [1]端直:正直。

**【译文】** 如果我的心真的端方正直,即使(被放逐到)偏僻荒远(的地方)又有何妨?

**【评析】** 出自屈原《九章·涉江》。这是年迈的作者在被放逐的途中,历经曲折艰险而顽强发出的斗士般的呐喊,并表达出对祖国的无限依恋——只要心怀祖国,无论身在何方。

## 22　善[1]不由外来兮,名不可以虚作[2]。

**【注释】** [1]善:美德。　[2]虚作:靠虚假产生。

**【译文】** 美德不会从外部得来,名声不能靠虚假获得。

**【评析】** 出自屈原《九章·抽思》。好的德行要靠自己的努力得到,要努力学习,加强自身的修养。屈原的告诫,也指出了人的发展要建立在诚信的基础之上。

 拓展阅读

### 天 问 一 号

　　天问一号是由中国航天科技集团公司下属中国空间技术研究院总研制的探测器,负责执行中国第一次火星探测任务。它的名称来源于中国古代爱国主义诗人屈原的长诗《天问》。《天问》是战国时期诗人屈原创作的长诗。此诗从天地离分、阴阳变化、日月星辰等自然现象,一直问到神话传说乃至圣贤凶顽和治乱兴衰等历史故事,表现了作者对某些传统观念的大胆怀疑,以及追求真理的探索精神。语言别具一

格,句式以四言为主,不用语尾助词,四句一节,每节一韵,节奏音韵自然协调。全诗通篇是对天地、自然和人世等一切事物现象的发问,内容奇绝,显示出作者沉潜多思、思想活跃、想象丰富的个性,表现出超卓非凡的学识和惊人的艺术才华,被誉为是"千古万古至奇之作",是中国人追寻宇宙奥妙的千年之叹。

2023年2月10日,远在火星执行全球遥感科学探测任务的天问一号火星环绕器,迎来了"上岗"两周年的日子。两年来,这个来自中国的第一颗人造火星卫星,勇拓火星创多项纪录。

2020年7月23日,我国开启首次自主火星探测任务,天问一号探测器由环绕器和着陆巡视器组成,其中,着陆巡视器又包括祝融号火星车及进入舱。2021年2月10日,天问一号环绕器成功实施制动捕获,随后进入环绕火星轨道,实现"绕、着、巡"第一步"绕"的目标,国家航天局宣布环绕火星成功。

从这一刻开始,天问一号环绕器正式踏入"火星职场"。作为天问一号火星环绕器的抓总研制单位,中国航天科技集团八院的研制专家介绍,天问一号火星环绕器分饰飞行器、通信器和探测器三大角色,是名副其实的"太空多面手"。

自2020年7月23日发射开始,天问一号火星环绕器扮演了飞行器的角色,背负着陆巡视器,经过深空机动、4次轨道修正,走过约4.5亿公里的路径,经过202天的"过关斩将",顺利抵达火星。

2021年2月10日,火星环绕器到达火星,正式履职"环绕火星"岗位。按照天问一号的任务要求,火星环绕器在火星主要扮演通信器、探测器两大角色。

2021年5月15日,火星环绕器将着陆巡视器准确送入落火轨道、着陆巡视器成功着陆火星,实现了我国首次地外行星着陆。5月22日,在火星环绕器的中继支持下,祝融号火星车成功驶离着陆平台,中国人的足迹首次踏足那颗红色星球,中国成为世界上第二个实现火星巡视的国家。

火星车踏足火星后,火星环绕器为祝融号提供了近半年的中继通信后,圆满完成通信器的角色任务。

2021年11月,火星环绕器实施轨道控制,进入遥感使命轨道,正式转入探测器的角色。通过携带的7台有效载荷,环绕器对火星开展了全球遥感科学探测。

2022年6月29日,国家航天局宣布:火星环绕器获取了覆盖火星全球的中分辨率影像数据,各科学载荷均实现了火星全球探测,完成了既定科学探测任务。2022年12月29日,火星环绕器成功环火687天,完成了一个火星年的环火飞行与探测,环绕器圆满完成探测器的角色任务。

来自国家航天局的消息称,天问一号在国际上首次通过一次任务实现"绕、着、巡"三大任务目标。火星环绕器作为其"业务骨干",创下多个"第一",也获取了大量一手的科学数据和工程数据,为我国行星探测工程积累了宝贵经验。

航天八院专家介绍,天问一号火星环绕器配置了高分辨率相机、中分辨率相机、次表层探测雷达等7台科学有效载荷,用于实施科学探测。

在实施火星捕获前,火星环绕器使用高分辨率相机拍摄了我国首幅火星影像。在着陆火星前,火星环绕器在为期约 3 个月的停泊飞行中,使用高分辨率相机、中分辨率相机、矿物光谱分析仪,获取了包含预选着陆区优于 1 米分辨率全色影像图、宽域彩色中分辨率影像图、多光谱信息。着陆火星后,火星环绕器对真实落区、火星车巡视区域进行了成像探测,获取高分辨率影像。

进入遥感使命轨道后,火星环绕器完成了火星全球遥感探测任务,获取了覆盖火星全球的中分辨率影像数据。利用这些影像数据,我国的科研人员目前正在绘制国际先进的高分辨率火星彩色全球影像图。在环火扩展任务期间,火星环绕器实施了火卫一成像探测,获取了中国首幅火卫一图像。

除科学载荷获取的探测数据外,基于火星环绕器平台的工程数据同样取得了丰硕成果。

2021 年 9 月下旬至 10 月中旬,太阳位于火星与地球之间,火星环绕器经历了“日凌”期考验,环绕器与地球之间的无线电通信受到太阳的干扰而失去联系。利用这次机会,在国家航天局支持下,中外科学家联合,利用火星日凌期间的通信信号工程数据,获得了太阳临日空间日冕等离子体抛射速度、冕流波等细节结构、初生高速太阳风流等研究成果。

专家称,为了实现火星探测器在太空中状态的安全监测,火星环绕器配置了工程测量分系统,包含固连遥测探头、近距离遥测探头等。利用这些工程监测探头,火星环绕器完成了奔火过程中探测器全貌、火星捕获过程、着陆火星阶段着陆巡视器分离、环火飞行环绕器全貌等关键过程及状态可视化监测。

在圆满完成天问一号首次火星探测任务后,我国行星探测工程后续任务也在紧锣密鼓地开展。《2021 中国的航天》白皮书指出,未来中国将实施小行星探测、火星采样返回、木星系探测等任务。中国航天人将继续探索,助力我国行星探测事业发展、加快推动航天强国建设。

（资料来源：《天问一号两年创多项纪录》,邱晨辉,人民网,有改动）

## 【思考题】

1. 屈原在《离骚》中一再表明自己不同流合污,不与“党人”调和妥协,请简单评述他的这种态度。

2. 你如何评价屈原的求索精神?

3. 你是如何认识“善不由外来兮,名不可以虚作”这句话的? 请结合自己的认识,予以简述。

4. 国家航天局将我国行星探测任务命名为“天问”,将我国首次火星探测任务命名为“天问一号”,请问“天问”一词的出处? 为何以此命名?

主要参考文献

［1］杨伯峻.论语译注［M］.北京：中华书局,2018.

［2］王弼.老子道德经注校释［M］.北京：中华书局,2016.

［3］魏源.老子本义［M］.上海：华东师范大学出版社,2009.

［4］高亨.老子正诂［M］.北京：清华大学出版社,2011.

［5］尹振环.帛书老子与老子术［M］.贵阳：贵州人民出版社,2000.

［6］高明.帛书老子校注［M］.北京：中华书局,2020.

［7］周波.《道德经》真义探微［M］.成都：巴蜀书社,2008.

［8］郭庆藩.庄子集释［M］.北京：中华书局,2016.

［9］曹础基.庄子浅注［M］.北京：中华书局,2018.

［10］张松辉.庄子译注与解析［M］.北京：中华书局,2011.

［11］司马迁.史记［M］.北京：中华书局,2014.

［12］陈直.史记新证［M］.北京：中华书局,2005.

［13］钱穆.史记地名考［M］.北京：商务印书馆,2000.

［14］韩兆琦.史记笺证［M］.南昌：江西人民出版社,2017.

［15］缪文远,缪伟,罗永莲.战国策［M］.北京：中华书局,2012.

［16］胡果文.《国语》选评［M］.上海：上海古籍出版社,2005.

［17］上海辞书出版社文学鉴赏辞典编纂中心.楚辞名篇鉴赏辞典［M］.上海：上海辞书出版社,2009.

［18］陈鼓应.老子今注今译［M］.北京：商务印书馆,2016.

［19］孙通海.庄子［M］.北京：中华书局,2014.

［20］陈引驰.庄子一百句［M］.上海：复旦大学出版社,2007.

［21］金良年.孟子译注［M］.上海：上海古籍出版社,2016.

［22］黄寿祺,张善文.周易译注［M］.上海：上海古籍出版社,2012.

高等教育出版社

# 教学资源服务指南

感谢您使用本书。为方便教学，我社为教师提供资源下载、样书申请等服务，如贵校已选用本书，您只要关注微信公众号"高职素质教育教学研究"，或加入下列教师交流QQ群即可免费获得相关服务。

**"高职素质教育教学研究"公众号**

**资源下载**：点击"**教学服务**"—"**资源下载**"，或直接在浏览器中输入网址（http://101.35.126.6/），
　　　　　　注册登录后可搜索下载相关资源。（建议用电脑浏览器操作）

**样书申请**：点击"**教学服务**"—"**样书申请**"，填写相关信息即可申请样书。

**样章下载**：点击"**教材样章**"，可下载在供教材的前言、目录和样章。

**师资培训**：点击"**师资培训**"，获取最新直播信息、直播回放和往期师资培训视频。

## 📍 联系方式

高职人文素质教师交流QQ群：167361230

联系电话：（021）56961310　　电子邮箱：3076198581@qq.com